狮子爱尔莎

生而自由

〔奥地利〕乔伊·亚当森（Joy Adamson）/著
谭旭东 谢毓洁 /译

著作权合同登记号　图字：01－2014－0196

图书在版编目(CIP)数据

狮子爱尔莎/〔奥地利〕乔伊·亚当森(Joy Adamson)著；谭旭东，谢毓洁译．—北京：北京大学出版社，2019.10

ISBN 978-7-301-25301-4

Ⅰ.狮… Ⅱ.①亚… ②谭… ③谢… Ⅲ.①长篇小说—美国—现代 Ⅳ.①I712.45

中国版本图书馆 CIP 数据核字(2015)第 001240 号

BORN FREE: THE FULL STORY by Joy Adamson
This edition published 2010 by Pan books, an imprint of Pan Macmillan, a division of Macmillan Publishers Limited
Text and photographs copyright © Joy Adamson 1966
Chinese simplified translation rights © 2019 by Peking University Press

书　　　名	狮子爱尔莎 SHIZI AIERSHA
著作责任者	〔奥地利〕乔伊·亚当森(Joy Adamson) 著　谭旭东　谢毓洁 译
责 任 编 辑	刘祥和　张雅秋
标 准 书 号	ISBN 978-7-301-25301-4
出 版 发 行	北京大学出版社
地　　　址	北京市海淀区成府路 205 号　100871
网　　　址	http://www.pup.cn　新浪微博：@北京大学出版社
电 子 信 箱	pkuwsz@126.com
电　　　话	邮购部 010-62752015　发行部 010-62750672　编辑部 010-62755217
印 刷 者	北京中科印刷有限公司
经 销 者	新华书店 880 毫米×1230 毫米　A5　15.25 印张　342 千字 2020 年 1 月第 1 版　2020 年 1 月第 1 次印刷
定　　　价	98.00 元（全三册）

未经许可，不得以任何方式复制或抄袭本书之部分或全部内容。

版权所有，侵权必究

举报电话：010－62752024　电子信箱：fd@pup.pku.edu.cn

图书如有印装质量问题，请与出版部联系，电话：010－62756370

乔治、乔伊夫妇

目 录

前　言 …………………………………………………… (1)
第一章　小狮子的生活 ………………………………… (1)
第二章　爱尔莎遇到其他野生动物 …………………… (20)
第三章　爱尔莎来到印度洋 …………………………… (35)
第四章　鲁道夫湖远行 ………………………………… (44)
第五章　爱尔莎和野生狮子 …………………………… (65)
第六章　第一次放生 …………………………………… (74)
第七章　第二次放生 …………………………………… (90)
第八章　最后一次试验 ………………………………… (111)
附　记 …………………………………………………… (125)

前　言

　　据说古代亚述人训练狮子捕猎,就像如今人们训练印度豹、灰狗和猎犬配合人类打猎一样。无论这是确凿无疑的事实还是虚无缥缈的传说,可以肯定的是,几千年以来,唯有亚当森夫妇身体力行,探索驯养一头母狮的可能性,并获得了成功,他们的做法前无古人——而且他们并非有意如此,只是让一头动物和他们一起生活,并且从不以任何方式限制她的自由,压抑她的天性。

　　狮子爱尔莎的故事,从襁褓时期讲起,直至她三岁最终重返大自然。这对动物心理学——也是过去的半个世纪里勃兴的学科——产生了独特且深远的影响。毫无疑问,19世纪的作家倾向于把动物的智力、情感和情绪人格化,为了反驳这种观点,20世纪出现了一个新的思想派别,提出从"条件反射"和"释放机制"方面来寻找动物行为的根源,另外还有一套全新的专业术语,被认为是了解动物心理的更好途径。当我们换一个角度来思考时,这种机械的概念也有不足之处,它不能说明同一种群里不同个体之间呈现出的差异,包括个性、智力和能力的差异。这种借助于概念的理解方式,和前一代动物心理学家的动物拟人论一样,离真相相距甚远,而且更容易阻碍对动物行为的同情性理解,而不是揭示真相。

　　无论人们如何解读爱尔莎的故事,它都提供了一种引人入胜的实录,描述了动物逐步发展的令人难以置信的自控力,因为这种动物被视为具有潜在的危险。就是这样的动物,她与一头非洲公水牛经过持久的搏杀之后,处于极度兴奋的状态,浑身的热血都在沸腾,并且依然站在公牛背上,她竟然允许一个人走近她,切断垂死挣扎的公牛喉管,只为解除人的宗教顾忌。随后,她帮助其他人将公牛拖上岸,这不仅归因于智慧,也与自控力有关。

如果有一位想象力丰富的19世纪的动物小说作家,虚构了这样的母狮形象,那么她一定会被人嘲笑为"角色与性格不符",而且没有人会相信,然而爱尔莎的故事证明,这就是最可信的事实。

如果爱尔莎的成长故事对19世纪的动物拟人论和20世纪的科学都作出了自己的注解,那么她就没有虚度一生。

威廉·帕西

第一章　小狮子的生活

多年以来,我的家一直在肯尼亚的北疆省。这是一片广袤荒芜的土地,遍布一丛丛干旱的荆棘,面积约十二万平方千米,从肯尼亚山绵延到阿比西尼亚①边境。

文明对非洲这个地区的影响微乎其微。这里没有移民。当地部落的生活和他们的祖辈一样,日出而作日落而息。这里的野生动物种类多样,随处可见。

我的丈夫乔治,是这片广袤地区的高级狩猎监督官。我们的家位于该省的南部地区,离伊西奥洛不远。伊西奥洛是一个小镇,居住着大约三十位白人,他们都是政府的官员,负责管理这片地区。

乔治身兼数职,比如执行狩猎法,阻止偷猎,以及处置那些骚扰部落居民生活的危险动物。他的工作就是行走在茫茫荒野,去很远的地方。我们把这种旅行称作狩猎监督之旅。只要有可能,我都会伴他而行,走在狩猎监督之旅的路上。我也因此拥有得天独厚的机会,逐渐了解这片蛮荒的原始地带。这里的生活严酷,大自然有她自己的法则。

我的故事始于其中的一次狩猎监督之旅。有人来报信,说是有

---

① 即今天的埃塞俄比亚。——译者注

一位伯曼部落的成年男子被一头食人狮咬死了。这头食人狮与两只母狮相依为伴,住在附近的山坡上。乔治的任务是追踪这三头狮子。基于这个原因,我们前往伯曼部落,在伊西奥洛北部的地方,安下营地。

1956年2月1日清晨,我发现营地里只剩下我和帕蒂了。帕蒂是一只非洲岩蹄兔,是我们的宠物,和我们一起生活了六年半了。她的模样挺像土拨鼠和豚鼠。不过,动物学家根据它们的脚趾、牙齿的骨结构,宣称蹄兔与犀牛、大象是远亲。

帕蒂柔软的皮毛依偎着我的脖子,这儿很安全,视野也好,她能眼观六路耳听八方。我们周围的地带干旱荒凉,只有裸露的花岗岩,稀稀疏疏的植被;然而,这里有无数的野生动物出没,可以见到许多非洲瞪羚①和其他瞪羚,这里的生物适应了干旱的气候,几乎不喝水,甚至永远都不喝水。

突然,我听见了汽车的震动声,这意味着乔治提前回来了。不一会儿,我们的路虎越野车穿过荆棘丛,停在帐篷的旁边。乔治大声喊我:"乔伊,你在哪儿呢?快来,看看我给你带来了什么……"

我肩膀上扛着帕蒂,飞一般冲出去,一眼就看见了狮子皮。我还没来得及打听狩猎的详情,乔治就指着汽车的后座,示意我往那儿看。那儿有三只狮子的幼崽,圆乎乎毛茸茸的,真像三只带斑点的小毛球。每一只小狮子都藏起脸庞,躲避陌生的环境,躲避周遭的一切。她们只有几星期大,眼睛还覆盖着一层淡蓝色的薄膜。她们几乎不会爬,更不用说偷偷溜走了。我把小狮子放在膝盖上,爱抚着她们。乔治颇有点沮丧,告诉我整件事情的来龙去脉。黎明之前,他和另外一名狩猎监督官,也就是肯,被领到据说是食人狮的藏

---

① 非洲瞪羚也称长颈羚。——译者注

身之处。黎明的第一道曙光升起时,说时迟那时快,一头母狮从岩石堆后面蹿出来,恶狠狠地扑向他们。他们本来无意杀死她,只是她离得太近了,加之他们的后路险象环生,乔治只好示意肯开枪。肯扣动扳机,射中了母狮。受伤的母狮子消失不见了。他们往前走了几步,发现地面上有一条粗长的血迹,一直通往山顶。他们循着血迹,一步一步,小心翼翼地爬到山顶,看到一块巨大的平顶岩石挡住了去路。乔治爬到岩石上方,凝神眺望四周;肯在岩石下方,绕着岩石四处查看。这时,乔治发现肯朝岩石的里侧张望,沉吟片刻之后,举起来复枪,对着里面连开两枪。接着,他们耳旁响起震耳欲聋的咆哮声。母狮露面了,冲着肯猛扑过来。乔治无法开枪,因为他的枪口正对着肯。就在这千钧一发之际,一名巡查员开枪了,因为他处于射击的有利位置。一枪过后,母狮愤而转身,正对乔治的枪口。乔治开枪了。这是一头正处于青壮年时期的母狮,个头非常大,乳房胀满了乳汁。看到母狮胀鼓鼓的乳房,乔治才恍然大悟,难怪这头母狮易怒且狂躁。他后悔莫及,责怪自己没有早一点儿发现实情:母狮之所以举止乖戾,是因为她要保护自己的一窝幼崽。

他吩咐大伙在四周仔细搜寻,设法找到母狮的一窝幼崽。就在这时,他和肯听到岩壁的罅隙里传来微弱的叫声,他们把胳膊伸进石头的裂缝,尽可能地往深处摸索。里面传来幼崽的哼唧声,咕哝声,声音稚嫩而响亮,显然是不欢迎他们的"入侵"。而后,他们砍来一根带丫杈的长树枝,又是戳,又是拽,忙活了好一会儿,才把三只小狮子拖出来。她们刚出生没多久,只有两三周。她们被抱进车里。在返回营地的途中,两只大的嗷嗷叫,挥动着爪子。第三只小狮子个头最小,没有作任何反抗,仿佛事不关己,一副漠然处之的神色。如今,三只圆滚滚的小狮子趴在我的膝头,我怎能不宠爱她们?

令我惊诧的是帕蒂的反应。她向来忌妒心十足,嫉妒任何一只会分夺她宠爱的动物。然而眨眼之间,她和小狮子们抱成一团,显然是接纳了她们,还把她们当成了称心如意的好伙伴。从那一天起,她们就形影不离了。最初的日子里,帕蒂是个头最大的。再说,她毕竟六岁了,和走起路来还东倒西歪、憨态可掬的三只小毛球相比,她的举止显得很有派头。

刚开始的两天,小狮子们死活不肯喝牛奶。无论我如何耍尽花招,逗引她们吞咽无糖罐装的稀释牛奶,她们都会抬起小鼻子抗议,发出"嗯昂,嗯昂"的叫声,就像我们年纪尚小,还没有学会礼貌地说"不,谢谢你"一样。

她们一旦接受了牛奶,就喝个没够。每过两个小时,我就要温一遍牛奶,并清洗有弹性的橡皮管。这根橡皮管是我们从无线电上取下来的,在没有合适的婴儿奶瓶之前,暂时被当成奶嘴使用。我们什么都缺,于是派人前往最近的一处非洲集市,那儿距营地大约五十英里之遥。我们不仅要买奶嘴,还要买鱼肝油、葡萄糖,还有成箱的无糖牛奶。与此同时,我们也给一百五十英里之外的伊西奥洛的地区行政长官发送SOS求救信号,宣称两周之后,三只尊贵的宝宝即将莅临小镇。我们恳请他及时准备一间舒适的木屋,等待我们返回。

数日之内,小家伙们就安顿下来了,并成了所有人的宠物。帕蒂自告奋勇地担任她们的保姆,也是最恪尽职守的保姆,负责一切。她全心全意地照顾她们,毫不在乎被三只见风长的小霸王们压在身下,拖来拽去。三只小狮子都是母的。虽然她们年纪尚小,不过每一只都个性十足。"大个子"秉性宽厚,对其他小狮子宽宏大量。老二是个小丑,总是咧嘴大笑,喝牛奶的时候用两只前爪拍打奶瓶,

小狮子初到作者家中。

陶醉地闭上眼睛，满脸幸福至极的神情。我给她取名为鲁斯蒂卡，意思是"快乐的小家伙"。老三个头最小，胆子最大，天生爱冒险。她每个角落都侦查一番，一旦有什么风吹草动，小狮子们就派她出来打探情况。我叫她爱尔莎，这是一位故人之名。她让我想起这位故人。

在自然生存条件下，爱尔莎十有八九会被狮群[①]抛弃。一窝狮子幼崽平均有四只，一只通常会在出生不久后死去，还有一只往往会因为体质孱弱而无法长大。因为这个缘故，母狮的身旁只有两只小幼崽。母亲抚育小狮子两年的时间。第一年，母狮给小狮子提供食物：先把食物咬碎，再吐出来给小狮子吃。这个过程叫反刍，是为了让小狮子更好地消化食物。第二年，小狮子被允许和母亲一起捕猎，如果捕猎过程中失去自控力，就会受到严厉的惩罚。在这个阶段，小狮子无法独自杀死猎物。猎物都是狮群里的成年狮子捕杀的，等成年狮子吃够了，会将剩下的一点"残羹冷炙"留给小狮子们。一般情况下，猎物被吃得差不多了，剩不了多少肉，所以小狮子的营养和健康状况极其糟糕，个个瘦得皮包骨。有时，小狮子忍受不了饥饿，趁着成年狮子大快朵颐时，它们想要冲破围住猎物的"狮墙"，抢一口肉吃，结果可能会被无情地咬死；或者它们离开狮群，三五成伴，由于它们还没有掌握准确的捕食技巧，往往会陷入困境。自然法则无情又残酷，狮子必须从小学习艰难的生存之道。

我们的四重奏——帕蒂和三只小狮子——待在帐篷里我的行

[①] 狮群是一种不太确切的说法，用来描述两只以上的狮子联盟。它可能包括一到几个狮子家庭，幼狮和成年狮子住在一起，或者是几只成年狮子为猎食而组成的联盟，和一对狮子或一只狮子形成对比。——作者注

军床下,消磨一天的大部分时光。显而易见,这里对小狮子们而言很安全,也是她们能找到的最接近自然的托儿所。她们天生不爱在窝里大小便,总是小心翼翼地去外面的沙地解决。最初的几天,出现了几次小意外,不过后来呢,要是地面上偶尔出现一个小水洼,弄得小窝臭烘烘的时候,她们会呜呜地叫,还做出一副滑稽的怪相,表达她们的厌恶和不满。无论从哪个方面说,小狮子们都非常干净,身上没有一丝怪味,反而散发出一股好闻的味道,类似蜂蜜的甜香——也许是鱼肝油的味道?她们的舌头早就和砂纸一样粗糙。等她们长大了,伸出舌头舔舐我们的时候,哪怕隔着厚厚的卡其布衣服,我们也能感觉到舌头的粗粝。

两个星期之后,我们返回伊西奥洛。迎接我们尊贵的宝宝的,是一座精美的宫殿,还有隆重热烈的欢迎仪式。所有人都来看望小狮子,小狮子喜爱欧洲人,特别是小孩子,明显不喜欢非洲人,只有一个人例外。他是一位年轻的索马里人,名叫奴鲁,是我们的园丁。我们给奴鲁安排了一份新工作,让他担任小狮子的监护人和首席保护人。这个职务令他喜不自胜,因为这提高了他的社会地位;这也意味着,当小狮子们厌倦在屋里屋外嬉戏玩闹,宁可去灌木丛的树荫下睡大觉的时候,他可以坐在小狮子的旁边小心看护,时间长达数小时之久,以防蛇和狒狒惊扰小狮子的好梦。

连续十二周,我们给小狮子喂食混合鱼肝油、葡萄糖、骨粉和含一点点盐的无糖牛奶。不久之后,她们只需每三小时进食一次;慢慢地,两餐之间的间隔时间拉长了。

如今,她们的眼睛完全睁开了。不过,她们还不能准确判断距离,所以经常会错失目标。为了帮助她们克服困难,我们给她们准备了玩具,有橡皮球和破旧的轮胎的内胎——后者尤其适合玩拔河

友好的四重奏——帕蒂和三只小狮子

游戏。事实上,只要是橡皮制品,或者柔软有弹性的东西,都能让她们爱得发疯。她们争夺轮胎,抢得不亦乐乎。进攻者从侧面滚到正玩着轮胎的小狮子身上,把身体挤进轮胎和玩着轮胎的小狮子之间。如果这袭击不奏效,进攻者就会使出吃奶的力气,使劲拉扯轮胎。战斗分出胜负之后,胜者会带着自己的战利品,趾高气扬地游行,试图挑起一场新的战斗。如果胜利者的挑衅无人搭理,她就把战利品故意摆到同伴们的眼前,并且假装自己不知道它会被同伴偷走。

在小狮子所有的游戏中,出其不意是她们最擅长的把戏。她们相互跟踪——甚至包括跟踪我们——从一点点大开始,她们本能地知道如何正确跟踪。

她们总是从后面发动攻击。她们躲在隐蔽之处,低低地弓着背,蹑足而行,慢慢靠近毫无防备的受害者,而后以迅雷不及掩耳之势扑向受害者,用全身的力量压住受害者的后背,将对方扑倒在地。当我们成了小狮子跟踪的目标时,我们总是佯装对此一无所知;当最后一扑发生时,我们配合地蹲下身体,故意朝另一边张望。这会让小狮子乐开怀。

帕蒂总想参加她们的游戏,然而,小狮子的个头很快就有她三倍大了,她得万分小心,才能躲过小狮子的重击,或者避免被她照顾的小宝贝压扁。在任何一种情况下,她都保持自己与生俱来的威严;如果小狮子们太淘气了,闹得不像话了,她只需转过身,严厉地面对她们,小狮子就会乖乖的。我十分钦佩她的胆量,像她这么小的身躯,得需要多少勇气,才能让小狮子相信她的无所畏惧?何况,她仅有的武装只是她尖利的牙齿,敏捷的反应,智慧和勇敢。

她一出生,就来到了我们的身边,和我们朝夕相处了六年,她早已融入了我们的生活。她是岩蹄兔,和她的亲戚树蹄兔不同,她不

"霸占"玩具的小狮子

属于夜间活动的动物。晚上她围着我的脖颈入睡，就像一圈毛皮围脖。她属于食草动物，只是酷爱喝酒，简直嗜酒如命。只要逮住机会，她就取出酒瓶，拔出软木塞，一气儿猛喝。喝酒对她的健康很不利，当然啦，更甭提有违她的自我修养了。所以，我们做好了所有的防范工作，杜绝她接触威士忌或者杜松子酒，更别提让她纵情狂饮了。

她的排便习惯也与众不同。岩蹄兔通常在固定的地点排便，偏爱岩石的一处角落。在家里，帕蒂总是蹲在马桶座位的边沿，这姿势雷打不动，堪称我们家滑稽可笑的一大景观。在狩猎监督之旅中，条件非常简陋，我们没法为她提供马桶之类的东西，结果她傻眼了，不知如何是好。最后，我们只好给她安装了一只小马桶。

我从未发现她身上有跳蚤或蜱虫，所以最初的日子里，我很疑惑，为何她时不时地用爪子抓挠身体？这令我大伤脑筋。她的趾甲圆圆的，和小犀牛的趾甲很像，长在厚实的脚垫上。前足有四只脚趾，后足有三只脚趾。后足最内侧的脚趾处有一个爪子，也叫修饰爪。帕蒂经常用这只脚爪梳理皮毛，保持毛发的油光滑亮。对外表的重视，足可以解释为何她不停地抓挠身体。

帕蒂的尾巴不明显。沿着脊椎的中央，帕蒂的背部有一条腺体，这条腺体一目了然，因为在她灰色带斑点的毛发中，腺体周围的毛是白色的。如果她受惊了，或者兴奋了，这条腺体就会分泌异味，周围的毛发也会根根竖起。由于小狮子越长越大，她们的游戏粗野可笑，经常吓她一大跳，所以她的毛发频繁地竖起，简直是太频繁了。事实上，假如她不是反应敏捷，经常逃也似的躲在窗台上，没准儿就会被一架梯子，或者什么大家伙砸中脑袋。她总是被小狮子误以为是一只橡皮球，而后生死悬于一线。在小狮子到来之前，帕蒂

小狮子天性擅长跟踪。

一直是我们家宠物里的老大,集万千宠爱于一身的。如今,她的举止真是感人肺腑。即使三只淘气包成了我们家的明星,客人们忽视了她的存在,不再像从前那样关注她,她也一如既往地深爱小家伙们。

小狮子们逐渐意识到自己的力量。她们找到了什么东西,就用这样东西验证自己的力量。比如一块防潮布,无论它有多么大,一定会被小狮子拖来拽去。她们运用猫科动物特有的方法,把防潮布放在两只前爪中央,然后用两只前爪使劲拉扯,就像在日后的岁月里,她们用前爪捕杀猎物一样。还有一个游戏挺招她们喜欢,叫"城堡之王"。一只小狮子跳到土豆袋子上,阻挡攻击者,直到另一个姐妹从她的身后发动突然袭击,把她推下"宝座",废黜了她的"王位"。爱尔莎经常是这个游戏的胜利者。她守候在一旁,观望两只小狮子死缠烂打,等到战斗处于胶着状态时,她乘其不备而发动袭击。

我们门前寥寥的几棵香蕉树也成了她们喜爱的玩具。没过多久,繁茂的树叶就变得支离破碎,耷拉在枝头。爬树也是她们喜爱的一个游戏。小狮子是天生的杂耍演员,只是她们往往冒险爬到高处,结果下不来了,于是我们不得不开展营救活动。

黎明时分,奴鲁会把她们从围栏里放出来。她们飞也似的冲出大门,带着被压抑一整夜的能量。此时此刻的场面,能和灰狗比赛的起跑相媲美。有一次她们冲出家门的时候,瞅见了一顶帐篷,里面睡着前一日来拜访我们的两位男士。五分钟之内,一场"浩劫"结束了。帐篷倒塌在地,化为一堆破布。我们被客人的喊叫声惊醒。他们试图抢回自己的物品,然而这完全是徒劳的。小狮子们兴奋得发狂,冲进"废墟"之中,再次出现的时候,拖回一堆战利品——拖鞋、睡衣、蚊帐的碎片。这一次,我们不得不用一根小木棍来强化纪律。

哄她们上床睡觉也是一项艰难的挑战。想象一下吧，三个淘气的小姑娘，和小孩子一样不爱睡觉，而且跑得飞快，比照料她们的人还要快上两倍，还拥有另外一个优势——长着一双夜视眼。

我们经常被迫耍一些小花招。有一个把戏最管用。我们在一根绳子的尾端系上一只旧口袋，而后拖着口袋稳稳地向前，一直拖进围栏里——她们总是忍不住追逐口袋。

室外的游戏都很好玩，只是这些小狮子们对图书和靠垫也兴趣盎然。为了拯救我们的图书馆，还有其他一些物品，我们最后被迫把小狮子关在门外。我们用粗铁丝缠绕木框，做了一扇齐肩高的大门，横挡在门廊的入口处。小狮子们对这扇门"恨之入骨"，为了补偿她们丢失的游戏场，我们在树上悬挂了一只轮胎。事实证明，此举非常明智。小狮子们不仅喜欢啃咬轮胎，还喜欢把它当成秋千，玩得不亦乐乎。我们还给小狮子准备了一样玩具，一个空心木桶。推动木桶的时候，木桶会发出响亮的隆隆声。不过，最得她们欢心的玩具非粗麻袋莫属。粗麻袋里装满旧内胎，挂在一根树枝上，摇来晃去的，非常惹眼。粗麻袋上还连着一根绳子，等小狮子吊在粗麻袋上，我们就拉起绳子，把她们荡在半空中。我们笑得越开心，她们就越是喜爱这个游戏。

虽然有这么多的玩具，小狮子们依然念念不忘挡在门廊前方的障碍物。她们经常跑过来，小鼻子在粗铁丝上蹭来蹭去。

一天傍晚，几位朋友远道而来，与我们共度闲暇时光。屋子里不时传出的欢声笑语，吸引了小狮子的注意力。她们一会儿就赶过来了，只是这天晚上，她们的举止彬彬有礼，不仅没有用小鼻子摩擦粗铁丝，而且都乖乖地站在离门框一英尺远的地方。这种反常的行为引起了我的怀疑。我站起身，去门外查看一番。天哪，只见一条

轮胎游戏

巨大的红眼镜蛇,吐着蛇信子,横亘在大门和小狮子之间。我顿时吓得心惊肉跳。虽然三只小狮子站在一头,我们站在另一头,然而这只大家伙若无其事地蠕动身体,穿过门廊的台阶。等我们取来猎枪,这个大家伙早已销声匿迹了。

虽然有障碍物、眼镜蛇,或者禁令,但这些都无法让鲁斯蒂卡放弃进屋的念头。她寻遍每一扇门,锲而不舍地努力打开。对她而言,压下门柄易如反掌,拧开门把手也并非难事,最后我们只能给所有的大门都安上门闩,才算断了她的念想。后来,我发现这并非一劳永逸之法。有一次,小家伙琢磨着用牙齿推开门闩,被我抓个正着。为了发泄她的不满,小家伙扯下晾衣绳,晾晒的衣服撒落一地。干完"坏事"之后,她叼着绳子撒腿就跑,一溜烟儿地钻进灌木丛里。

小狮子长到三个月大的时候,她们的牙齿已经很有力量了,可以吃肉了。这时,我开始给她们喂食碎肉。我们这样做,其实是尽可能地模仿母狮子的喂养方式,碎肉和母狮嚼碎的生肉差不多。有好几天,她们连碰都不碰碎肉,不仅如此,还皱眉歪嘴的,做出种种恶心的模样。后来,鲁斯蒂卡尝了第一口,发现味道还不错。她的做法鼓励了其他的两只小狮子。不久之后,每一次进餐都成了一场"恶斗"。可怜的爱尔莎,由于她依然比姐姐们的个头小,压根儿抢不到本应属于她的那一份食物。于是,我单独为她准备了一份美味佳肴,还把她抱到膝头,让她尽情地享用。爱尔莎很喜欢这样:小脑袋从这一头滚到那一头,还惬意地闭上眼睛,快乐得无法言喻。这时候,她会吮吸我的大拇指,用前爪摩挲我的大腿,仿佛她在挤压妈妈的肚子,好喝到更多的奶水。这些日子里,我与爱尔莎的感情与日俱增。我们将游戏和喂食融为一体,与这些令人喜爱的小家伙在一起,让我的生活充满无尽的乐趣。

她们天性疏懒，不爱动弹。通常，我们需要花费很多口舌，才能让她们挪动一下，改变舒适的姿势。哪怕是天下第一美味的骨髓，也不能让她们爬起来。她们一般是用最省力的方法，在地上打个滚儿，正好抓住骨头。她们最喜欢我把骨头送到她们嘴边，这样一来，她们只需仰面躺着，四脚朝天，抓住骨头吮吸即可。

等小狮子钻进丛林里，她们经常会有很多奇遇。一天早晨，我跟在她们身后，因为我事先给她们喷撒了驱虫粉，想看看效果如何。我看到小狮子们晕晕乎乎的，快要睡着了。突然，我发现一队黑色士兵蚁正在靠近她们。事实上，有几只已经爬到她们的身体上。这些蚂蚁极其可怕，无论是什么东西，只要挡住它们的前进之路，它们就会发起攻击。士兵蚁拥有强健的上颚，咬噬力惊人。鉴于此，我正打算叫醒小狮子们，却发现蚂蚁改变了行进方向。

过了一会儿，来了五头驴子。小狮子们惊醒了。这是她们第一次看到这样的庞然大物。她们无疑显示出狮子众所周知的勇气，几乎同时冲上前去。驴子让她们斗志高昂，以至于几天之后，我们家附近来了一支由四十头驴子和骡子组成的运输队伍，它们刚靠近房屋，小狮子们就无所畏惧地发起攻击，追得整支队伍落荒而逃。

五个月大的时候，小家伙们长得非常健康，并且日益强壮。她们的生活无拘无束，除了夜间，她们要睡在用石头和沙土砌成的围栏里，这道围栏是接着小木屋开始建起的。这种预防措施是必要的，因为野生狮子、鬣狗、豺狼，还有大象，它们经常在我们的屋子附近游荡，其中的任何一种都会杀死小狮子。

我们越是了解小狮子们，就越是喜爱她们。所以，我们很难接受一个现实：我们无法永远将三只小狮子留在身旁，她们长得那么快，几乎是见风就长。尽管心头万般不忍，我们还是决定送走两只小狮子,这两只最好是大个头的两只,她们总是形影不离,对我们的依赖不像爱尔莎那么强,应该能离开我们了。我们的非洲仆人也赞同我们的选择,当我们询问他们的建议时,他们不约而同地选择留下最小的狮子。也许,对未来的估计影响了他们的选择,他们心想:"如果必须在屋子里留下一只狮子,那就尽可能留下最小的那一只。"

至于爱尔莎,我们觉得如果她的朋友只有我们,训练她一个会易如反掌。我们不仅训练她适应伊西奥洛的生活,而且在狩猎监督之旅的旅途中,训练她成为我们的伙伴。

我们给鲁斯蒂卡和大个子选了新家——荷兰鹿特丹的比利多普动物园,还为她们安排了一次空中之旅。

她们要从内罗毕①的机场启程,那儿离我们家约有一百八十英里之遥。我们决定让她们习惯坐车,于是我用自己的载重一吨半的卡车,每天带她们作短途旅行。卡车上有一个铁丝围成的车厢,我们在里面给她们喂食,让她们熟悉这个新环境,把这儿当成一个游戏围栏。

最后一天,我们给车里垫上软沙袋。

当我们驾车离开的时候,爱尔莎跟在汽车后面追了一小段,然后呆呆地站在原处,凝视载有姐姐们的卡车越行越远,消失在远方。她的眼神饱含无尽的忧伤,令人不忍目睹。我和小狮子们一起坐在后面,胳膊上挎着一只小型的急救箱,原以为在漫长的旅行中,会被焦躁的小狮子们抓伤。然而,我的医疗预防措施纯属庸人自扰,令我倍感羞愧。因为经过一个小时的烦躁不安后,小家伙们躺在我身旁的沙袋上,用爪子搂着我。我们就这样共度十一个小时,除了两次因爆胎而耽搁行程。世上再没有谁,会像小狮子们这样信任我

---

① 肯尼亚首都。——译者注

们。当我们到达内罗毕的时候,她们睁大双眼,目不转睛地看着我,对那些陌生的声音和气味倍感疑惑。而后,飞机带着她们离开故土,从此一去不复返。

数日之后,我们收到一封电报,告知我们小狮子安全抵达荷兰。三年之后,我去看望她们。她们把我当作友好的人,允许我抚摸她们,然而她们已经不认识我了。她们的居住环境非常不错。总体而言,得知她们全然忘记了过去的自由生活,我其实很高兴。

第二章　爱尔莎遇到其他野生动物

我去内罗毕的这段时间，听乔治说，爱尔莎非常不安，时刻和他在一起，寸步不离：乔治走到哪儿，她就跟到哪儿；乔治工作的时候，她蹲在办公桌的下面；晚上，她睡在乔治的床头。每天傍晚，乔治都带着她去散步，不过在我回家的那一天傍晚，她不肯陪伴乔治了，而是坐在车道中央，翘首企盼。没有什么能让她移开。难道是她已然知道我即将归来吗？倘若如此，又是何种本能，可以让动物未卜先知？这种行为令人百思不得其解，也无法用语言解释。

当我独自归来的时候，她欢欣雀跃，热情地问候我，然而接下来的一幕却令人心碎，她四处寻找姐姐们的身影，不放过任何一个角落。后来的日子里，她时常凝望灌木丛，哀哀地呼唤姐姐们。她与我们形影不离，显然是害怕我们抛弃她。为了安慰她，我们让她待在屋子里，睡在我们的床上。她经常伸出粗粝的舌头，舔舐我们的脸庞，将我们从睡梦中唤醒。

我们将一切安排妥当之后，就带着她一起开始狩猎监督之旅。她不能老待在家里，陷入无望的等待，被忧伤的气氛紧紧包围。庆幸的是，她习惯了狩猎监督之旅的各种方式，并且像我们一样发自内心地热爱。

姐姐们离开后,爱尔莎四处寻找,令人心碎。

对她而言,我的卡车是完美的旅行工具,上面堆满了柔软的行李和铺盖卷,而且坐在舒服的沙发椅里,她可以观察四面八方,将一切尽收眼底。

我们在乌亚索尼伊罗河旁宿营。河岸上遍布茂密的埃及姜果棕树(非洲椰子树)和金合欢树。在旱季,浅滩里的河水缓缓流入洛雷恩湿地,经过水流湍急之处,形成了一个个深潭,那儿有许多鱼儿。

我的营地附近,有许多岩石山脊。爱尔莎查看每一道岩石的裂缝,在岩石中间嗅来嗅去。最后,她通常站在某一块石头顶上,俯瞰周围的丛林。傍晚时分,夕阳暖暖的余晖笼罩四野,她和红色的石头融为一体,仿佛也是石头的一部分。

这是一天之中最惬意的时光:经过了一天的燥热,万事万物,还有人类,都放松下来。树影拉得长长的,光线由红色变成了绛紫色,直到落日骤然西沉,万物倏忽不见。鸟儿的鸣啭若有若无,声声远去。世界阒然无声,忐忑不安地等待黑夜降临,等待丛林的苏醒。接着,荒野深处传来鬣狗的嚎叫,声音悠长而尖利。这是出发的信号——狩猎开始了。

我想起一个特殊的傍晚。那天,爱尔莎爬到帐篷外的一棵树上,怎么也下不来了。我把她救下来之后,她开始享用自己的晚餐。我坐在无边无际的黑暗中,聆听四周的声响。

帕蒂跳到我的膝头,舒服地蜷成一团,起劲地磨牙——据我所知,兔子快活的时候都爱磨牙。河边的知了叫个不停,水面泛起层层涟漪,反射碎银般的月光。仰望苍茫的夜空,星星闪闪烁烁,明亮耀眼——在北疆,星星好像很大,有别处的两倍那么大——此时此刻,我听见一声低沉的震动,仿佛远处有一架直升机在轰鸣——大象来了,它们要到河边饮水。谢天谢地,风向对我们有利,隆隆巨响也很快归于宁静。

突然,我们听到狮子发出的咕哝声。毫无疑问,就是狮子发出的声响。一开始,它们离我们还很远,渐渐地,咕哝声越来越响。不知道爱尔莎听到了之后,会有何感想?事实上,对同类的到来,她似乎无动于衷,只顾着撕扯生肉,用臼齿撕下一块块肉。而后,她仰面躺在地上,四只爪子朝天,闭眼打盹儿。我坐在原处,聆听鬣狗的狞笑,豺狼的嚎叫,还有来自狮群声如洪钟的齐吼。

这个季节干燥炎热,一天的大部分时光,爱尔莎都是在水中度过。如果太阳晒得她难受,她就躲进芦苇丛中休憩;过一会儿,再慵懒地跳进水里,溅出大大的水花。我们都知道,乌亚索尼伊罗河里的鳄鱼多得数不清,万一……我们有点担心爱尔莎的安危。不过,没有一只鳄鱼靠近爱尔莎。

爱尔莎性格顽皮,很爱搞恶作剧。她喜爱和我们分享戏水的乐趣,跳进水里的时候,她或者趁我们不备,把水花溅我们一身,或者从水中一跃而起,突然扑倒我们,不顾自己湿乎乎的身体上的水珠还在滴滴答答。就这样,我们被扑倒,滚进沙地里,我们的照相机、双筒望远镜,还有步枪,都被她湿淋淋的庞大之躯压在身下。她使用爪子的方法多种多样。她会温柔地使用爪子,表达自己的爱抚之意。她也能以迅雷不及掩耳之势全力挥爪,而在爪子即将落在我们后背的瞬间,那股凶猛之力瞬间化为乌有,仿佛她玩了一个柔术小把戏,爪子轻轻地落下,轻若鸿毛。无论我们如何多加防备,她只需用爪子轻轻扭打我们的脚踝,我们就会扑通倒地。

爱尔莎的爪子的确不同寻常。有些树的树皮粗糙坚硬,给她提供了磨爪子的条件。她抓来挠去,在树皮上留下深深的道道,磨到心满意足时才算罢休①。

爱尔莎不害怕枪响。她渐渐知道,"嘭"的一声意味着一只死鸟。她喜欢叼回死鸟,尤其是珍珠鸡。珍珠鸡的大翎毛在她嘴里吱嘎作响,令她得意洋洋。虽然她很少吃鸟肉,更不用说羽毛了。第一只鸟总是她的,而且是趾高气扬地衔在她嘴里的。等她衔得不舒服了,她就把死鸟丢在我脚边,随后抬头望着我,好像在说:"帮我拿着吧。"我把鸟儿拿在手中,在她鼻子面前晃荡,她心平气和地跟在后面,一路小跑。

无论何时,只要她发现一堆大象的粪便,就会立刻扑在上面打滚儿。看上去,她是把这堆粪便当成天然的痱子粉了。她抱住大粪球,搓个没完,气味一丝不落地渗进皮肤。犀牛的粪便也很吸引她。其实,大部分食草动物的粪便,她都喜欢,尤其青睐厚皮动物的粪便。她的这种习性令我们很好奇——难道这源自动物的本能,借此举以掩盖她的气味,在自然条件下,方便她狩猎和进食?兔子,和人类驯养的猫和狗类似,也有在粪便里打滚儿的行为。显然这是同一种本能,只是退化了而已。我们从未见过她在食肉动物的粪便里打滚儿。

爱尔莎排便时非常小心,离我们经常行走的狩猎通道有几码之遥。

一天下午,爱尔莎被一群大象的吵闹声吸引,飞速冲进灌木丛里。不一会儿,我们就听见喇叭似的喧闹声,尖叫声,还有珍珠鸡的咯咯声。我们怀着巨大的好奇,等待这次会见的结果。片刻之后,大象的吵闹声平息下来,取而代之的是珍珠鸡发出的咔哒声,听起

---

① 事实上,她很可能是在锻炼爪子周围的肌肉,令它们伸缩自如。——作者注

爱尔莎每天都要进行磨爪练习。

来怪吓人的。最后,令我们诧异的一幕发生了。爱尔莎从灌木丛里露面,身后尾随一大群凶猛的珍珠鸡。看来,珍珠鸡铁了心似的要赶走爱尔莎。因为,爱尔莎稍有坐下来的企图,它们就咯咯大叫,爱尔莎只得继续往前走。这些胆大包天的鸟儿只是在看到我们之后,才放过了爱尔莎。

有一次,我们出门散步。突然,爱尔莎停下脚步,呆呆地站在一丛虎尾兰的前面。接着,她一跃而起,迅速往后撤退,她的表情似乎在告诉我们:"为何你们不像我一样?"就在这时,我们看见一条巨大的蛇,就盘在虎尾兰利剑似的叶片之间。虎尾兰厚实的叶片是它天然的伪装,令人难以察觉它的存在。多亏爱尔莎的提醒,我们才得以逃过一劫。

当我们返回伊西奥洛的时候,雨点从天而降。四周处处是小水洼、小池塘。爱尔莎简直乐得发疯,但凡看见一处小水洼,她就要跳进去踩一踩。她兴奋极了,不停地跳进跳出,结果溅得我们浑身都是泥巴。她肯定认为这些泥巴是天赐之物,而我们不这么认为。这个游戏玩得过火了。我们不得不让她明白,她已经长大了,也太重了,不适合玩这种腾空飞跃的游戏。我们明智地选择一根小棍子,向她解释了她的处境。她立刻就心领神会。虽然在以后的日子里,我们使用它的机会近乎为零,不过我们总是随身携带,把它作为一个提醒之物。如今,爱尔莎也懂得"不"的含义,即便有一只羚羊诱惑她,她也会遵从我们的命令。

其实,看到她在狩猎本能和取悦我们之间左右为难时,我们也深受感动。就像大多数的狗一样,每一只移动的物体,仿佛都在恳求她追逐。不过,到目前为止,她的杀戮本能还没有发育成熟。当然,我们也一直非常小心,不让她瞧见山羊被屠杀,而后成为她的口

沐风而憩

中食的过程。她有很多看见野生动物的机会，而这些时候都是和我们在一起。她的追逐只是为了游戏，一般追一小会儿就返回我们身边，脑袋在我们的膝头蹭蹭，嘴里发出低沉的呜呜声，告诉我们游戏的结果。

我们屋子附近有很多野生动物出没：一群非洲水羚和黑斑羚，还有大约六十只网纹长颈鹿。我们和平共处很多年了；爱尔莎每次散步都会遇到它们，它们对爱尔莎熟视无睹了，甚至允许爱尔莎尾随它们身后一小段距离，直到它们静静地掉头为止。还有蝠耳狐一家，它们也熟悉了爱尔莎。当我们离它们的地洞只有几步之遥时，这些胆小多疑的动物安之若素：小蝠耳狐在洞口前方的沙地里打滚儿，狐狸爸妈在一旁站岗放哨。

猫鼬也给爱尔莎带来无穷的乐趣。这些小家伙们，个头不比黄鼠狼大多少，住在废弃的白蚁洞里。它们把白蚁洞改造得像个固若金汤的堡垒。这些洞口比周围的平地高出八英尺，里面还有许多通风道，在一天里最炎热的时刻也能凉爽无比。大约喝下午茶的时候，喜剧演员猫鼬们粉墨登场了。它们离开堡垒，四处找食小虫子，直到暮色降临，才纷纷回家。当我们出门散步时，经常从它们身旁走过。这个时候，爱尔莎会蹲坐在洞口旁边骚扰它们。爱尔莎乐此不疲，显然是获得了极大的满足。看到这些小丑们从四面八方的通风道里探出小脑壳，发出警告的尖叫声，再像影子一样倏忽消失，这一幕真是令人忍俊不禁。

虽说戏弄猫鼬乐趣无穷，但脾气暴躁的狒狒可不好招惹。狒狒住在悬崖峭壁上，离我们的居所很近。这里很安全，连花豹都拿它们无可奈何。它们趴在岩石最狭窄的凹陷处，安然度过夜晚。暮色还未降临，它们就早早地爬上岩石，悬崖峭壁仿佛长出了很多黑点点。趴在安全的峭壁上,狒狒冲着爱尔莎大吼大叫,而爱尔莎只能干瞪眼,拿它们毫无办法。

  小狮子第一次直面大象时的场景,堪称激动人心,也令人心神不安。可怜的爱尔莎,褪褓时期就失去了妈妈。没有母亲的指导,她浑然不知大象的危险,而后者把狮子视为小象的唯一天敌,因此,有时它们会杀死狮子。一天黎明时分,奴鲁带着爱尔莎出门散步,而后气喘吁吁地跑回来,他说爱尔莎"在和一头大象玩耍"。我们带上步枪,跟着他飞奔而去。到达目的地之后,我们看见前方有一头体型巨大的老象。他的脑袋扎进灌木丛里,优哉游哉地享用自己的早餐。突然,爱尔莎从他身后悄悄溜出来,调皮地拍打他的一条后腿。这种粗鲁无礼的行为侮辱了老象的尊严,令老象又惊又怒。他大叫一声,离开灌木丛,后退了几步,扑向爱尔莎。爱尔莎敏捷地闪开,若无其事地跟在老象的身后。这一场"狮象大战"逗得我们合不拢嘴,虽然我们也为爱尔莎提心吊胆。我们只希望,不到万不得已,尽量不要用步枪。谢天谢地,过了一会儿,双方都厌倦了这个游戏,老象继续埋头吃草;爱尔莎倒在一旁,离老象很近,酣然入睡。

  接下来的几个月,小家伙不放过任何一个骚扰大象的机会。这样的机会多如牛毛,因为大象的季节到来了。也就是说,成百上千头大象的年度入侵开始了。这些庞然大物已然非常熟悉伊西奥洛的地理环境,闭着眼睛都能找到最肥沃的玉米田,长势最好的抱子甘蓝田。除此之外,尽管路经非洲人口稠密的地带,车流繁忙的道路,但它们性情温顺,很少惹麻烦。我们的家,距伊西奥洛大约有三英里之遥,门前屋后皆是茂盛的牧草,吸引了一大群入侵者前来拜访。尤其是门前的一个旧打靶场,成了他们最喜爱的游乐场。在这个季节,我们散步时必须多加小心,总有一小群大象在附近吃草。

如今，为了保护爱尔莎和我们自己，我们的神经都绷得很紧。

一天中午，奴鲁和爱尔莎回家了，身后跟来一大群大象。从客厅窗户往外望去，我们瞅见灌木丛里的大象。我们试图转移爱尔莎的注意力，然而她调转方向，打算和前进的象群迎面会见。突然，她坐了下来，观察大象的动静，而象群排成一队，转身穿过打靶场。这真是一场规模盛大的游行，大象一只跟着一只，从灌木丛里露面。显然，象群嗅出了爱尔莎的气味。她蹲伏在灌木丛的旁边，瞅着大约二十只大象走过，等最后一只出来了，她才慢慢起身，尾随象群前行，脑袋和肩膀形成一条直线，尾巴伸得长长的。突然，一只个头很大的公象从队伍的末端转过身，冲着爱尔莎昂起巨大的脑袋，嘴里发出喇叭似的尖声嚎叫。这声威慑的嚎叫没有吓倒爱尔莎，她不为所动，坚定地走在后面；大象也继续前行。我们跑出来，小心翼翼地跟在后面，隐约看见爱尔莎和象群在树丛里混为一体。我们听不见尖叫声、树枝被折断的咔嚓声这些能够证明发生混战的声响。我们只能等待，尽管心急如焚，却无能为力。终于，小狮子从树丛里再次露面了，看来是玩腻了，对整件事情厌倦了。

不过，爱尔莎遇到的大象并非个个都性情随和。有一次，爱尔莎成功地引发了一场大逃亡。起初，我们听到打靶场传来惊天动地的声响，等我们赶到那儿，只见一群大象往山下狂奔，爱尔莎紧紧跟在它们后面。后来，一只公象扑向她，但她的动作更为敏捷灵活，公象只得放弃攻击，跟着大部队逃跑。

长颈鹿也给爱尔莎带来莫大的乐趣。一天下午，我们和爱尔莎一起出门，遇见了五十只长颈鹿。她匍匐在地面，激动得浑身发抖。她跟踪长颈鹿，小心地往前迈步。长颈鹿对她满不在乎，只是站在原地，不动声色地扫视她两眼。爱尔莎看着它们，又回头看我们两眼，仿佛对我们说，"你们干吗像烛台一样傻站着，破坏我的跟踪？"后来，她气急败坏，飞也似的冲向我，把我撞倒在地，摔了个四仰八叉。

日落之前，我们遇到了一群大象。光线迅速暗淡下来，我们隐隐约约看见大象的轮廓，在我们四周活动。

我觉得大象的行为像个谜，令我百思不得其解。这些庞然大物能够悄无声息地穿过灌木丛，不知不觉中就来到你身边，而你竟然毫无察觉。这一次，我们被大象团团围住了。无论我们想从哪个空挡突围，一只大象就会立刻堵住那个空挡。我们还要管住爱尔莎，我们得让她明白，现在不是和大象追逐玩耍的时候。然而，小家伙很快就认出了大象，眨眼之间，她就冲进象群，摆脱了我们的控制。我们听见刺耳的尖叫声；我的神经绷得紧紧的，因为，尽管我们绞尽脑汁，试图冲破大象的包围圈，逃出黑黝黝的灌木丛，然而总有一只大象挡住我们的去路。最后，我们好不容易突出重围，回到家里，但是，爱尔莎没有回来，这在我们的意料之中。过了许久，她才回来。她显然获得了极大的乐趣，也很不明白为何我如此紧张不安。

我们的车道两旁围着茂密的大戟丛。一般的动物不会从中穿行，因为大戟的汁液具有腐蚀性。眼珠里哪怕沾上一小滴，就会火烧火燎地疼痛，并且眼睛会肿痛发炎，持续数天之久。因此，绝大多数动物都离车道远远的，除了大象之外。大象酷爱大戟水分十足的枝条，等它们美餐一夜之后，枝繁叶茂的大戟丛就变得稀稀拉拉的。

有一次，我在围栏里给爱尔莎喂食。围栏的外面是大戟丛，我听到后面传来隆隆的响声。毫无疑问，肯定是大象来了。果然，有五头大象露面了。它们"嘎吱嘎吱"地吞食，享受美味的牧草，享受我和它们之间的唯一一道篱笆墙。事实上，就在我写下这行文字的时候,由于大象的青睐,那道篱笆墙已经变成了一处寒碜破败的景观。

如今,我们家附近多了一只犀牛,这给爱尔莎的生活增加了乐趣。一天傍晚,天色黑漆漆的,我们从野外散步归来,小狮子突然冲向后面仆人们的住宅区。接着,我们听到震耳欲聋的喧闹声。我们慌忙跑去看个究竟。原来,爱尔莎发现了一头犀牛,和犀牛面对面地站着。犀牛迟疑了片刻,喷出愤怒的鼻息,往后撤退。爱尔莎穷追不舍,仿佛还没有玩够。

随后的一天傍晚,我和爱尔莎、奴鲁一同出去散步。很晚我们才回来,天色也越来越黑。突然,奴鲁抓住我的肩膀,因为我差点和犀牛撞个正着,犀牛就站在灌木丛后面,面对着我们。我往后跳了一步,撒腿就跑。爱尔莎很幸运,她没有看见犀牛,还以为我和她玩游戏呢,也跟在我后面飞奔。这一次,我们侥幸逃生了。因为犀牛喜怒无常,很容易发动攻击,连卡车和火车也不放过。不过,第二天,爱尔莎找到了乐趣,她穿过山谷,把这个家伙赶到了两英里之外,而奴鲁尽职尽责地跟在后面,跑得上气不接下气。有了这段经历,犀牛离开此地,去了更安静的地方。

现在,我们给爱尔莎安排好了饮食起居,她的生活也很有规律了。早晨的时候,天气凉爽舒适。我们经常看见黑斑羚优雅地跳过打靶场,聆听晨间百鸟的婉转啼鸣。天色一亮,奴鲁就放爱尔莎出来,去灌木丛散步。经过一夜的休整,爱尔莎精力旺盛,看见什么就追什么,包括自己的尾巴。

太阳升起之后,气温越来越高,她和奴鲁就来到树荫下休息。爱尔莎闭着眼睛打盹儿;奴鲁读他的《古兰经》,喝几口茶。奴鲁总是带一把步枪,可以对付野生动物,保护他们俩的安全;他总是很好

爱尔莎与作者同榻而眠。

地贯彻我们的指示,即"开枪之前大喊一声"。他真心喜欢爱尔莎,对她的照顾周到又妥帖。

到下午茶的时候,他们俩就打道回府。接下来,轮到我们接管了。爱尔莎先喝牛奶,然后我们去山间漫步,在平原行走。她爬到树上,仿佛是在磨爪子;追踪令她兴奋的气味,或者跟踪小羚羊和非洲瞪羚,有时它们很喜欢和爱尔莎捉迷藏。令我们惊奇的是,她对乌龟着了迷,把乌龟掀过来翻过去,乐此不疲。她喜爱玩耍,从来不放过任何一次和我们玩耍的机会——我们就是她的"狮群",她和我们分享一切。

等暮色降临,我们就打道回府,把她送进围栏里。那里面有一份晚餐等着她,其中有一大块生肉,主要是绵羊和山羊肉;她咬碎肋骨和软骨,从中获取粗纤维。当我替她拿着骨头时,能够看见她脑门上的肌肉有力地跳动。我通常帮她把骨髓剔出来;她贪婪地舔舐我手指上的骨髓,庞大的身躯直立着,倚靠着我的肩膀。此时,帕蒂坐在窗台,一眼不眨地望着我们。她心满意足,知道很快就轮到她了。整个夜晚,她的身体将绕着我的脖子,与我一同入睡。那个时候,我完完全全地属于她。

在此之前,我坐下来和爱尔莎一同玩耍,给她画速写,或者读书。这些夜晚,是我们最亲密无间的时刻。我相信,她对我们的爱,主要是在这些温暖惬意的时光里培养出来的。那时候,她吃饱喝足了,心情愉悦,吮着我的手指头打盹儿。只有在有月光的夜晚,她才会心神不安;她沿着粗铁线慢慢行走,聚精会神地聆听,鼻孔微微颤抖,捕捉最微弱的气味,而这气味可能带来了神秘之夜的信息。当她紧张的时候,爪子会变得湿漉漉的。我只需握住她的爪子,就能判断出她的心情。

第三章　爱尔莎来到印度洋

爱尔莎一岁了。她开始换牙了。她允许我帮她拔掉一颗乳牙。拔牙的时候，她昂起脑袋，一动不动，非常配合我的动作。她总是用臼齿撕扯生肉，而不是用门牙。因为她的舌头非常粗糙，上面布满细小的钩状肉刺，可以把肉从骨头上刮下来。她的唾液很多，也很咸。

帕蒂的年纪越来越大，我尽可能地让她保持安静。

假期到了。我们打算去海边度假。那儿是一处人迹罕至的海滩，靠近巴郡小渔村，离索马里边境不远。最近的白人聚集地是南边一个叫拉穆的地方，离此地约有九十英里。这个地方非常适合爱尔莎。我们可以在海岸边露营，远离人群，周围是一望无垠的干净沙地，身后还有一丛灌木，可以遮荫避暑。

两位朋友和我们结伴而行。一位是年轻的地方官唐；另一位是我们的客人，来自澳大利亚的作家赫伯特。

这真是一段漫长的旅行。路况比较差，我们花了三天时间，才到达目的地。通常我带着爱尔莎，驾驶一辆卡车，在前方开路。乔治和其他两位带着帕蒂，驾驶两辆路虎，紧随其后。我们经过的地区干旱，遍地沙尘，酷暑难当。

一天，路上遍布骆驼的足迹，密密麻麻的像张网。日暮时分，我迷路了，卡车也没油了。我以为乔治能很快赶来，就在原地等待。然而等了好几个小时，我才看见路虎车的灯光。乔治随后告诉我，他们在几英里之外的地方搭好了帐篷，我们要尽快赶回去，因为帕蒂中暑了，病情还在恶化。

他给帕蒂喂了几口白兰地，好增强她的体力，然而希望渺茫。我感觉返回营地的道路如此漫长，长得似乎永远没有尽头。等我返回营地时，帕蒂已经昏迷不醒了。她的心脏跳得很快，恐怕撑不了多久。渐渐地，她恢复了一点意识，能认出我了，还虚弱地磨牙。这是她往日里表达感情的方式，也是她传递给我的最后一个信息。她慢慢安静下来，心跳越来越慢，后来几乎没有了。突然，她小小的身体一阵抽搐，身子挺直，最后瘫软如泥。

帕蒂死了。

我紧紧搂住她。过了很久，她温暖的身体才变凉。

往日的点点滴滴如潮水般涌上心头。过去的七年半，她就是我们的家庭成员，给我们带来无尽的欢乐。多少次狩猎监督之旅时，她陪伴在我的身边。她和我一起去鲁道夫湖，虽然那里的炎热令她万般不适；她和我一同去海岸，在逼仄狭窄的独桅帆船里，一待就是好几个小时；我们去肯尼亚山，她爱上了那儿的荒野；从苏古塔山谷到义罗山，她和我一同坐在骡背上，穿过崎岖不平的道路；我们的足迹遍布肯尼亚的山山水水。在每一个露营地，当我给非洲部落绘图时，她与我形影不离。有时连续数月，她都是我唯一的朋友。

她是那么宽容大度，从不和丛猴、松鼠、猫鼬们锱铢必较，而那些小东西总是不请自到，悄无声息地溜进我们的屋子。还有，她是那么热爱狮子。进餐时，她总是坐在我的餐碟旁边，从我的手里吃一点东西，吃相那么温文尔雅。

她是我生命的一部分。

我用一块布裹住她的身体,用马具和皮带系牢,带着她来到远离营地的地方。我挖了一块墓地,将她安葬。夜晚很炎热,月光宁静如水,倾泻在苍莽广阔的平原。此时此刻,天地之间万籁俱寂,平静又祥和。

第二天早晨,我们驱车离开营地。糟糕的路况吸引了我的全部注意力,这对我而言,是一件幸事。

接近傍晚时分,我们到达了海滩。渔夫们跑来欢迎我们,还告知我们附近出现了一头狮子。这个家伙给他们惹了很多麻烦。几乎每天晚上,狮子都偷袭他们的羊群。渔夫们希望乔治杀死这头狮子。

时间紧迫,我们来不及搭好帐篷,就在露天里摆下几张床铺。我是四个欧洲人和六个非洲人当中唯一的女性。所以我自己的那张床,位置离他们远一点儿。爱尔莎安全地待在我的卡车里,离我很近。不一会儿,除了我之外,其他人都熟睡了。就在这时,我听见拖拽东西的声响,赶紧拧开手电筒。就在那儿,离我的床铺几码之外,出现了一头狮子,嘴里叼着我们下午射杀的一头羚羊的皮。

刹那间,我怀疑这头狮子是爱尔莎,然而我一扭头,发现她依然躺在卡车的后面。我再次凝望这头狮子,狮子依然死死盯着我,并发出低沉的吼声。

我朝着乔治的方向,慢慢挪动身体,愚蠢地背对狮子。我们之间只有几步之遥,我感觉他跟过来了,于是猛地一转身,将手电筒对准狮子的脸庞。此时此刻,我们之间的距离只有八码左右。我后退几步,退向行军床,男人们鼾声如雷,只有乔治醒来了。我告诉他一头狮子跟在我后面,他的回答是:"胡说八道,可能是鬣狗或者猎豹。"虽然这么说,乔治还是端起沉重的步枪,走向我示意的地方。

果不其然,他看见两只眼睛,听见狮子的怒吼。他毫不怀疑,这就是渔夫们口中的那头惹是生非的狮子。于是,他走到三十码之外的汽车前面,把一块肉挂在树上,打算一夜不睡,守株待"狮"。

过了一会儿,我们听见车后传来"哗啦哗啦"的声响。那儿是我们烧晚餐的地方。

乔治悄悄地绕过去,放平步枪,拧开手电筒;只见狮子坐在一堆锅碗瓢盆的中间,正在享用我们的残羹冷炙。他扣动扳机,只听得"咔哒"一声响,他再扣动扳机,结果还是一样。天哪,他忘记给步枪装子弹了!狮子站起身,优哉游哉地走了。乔治难为情地装好子弹,返回自己的岗位。

过了很久,他听见有什么东西在拉扯肉块,于是打开车灯。雪亮的灯光下,狮子历历可见。乔治一枪正中狮子的心脏。

这是一头年轻的雄狮,没有鬃毛,典型的海滨地区的狮子。

破晓之后,我们研究了这头狮子的足迹。我们发现,他先是抓住羚羊皮,拉扯到离我的床铺二十码的地方,在那儿享受自己的美餐;饱食一顿之后,他绕着营地游荡了一圈,胜似闲庭信步。所有这一切发生之时,爱尔莎一直是饶有兴趣的旁观者,然而自始至终,她一声不吭。

太阳升起之后,我们冲到海岸,让爱尔莎见识印度洋的广袤无边。潮水缓缓后退。初次看见浪花飞溅,听见涛声澎湃,爱尔莎显得惶惶不安。接着,她小心翼翼地嗅嗅海水,咬一口泡沫。最后,她把脑袋探进水里。第一口咸涩的海水令她皱起了鼻子,做出恶心的鬼脸。然而,当她看见旁人一窝蜂似的跳进海水,享受海水浴的快乐时,她决定信任我们,加入我们快乐的行列。眨眼之间,她就为大海而疯狂了。雨水汇成的小水洼,浅浅的小池塘,这些都能让她兴

印度洋边,面对汹涌的波涛,爱尔莎一开始紧张、害怕,但很快就疯狂地喜欢上了玩水。

奋不已,何况是一望无边的海洋?对她而言,茫茫大海就是真正的天堂。她游得轻松自如,游到很深的海域;她把我们摁到水下,用尾巴溅起水花,我们还没来得及逃走,就被呛得满口的咸涩海水,而这一招她屡试不爽。

我们走到哪儿,她就跟到哪儿。所以,当其他人去钓鱼的时候,我总是留下来,否则她就一直跟在小船后面,游得兴高采烈。

偶尔,我也难以抗拒深海潜水的乐趣。水下的世界犹如童话世界般绚丽神奇,闪耀着五彩缤纷的光芒,呈现出千奇百怪的姿态。我安排其他人陪伴爱尔莎,而他们通常在靠近露营地的红树林旁休息,那儿有蔽日的树阴。路过的渔夫们渐渐得知爱尔莎的存在,他们宁可绕一个大圈子,拉起他们的缠腰布,涉水而过。他们要是知道爱尔莎可以水陆通行,估计会吓得半死。

她喜欢沿着海岸漫步,追逐随着波浪上下起伏的椰子。浪花打在她的身上,将她淹没,而她对此乐此不疲。有时,我们给椰子拴上一根绳,就像玩溜溜球一样,在头上挥舞转圈,当椰子飞过来的时候,她会跳得高高的。很快,她发现一个最有意思的游戏,在沙地上挖坑。因为坑挖得越深,里面就会越潮湿,越清凉,打起滚儿来也越快活。她经常拉扯长长的海藻,把自己裹得严严实实,乍一看,活像一个古老的海妖。不过,给她带来莫大乐趣的,非螃蟹莫属。夕阳西下的时候,沙滩上生机勃勃,很多粉红色的小生物从洞穴爬出来,在沙滩上横行而过,爬向大海。过一会儿,一个浪头打过来,将它们冲回沙滩。小家伙们毫不气馁,继续横着爬行,然而又被浪头冲回来,直到它们的耐心得到了回报——及时扯住了几片美味的海藻,并在下一个浪头冲走海藻之前,把海藻拉进洞里。这些小家伙们忙得热火朝天,而爱尔莎净给它们添乱;她攻击完一只,又攻击另一只,鼻子老是被钳住,然而她很执着,锲而不舍地攻击,结果鼻子再一次被钳住。螃蟹的英勇无畏值得大书特书,因为在爱尔莎所有的对手当中,包括大象、非洲水牛和犀牛,它们是唯一能坚守阵地的。它们横在洞口前方,竖起一只粉红色的爪子,无论爱尔莎如何声东击西,想要出奇制胜,它们的反应都是比她快一拍,她柔软的鼻子再次被对手钳住。

爱尔莎的口粮成了一大难题,因为当地的渔民很快就把爱尔莎当成了摇钱树,他们漫天要价,山羊的价格也一路飙升。其实有一段时间,她着实让村民们大发横财。他们从未如此"富可敌国"。贪得无厌没啥好处,爱尔莎也报复了他们。此地的牧民们自由放牧,从不看守羊群,山羊整日在灌木丛里游荡。猎豹和狮子不费吹灰之力,就能捉住这些猎物。一天傍晚,我们去海滩游玩了,山羊也早早入睡了,就在这时,爱尔莎突然冲进灌木丛,接着是一声哀嚎,随后一切归于宁静。显然,有一头山羊落单了。爱尔莎一定是闻到了山羊的气味,凶猛地扑向山羊,用全身的重量压住猎物。之前从来没有过猎杀经验的爱尔莎,浑然不知接下来该如何做。当我们赶到时,她明确地请求我们的帮助。爱尔莎把山羊压在身下,乔治就立刻开枪了。没有主人抱怨丢失了山羊,人们深信不疑,掉队的山羊被野生的狮子杀死了,这种事当地人见惯不怪。我们对这一次意外缄口不言。假如我们不这么做,那么每一天营地的南边或北边,羊群走过之后,都有一只山羊鸣呼哀哉,成了爱尔莎的口中餐,然后主人会找上门来,向我们索要补偿。我们也克服了良心的不安。一来嘛,乔治帮他们除掉了偷袭羊群的那一头狮子,这乃是羊群的头号杀手;再说,他们以前太贪婪了,为了给爱尔莎填饱肚子,哪怕从他们手里买回一丁点儿劣质羊肉,我们就得多付几倍的价钱。想到这些,我们就问心无愧了。

假期快结束的时候,乔治染上了疟疾。他急于享受钓鱼的快乐,自己服用了抗疟药阿的平,还没等药物发生疗效,他就去深海潜水,结果病情恶化了。

一天傍晚,我和爱尔莎沿着海滩走回家。走近露营地的时候,我听到令人胆寒的哀嚎声和尖叫声。把爱尔莎安全地送进卡车之后,我飞快地冲进帐篷。我发现乔治有气无力地瘫倒在椅子上。他声嘶力竭地嚎叫,呼喊我的名字,咒骂爱尔莎,还叫嚷着用左轮手枪结果自己的性命。尽管他陷入半昏迷的状态,不过还能认出我。他死死攥住我的手,说什么只有我在他身边,他才能无牵无挂地死去。此时我心急如焚,站在一旁的小伙子们吓得魂不守舍;我们的朋友不知所措地站在一旁,什么忙也帮不上,只是手里握着一根木棍,以防乔治暴力伤人时,能用棍子控制他。

他们悄悄告诉我,乔治的病情来势汹汹,一开始疯狂地比划手势,后来喊叫我的名字,还要自己的左轮手枪,嚷着要自杀。庆幸的是,他瘫倒没多久,我就赶回来了。当务之急是,我们得把乔治抬到床上,让他平静下来。我们搬动他的身体时,只感觉他浑身冰凉。他悬吊在我们的胳膊里,没有一丝力气。虽然我几乎被恐惧击垮了,内心沉痛难忍,但还是竭力控制自己,平心静气地和他说话。我娓娓而谈:今天我们去海滩漫步了;晚餐我们打算烧鱼;我在沙滩上瞧见一只贝壳;我还拿他刚才的胡言乱语逗趣取乐。其实,从始至终,我都拿不准他是否会离我而去。他就像一个孩子,在我柔声细语的安慰中,慢慢平静下来。然而他的鬓角发灰,鼻孔塌陷,双眸紧闭。他喃喃自语,说有一股寒气从腿部爬向心脏,说他的胳膊冷得没有知觉,还说等两股寒气在他的心脏汇合时,他就会一命呜呼。

突然,他猛地抓住我的手,仿佛在巨大的惊恐之下,要抓住最后一丝生的希望。我在他干裂的嘴唇上,滴了一点儿白兰地,随后温柔地安抚他,告诉他即将到来的赏心悦事,试图转移他的注意力。我告诉他,我在伊西奥洛就给他买好了生日蛋糕,一路带到这里,我说我们今晚就可以分享蛋糕,只要他病情好转,能坐起身子。

夜阑人静之时,他终于疲惫不堪地睡去;在此期间,他的病情复发了数次,他的脑子惊惶过度,嘴里发出无意义的词语。第二天早晨,我派人去拉姆找医生。这位能干的印第安人对乔治的病情别无良策,只能开几片安眠药,安慰乔治一定会好起来的,前提是他不再去潜泳。

等乔治完全恢复之后,我们返回了伊西奥洛。

第四章　鲁道夫湖远行

我们返回伊西奥洛不久,有一天,我发现爱尔莎行动困难,一副疼痛难忍的模样。当时天色渐暗,我们沿着一条陡峭的斜坡前行,道路遍布荆棘,而且得走很远的一段路,才能返回家里。很快,爱尔莎寸步难行,再也走不动了。乔治认为爱尔莎可能是消化不良,建议我立刻给她服下灌肠剂。既然如此,我就先行回家,驱车前往伊西奥洛购买必需用品,之后再赶回来;而他守在原地,陪伴爱尔莎。

等我完成这一切之后,天色已黑如墨团。我在黑暗中摸索,沿着山路艰难跋涉。我随身带着温水,灌肠剂,还有一盏灯。在兽医诊所服用灌肠剂是一码事;在黑灯瞎火的深夜,在举目皆是荆棘丛的荒野,给一头张牙舞爪的野生狮子服药则是另外一码事。

我真佩服自己,给可怜的爱尔莎喂了两品脱液体,然而这已是她能容忍的极限了。这么一丁点剂量当然不管用,我们别无选择,只能把她抬回家。

我再一次跌跌撞撞地赶回家。我找了一张行军床,把它当作一副担架,拿上几只手电筒,安排六个小伙子当搬运工。我们一行七人,浩浩荡荡地爬上山。

当我们到达目的地之后,爱尔莎立刻滚上行军床,仰面朝天地躺着。她以行动告诉我们:对这种古怪的搬运方式,她是何等陶醉。

其实，我们以前从未如此抬过她，她也从未如此旅行过。何况她至少有一百五十磅重，她躺在床上倒是逍遥自在，可是搬运工就遭罪了，个个汗如雨下，累得气喘吁吁。上山容易下山难，加之道路崎岖难行，每隔几分钟，我们就要停下来喘口气。

爱尔莎毫无离开担架的打算。相反，她乐在其中，时不时地还咬一口离她最近的男孩的屁股，仿佛是给对方鼓劲加油。

我们终于到家了，大伙——除了爱尔莎——都累得筋疲力尽。爱尔莎还赖在床上，没有主动离开的打算，我们只好把爱尔莎倒下来。

后来，我们发现爱尔莎的毛病是钩虫作祟。肯定是在海滩度假的时候，她感染了钩虫。

她的身体恢复没多久，乔治就不得不开始新的狩猎监督之旅。这一次，他要对付两头食人狮。过去的三年里，它们或者咬死，或者伤害了大约二十八位博兰部落的人。我和爱尔莎陪伴乔治左右，亲眼见证了此次远征的艰难和危险。二十四天过去了，他还没有杀死那两头狮子。这期间，我们的生活就像一个悖论，我的脑海充斥着自相矛盾的观点：一方面我们不分日夜地猎捕两头可怕至极的食人狮；另一方面，当我们一无所获，筋疲力尽地返回宿营地时，我们期待爱尔莎与我们相依相偎，用她的依恋化解我们的沮丧和疲惫。这岂不是狮子对抗狮子？

爱尔莎已经十八个月大了。我注意到，也是第一次发现，她的身体散发出一股浓烈的气味。事实证明，这是暂时的现象。她身上有两条腺体，也就是众所周知的肛腺，位于尾巴的下方；当她对准一棵树喷洒尿液时，肛腺就会渗出味道浓烈的分泌物。虽然这是她自己的气味，但她还是皱着鼻子，流露出恶心的神情。

一天下午,我们在返回伊西奥洛的路途中,与一群大角斑羚不期而遇。爱尔莎立刻跟踪它们。大羚羊们正在一段陡峭的斜坡上吃草,中间夹杂几只年幼的小羚羊。一头母羚羊迎面等着爱尔莎,当爱尔莎快要接近羚羊群的时候,母羚羊一头扎进灌木丛里,和爱尔莎玩起了藏猫猫的游戏,以分散爱尔莎对小羚羊的注意力。母羚羊的这一招果然奏效了,爱尔莎和她玩得不亦乐乎,羚羊群和小羚羊趁机转移到安全的地带,消失在山坡的后面。说时迟那时快,母羚羊狂奔而去,眨眼就踪影全无。可怜的爱尔莎傻兮兮地站在原地,还不知道怎么回事呢。

动物们还有一招,身为旁观者的我们,有时会看得入迷。我们带着爱尔莎来到屋后的一座山上。站在高高的山顶,我们看见一群大象在山下吃草。它们的数量大约八十只,其中还有不少小象。爱尔莎也看见了它们。我们还没来得及说"不要",她就一阵风似地往山下冲。眨眼之间,她已小心翼翼地靠近象群。

离她最近的是一只母象,旁边还有一只小象。爱尔莎使出浑身解数,偷偷地跟踪它们。其实,母象对爱尔莎的意图心知肚明。我们又是紧张又是担忧,以为一场冲突是无法避免了。谁知,接下来发生的事情令所有人大跌眼镜。母象不动声色地往前走了几步,用身体将爱尔莎和小象隔开,慢慢地将小象推到几头大公象的身旁。就这样,我们的小狮子离它们越来越远。爱尔莎失望极了,只得寻找下一个好玩伴。她利用草丛的伪装,谨慎地靠近两头吃草的公象。公象也无视她的存在。接着,她冲进小一点的象群,离它们只有几码之遥,想要激怒它们。象群仍然无动于衷。此时已是落日熔金,暮云合璧。我们高声呼唤她回来,小家伙对我们的呼唤置若罔闻。最后,我们无可奈何地回家了,留她在远处,继续和大象斗智斗勇。我们只希望她聪明一点儿,尽量别惹是生非。

我在她的围栏里等候,越等越心焦。我们能怎么办?在大象出没的季节里,把她锁起来?如此一来,她会变得狂躁不安,沮丧不已。结果只会让她变得危险十足。我们只能顺其自然,让她从中积累经验,了解自己的局限之处,允许她和这些大型动物玩耍,在厌倦或者危险之中,找到一点乐趣。在这些过程中,也许她不再对大象之类的动物兴致勃勃。这一次她玩得有点过火,三个小时过去了,依然不见踪影。我心急如焚,生怕发生了什么事故。就在这时,我听到她那熟悉的嗯嗯声,接着她走进屋。她肯定口渴难耐,不过在走到水盆之前,依然舔舐我的脸庞,吮吸我的拇指,仿佛是在告诉我,她很高兴又和我在一起了。她身上散发着浓烈的大象气味,我能想象得出,她和大象离得多么近,她在大象的粪堆里滚得多么快活。随后,她一跃而起,扑倒在地。我也能推断出,她定是累得不行了。我的内心充满谦恭:这是我的朋友,她刚从另一个世界里返回,尽管这个世界和我格格不入,但她和往常一样,对我情深意浓。她是否明白,将两个世界连为一体的,正是她独特的存在?

在所有的动物中,毫无疑问,她最喜欢的是长颈鹿。她总是跟踪长颈鹿,直到自己和对方都厌倦为止。她会坐在地上,等待长颈鹿返回。果然,过了一会儿,它们再次走近,踱着慢悠悠的步子,直面爱尔莎,用它们大而忧伤的双眼凝视她,细长的脖颈好奇地弓起来。通常,它们会一边走,一边吃掉它们最爱的金合欢树的树籽,而后静静地离开。偶尔,爱尔莎会用正确的狮子之法追赶它们。看见长颈鹿之后,她会跑到下风向,肚皮紧贴地面匍匐而行,浑身每一块肌肉都在颤抖,直到她围着兽群打转,朝我们所在的方位驱赶一只长颈鹿。毋庸置疑,她指望我们做好埋伏,并杀死她精心围猎的猎物。

其他一些动物也吸引了爱尔莎的注意。比如有一天,她嗅嗅空气,接着冲向一丛茂密的灌木林。之后不久,我们就听见撞击声,鼻息声,而且声音离我们越来越近!我们慌不迭地躲闪。说时迟那时快,一头疣猪从我们身旁咆哮而过,爱尔莎紧随其后。他们的速度快似闪电,瞬间就无影无踪。过了很久,我们才听到林间传来他们的动静。我们非常担忧爱尔莎的安危,因为疣猪的獠牙非常可怕,能杀死对手。后来,爱尔莎回来了。这场追逐的胜利者用脑袋摩擦着我们的膝盖,告知我们她多了一位新玩伴。

接下来,我们开始了新的狩猎监督之旅,前往鲁道夫湖。这是一片咸涩的水域,大约有一百八十英里长,流向埃塞俄比亚的边境。我们要在那儿逗留七周,大部分时间都要靠步行,用一群毛驴和骡子驮运行李。这是爱尔莎首次和毛驴一起徒步远征,我们只希望双方能够和平共处。我们是一个奇特的团队:我和乔治;朱利安,一位来自附近地区的野生动物狩猎监督官;再次拜访我们的来客赫伯特;几位巡查员、司机,还有私人仆役;给爱尔莎当口粮的六只绵羊,三十五头毛驴和骡子。驮运行李的动物提前三周出发,在湖畔迎接我们的到来;而我们需要驾车行驶大约三百英里的路程。

这真是一支庞大的护航队:两辆路虎;我的一吨半卡车,车后驮着爱尔莎;还有两辆载重三吨的货车。货车是必需的,除了要带上人手,还要装载足够多的食物和汽油,包括八十加仑的食用水,以满足几个星期的需要。我们第一段一百八十英里的路程是穿过卡伊苏特沙漠的荒原,这儿的气候炎热干燥,尘土漫天飞扬。接着,我们要爬上马萨比特火山的一段火山岩斜坡。此处人迹罕至,荒凉寂寥,四面皆是广袤无垠的沙漠,而中间的火山突兀挺拔,高达四千五百英尺。火山岩的表面覆盖厚厚的、冰凉的青苔,山体时常笼罩在云雾之中,和山下炎热干燥的沙漠形成鲜明的对比,令人心旷神怡。这儿是野生动物的天堂和大象的避难所,有些大象拥有非洲顶级的象牙。除了大象,这儿还有犀牛、非洲水牛、大捻角羚、狮子和其他少量的野生动物。最近的一处管理机构也在这附近。

从这时起,我们要走过一段渺无人烟的荒凉地带,和外面的世界完全失去联系。这段旅程单调乏味,只有无边无尽的峡谷和岩壁,绵延到远方。路上发生一次事故,差点让我的卡车裂为两半。卡车的一只后轮飞出去了,我们只能紧急停车。可怜的爱尔莎!我们花了数小时修理卡车,她不得不一直窝在车里。她讨厌刺眼的阳光,而唯一能躲避炎炎烈日的地方就是车里。她表现得非常合作,尽管她不喜欢陌生的非洲人,但后者不请自来,很乐意加入我们这群闹嚷嚷的队伍,还聚集在卡车旁边,打算帮上一点忙。我们再次出发了,接着攀爬埃塞俄比亚边境的胡里山,这是一段惊心动魄的旅程,回想起来也令人毛骨悚然。此处与世隔绝,海拔高于马萨比特火山,空气的湿度较低。冷风阵阵,从斜坡呼啸而过,令山坡寸草不生。狂风刮得爱尔莎不知所措,她只得在卡车里过夜。那儿有厚厚的帆布帘,足以抵挡冰冷刺骨的狂风。

乔治的目的很明确:通过走访这些高山,了解野生动物的生存现状,并且查看是否有伽布拉部落偷猎的蛛丝马迹。我们在该地区巡查数日,而后往西行进,穿过一段最贫瘠荒凉的火山地区,这段路怪石嶙峋,汽车几乎无法通行。当我们推着车辆穿过深深下陷的河床,或者在石头堆里小心翼翼地行驶,迎头撞上一块巨石时,爱尔莎也被颠簸得不好受。终于,我们走出了山谷,来到了查尔比沙漠。这儿是一处干涸的河床,极为古老,大约有八十英里长,表面相当光滑坚硬,汽车可以开足马力,全速行进。这一地区最令人震撼的景观是海市蜃楼:眼前是一片广袤无垠的水域,棕榈树的倒影随波荡漾,然而当你试图走近时,美景转瞬即逝。海市蜃楼里也有瞪羚出没,它们的个头和大象差不多,仿佛是在水面行走。其实,这片土地干旱燥热,地面被烈日烤得发烫。查尔比沙漠的西头是北霍尔绿洲,此处有一个警察站,伦丁儿部落的上千头骆驼、绵羊、山羊都会来这儿喝水。黎明时分,成千上万只沙鸡飞落到几个小池塘边饮水,场面非常壮观。我们在北霍尔无事可做,没有必要多做停留,在给水罐装满水之后,继续旅程。

经过二百三十英里的艰难跋涉,我们终于抵达洛朗雷音。这是一处生机盎然的绿洲,靠近鲁道夫湖的南岸。在埃及姜果棕树的掩映中,泉水汩汩地流淌。我们的毛驴在此等候多时了。我们立刻带着爱尔莎来到两英里之外的湖泊。她一头扎进水里,仿佛此举能将旅途的疲惫和紧张抛到九霄云外。她还混进了鳄鱼群里。众所周知,鲁道夫湖的鳄鱼数不胜数。幸运的是,它们脾性温和,一点儿也不逞凶好斗,尽管如此,我们还是设法吓跑了它们。在我们的狩猎监督之旅中,它们浮在水面的粗糙之躯,一直在湖畔若隐若现,我们洗澡的兴致也随之大减。

在洛朗雷音,我们找到了一处露营地,并在随后的三天时间里,忙于修补马具和整理由毛驴驮运的行李。每一个行李包重达五十磅,一头毛驴驮着两个行李包。终于,万事俱备只欠东风了。十八头毛驴驮着食物和露营装备,四头毛驴驮着水罐,一头毛驴留给身体虚弱或者腿脚不便的人骑乘,还剩下五头多余的毛驴。我很担心爱尔莎对毛驴的态度,不知未来会如何。在我们重新整理行李时,她一直按捺着自己的好奇,饶有兴趣地在一旁观看。我们开始给毛驴架上行李包时,不得不将她锁住。因为现场乱得一塌糊涂,她又兴奋得发狂。这也情有可原,爱尔莎的眼前是一团团诱人的肉,它们扯着喉咙"昂昂"叫,又是乱踢又是在沙地打滚儿,一门心思地要把讨厌的行李甩下来,而非洲人也跑来跑去大吼大叫,试图让毛驴老实点儿。黎明时分,大部队出发了。等天气凉爽了一些,我们才带着爱尔莎前行。我们的征程沿着海岸线,一路向北。爱尔莎异常兴奋,像一只小狗一样,一会儿冲到这边,一会儿冲到那边,而后冲进一群火烈鸟当中,叼回我们射中的鸭子,最后跳进湖里游泳。考虑到湖里有鳄鱼出没,我们中的一个人还得端着猎枪守在那里。后来,当我们经过一支骆驼队时,我只得用链条将她锁住。她气急败坏,急着要和新朋友打招呼,差点儿把我的胳膊挣断。我可不想看到爱尔莎冲进骆驼群,让骆驼惊吓过度,嗷嗷乱叫,惊惶逃窜的场面。慌乱之中,它们的腿脚会缠在一起,一只扑倒另一只。值得庆幸的是,这是我们在岸边遇到的最后一群牲畜。

暮色降临的时候,我们看见湖边升起一堆篝火。我又把爱尔莎拴起来,免得她因为精力过剩,追逐我们的毛驴。我们赶到篝火旁,发现帐篷早已搭好,晚餐也准备就绪。我们姗姗来迟,赶上了晚餐的尾声。暮后小酌的时候,我们做出一个决定:每天拂晓时分,狮子团队——也就是我、乔治、奴鲁、一名狩猎官兼向导——还有爱尔莎先行出发;其他人收拾营地,给毛驴备鞍和装行李。如此一来,我们可以尽情享受几个小时凉爽的空气,驮运的动物们跟在后面,和我们保持一段安全的距离。我们也没必要把爱尔莎拴起来了。大约在九点半,也是一天当中最炎热的时候,我们要找到一处阴凉的地方,在那儿休憩片刻,驴子们也可在附近吃草。看到驴子的时候,再把爱尔莎拴住也不迟。午后时分,我们做出调整,毛驴团队比狮子团队提前两小时出发,天黑之前搭好帐篷。整个狩猎征程中,我们一直这么做,效果也非常好。爱尔莎和驴子各行其道,彼此不碰面,除了在午休的时候相遇,那时候她已昏昏欲睡,也被拴起来了。事实证明,两个团队都接纳了对方,也适应了狩猎监督之旅中的种种不适。

我们发现,早晨九点之前,爱尔莎的步履轻松自在。之后她就怕热了,只要看到岩石或者可以遮阴的灌木丛,她就不肯挪步。下午五点之前,她都不乐意动弹;五点之后,她的肉趾变硬了,可以跑上一整夜都不休息。大体上说,她平均每天可以跑上七八个小时,并且状态一直很棒。只要有可能,她就一头扎进水里,快活地游来游去,经常离鳄鱼很近,不过六到八英尺之遥。就算我喊破了喉咙,挥断了手臂,她也不会回来,除非她自己想回来。我们经常在夜里八九点钟到达宿营地;驴子团队会发射信号弹,指引我们前行。

两天之后,我们把最后一个人类居住点抛在身后。那是一个小渔村,居住着原始的埃尔莫罗部落。该部落有八十人左右,主要吃鱼肉,偶尔来点鳄鱼肉或河马肉。由于食物种类太单一,以及近亲繁殖的缘故,大部分人都身体畸形,患有严重的佝偻病。也许因为营养不良,或者,更有可能,因为湖水含有高浓度的碳酸钠和其他矿物质,他们的牙齿和牙龈都很糟糕。他们善良好客,用新鲜鱼肉当礼物,欢迎陌生人。他们主要用渔网捕鱼,网线用棕榈树的纤维制成。这种纤维不会因碱性水的浸泡而腐烂。倘若要捕捉尼罗河的那些重达二百磅以上的大鲈鱼、鳄鱼与河马的时候,他们就要站在木排上,使用鱼叉了。木排由三根棕榈树干捆扎在一起制成,非常牢固。他们撑着简陋笨拙的木排,沿着浅滩划行,一般不去很远的地方,免得狂风卷起的巨浪把木排掀翻。有时,湖泊的风速能达到每小时六十英里,甚至更高。事实上,这一地区的狂风使任何旅行都万般艰难。帐篷根本没法固定,盘子里的食物要么是还没进嘴就被风卷走,要么尽是无法入口的沙砾。睡觉更不可能了。疾风席卷而来,不仅使我们的眼睛、鼻子和耳朵里灌满沙土,而且差点把床铺吹上天。条件虽然如此艰苦,可是当风平浪静的时候,湖水就像一位女神,美得如诗如画。我的文字如此苍白,难以形容那种惊心动魄的美丽,只能说此处令人流连忘返。

第一个十天,我们沿着湖岸前行。四周的环境非常恶劣。除了火山岩,还是火山岩。熔岩绵延不断,伸向天尽头。偶尔,熔岩是灰烬一样的尘土,而其他时候则是尖石。道路崎岖不平,我们跌跌撞撞地行走,双脚感到钻心的痛。有些地方的沙子很厚,每走一步,我们都得使出浑身的力气。走完了沙土路,又是坑坑洼洼的石头路,我们只能在碎石和巨石间穿行。一路上,炙热的风持续地吹,吹得我们疲乏无力,头昏目眩。这里几乎寸草不生,只有几棵乱蓬蓬的细草,长满了尖刺,叶片锋利如刀,能割开皮肤。

为了让爱尔莎的爪子保持好的状态,我经常得给它们抹上油脂。她似乎明白我为何这么做,也很喜欢。在中午休息的时候,我经常躺在行军床上,这样比躺在硬邦邦的鹅卵石上感觉更加舒服。爱尔莎明白了这一点,学着我的方法,和我挤在一起。很快我就发现,如果她能给我留下一点空儿,我还是很幸运的;如果她四仰八叉,把床铺全都占了,那么我只能坐到地上了,这时我就很倒霉。不过,一般来说,我们俩都是蜷缩在床上。我只希望床铺能够承受我们俩的重量,千万别被压垮了。在漫长的征途中,奴鲁总是给爱尔莎带上一只碗和饮用水;将近晚上九点,她可以享用晚餐,然后被拴在我的床铺旁,美美地睡一觉。

一天傍晚,我们迷路了,只能靠着信号弹找到宿营地。那天我们回来得很晚,夜已深了。爱尔莎仿佛疲惫不堪,于是我就没有拴住她;谁知,她只是看似昏昏欲睡而已。她突然以猫科动物的方式压倒供毛驴过夜的荆棘围栏,并以惊人的速度冲了进去。一切都猝不及防,驴子惊恐的叫声和喧嚣声瞬间响彻夜空。接着,所有的毛驴都冲出围栏,逃进茫茫夜色之中。幸运的是,我们很快就逮住了爱尔莎。我给了她一顿狠揍。她似乎明白这是她应受的惩罚,也尽可能地表示歉意。我的内心很矛盾,也略感歉疚。我们低估了她与生俱来的天性,以及一群美味的毛驴对她无与伦比的吸引力。尤其夜半三更,正是野生动物狩猎天性最活跃的时候。

所幸只有一头可怜的毛驴被抓伤了,而且伤势不太严重。伤口被敷上药之后,很快就愈合了。然而这次小插曲也提醒我们,千万不能对她太大意。

这儿有很多鱼。一般地说,乔治和朱利安能给宿营地提供一种肉味鲜美的鱼,这是鲁道夫湖特有的大罗非鱼。他们钓鱼的方式五花八门,或者用钓竿,或者用鱼线,甚至用猎枪的子弹打昏鱼儿。巡查员们似乎更青睐一种外表丑陋的鲶鱼。这种鲶鱼多见于浅滩,很容易用棍棒或者石头打到。爱尔莎总是乐于加入他们的行列,偶尔会衔回一条鲶鱼,不过很快就会丢掉,还皱起鼻子表示恶心。一天,我们发现,奴鲁正举起枪管,打一条鲶鱼。他总是随身携带猎枪,此时倒派上了用场。他用力过猛,枪托都裂开了几道口子,碎片四处乱飞,有的碎片径直溅到枪管里。奴鲁因为鲶鱼而欣喜若狂,浑然不知他造成的破坏。乔治向他指出了这一点,他心平气和地回答:"哦,芒格(上帝)会帮助你得到另一支枪的。"然而,爱尔莎报复了他。奴鲁的便鞋丢在岸边,爱尔莎叼着鞋子飞奔而去。这真是一幕

爱尔莎与作者身边的人和睦相处。

趣味盎然的景象:为了一双鞋子,他们俩你追我赶,斗智斗勇。等主人夺回鞋子的时候,它们已经没有一点鞋的样子了。

我们必须穿过隆贡多蒂山脉,才能抵达北边几百英里之外的艾丽娅海湾。然而有几处的山体陡然滑落,延伸到湖泊之中,所以重负在身的毛驴只得绕道而行,从内陆出发;狮子团队沿着海岸线,在陡峭的山石间跋涉。有一个地方,我们差点过不去了。那是一处转角,太难走了,简直是难于上青天。爱尔莎只能绕过去,她如何绕呢?她只有两个选择:要么跳下高达十五英尺的峭壁,掉进下面的浅滩,因为峭壁上都是滑腻的青苔,爱尔莎根本没法抓牢;要么她就得爬下一块陡峭的岩石,走过泡沫翻滚的水域,那儿湍急的水流冲刷着岩石。实际上,水并不深,和她的身高差不多,但是翻滚的泡沫看起来可怕至极,她不知道如何是好。她踩了踩那块岩石,每个地方都试了试,沮丧地在原地徘徊。终于,她做出了决定,勇敢地跳进激流涌动的水域。我们连哄带骗,很快把她弄到干燥的地面上。她是何等的喜悦和骄傲,不仅因为自己的壮举,还因为得到了我们的欢心。看到这儿,我们也感动不已。

狩猎监督之旅的路上,我们的饮用水和烧饭用水主要是略带咸味的湖水,虽然湖水无毒无害,而且水的硬度也低,很适于洗澡,甚至连肥皂都不需要,但是水的味道很不好闻,做好的食物也难以下咽。后来,我们在一座名叫莫迪的山下找到一条小溪,喝上了淡水,大伙儿又惊又喜。

我们沿着这些山的西边前行。据我们所知,迄今为止,欧洲人尚未踏足这条路线。过去拜访过该地区的人寥寥无几,他们熟悉的是山的东边。离开洛朗雷音九天后,我们在这些山的最北端安营扎寨。和往常一样,我们安排一队巡查员先去附近查看一番,并且小心地提防偷猎者。下午早些时候,他们就赶回来报告,说看见一伙驾驶独木舟的男子。湖边唯一拥有独木舟的部落叫基阿鲁巴。他们性情狂暴凶残,装备着步枪。他们经常翻越埃塞俄比亚的边境,来到我们所在的地区,发起突然袭击,抢劫或杀人。巡查员们看到的这伙人要么是偷袭小分队,要么是一伙非法的偷猎者,打算在这里钓大鱼。无论他们是什么人,都没有权利在此逗留。我和爱尔莎留在营地,由四名手持步枪的巡查员保护;团队里的其他人都离开营地,去前方侦查。

他们爬到该地区的最高处,能将湖湾的情况尽收眼底。他们发现十二名男子划着三艘独木舟,正沿着海岸线,朝我们营地的方向驶来。然而这伙人立刻认出了我们的团队。乔治和其他人抵达湖边时,独木舟离他们足有二百码。这伙人疯狂地划动船桨,驶向湖中的一个小岛。他们身上似乎没有枪支,不过,枪支很可能藏在划艇里。乔治从望远镜里看见,岛上至少有四十个壮汉,此外,岸边还停泊着几艘独木舟。此时,三艘独木舟抵达海岸,马上就有一伙人赶来兴奋地簇拥着他们。接下来,因为乔治他们没有船,什么也做不了,只能返回宿营地。我们立刻打包行李,前往下面的河湾,尽量地靠近那个小岛。当夜,我们安排一个人守夜,其他人都挨近他,抱着上膛的步枪入睡。破晓时分,我们发现岛屿已空无一人。显然,基阿鲁巴不喜欢我们的出现,所以他们决定连夜离开小岛,即便深夜狂风肆虐,湖面险象环生。乔治派出一支巡逻队,沿着海岸线巡逻。日出之后不久,我们看见一大群兀鹰和鹳鸟降落小岛。见此情景,我们猜测基阿鲁巴人一定非法偷猎,捕杀了很多鱼类,他们无疑也残杀了河马,正是河马的残骸吸引兀鹰和鹳鸟前来享受一场盛宴。

大约上午11：00，两艘独木舟突然出现在露营地的南面。那儿有一片茂密的芦苇丛，独木舟正驶向一片开阔的水域。为了警告他们，乔治朝他们的独木舟连发数枪，迫使他们慌忙逃回芦苇丛里。他吩咐几名巡查员尝试和基阿鲁巴人联系，劝说他们回到岸边。巡查员试着站在离他们较近的地方，向他们大声喊话。偷猎者肯定听见了，但是他们置若罔闻，反而退向沼泽地的深处。一整天的工夫，他们的脑袋都在芦苇丛里探出探进，窥探我们的行动。我们估计，芦苇丛里大约有四艘独木舟，可能是偷猎团伙里负责断后的。既然我们无法接近他们，乔治觉得最好是鼓励他们回家。此时天色已黑，他发射了数枚曳光弹，并沿着沼泽地每隔一段距离发射一枚信号弹。

现在，我们的补给也快用完了，不容我们在此多加逗留。事实证明，与第二段旅程相比，第一段旅程真是很奢侈。那时我们还可以喝到湖水，想喝多少就喝多少。我们不打算走回头路，决定绕行内陆。我们的图尔卡纳向导戈伊对这条路线不是很熟悉，更糟糕的是，他也不敢肯定，当我们需要的时候，去何处寻找水源。因为这一地区主要依靠小水洼供水，而在旱季到来的时候，小水洼堪称寥若晨星。乔治认为，我们离湖泊的距离不能太远，顶多一天的路程，这样假使我们需要水的时候，就可以赶到湖边。我们想念湖边凉爽的微风，有好几次，我因为炎热而差点脱水。返回路程经过的地方比来时更加荒凉。这里只有绵延不断的熔岩，因此也不难理解，为何这里既无野生动物的踪影，也没有人类居住的迹象。幸亏我们在洛朗雷音买了绵羊，虽然爱尔莎的食物储备也在迅速减少，但还能够让她填饱肚子。我们大部分人都丢掉了多余的用品。回程的路我们走得很快，因为驴子的负担轻了很多。因为路上缺水，我们不得不绕路。

十八天之后，我们回到洛朗雷音，并在那儿逗留三天。我们要休整一番，修理马具等，为狩猎监督之旅的下一个阶段做准备。我们要登上库拉山。这座山距离湖泊的东部大约二十英里，高出四周的沙漠七千五百英尺。山上能够吸收来自季风的水分，所以山顶的植被非常丰富。这是一座狭长的火山，绵延二十八英里长，中心是火山口，大约四英里宽。火山口被劈成两半，将山体分成南半部和北半部。据说火山停止喷发之后，一场地震爆发了。库拉山裂开深深的缝隙，一条令人惊骇的裂沟穿过火山口。光滑的岩壁裂开了，就像橘子被切开之后的橘皮。这些裂沟底部在火山口边缘下方深达三千英尺处。站在山下，能看见一条名叫伊尔西格塔的峡谷，一直通向山腹；站在山顶，却看不见这条峡谷。这儿的岩壁如同刀削斧劈，高达数百英尺，有些地段非常狭窄，人站在山谷里向上望去，只能看到一线天。我们试图进入峡谷，到里面探险考察一番。可通往库拉山麓的东部的入口只有一个，巨石和幽深的水潭挡住我们的去路，几小时之后，我们无功而返。

为了翻越整座库拉山，我们必须先爬半截的山路，而后下山，接着爬另外的半截。

狩猎监督之旅的目的是，确认这座山的野生动物种群的数量是保持稳定，还是由于偷猎的缘故而减少。这只需将两组数据相互对比：乔治目前发现的数量，以及十二年前他走访该地区发现的数量。这一次，我们的重点是调查该地区大捻角羚的生存状况。

从山下看，库拉山平淡无奇：连绵起伏的山脉，通往顶峰的宽阔山脊。我们发现，这些山脊越来越狭窄，驮着重负的毛驴能走的路非常有限。

第一天的路程异常辛苦。地上的熔岩巨石星罗棋布,而负重的毛驴步履维艰。后来,上行的山脊很多地方如刀刃般狭窄陡峭,难以通行,我们只能卸下毛驴背负的行李,用人工搬运。

征程的第二夜,我们已经攀爬了三分之二的山路,在一个奇峰兀立、遍布火山石的峡谷里宿营。营地附近有一处小溪流,水量有限,一次只够一只动物饮水,等最后一只毛驴喝完,已是夜半三更。这是库拉山屈指可数的水源之一。在旱季到来的时候,对当地的桑布鲁人而言,它自然也是一个重要的地方,他们要驱赶着家畜来库拉山。

爱尔莎的处境很艰难,一大群骆驼、牛、山羊和绵羊在泉水四周活动,她不可能视而不见。不过她相当聪明,举止也很克制,对目前的情形一清二楚。哪怕这些散发诱人气息的家畜离她很近,甚至近在咫尺,她也竭力忍耐着。一般在这些时候,我们会拴上她,而她没有一丁点攻击的意图,反而只想躲开灰尘和喧嚣。

越往山上爬,山路就越陡峭。当我们抵达高处的斜坡时,气候也寒意凌人。我们翻过山坡,穿过深谷,在悬崖峭壁间艰难跋涉。这里的灌木丛很低矮,不久之后,就变成赏心悦目的高山植被。

次日早晨,我们到达库拉山的顶峰。地面多少平坦了些,我们走得轻松多了。我们的宿营地选在一处美丽怡人的林间空地。这儿离一处浑浊的泉水很近。因为桑布鲁人给家畜饮水的时候,把泉水弄得污秽不堪。他们看到我们的营地里有一只快成年的狮子,万分惊奇。

靠近顶峰的山林里,大多数清晨都是云雾缭绕。我们只得找来雪松,点燃一堆篝火,让大伙儿暖和一些。夜幕降临的时候,这里寒冷刺骨。我让爱尔莎钻进我的小帐篷里,用帆布给她铺了一个窝,给她盖上最温暖的毛毯。漫漫长夜,毛毯经常滑落,爱尔莎就会冻得瑟瑟发抖,所以我得一次次地帮爱尔莎裹好毛毯。而这些时候,她总是舔舐我的胳膊。她从未有过掀翻帐篷的意图,也没有蹿出去的打算;恰恰相反,她始终待在帐篷里,蜷缩在温暖惬意的小窝中,直到黎明时分醒来。夜晚帐篷外狂风肆虐,浓雾弥漫。等朝阳驱散浓雾,她也恢复了活力,尽情享受山间清新的空气。事实上,她热爱这里,因为这儿的地面柔软凉爽,这儿的森林浓荫蔽日,还有数不清的非洲水牛粪堆可以打滚儿。

因为阴凉和纬度的关系,烈日当头之时行走,其实不太费力,所以,她能和我们一道去山里探险。她仰望雄鹰在高空翱翔,厌烦尾随身后的乌鸦群。这些乌鸦向她俯冲过来,屡屡戏弄她。有一次,乌鸦吵醒一头熟睡的非洲水牛,还追逐它。她的嗅觉、听觉和视觉都非常出色,从未在密不透风的丛林里迷路。一天下午,我们跟在先遣队的后面,他们先行穿过森林,而爱尔莎埋伏在每一处丛林后面,她觉得这种守候方式很有趣。突然,就在她刚刚消失的方向,传来"昂昂"的叫声,那是毛驴受到惊吓时发出的声音。眨眼之间,只见一头毛驴冲出丛林,而爱尔莎死死抱住毛驴,还扑咬可怜的毛驴。幸亏林子很茂密,它们无法跑远。我们迅速赶过去,制止了这场纷争,并把爱尔莎狠揍了一顿,让她为自己的行为付出代价。以前她从未做过类似的事情,我相当震惊。爱尔莎一贯服从我的命令,不会过分地追逐动物,我因此引以为傲。然而,这件事给我敲了一个警钟。我只能再一次谴责自己,没有用链子拴住她。

一天,我们站在火山口的边缘。此处将山体分为南北两部分,而遥望北边的部分,看似不超过四英尺之遥。尽管如此,我们想到达那儿,也需要走上整整两天。爱尔莎稳稳地站在两千英尺高的断崖上,神态镇静自若。要是我们站在那儿,会吓得魂都没了。动物似乎没有恐高症,无所畏惧地站在高处。接下来的几天,我们下了山并抵达伊尔西格塔峡谷的入口。我们在那儿安营扎寨。

有一天,高大貌美的朗迪耶部落人赶着上万只骆驼、山羊和绵羊,路经我们的宿营地,前往峡谷上方四英里之遥的水源。女人们牵着骆驼尾随其后。骆驼的鼻孔和尾巴被绳索系住,身上驮着水罐。这些水罐的容量大约六加仑,用植物纤维编织而成,很牢固耐用。我们穿过狭窄的石缝往上爬,不夸张地说,这哪里是爬山,分明是钻山。峡谷底部是一块干涸的河床,大约五英里宽,坡度较缓,两侧耸立着斧凿刀削般的峭壁。一侧的断崖高达一千五百英尺,令人望而生畏。峡谷里的很多地方非常狭窄,上方的峭壁遮住了天空,下方的道路难容两头负重的驴子并肩而行。我们远离了家畜饮水的地方,那儿的涓涓细水汇成潺湲的小溪流,而后在岩石间形成许多清澈的水潭。最后,我们被一块几近垂直的巨石挡住去路,这块石头足足有三十英尺高。赫伯特是一位攀岩爱好者,他设法爬上去,结果发现后面还有一处更高的石壁。

从前,伊尔西格塔峡谷是偷猎者最爱的地方,因为他们只需蹲守在某处,如守株待兔一样等待前来饮水的野生动物即可。事实上,一旦有动物落入陷阱,它就毫无生还的希望。动物进来容易出去难,守候的偷猎者早已堵住动物唯一的逃生之路。

从伊尔西格塔出发的时候,还是白昼。走了半天的路程,我们来到北部山峦的顶峰。相比于南部,这儿的桑布鲁部落人口稠密,他们养的家畜也更多。因此,爱尔莎的活动自由受到了不少限制。

我们在这里看见的野生动物寥寥无几。据说以前这里非洲水牛的数量非常多,而最近六年来,它们已经很少在山峦的北端露面。

通过观察一些野兽的足迹,我们发现大捻角羚的数量也很稀少。乔治推断,野生动物数量的减少和桑布鲁人畜养大量的家畜有关。家畜吃光了牧草,而且过度放牧加重了山体剥蚀。

由于道路上遍布尖利的熔岩碎石,返回洛朗雷音的山路异常崎岖难行。下山的路上,我们不知摔了多少次,跌了多少回。然而,一切苦难皆有补偿。此时此刻,山间的美景令人心醉神迷。我们眺望远方的鲁道夫湖,看着夕阳缓缓西沉,湖面闪耀着万道霞光,天空幻化成迷人的橘黄色。远山如黛。

爱尔莎回望巍峨高山和凉意袭人的森林,准备掉头跑回去。我们只得把她拴起来。

夜幕降临的时候,我们在黑暗中迷失了方向。爱尔莎没走几步就躺下了,她的意思直截了当——她受够了,不想再走了。虽然她已经快成年了,可是紧张不安的时候依然喜欢吮吸我的手指头,这个夜晚她吮吸的次数尤其多。终于,先遣队发射了几枚曳光弹,指引我们找到了宿营地。我们走过一段噩梦般的路程,跟跟跄跄地赶到宿营地时,爱尔莎拒绝进食,只想依偎在我身旁。其实,我也累得吃不下东西。我深深理解爱尔莎为我们所作的努力。当然,她不会懂得我们为何要做这些无意义的事情,比如夜半三更时,在尖锐的熔岩碎石间跋涉。她之所以与我同行,是源自对我们的感情和信任。这一次狩猎监督之旅,她忍受了种种艰难困苦,走过的路程超过三百英里,而我们之间的情感纽带也更加牢固。只要与我们相伴,懂得我们对她的爱,懂得她身处安全地带,她就快乐无比。为了取悦我们,她努力适应我们的生活方式,按捺住内心桀骜不驯的天性,控制自己野性的力量。看到她为我们做的这一切,我们焉能不为之感动?她性格温和,有一部分来自天性,还有一部分是后天养成的结果,因为我们从未强迫她适应我们的生活,也从未令她倍感沮丧。人类的世界和野生动物的世界迥然不同,为了帮助她克服成长的困难,我们也对她施以友善和关爱。

  在自然生活中,只要找到了食物,一头狮子不会去远处乱逛。所以,爱尔莎的所知所闻非常广博,假如和狮群一起生活,爱尔莎就不会如此了。然而,她知道她有一个家,无论何时我们结束狩猎监督之旅,她就会恢复她的习惯和生活规律。

第五章　爱尔莎和野生狮子

爱尔莎的举止彬彬有礼。哪怕我们只分开一小会儿,她也会隆重地迎接我们。她挨个走过我们身旁,用脑袋蹭蹭我们,嘴里发出呜呜的低吟。通常是先到我这里来,而后是乔治那儿,接着是奴鲁,假如有谁碰巧在附近,也会得到同样的问候。她很有灵性,瞬间就知晓谁喜欢她,而后热情地回应对方。她宽怀大度,容忍那些紧张兮兮的客人。不过胆小的客人就遭罪了。爱尔莎倒是从不伤害他们,只是会吓唬他们,而且乐此不疲。

她还是一只小狮子的时候,就善于利用她的体重。如今,这一招成了她的杀手锏。只要她想阻止我们,她就纵身一跃,扑向我们的双足,小山似的身体压在我们的小腿上,然后把我们撞翻。

从鲁道夫湖返回后不久,我们如往常一样,傍晚时分带她出去散步。然而,爱尔莎显得愈发焦躁不安,有时不愿意和我们一起回来,整夜逗留在丛林之中。我们经常得开来路虎车,把她接回家。她很快就心领神会:既然有一辆车专门送她回家,她又何必浪费体力,自个儿走回家呢?于是,她轻松一跃,跳到帆布顶篷,优哉游哉地躺在上面。车顶的视野非常好,是个绝佳的观景台。爱尔莎能将沿途的景象尽收眼底,看见所有的野生动物,这种安排令她心满意足。唯一不足的是,汽车的生产商没有把车顶设计成一个躺椅,专

短途旅行时,爱尔莎喜欢卧在路虎车的车顶。

供狮子使用。事实上,车顶的承重超出了负荷,我们发现爱尔莎渐渐下沉,都快压在我们的头上了。乔治只得另外安装支架,将帆布顶篷加固。

爱尔莎不和我们在一起的时候,奴鲁一如既往地照顾她。一天,我们打算给他们俩拍照。奴鲁平日的着装邋里邋遢,上衣和裤子破破烂烂的,很不像样子。于是,我们让他换上整洁的衣服。几分钟之后,奴鲁露面了。他穿着紧身的冰淇淋色夹克,前面挂着穗带和纺锤形的纽扣。这分明是他买给自己的结婚礼服嘛。我们看得目瞪口呆,心想他穿上这一身衣服,还真像一位专业的驯兽师。爱尔莎瞥了他一眼之后,突然蹿进了丛林里。她躲在茂密的灌木丛里,偷偷地往外看。看来看去,她终于认出奴鲁了。她来到奴鲁的身旁,还给他一巴掌,仿佛在说:"你是什么意思嘛?竟然吓唬我!"

奴鲁和爱尔莎有很多奇遇。有一天,奴鲁告诉我们,当他们俩在灌木丛里休息的时候,一只花豹从下风处靠近他们。爱尔莎激动地观察花豹,尽管因为兴奋而绷紧肌肉,但是她竭力控制自己,除了尾巴在摇晃外,全身一动不动。花豹离她越来越近,几乎要挨着她的头顶了。刹那之间,花豹发现了那条抽动的尾巴,便如一道闪电飞奔而去,差点撞翻奴鲁。

如今,爱尔莎已经二十三个月大了。她的嗓音也变成低沉的咆哮。一个月之后,她仿佛又进入了求偶期,在许多灌木丛里留下她的尿液。毫无疑问,这是给雄狮发出的邀请。正常情况下,我们去哪儿,她就跟到哪儿。然而在那几天,她执意要去峡谷。她似乎专门挑了一个特别的下午,让我们跟着她走,我们很快在那儿发现一头雄狮留下的新鲜足迹。晚上,她死活不愿意回家。当时我们离车道很近,于是回去开车,乔治把路虎车开出来,我在家里留守,以防爱尔莎抄近道回家。乔治到达我们离开爱尔莎的地点后,高声呼唤爱尔莎,他喊了很久,却听不到爱尔莎的回答——只有群山的回音……他驱车行驶了一英里,不时地呼唤一声。后来,他心想爱尔莎也许早就回家了,便也回来了。我告诉他,我等了漫长的两个小时,但是依然不见她的踪影。乔治再次出发了。他出门后不久,我听到了一声枪响。我的内心忐忑不安,直到他返回,然而他说的一番话更让我为之揪心。

他开车出去后,喊了整整半个小时,但是爱尔莎没有露面。他把汽车停在一处开阔的丛林地带,琢磨下一步的打算。就在这时,在汽车后面大约二百码的地方,传来狮群震耳欲聋的打斗声。继而,一头母狮一闪而过,另一头母狮紧跟不舍。它们蹿过他身边的时候,乔治抓起步枪,朝第二头母狮开了一枪。他认为这是一头嫉妒心发作的母狮,欲将爱尔莎置之死地而后快。他的判断可能是对的。接着,他跳进汽车追赶它们。他沿着一条弯曲的小路,驶进了密不透风的丛林。乔治打开探照灯四处照射,直到被一头雄狮和两头母狮挡住去路。它们大声咆哮,发泄自己的不满,不情不愿地让开道路。

现在,他赶回来是想接我。我们一起来到他和爱尔莎分开的地点,近乎绝望地呼唤爱尔莎——喊了一遍又一遍——茫茫夜色中,我们听不到熟悉的回应。不久之后,仿佛是为了嘲笑我们似的,几百码之外,传来狮群的咆哮声。我们驱车赶到那儿,只看见六只闪烁的眼睛。该做的我们都做了,如今我们束手无策。怀着沉重的心情,我们回家了。难道爱尔莎被一头嫉妒心发作的母狮咬死了?以她目前的状况,她很可能与一头雄狮成双入对,问题是雄狮的配偶能容忍这个对手吗?然而,我们的担忧纯属杞人忧天,大约沿着车道行驶了一千米,我们就碰到了爱尔莎,我们心中的石头落了地。当时她对着灌木丛嗅来嗅去,完全无视我们的存在。我们试图说服她和我们回家,然而她死活不肯离开灌木丛,眼睛热切地凝望着传来狮群吼声的丛林方向。一会儿后,狮群再次吼叫,并且靠近我们。我们身后约三十码的地方,是一片干涸的河床。狮群在那里停下脚步,对着我们狂吼,叫声响彻荒野。

此时已过了午夜。爱尔莎坐在月光下,这一边是我们,那一边是狮群;两边都呼唤她过去,想把她拉入自己一伙。谁会赢得这场竞争?突然,爱尔莎走向狮群,我连声大喊:"爱尔莎,不要,不要去那里,你会被咬死的!"她再次坐下来,瞅一眼我们,再瞅一眼她的同类,显得不知所措。大约一个小时之后,情况依然没有改变。乔治对着狮群开了两枪,枪响之后,狮群立刻哑然无声。此时,爱尔莎依然犹豫不决。我们慢慢后退,希望爱尔莎也跟随我们而去,她果然来了。爱尔莎和我们的汽车平行而走,虽然很不情愿,也时不时地回望,最后她终于跳上车顶。就这样,我们把她安全地带回了家。回家之后,她显然渴极了,也累坏了,不歇气地喝水。

爱尔莎和狮群在一起的五个小时里,到底发生了什么?野生狮群会不顾她身上人类的气味而接受她吗?雄狮会对一头求偶期的母狮漠然视之吗?为何她最终选择和我们回来,而不是加入自己的同类?难道是因为她畏惧凶猛的母狮?我们心中的问题很多。我们只知道一个事实,那就是这一次的经历,并没有让她受伤。

然而这次冒险之后,来自荒野的呼唤明显越来越强烈了。天黑之后,她经常不和我们一起回来。我们经常整夜整夜地寻找她。在旱季,我们主要靠水来留住她,因为只有在家里,她才能喝到水。

她最喜欢有岩石的地方。瞭望四周的时候,她总是选择站在悬崖之巅,或者其他安全之处。有一次,尽管听见附近有花豹"咳嗽"的声音,她依然站在一块岩石上,而我们只能离开她。第二天早晨她回来了,身上有几处血淋淋的伤痕,我们怀疑她被花豹抓伤了。

还有一次,暮色苍茫之中,她听到了一只鬣狗的笑声,继而循声而去。过了一会儿,鬣狗的叫声愈发疯狂,爱尔莎回以低沉的咆哮。乔治冲过去想看个究竟,他来得正是时候,及时射杀了一两只包围爱尔莎的鬣狗。爱尔莎把她的"猎物"在两只前腿之间拖着,走进灌木丛里,就像她还是一只小狮子的时候,把防雨布拖在前腿之间一样。然而,尽管她已经有两岁了,但她的牙齿依然不够尖利,无法穿透鬣狗的皮毛,她也不知道如何处理她的猎物。

在这段时期,长颈鹿依然是她最爱的朋友。她喜欢跟踪长颈鹿,使用每一种属于她的策略。然而每一次,还没等她靠近对方,就会被长颈鹿发觉。主要的原因恐怕是,爱尔莎无法控制自己的尾巴。虽然她的身体能够纹丝不动,甚至连耳朵都不抽动一下,但那一条尾巴却摇来晃去,再说长着黑色毛球的尾巴尖还非常醒目。一旦长颈鹿看见了她,一场比赛——比谁更勇猛善斗——就拉开了序幕。长颈鹿一只接一只,围成了半圆形,它们缓缓前行,发出低沉的鼻息声,声音持续的时间非常漫长。是可忍,孰不可忍?爱尔莎无法再忍了,她冲上前去,和长颈鹿群混战一番。有两次,她锲而不舍地追赶一头巨大的老公鹿。等他们跑出了大约一英里之后,长颈鹿或者是因为喘不过气,或者是因为厌倦了追逐,而处于下风。随后,爱尔莎绕到它的身旁,小心地保持一段距离,以防被长颈鹿强健有力的前腿踢中。这一脚要是踢中,会轻而易举地击碎她的头骨。

她似乎每两个半月就进入求偶期。据说这一期间,最明显的迹象就是大声地"呜呜"叫。到目前为止,爱尔莎已经发情两次了,不过我们没有发现类似鸣叫的迹象,只是每一次她都散发一股独特的气味,还往灌木丛里小便。

在狮群中遇险后不久,奴鲁向我们汇报了一件事情,早晨他试图尾随爱尔莎而行,谁料爱尔莎不停地对他咆哮。显然,她不希望奴鲁跟在后面,她执意前往山里。当时天气越来越热,她一路飞奔,很快就甩掉了奴鲁,消失在岩石之间。下午时分,我们循着她的足迹,寻找她的踪影。很快,足迹就不见了。我们束手无策,只能站在断崖下呼唤。回应我们的是一声奇怪的咆哮,不太像爱尔莎的声音,不过无疑是一只狮子的。没过多久,我们就发现了爱尔莎。她正在翻越大石头,挣扎着下山,像平时那样叫唤。当她来到我们身旁时,筋疲力尽地倒在地上,呼哧呼哧地喘气,兴奋极了。我们给她带来了水,她狂喝不止。我们注意到她的后腿、肩膀和脖子上有几处血淋淋的爪印,前额上还有两个流血的小孔,这些分明是被牙齿咬的,而不是被爪子挠的。①

正常情况下,她身上没有体味,但现在却有一股强烈的体味,比她求偶期的味道浓烈得多。等她恢复了一点体力之后,她用惯常的礼节欢迎我们,还用一种令人极为震惊的方式,对我们每一个人呜呜叫,仿佛在说:"听听我学会了什么。"

等确认得到我们的赞赏之后,她再次倒在地上,呼噜噜大睡,这一睡就是两小时。显然,我们呼唤她的时候,她正和一头雄狮在一起。

两天之后,她在外面度过整整一天一夜。我们循着她的足迹,发现她和一头母狮在一起,而且她们已是多次相伴了。

---

① 两年以后,我前往伦敦时,顺道参观了罗马动物园。我无意中发现,一对狮子在交配时,雄狮最后的动作是咬伤母狮的前额。这难道是巧合吗?后来在伦敦动物园,在同样的情形下,我发现了同样的动作。——作者注

从此之后，爱尔莎频繁地在外面过夜。我们把汽车开到她钟爱的地点，呼唤她的名字，试图引她回家。她偶尔露面，更多的时候则无影无踪。有时她一出门就是两三天，没有东西吃，也没有水喝。水依然是我们留住她的手段。然而，雨季即将来到。我们心知肚明，到时候我们将失去对她的控制。一个问题油然而生，而且迫在眉睫，我们必须要解决。因为五月份的时候，我们要去国外度长假，假期越来越近了。爱尔莎已经二十七个月大，几乎完全长大了。我们自始至终都知道，在伊西奥洛，我们没法给她绝对自由的生活。起初，我们想把她送到鹿特丹动物园，和她的姐姐们为伴，我们甚至做出了必要的安排，以防发生紧急情况。但是如今，她把未来握于自己的掌心，她最近的举动也让我们更改了计划。我们很幸运，在自然环境中抚养她长大，她将丛林视作自己的家园，也被野生动物接纳。我们觉得她是一个很好的特例：一般而言，一只家养的宠物会被同类杀害，只因为身上散发人类的气味，以及对丛林生活的无知。让爱尔莎重返大自然，回到野外的世界，这种做法非常值得一试。

我们打算花上两到三周的时间陪伴她，而后，如果一切进展顺利的话，我们可以放心地去度长假了。我们计划在肯尼亚之外的地方度假，换一个环境吧。

接下来的问题是，我们打算在哪里放生爱尔莎呢？于我们而言，伊西奥洛的人口过于稠密，在附近放生显然不太适合。我们知道有一个地方，那儿多年以来人迹罕至，也鲜有家畜，倒是有数不胜数的野生动物，尤其是狮子。

我们获准将爱尔莎放生此地。雨季随时都会到来，为了赶在雨季到来之前抵达她可能的未来的家园，我们必须争分夺秒。

我们必须行驶三百四十英里，才能到达那个地区。一路上，我们要翻越高原,穿过大裂谷,路经许多人口相当稠密的地带,这些地方有不少欧洲人的农场。我们担心每一次停车时,围观的人群和好奇的非洲人会让爱尔莎不安。此外为了躲避白日的酷暑,我们打算夜间赶路,也就是傍晚七点左右动身。然而,爱尔莎似乎另有打算。出发之前,我们带她出去散步,像平日里一样,从我们的房间穿过山谷,来到她钟爱的岩石堆。在那儿,我给她拍照,这是最后一次拍照了。她其实不爱拍照,也讨厌别人给她录像,或者画素描。如果她看见一个讨厌的闪光的盒子对准她,她总是扭过头,或者用爪子捂住脸,或者干脆跑到一旁。在伊西奥洛最后的一天,我们给她拍了一张又一张,她一定对我们的莱卡相机忍无可忍了,或者说,她实在是受够了。终于,她找到了报复的机会。有一会儿,我把相机放在一旁,没有多加留意,她出其不意地跳过来,扑到我的相机上,叼着相机就跑,一溜烟儿地跑到岩石后面。她气冲冲地咬住相机,使劲地甩来甩去,还用爪子摁住相机,用牙齿啃咬。我们好不容易抢回来,相机的损害并不严重,这真是一个奇迹。

　　回家的时间到了,我们即将开始一段漫长的旅程。然而这时,爱尔莎坐在一块岩石上,深情地凝望山谷,用她的方式沉思冥想,什么都无法让她挪动。事实是明摆着的,她不想走回家了,而是指望我们开汽车接她回去。我们打算提前出发的愿望泡汤了。乔治回去开车,而后驱车来到山麓下,也就是我们离开爱尔莎的地方,谁知她踪影全无。显然,她开始了自己的夜间漫步。乔治呼唤她的名字,然而没有任何应答。直到夜里十一点,她才露面,而后跳到路虎车的车顶,心满意足地坐车回家了。

第六章 第一次放生

午夜已过,我们最后一次把爱尔莎装进旅行用的板条箱,驱车出发了。为了让爱尔莎感觉好受一些,我给她服用了镇静剂。兽医告诉我们,这种药没有害处,药效能持续大约八个小时。漫长的旅途中,我一直和爱尔莎待在敞篷卡车里,竭尽我所能,给她精神上的支持。夜幕降临的时候,我们穿过海拔八千英尺的地区,这里寒气袭人。由于服用了镇静剂,爱尔莎处在半昏迷的状态,尽管在这种情况下,每隔几分钟,她就把爪子伸出板条箱的空隙,确保我在她的身旁。我们花了十七个小时,才抵达目的地。一个小时之后,镇静剂的药劲儿才过去。在这十八个小时里,爱尔莎的体温非常低,呼吸也很缓慢,有一阵子我担心她会死去。幸亏她恢复了。不过这次经历也告诉我们,给动物服药一定要万分谨慎,尤其是狮子,因为相比于其他野生动物,它们对药物更加敏感,每只狮子的反应也各不相同。我们以前有过一次经历,给三只小狮子撒过驱虫粉——一只反应良好,一只不舒服,而爱尔莎浑身抽搐,病情尤为严重。

到达目的地的时候,已是夕阳西下,当地的狩猎监督官,也是我们的一位朋友,前来迎接我们。我们在一处绝佳的地点安营扎寨,此处位于千尺悬崖的山麓,可以远眺广袤无垠的荒野;一条河流蜿蜒其中,河岸生长着茂盛的灌木林,颜色更深更浓。由于我们身处海拔五千英尺的地带,空气沁人心脾,略带一丝寒意。我们营地的前方,是一片开阔的草地,向下延伸到平原,这儿有成群的汤氏瞪羚、转角牛羚、非洲牛羚①、伯契尔斑马、粟马羚、东非狷羚,还有几只非洲水牛在吃草。这儿真是野生动物的天堂。因为帐篷还没有搭好,我们就带着爱尔莎四处逛逛。她兴奋地冲进兽群,都不知道追逐谁了,因为四面八方都是奔跑的动物。仿佛是要摆脱噩梦般旅行的影响,爱尔莎在新伙伴中玩得不亦乐乎,而动物们显得非常震惊,因为这头狮子的举止着实奇怪,她就像没头的苍蝇似的,傻乎乎地跑来跑去,没有任何明显的追逐目标。很快,爱尔莎就玩够了,她跑回营地,享用她的美餐。

我们的计划如下:第一个星期,我们驾驶汽车绕行该地区,让爱尔莎待在路虎车顶,熟悉这里的环境和动物,由于这些动物不在北部边疆地区活动,爱尔莎从未见过它们。第二个星期,我们打算让她在荒野过夜,趁她在丛林里玩耍时丢下她。放生后的第二天早晨,趁她还迷迷糊糊的时候,我们前去看望她,并且带上食物。而后,我们要减少她的食物量,并指望此举能鼓励她独自猎杀动物,或者加入野生狮子的捕猎行列。

我们到达后的当天早晨,就按计划行事了。首先,我们取下她脖子上的项圈,这是恢复自由的象征。爱尔莎纵身一跃,跳到路虎车顶,我们就出发了。行驶几百码之后,我们看见了一头母狮,几乎和我们平行,正在下山。它身旁有很多羚羊,而咫尺之遥的羚羊对它毫不在意,因为此时此刻,母狮正大步流星地往前走,步伐稳健,丝毫没有猎杀的兴趣。我们驶近这头母狮。爱尔莎显得相当激动,从座位上跳下来,嘴里发出低沉的声音,小心地尾随这位新朋友。然而,当母狮停下脚步,扭头回望时,爱尔莎的勇气却不翼而飞了。

---

① 别名为角马。——译者注

她掉头就跑，拼命跑回安全的车顶。于是，母狮继续坚定地前行。我们很快就发现，在高高的草丛后面，在一堆小蚁丘的旁边，有六只小狮子等着妈妈回家。

我们继续往前行驶，还惊动了一只正在啃骨头的鬣狗。爱尔莎跳下车，追赶这只受惊的动物，后者只能叼着骨头，笨拙地逃之夭夭。尽管鬣狗的模样丑陋不堪，但逃跑的技术堪称一流，只是中间弄丢了骨头。

后来，我们经过一群又一群不同种类的羚羊。看到路虎车顶上站着一头狮子，这些动物好奇不已，还允许我们的路虎车靠近它们，近得只有几码之遥，当然前提是我们都待在车里，并且保持沉默。在此过程中，爱尔莎一直小心翼翼地观察四周，她无意离开车顶，直到她看见一只离群的动物，后者或许背对着她吃草，或许在角斗。而后，她悄无声息地跳下车，肚皮紧贴地面爬行，利用每一个障碍物来隐蔽自己，慢慢靠近她的猎物。然而，一旦动物流露出一丝怀疑，她要么停在原地，一动不动，要么用另外一种方式缓和局面，装出一副若无其事的模样，舔舔爪子，打个哈欠，甚至在地上打滚儿，借此打消动物的疑虑，让动物丧失警觉。而后，她会立刻开始跟踪。但无论她如何诡计多端，就是没法接近动物，更没法捕杀猎物。

小汤氏瞪羚总是招惹爱尔莎，这其实很不公平，按照丛林不成文的法则，除非是饥不择食，大型动物是不会攻击体型小的动物的。小羚羊是平原的淘气包，它们好奇心很重，尾巴老是摇来晃去。此时，它们向爱尔莎宣战，捉弄爱尔莎，简直就是请求爱尔莎追逐它们。然而爱尔莎一脸厌倦之色，无视它们的举动，并且威严十足，随便它们怎么样。

非洲水牛和犀牛的情况则大不相同，它们必须被追逐。一天，我们从车里看见一头非洲水牛,正缓缓穿过平原。也许是路虎车顶的狮子,激起了它的好奇心,所以它跑得不甚快。就在这时,爱尔莎以迅雷不及掩耳之势,飞快地跳下车,以一丛灌木林为遮蔽物,开始跟踪非洲水牛。非洲水牛的想法和爱尔莎如出一辙,也是利用灌木丛的遮挡,只是从相对的方向行动。我们在等待、观察,直到看见他俩几乎撞个正着。结果是非洲水牛落荒而逃,爱尔莎无所畏惧地追赶。

另有一次,爱尔莎坐在路虎车顶上时,看见两头非洲水牛在灌木丛里打盹儿。她跑过去,又是低声咆哮,又是猛撞,接着就是一场混乱的打斗,非洲水牛冲出灌木丛,冲着不同的方向逃跑。

犀牛对爱尔莎的吸引力也非同寻常。一天,我们邂逅了一头站着打盹的犀牛,脑袋埋进灌木丛林里。爱尔莎小心翼翼地潜行,成功地靠近,鼻子几乎碰到了犀牛。可怜的大家伙!它突然从睡梦中惊醒,惊慌失措地喷着鼻息,神情迷惑不解。它转过身,冲进附近的沼泽地,庞大的身躯激起一大片水花,溅得爱尔莎浑身都是水。她跳进水里,继续追赶。此时此刻,我们只见水花飞溅,水柱冲天。随后,他们俩消失得无影无踪。过了很久,爱尔莎才回来,一脸的得意之色。

她酷爱爬树。有时我们在茂盛的草丛里找不到她,都快绝望了,结果一抬眼,发现她在树冠里晃荡。她不止一次地被困在树上下不来。有一次,她试遍了各种方法,身躯把树枝压得一颤一颤的,几乎都快压断了。我们看见她的尾巴在树叶间摇晃,而后她踢腾后腿,终于从二十英尺高的树上跳下,跌落在草丛中。当众从树上跌落,她觉得很丢脸,显得非常沮丧。其实,她平常很乐意引我们发笑,只是她讨厌自己像个小丑似的,成为我们的笑柄。她疾步跑到一旁，而我们也给她一点时间，让她找回自尊。过一会儿，我们去找寻她，却发现她正和六只鬣狗纠缠不休。这些凶残成性的动物将她团团围住。说实话，这一幕看得我提心吊胆。然而，在一群骚扰她的鬣狗面前，爱尔莎不再是笨手笨脚的"爬树者"了，而是显现出王者的风范。她打个呵欠，伸伸懒腰，无视这一群猖狂的鬣狗，径直走到我们身旁。我们的出现令鬣狗大吃一惊，它们没料到爱尔莎还有这么一群奇怪的朋友，顿时吓得仓皇逃窜，逃跑时还不忘回头张望，也许是想不通吧。

一天早晨，我们看到天空中盘旋着数只秃鹫。很快，我们就发现有只雄狮在啃噬一匹斑马。它撕着斑马肉，毫不在意我们的到来。爱尔莎小心地在车顶踏步，冲着它呜呜叫，虽然没有得到对方的任何鼓励，她依然小心翼翼地走近对方。雄狮终于抬起头，直视爱尔莎。它仿佛在说："嘿，你难道不懂狮子的规矩？你这个小女生，没看见本大王在享用美食吗？竟敢在这个时候打扰本大王？我允许你为我捕猎，但是你必须在一旁等着，等我吃够了，你才可以吃剩下的肉。"可怜的爱尔莎显然不喜欢这种表情，她拼命地跑回车顶。那位大王继续大嚼特嚼，我们观察它良久，指望爱尔莎恢复勇气，只是没有什么能让她离开安全的地方。

第二天早晨，我们的运气好多了。我们遇见了一头转角牛羚，它就像一位哨兵，站在一座蚁堆之上，专注地盯着一个方向。我们循着它的目光望去，发现一处高草丛里，躺着一头年轻雄壮的雄狮，正在晒太阳。这头雄狮相貌堂堂，美丽的鬃毛在阳光下闪耀着金光。爱尔莎似乎被它迷住了。我们心想，这头雄狮正是爱尔莎理想的丈夫。我们驱车驶近雄狮，离它大约三十码左右。看见车顶上站着它完美的新娘时，这头雄狮颇为惊奇，不过它以友好的方式回应我们。爱尔莎依然羞答答的,发出低沉的呜呜叫,不愿意从车顶上跳下来。于是,我们把车再往前开一点儿,并且说服她跳下来。而后,我们突然开车离去,绕到雄狮的身后,留下她在原地。这就意味着,如果她想回到我们身边,就必须从雄狮面前经过。一阵痛苦的犹豫和彷徨后,爱尔莎终于鼓足勇气,向雄狮走去。走到距离雄狮大约十步之遥,她趴在地上,耳朵往后支棱,尾巴嗖嗖地摇晃。雄狮站起身,径直朝她走去,我敢确定,它抱着最大的善意,然而在最后的一刹那,爱尔莎心慌意乱,冲回了汽车。

我们带着她继续前行,真是奇怪得很,我们又遇上了狮群,这一回是两头雄狮和一头母狮,它们正在撕咬猎物。

这次的运气真不错。它们一定是刚刚完成猎杀,一个劲儿地猛吃,无论爱尔莎如何跟它们对话,它们都不屑一顾。终于,它们离开了猎物,圆鼓鼓的肚皮左摇右晃。爱尔莎抓紧时机,检查剩下的猎物。这是她第一次和真正的猎物打交道,对我们而言,这顿美餐美妙至极,比任何东西都能实现我们的既定目标。它是狮子提供的,散发着狮子新鲜的气味。等爱尔莎品尝了属于她的一份肉,我们把猎物拖到那头威风凛凛的雄狮身旁。它看起来很友好。我们希望爱尔莎给它带回猎物之后,它会对爱尔莎有好感。继而,我们离开爱尔莎,驱车离开了。几小时之后,我们计划返回原地,看看事态发展如何。令我们始料不及的是,我们在半道上碰到了爱尔莎,她早就动身回营地了。然而,既然这头雄狮对她很感兴趣,我们不能错失良机。下午,我们带着爱尔莎回到雄狮身旁。我们发现,雄狮依然在原地。爱尔莎在车顶的沙发座里,和雄狮打个招呼,仿佛他们已是老朋友,然而事实摆在眼前,爱尔莎没有跳下车的意图。

为了引诱她离开沙发座,我们把车开到灌木丛的后面。我走下车,却差点儿撞到一只鬣狗。它从一处阴凉之地冲出来,我们发现那儿有一只刚刚被猎杀的小斑马。毫无疑问,这是那头金毛雄狮捕获的。此时正是爱尔莎吃饭的点儿,她不管不顾地跳下车,冲向剩下的猎物。趁此机会,我们驱车迅速离开了,把她留在那儿过夜。

第二天清晨,我们急于知道试验的结果,于是动身去看望她。我们希望看见幸福的一对儿。然而,我们只看见可怜的爱尔莎,她独自守候在我们丢下她的地点。雄狮不见了,猎物也不见了。看见我们来了,爱尔莎欣喜若狂,迫不及待地和我们在一起,疯狂地吮吸我的手指头,好确信我们之间的一切都未曾改变。我心里很难受,我伤害了她的感情,却无法对她有片言只字的解释,无法告知她我们的所作所为都是为她好。等她平静下来之后,甚至在我们的陪伴中安然入睡之后,我们做出了一个令人心碎的决定,我们要再次毁掉我们和她之间的信任,我们悄悄地离开了。

直到这时,我们给她准备的生肉依然是切碎的,以避免她将自己的食物和活物联系在一起。目前,我们需要改变这一套做法。在爱尔莎睡午觉的时候,我们驱车行驶到六十英里之外,射杀了一头小羚羊。我们之所以去那么远的地方,是因为营地附近不允许射杀猎物。我们给她带回整只小羚羊,也很好奇她是否知道如何撕开它,因为她没有妈妈的指点和示范,焉知用正确的方法吃肉?事实证明,我们的担忧纯属杞人忧天。没一会儿,我们就发现,爱尔莎本能地知道应该如何下手。她从小羚羊的后腿内侧开始,因为那里的皮肤最柔软,而后她掏出内脏,享受这些美味,接着把肚子里的东西埋进土里,掩盖好血迹。她的做法和正常的狮子如出一辙。接着,她用白齿撕扯骨头上的肉,用粗糙的舌头刮下肉。

既然她懂得如何正确进食,我们便明白,已经到了让她独自捕杀猎物的时候了。平原上有一蓬蓬的灌木丛,是动物理想的藏身之处。所有的狮子狩猎之时,都要先隐蔽在灌木丛中,耐心等待时机,直到一只羚羊从顺风处走近自己,而后突然跃起,抓住自己的猎物。

这期间,我们将爱尔莎单独留下两三天,希望饥饿能刺激她主动捕猎。然而,当我们返回之后,发现她依然在原地等待,饿得饥肠辘辘。为了继续我们的试验,我们总得硬下心肠,其实,她只想和我们在一起,只要我们爱她就足够了。每一次她都吮吸我的手指头,用爪子紧紧抓住我们,将她的心意表白得一清二楚。这一幕幕令我们心如刀绞,然而我们的做法都是为她好,我们必须坚持下去。

我们意识到,让爱尔莎回归自然,其难度远远超过我们的想象,需要漫长的时日。我们询问政府部门,我们的长假能否在肯尼亚度过,以便完成放生试验。他们很善解人意,同意了我们的请求。得到他们的许可之后,我们如释重负,只有有了足够的时间,才能完成艰巨的任务。

我们增加了爱尔莎独处的时间,并且加固了帐篷四周的刺篱,这样狮子就进不来了。我们之所以这么做,主要是防备饥饿难挨的爱尔莎回来找我们。

一天早晨,她和我们在一起的时候,我们看见了一头雄狮。这头雄狮看起来平静从容,似乎心情不错。爱尔莎跳下车。我们见机行事,悄然离去,留下他俩单独相处。当天傍晚,我们坐在篱笆圈起的帐篷里,突然听见爱尔莎的叫声,我们还没来得及阻止,她已经钻过篱笆墙,安坐在我们身旁。她身上被爪子挠伤的地方还在流血,而她走了八英里回来,只是为了和我们在一起,而不是和她的同类。

第二次,我们带她去了离帐篷更远的地方。

行驶的路途中,我们看见了两头大角斑羚在角斗,每一头都约有一千五百磅重。爱尔莎立刻跳下车,悄悄跟在它们后面。起初,它们一门心思地打斗,根本没有注意到她,当它们发现爱尔莎之后,其中一只恶狠狠地踢了她一脚,爱尔莎敏捷地躲开了。它们停止了打斗,爱尔莎追赶了它们一小段,而后得意洋洋地回来了。

不久之后,我们遇到了两头年轻力壮的雄狮,坐在一片开阔的草地上。它们看上去模样还不错,是爱尔莎理想的伴侣。不过,爱尔莎对我们的把戏起了疑心,不愿意离开车顶,尽管她冲着雄狮兴奋地喊叫。我们没法把爱尔莎弄下车,只好错过这次机会了。我们继续前行,直到看见两头斗来斗去的汤氏瞪羚。这一幕吸引了爱尔莎。等她跳下车,我们迅速驾车离开,把她留在那儿,好让她学习更多的野外生活技能。

大约一个星期之后,我们才返回。我们发现,她在等我们,已经饿得嗷嗷待哺了。她待我们情意深厚,虽然我们屡次欺骗她,辜负她对我们的信任,不止一次地伤害她,但她一如既往地忠诚。我们丢下买来的几块肉,她立刻大嚼特嚼。就在这时,我们听见清晰的咆哮声。不一会儿,两头狮子露面了,疾步奔向我们。显然,它们正在附近捕猎,很可能闻到了肉味儿,便迅速赶来了。可怜的爱尔莎,看清形势之后,拼命地逃跑,丢下来之不易的食物。突然,一只小豺狼现身了,之前它一定是藏在草丛里。它一秒钟都没有耽搁,一口又一口地吞咬爱尔莎丢下的肉。它心里很清楚,它的好运转瞬即逝。果然,一只雄狮径直向它走来,发出恐吓的咆哮。然而肉就是肉,小豺狼不会轻易被吓跑的,像个守财奴似的,守住自己的宝贝,一连咬了好几口,直到狮子差点咬到它的脑袋。甚至就在这生死攸关的时刻,它还想保住自己的食物,其勇气令人难以置信。只是,体型胜过了勇气,狮子才是胜利者。爱尔莎躲在远处,将这一幕全看在眼里,眼巴巴看着属于她的肉落入他狮之口,何况是饿了这么久。这种境况真是惨不忍睹,两头雄狮的眼中只有它们的食物,除此之外,它们对任何东西都全无兴趣,包括爱尔莎。为了安慰失望的爱尔莎,我们把她带走了。

回到营地的时候,正好来了几位客人。第一拨客人是来观察野生动物的。乔治邀请他们进来,正准备向他们解释营地里有一只驯养的母狮,说时迟那时快,爱尔莎听见了发动机的声音,猛地跳出来,又是好奇又是示好。他们颇有一点惊讶,毫不夸张地说,她表现得还真不错。

没多久,两位瑞士客人到访。他们听说过我们有一只小狮子,特地过来瞅一眼。我想,他们脑海中的小狮子,应该是那种可以抱起来搂在怀里的,所以当他们看见站在车顶、重达300磅的爱尔莎时,当即吓得大惊失色,半天不敢动弹。我劝他们下车,并和我们共用午餐。爱尔莎表现得彬彬有礼,热烈欢迎陌生人的到来,只有一次用尾巴扫过餐桌,把上面的东西全扫落了。之后,他们再也按捺不住,开始与爱尔莎合影拍照,每一个角度都拍了。

我们在营地里待了四周,尽管爱尔莎在丛林里过了两周,她依然没有学会捕猎。此时,雨季已经到来,每天下午时分,倾盆大雨从天而降。这一地区和伊西奥洛的自然环境截然不同:首先这里更加寒冷;其次伊西奥洛的地面都是沙土,几小时之内就会变干,然而这里都是黑泥,雨后很容易就变成沼泽地。另外,这里到处都是齐腰高的草丛,几个星期地面都不会干。在家里的时候,爱尔莎喜欢下雨,下雨时精力旺盛,然而在这里,她就遭大罪了。

一天晚上,大雨滂沱而下,一直都没有停。黎明之前,积水至少有五英寸深,大地一片汪洋。早晨,我们踩在齐膝高的泥巴里,艰难跋涉。半道上,我们遇见了正返回营地的爱尔莎。她看上去快快不乐,拼命地想回到我们身边。我们实在不忍心,就把她带回了家。傍晚时分,营地外边传来受惊的奔跑声,继而四周归于宁静。外面到底发生了什么事情?接下来,又响起鬣狗歇斯底里的笑声,中间夹杂着豺狼高分贝的尖叫,然而鬣狗和豺狼的喧闹声很快消失殆尽,取而代之的是至少三只狮子的咆哮。我们意识到,狮子就在营地外面狩猎。这对爱尔莎而言,是千载难逢的好机会。我们聚精会神地聆听,那来自狮子喉部的低吼声,尖利刺耳的叫声,还有断断续续的咕噜声,恍如一首气势磅礴的猎杀进行曲,令人心驰神往。然而爱尔莎用脑袋蹭蹭我们,表明能和我们一起在荆棘篱笆墙里,远离外面的杀戮,她是何等地愉快。

几天之后,雨量减小了,我们重新开始放生爱尔莎的计划,努力让爱尔莎变成一头真正的野生狮子。而她怀疑我们会再次将她抛弃,所以我们很难引诱她跟着我们去平原。

我们费了九牛二虎之力,爱尔莎终于和我们一起出门了。路上,我们邂逅两头母狮,它们冲着汽车狂奔而来,爱尔莎似乎比从前更加紧张不安,慌不迭地逃跑了。

很明显,在这个地方,她畏惧狮子。我们决定不再强迫她和它们交朋友。等她再次进入求偶期的时候,也许她会和一头雄狮相互吸引,然后找到自己的另一半。

与此同时,我们也致力于训练她的捕杀技巧,让她不再依赖我们的喂食。一旦她能够独自捕猎了,假如她找到了情投意合的伴侣,她会是雄狮更称心如意的搭档。此时,平原大部分被洪水淹没,很多野生动物聚集在几小片相对干燥的高地。爱尔莎钟爱一块小土堆,周围散落着大大小小的石头。我们选择此地作为试验的指挥部。不巧的是,这个地方离我们的营地仅有八英里之遥,其实我们本应选择更远的地方,那样会更好一些。然而在当前的气候条件下,我们只能将就了。

我们把爱尔莎留在小土堆。一个星期之后,我们回到这儿,发现爱尔莎郁郁寡欢。我真的需要强大的意志力,才能狠下心来,继续对她的教育。午休的时候,我们坐在她身旁。她的脑袋搭在我的膝盖上,打着盹儿。突然,就在我们身后的灌木丛里,传来可怕的咔嚓声。接着,一头犀牛露面了。我们迅即站起身,当我冲向大树后面的时候,爱尔莎勇猛地扑向入侵者,赶跑了犀牛。说来真是惭愧,趁她追赶犀牛的时候,我们再次抛弃了她。

傍晚时分,潮气很重,空气湿漉漉的。落日的余晖洒遍苍莽的平原,晚霞将厚厚的云层染成绛红色,一朵朵低垂在灰色的苍穹上。一道彩虹破云而出,美得如诗如画。转瞬之间,绚丽的色彩消失不见,云彩变成蓄满雨水的乌云,后来成了一大团黑云,沉沉地压在我们的头顶。一切都悬而未决,等待苍穹的爆炸。

接着,几滴豆大的雨点砸在地面,那雨点真像铅块一样沉重。仿佛有一只巨大的手掌,撕开了天地之间的帷幕。暴雨倾泻而下,那么急,那么猛。顷刻之间,我们的营地就被湍急的河流包围。暴雨持续了数小时。此时此刻,在这个冰冷刺骨的深夜,我想到可怜的爱尔莎形单影只,被暴雨淋得浑身湿透,冻得直打哆嗦,真是惨不忍睹。电闪雷鸣更是令我无法安睡,一夜噩梦不断。第二天早晨,我们蹚水走过八英里,来到我们丢下她的地方。和往常一样,她还在等我们,看到我们的时候万般欣喜,挨个问候我们,用脑袋和身体反复蹭我们,嘴里发出呜呜的声音。然而今天,她无疑极为伤心苦恼。我们决定,这种恶劣的天气条件下,不能让她独自待在这儿,得带着她离开,虽然我们这样做会中断对她的训练。和此地土生土长的狮子不同,爱尔莎来自半干旱的地区,不可能迅速适应这里的气候。毕竟,这两种气候相差甚远。和我们回去时,她快活极了,走过沼泽地的时候,用熟悉的伊西奥洛的方式踩水花,尽情展示她的喜悦。

第二天,爱尔莎病倒了。挪动身体的时候,她忍着巨大的疼痛。她身上的腺体胀鼓鼓的,还发了高烧。在乔治帐篷的辅助帐里,我们用草给她铺了一张床铺,让她躺在那儿。爱尔莎喘气很困难,看上去无精打采,可怜巴巴。我给她喂了几粒唯一可能有效的药物。她希望我一直陪伴她左右,当然,我照做了。

大雨倾盆而下。通往最近的检测血片的地方的道路泥泞得连四轮汽车都无法驶过。无奈之下,我们只能安排一个人,带着几份不同的标本,跑到一百多英里之外的地方去检测。检测结果,也就是给我们的回复,表明爱尔莎感染了钩虫和绦虫。以前她也感染过这两种寄生虫,所以我们知道如何处置。然而她的腺体肿胀,体温升高,又该如何解释?显然不是感染寄生虫的原因。我们相信,她可能感染了某种经蜱虫传播的病毒。如果我们的猜测是对的,也表明一个事实,即动物对出生地的病毒有免疫力,然而迁徙到其他地区之后,对当地的病毒就没有同样的免疫力,这也能解释在东非发现的令人困惑的动物分布。

爱尔莎病入膏肓,有一段时间,我们甚至以为她不会康复了。然而,一周之后,她的体温忽高忽低,每隔三四天,她的体温就升高,然后又恢复正常。她的鬃毛迅速失去了美丽的光泽,她的毛发黯淡,就像棉花团一样,背上生出不少白毛,脸色也发灰。她虚弱无力,连走出帐篷去外面晒太阳都很费劲。唯一令我们欣慰的,也让我们抱有希望的,是她的好胃口。我们准备了丰富的食物和牛奶,她可以敞开肚皮吃,哪怕这些东西得从很远的地方运来也在所不惜。尽管气候恶劣,交通不便,我们也成功地与内罗毕的兽医实验室建立起了定期的联系,由于在我们提供的样本里没有发现寄生虫,我们对爱尔莎的治疗,或多或少地依靠猜测。

我们给她服用了治疗钩虫和立克次体的药物,后者是一种经蜱传播的寄生虫,被认为是可能的致病原。由于没法把针头注入她的腺体,并从里面抽取可以诊断病情的液体,所以我们能做的就是尽量让她保持安静,并且给予她足够的关爱。她温柔似水,回应我们所做的一切,当我枕在她的肩膀上休息时,她经常用两只爪子搂住我。

爱尔莎生病期间,每天和我们在一起,关系非常亲密,她因此也更加依赖我们,比以前更加温顺。大部分日子里,她慵懒地横躺在刺篱的入口处,这是一个绝佳的位置,既能将营地里的动静尽收眼里,也能观察外面的平原。午餐时间到了,爱尔莎不愿挪窝,宁可让给我们送饭的男孩子们跨过自己的身体。于是,男孩子们开始一场滑稽的比赛,看谁能拔得头筹:跨过爱尔莎的时候,既能端稳装得满满的汤盆,又能经得住爱尔莎友好的一巴掌。

她和乔治睡在帐篷里,进出都很自由,只要她乐意。一天深夜,乔治被爱尔莎低沉的叫声惊醒了,听见她正设法从帐篷的后面出去。乔治坐起身,看见帐篷入口处有一团黑影。他想,爱尔莎不可能这么快就跑到入口了,于是拧开手电筒一瞧,只见一头野生母狮在强光中眨巴眼睛。他冲这头母狮大吼一声,母狮逃走了。毫无疑问,它闻到了爱尔莎的气味儿,确信帐篷里有狮子的动静,于是决定查看一番。

爱尔莎的疾病来势汹汹，五个星期过后，病情才稍微好转。很明显，她不适应该地区的气候，也对当地的传染病缺乏免疫力，比如蜱虫和舌蝇之类，而这些传染病根据地区不同而有所变化。除此之外，她的外表和土生土长的狮子也不同——它们皮毛的颜色更深，鼻子较长，耳朵较大，体型也更大。无论从哪个角度看，她都属于半沙漠地区，而不是高地地区。① 最终，在野生动物保护区有诸多不便：一来，为了给爱尔莎带回食物，乔治必须驾车二十英里，去远离保护区的地方射杀羚羊；二来，乔治没法带爱尔莎去打猎，所以她没有机会参与猎杀，并且感受扑倒活物的滋味——如果爱尔莎在野外长大，她会从母亲的捕猎中获得这种经历。显然，在此地逗留三个月之后，我们还是得离开了。这里不是爱尔莎未来的家园，我们必须为她找寻更好的地方。

找寻理想的家园，说来容易做来难。这个地方必须有适宜的气候，充足的水源，足够爱尔莎食用的野生动物，而且还不能有部落居住者和偷猎者；此外，汽车还能开到那儿。最终，我们发现了一处世外桃源，并获得了政府的许可，能在那里放生爱尔莎。不久，雨季结束了，我们打算前往那里。

营地拆卸了，一切都打包放进车里，除了爱尔莎。她可真会挑日子，选择在我们出发的这一天发情，转眼之间就消失在密林里了。为了这一天的到来，我们足足等了两个半月，但我们现在才知道，不能让她生活在这里。整整一天，爱尔莎销声匿迹。我们或者驾驶路虎车，或者步行，找遍每一个角落，但是她好像从

---

① 肯尼亚有两种狮子：东非狮——身体淡黄色，鬃毛金黄色；索马里狮——体形较小，耳朵较大，身上的斑点更明显，尾巴较长。爱尔莎属于后者。——作者注

世间蒸发了。我们为她的安危牵肠挂肚,万一她被一头野生母狮咬死怎么办?可是,我们除了等待,还能做什么?两天两夜,爱尔莎一直不见踪影。除了短短的一次拜访,当时她冲向我们,脑袋蹭蹭我们的膝盖,而后撒腿就跑;几分钟之后,她回来了,继续蹭我们,蹭得更来劲儿,又第二次跑开了;一眨眼工夫,她又跑回来了,仿佛在对我们说:"我快活极了,但是请你们理解我的心情,我必须离开,我只是回来告诉你们,别为我担心。"接着,她头也不回地离开了。[①] 等她最后回来的时候,身上多了好几处爪痕,伤口很深,鲜血淋漓。当我试图给她包扎伤口时,她很不配合,脾气很坏。我们用了极大的耐心,才让她跳到卡车上。

如此,我们试验的头三个月结束了。由于她的疾病,这一次我们无功而返。然而我们很有信心,只要假以时日,并有足够的耐心,我们一定能成功。

[①] 我们很好奇,发情期的爱尔莎和雄狮共度良宵之后,为何没有怀上小狮子?后来,我从一位动物园的权威那儿得知:在求偶期的四天里,雄狮和雌狮每天至少要交配六到八次,只有第四天的交配,雌狮才有可能受孕。如果他所言不虚,那么爱尔莎显然是没有足够多的机会,因为一头打翻醋坛子的雌狮,会把自己的伴侣看得很紧,不可能容忍一头新来的雌狮频繁地与其伴侣交配。——作者注

第七章　第二次放生

如今，我们面前还有漫长的四百四十英里的路程。有时候，旅途处处不顺，这一次就是如此。行驶了十二英里之后，乔治的汽车掉了一根轴承。我驾车来到最近的行政驻地，大约有九英里之遥，买了一根新轴承，请人给乔治送去。当天晚上，我只能在那儿过夜，把可怜的爱尔莎锁在汽车后面。乔治拿到轴承之后，却发现他的扳手尺寸不对，没法安装。无奈之下，他只能凑合着使用锤子和冷凿。到了傍晚，他才设法把轴承装好，并且赶上我们。当晚和第二天黎明，我们的汽车爆胎六次；晚上九点钟，我们距离目的地仅剩十二英里的时候，我的车也出故障了，发出令人胆战心惊的杂音。我们只能停下来，就地搭帐篷过夜。连续驾驶五十二个小时之后，我们个个累得筋疲力尽。爱尔莎的表现可圈可点，从始至终都没有闹腾。此时，她倒在我们身旁，呼噜噜地睡着。第二天早晨，我们心想，让她重新回到车里的难度肯定很大，特别是她已经早早地离开营地了。营地附近有一条小溪流，河岸是茂密的芦苇丛，她惬意地躺在那儿，怎肯轻易挪窝？穿过小溪流很麻烦，我们决定先把车开过去，再来接爱尔莎。

路虎车轻轻松松地开过去了，我的车却陷在河里，只能拖出来。接着，我们步行过河，说服爱尔莎离开阴凉的芦苇丛，跟着我们上车。她立刻跟我们走了，跳进车里，仿佛知道旅途还没有结束，很愿意合作。我们穿过茂密的灌木丛,在坑坑洼洼的小径上艰难行进。即便到了这时候,我们的麻烦也如影随形。行驶几英里之后,我的汽车断掉一根后弹簧,直到傍晚时分,我们才到达爱尔莎的新家。

这儿真的是非洲的海角天涯,一个"狐狸相互道晚安"的地方。为了找到一个理想的宿营地,乔治和男孩子们披荆斩棘,在丛林里开辟道路。这就花费了四天时间。我们最终的营地安在一处美丽的小河旁,河岸是一排排的埃及姜棕榈、金合欢树和无花果树,树间藤蔓缠绕,郁郁葱葱。湍急的水流如飞珠溅玉,在长满芦苇丛的小岛中蜿蜒而过,一直流向远方,汇入一处处岩石林立的水潭。潭水清澈冰凉,水深之处银鳞雀跃。这儿是渔夫的天堂,乔治迫不及待地想要垂钓。

这一地区和我们离开的地方截然不同。这儿更加炎热;牧草茂密的平原没有一群群野生动物心平气和地吃草;只有满目的荆棘丛,狩猎的机会微乎其微,简直是猎手的噩梦。然而这里离爱尔莎的出生地很近,只有三十五英里,而且对她而言,这里的地形地貌更原始。

我们离开绿树成荫的热带丛林,也就是河岸,只觉骄阳似火,热浪滚滚而来。我们距离赤道很近,测高仪的读数是一千六百英尺。茂密干枯的荆棘丛里,遍布野生动物踩踏出的兽道;兽道对我们大有裨益,提醒我们当心大象、犀牛和非洲水牛,因为每一天,我们都能看见散落各处的脚印和粪便。毫无疑问,此路乃是它们所开,也是它们所走。离营地大约二百码的地方,有一处野生动物出没的盐渍地,也就是动物们舔舐盐粒的地方。地面上有不少犀牛角和象牙的印痕,说明它们是这里的常客;盐渍地附近的树木,无论是大树还是小树,树皮或被磨得发亮,或者通通脱落,这都是拜大象所赐,它们酷爱用身体蹭树皮。结果,爱尔莎没法进行她的日常活动——磨爪子了。只有猴面包树例外,灰蓝色的树冠粗壮挺拔,远远高出荆棘丛,大象根本够不着,再说比较光滑的树皮对动物们也用处不大。

此处最吸引人的地方是一处巨大的山脊,岩石呈淡红色,遍布断崖和山洞。在背阴的地方,我们看见蹿来蹿去的蹄兔。这儿视野宽广,是狮子理想的家园。站在山脊之上,我们看见长颈鹿、非洲水羚、捻角羚、非洲瞪羚和南非林羚,它们成群结队,奔向有河流的地方。在缺水的半沙漠地带,河流就是它们的生命之源。

也许因为我们对立克次体的治疗见效了,或者是因为气候的变化,爱尔莎的病情日渐好转,于是我们恢复了对她的训练。每天早晨,只要天一亮,我们就带着爱尔莎出去散步,下午也出去一次。我们怀着极大的兴趣,走过无数条兽道,还有多沙的水道。爱尔莎喜欢散步,她嗅来嗅去,跟随动物在前一夜留下的足迹而行,在大象和犀牛的粪便中打滚儿,追逐非洲疣猪和犬羚。我们也没有掉以轻心,留意动物的足迹、气味和方向,还有风朝何处吹;我们要竖起耳朵,睁大眼睛,分辨听到的声音和看到的景象。这么做很有必要,否则我们很容易迎面撞上犀牛、大象或非洲水牛,这种邂逅,会给我们惹麻烦的。

这里和我们第一次放生的地方不同,爱尔莎能够和乔治一同捕猎。其实,我们对猎杀动物深恶痛绝,然而为了爱尔莎的训练,我们不得不这样做。如果是在自然的状态下,她应该学会捕杀猎物了,这种想法令我们颇感安慰。她越早学会捕猎,一切就越会好转。目前,她必须要跟踪她的猎物,如果她不能捕杀的话,乔治就给动物一枪,再让她发出致命一击。而后,她要留下来保护她的猎物,以防被秃鹫、鬣狗和其他狮子夺走。换句话说,她要在自然环境中,与这些动物会面。

爱尔莎对猴面包树洞非常着迷。

我们听见几只狮子靠近营地的动静，也经常看见它们留下的足迹。

一天傍晚，爱尔莎没有从她酷爱的瞭望石，即岩石顶上回来。那儿是个绝佳的去处，爱尔莎可以享受凉爽的风，远离舌蝇的骚扰，还能将山下的动物尽收眼底。由于我们来此地的时间尚短，很是为她的安危担忧，于是跑出去找她。这时天色已晚，丛林里活跃着各种凶猛的动物，一想到还要悄悄穿过茂密的荆棘丛，我们就头皮发麻。四处不见爱尔莎的踪影，我们只得垂头丧气地回来了。

破晓时分，我们继续搜寻。很快我们就发现，她的足迹和一头体型大的雄狮混在一块儿。这些足迹通向河流，并在遥远的对岸重新出现。这里的岩石露出地表，我们猜测这里也许是雄狮的领地，它已经带爱尔莎去它的藏身之处了。

大约在午饭时间，营地附近传来狒狒的喧闹声。我们希望这是爱尔莎回来的迹象，果不其然，她很快就露面了。穿过河流之后，她来到我们身边，挨个问候我们，用脑袋蹭蹭我们，激动地告诉我们她的奇遇。看到她身上没有伤痕，我们也心花怒放。上次我们露营的时候，她被一头雄狮重伤，粗略算起来，距今不过两个星期而已。我们希望，这一次她的主动外出是放生的好兆头。

一天早晨，一头非洲水牛主动送上门了，这是爱尔莎捕猎的天赐良机。乔治一枪击中，在水牛倒地的一瞬间，爱尔莎腾空一跃，咬住非洲水牛的喉咙，像一只牛头犬一样紧咬不放，直到几秒钟之后，非洲水牛窒息而亡。这是她第一次杀死大型猎物。我们现在看到，爱尔莎天生就知道咬住猎物的喉管，也懂得让猎物快速毙命的方法。事实上，她使用了狮子捕杀猎物的正确方式。和一般人想象的不同，他们以为狮子会扭断猎物的脖子。她先咬尾部，我们以后也

爱尔莎很喜欢登高远望,此时凉风习习,也没有舌蝇的叮咬,她悠闲地俯视着低处的动物。

发现,这成了她的习惯;接着她开始吃内脏,然后小心地把没吃完的内脏埋起来,盖住所有的血迹。此举难道是为了欺骗秃鹫?接着,她叼住水牛的脖子,夹在两条前腿之间,拖着水牛来到五十码之外的草丛里,这也是她精心挑选的阴凉之处。我们离她而去,留她在那儿守住自己的猎物。白天她要提防秃鹫,晚上她要当心鬣狗。当地流传着很多狮子的故事,比如它们把猎物甩到背上,背着猎物离开。只是,无论是乔治,还是我本人,都没有看见狮子如此行事。如果这种传闻是真的,它们只会叼着小型动物离开,比如狗或野兔。我们经常看见它们拖曳大型猎物,就像爱尔莎这一次的做法,还有以后所有的做法。

喝下午茶的时候,我们回来看望她,给她带来了饮用水。虽然她喜爱下午和我们同去散步,但这一次,她无意离开她的猎物。天色越来越黑,爱尔莎依然没有回来。到了凌晨三点钟,瓢泼大雨从天而降,我们都被雨声惊醒了。不久之后,爱尔莎露面了,和我们在营地过夜,等待黎明的到来。

一大早,我们都跑出营地,看看爱尔莎的猎物怎么样了。不出我们所料,猎物不见了,地面上布满狮子和鬣狗凌乱的足迹。附近传来几头狮子的咕噜声。我们很好奇,昨夜爱尔莎离开了猎物,是因为畏惧狮子,还是因为害怕倾盆暴雨?

虽然爱尔莎的病情大为好转,却还没有恢复原来的体质,所以她大部分日子里,都待在营地。为了让她改掉坏毛病——躺在河边阴凉的地方——乔治就带着她出去钓鱼。她专注地凝望着水面最轻微的涟漪,只要有鱼儿上钩,她就扑到水里,给尚在挣扎的鱼儿致命一击,再叼着鱼儿上岸。有时,她叼着鱼儿奔回营地,可想而知,这时取下鱼钩有多困难;回到营地后,她总是把鱼儿扔到乔治的床铺上,仿佛在说:"嘿,这个凉冰冰的、怪兮兮的猎物是你的。"之后,她跑回河边,等待下一个上钩的倒霉蛋。这个新游戏妙趣横生,不过我们还得想出一个妙招,吸引她离开营地。

河边有一棵蓊蓊郁郁的大树,枝条几乎垂到水面。树冠好似一把大伞,浓浓的绿荫遮蔽地面,挡住炙热如火的阳光。我坐在树下,恍如坐在圆屋顶的下面。我隐蔽在繁茂低垂的枝条后面,可以近距离地观察野生动物。捻角羚,南非林羚,蹦蹦跳跳地来到河边饮水,榔头形脑袋的鹳鸟也来这里解渴,这里还有狒狒。这些动物给我们带来莫大的乐趣。爱尔莎坐在我身旁,我们仿佛就在天堂的入口处,人和动物彼此信任,相亲相爱;河水在下方缓缓流淌,增加了田园牧歌似的情趣。我想,如果把这儿当成"工作室",一定会相当刺激。我们在木头架子上钉上了几块木板,临时做成一张桌子和一把椅子。不久,我斜倚宽阔的树干,开始工作了。

爱尔莎后腿撑地,好奇地观察我的画具箱和打字机;两只前爪搁在倒霉的工具上,伸出舌头舔舐我的脸,确认我对她的感情,得到她的这番许可后,我才能工作。而后,她静静地趴在我脚下。我开始工作了,灵感如泉涌。只是我忘了,林间有许多不请自到的观众。每当我想凝神思考,就听到狒狒好奇的吠叫。它们躲在树叶后面,窥探我的动静。接着,河岸对面的丛林也热闹起来,多了许多好奇的面孔。不一会儿,爱尔莎吸引了它们的注意力,狒狒不再躲躲藏藏了,纷纷从暗处来到明处,从这棵树荡到另一棵树,尖叫着,狂吠着,或者沿着树干"哧溜哧溜"地滑下来,或者在树梢跳跃摇摆,就像一团团影子,直到有一个小家伙"扑通"一声掉进水里,溅起一大片水花。一只老狒狒前来营救,一把抓住这只扭来扭去、湿漉漉的小东西,游到安全的对岸。此时此刻,仿佛世界上所有的狒狒都跑出来了,它们的尖叫声响彻寰宇。爱尔莎忍无可忍了,干脆跳进河里,在狒狒快活的叫声中游向对岸。她的脚丫子一踩到坚实的地面,就立刻扑向最近的狒狒。它慌忙荡到低处,敏捷地躲过爱尔莎的一掌,然后跳到更高的树枝上,来到这个安全的所在后,它冲着爱尔莎挤眉弄眼,还摇晃树枝。其他狒狒也加入这个游戏,爱尔莎越是怒气冲冲,它们就越喜欢戏弄她——它们坐在爱尔莎够不着的地方,挠挠屁股,假装压根儿不知道下面有一头恼羞成怒的狮子。这一幕太滑稽了,我不顾爱尔莎的羞辱,忍不住打开相机,记录下这个画面。爱尔莎简直受够了,当她发现我把"讨厌的盒子"对准她时,立刻从对岸游了回来,我还没有来得及把相机藏好,她就跳到我身上,我们在沙地上滚成一团儿,珍贵的宝莱克斯相机也未能幸免于难。所有的东西都湿了,狒狒们为我们的精彩表演而欢呼。当着这么多观众的面,我和爱尔莎丢尽了脸面。

　　自此之后,狒狒们每天都来找爱尔莎,对彼此的了解与日俱增。爱尔莎忍受它们的挑衅,无视它们的存在,这反倒让狒狒们愈发胆大。它们经常蹲在急流边喝水,离爱尔莎只有几码之遥。有一只狒狒担任哨兵,其他狒狒坐在地上,弓背弯腰,慢慢地喝水。

　　不止是狒狒老脸皮厚,动辄激怒爱尔莎,还有一些动物也胆大包天。比如说吧,一旦我们带回来一只羚羊,就会有一只丛林巨蜥现身。这些蜥蜴没啥恶意,个头倒是挺大的,大约三到五英尺长,四到六英寸宽,长着叉状的舌头。它们住在河边,以鱼肉为食,也喜爱吃肉。当地有一种迷信,据说蜥蜴会在鳄鱼靠近之前报警;其实,它们是以鳄鱼蛋为食,所以有这种本能,对鳄鱼的行踪很敏感。如今,这个家伙竭力从爱尔莎的嘴里抢食,能抢到一点儿就是一点儿。爱尔莎试图逮住巨蜥,可是它身手矫健,爱尔莎总比它慢一拍。既然逮不住它,爱尔莎就另想了一个办法,干脆把身体扑在羚羊上,让它够不着,也甭想偷走一小块肉。这种"护食"的做法和她对我们的态度形成了对比。当她埋头吃肉的时候,总让我保管她的食物,也允许乔治和奴鲁处理她的"猎物"。我们就是她的"狮群",她愿意与我们分享一切,但是绝对无意和巨蜥分享。事实上,她对我们三个——我、乔治和奴鲁——是另眼相待的,对我们和对其他人的态度迥然不同。例如,她允许我们中的任何一个人,把她的食物从帐篷里拿走,但是绝不允许其他的男孩子或厨师这么做。

倘若爱尔莎不是肉食动物,不是来此地进行野外生活训练的话,我们田园牧歌式的生活将会完美无缺。然而,我们要为她而猎杀,下一个受害者是一头非洲瞪羚。完成猎杀之后,我们离开爱尔莎。她的责任是独自留在原地,即离营地数英里之外的地方,守住她的猎物。回去的路上,我们遇见一头雄狮,正朝着爱尔莎的方向走去。难道他闻到了猎物的气味?下午时分,我们去看望爱尔莎,她和猎物已经无影无踪,而地面布满大狮子凌乱的足印。这些足迹告诉我们,过去的几小时里发生的故事。我们尾随爱尔莎留下的脚印,一直来到两英里之外的地方,原来这些足印通往她钟爱的岩石。后来,我们用望远镜远远地观察她。她非常机智,选择了她感觉足够安全的地点,也是唯一的地点,此处既可以避开雄狮,又能够被远处的我们看到。

一天晚上,盐渍地的方向闹闹嚷嚷的,鼻息声和吵闹声震耳欲聋,把我们从梦中惊醒。我们还迷迷糊糊的,爱尔莎却飞也似地冲出帐篷,去保护她的"巢穴"。继而,喧闹声越来越响亮,最后渐渐消逝了。显然,爱尔莎完成了她的任务,很快就得胜回朝了。她喘着粗气,扑倒在乔治的床边,伸出一只爪子拍拍乔治,仿佛在说:"好了,一切都恢复正常了。只是来了一头捣乱的犀牛而已。"

几天之后,爱尔莎再次勇猛出击,击溃了一群大象。从营地的后面传来它们受惊的叫声,更加激起了她的战斗豪情。幸运的是,爱尔莎成功地撵走了这群庞然大物。大象喇叭似的叫声高亢入云,听来令人头皮发麻。我总是害怕大象,它们是唯一令我畏惧的大型野生动物。我忍不住去想,这群大象很容易调转方向,转而追逐爱尔莎。到时候,她肯定会逃回来,指望我们的保护。乔治嘲笑我的恐慌,只是我不太相信好运常在。

每一天,总有一头非洲水牛靠近我们的营地。一天早晨,它成了受害者,乔治射杀了它。爱尔莎赶到之前,它早已毙命了,只是她依然兴奋得发狂——事实上,她对尸体的兴趣极其浓厚,而我们以前从未见过她如此行事。她疯狂地跳到死去的非洲水牛身上,从每一个角度攻击,翻着跟斗跃过尸体。不过,无论她的动作看似多么狂野,其实她都一直小心翼翼地避开牛角。最后,她冲着非洲水牛的鼻子来了一巴掌,好确信它真的死去了。

乔治之所以射杀这头大型野兽,主要是为了吸引野生狮子。如果它们来了,爱尔莎可以加入它们的群体,与它们交朋友,这是我们的心愿。为了控制事态的发展,我们将非洲水牛拖到营地附近,而后留下爱尔莎看管猎物。与此同时,我们回到营地,开车赶过来。等我们返回时,周围的树木已落满秃鹫和鹳鸟。爱尔莎不允许它们靠近半步,自个儿坐在烈日之下,寸步不离她的猎物。看到我们,也就是她的"狮群"接管了猎物时,她显然如释重负,走到灌木丛的阴凉之处休息。当男孩子们切开非洲水牛厚达数英寸的牛皮时,她难以抵挡诱惑,冲过来加入他们的屠杀。他们把非洲水牛的肚皮切开时,她也来帮忙,从上下翻飞的刀片中掏出内脏,在男孩子们的手底下,心满意足地大嚼特嚼。吞咽非洲水牛肠子的时候,她看上去就像吮吸意大利面条;与此同时,她用牙齿压住牛肠子,这样可以挤出肠子里的东西,就像把牙膏从软管里挤出来一样。我们用铁链捆绑非洲水牛的残骸,系在汽车上,她在一旁温和地观看。可怜的路虎车,拖着重重的非洲水牛,在坑坑洼洼的路上颠簸而行,而爱尔莎纵身一跃——就像平常一样——跳到帆布车顶,又给汽车加上三百磅的重负。

我们用链条把猎物牢牢地绑在营地旁的树上。接下来的一天一夜,爱尔莎警惕地看管着它。天黑之后,鬣狗尖利的笑声响彻四周,一直没有停歇,可见爱尔莎整夜都忙个不停。第二天早晨,当我们到来时,爱尔莎依然在保护她的猎物。我们来了之后,她才离开,朝水流的方向跑去。她的意思很明显,现在轮到我们看管了。我们用荆棘盖住猎物,防止秃鹫吃食,留着它作为第二夜的"防御"课程。

爱尔莎加入我们雷打不动的傍晚散步,由于吃了大量非洲水牛肉,走起路来肚皮摇摇晃晃的。我们穿过灌木丛,走了一小会儿,她瞅见一只鬣狗慢慢靠近猎物。刹那间,她定在原地,左前爪悬在半空之中,纹丝不动。接着,她以最出色的谨慎,趴下身体,匍匐在地面,将身体隐没在黄色的草丛中,几乎和草丛融为一体,很难被察觉。她抑制着兴奋,绷紧浑身的肌肉注视着鬣狗,而那只鬣狗浑然不知身旁多了一个观众,漫不经心地走过来。鬣狗离我们越来越近,只有几码之遥了,说时迟那时快,爱尔莎冲上前去,狠狠地给了对方一巴掌。鬣狗大叫一声,就地打个滚儿,四仰八叉地躺在地上,嘴里发出痛苦的悲鸣,哀嚎了很长时间。爱尔莎看看我们,而后用自己独特的方式猛地一扭头,冲着自己的受害者,仿佛在说:"下一步我们该做什么?"由于没有从我们这儿获得任何鼓励,她便舔舐自己的爪子,对眼前那个惨兮兮的动物表现出厌烦透顶的表情。那只鬣狗慢慢地爬起来,一边哼哼唧唧地表达不满,一边偷偷摸摸地溜走了。

在其他场合,爱尔莎也流露出对我们的信任。

一天傍晚,我们丢下她照管一只羚羊,那是她和乔治在离营地很远的地方猎杀的。我们很清楚,在漫漫长夜,假如离我们太远,她会守不住猎物。于是我们把车开过来,打算把猎物运到距离营地较近的地方。当我们返回的时候,爱尔莎和猎物消失不见了。不一会儿,爱尔莎穿过灌木丛,再次出现。她领着我们来到她的藏身之处,也就是在我们离去的时候,她拖着猎物前往的地方。看到我们,她虽然很高兴,但坚决不允许我们把猎物拖回车里。我要尽花招想要哄她离开,可是都不管用,她坚决不上当。

最后,我们把车开到猎物的前方,我先指指汽车,又指指羚羊,接着再指指汽车,又指指羚羊,我想用这种方式让她明白,我们想要帮助她。她一定是看懂了,因为她立刻站起身,脑袋在我的膝盖上蹭蹭,然后把她的猎物从荆棘丛下方拖出来,拖向汽车。后来,她打算把猎物的脑袋塞进路虎车里,不过她很快就明白,在车外是塞不进去的。继而她钻进车里,从里面紧紧咬住猎物的脑袋,使劲往车里拉;而我们在外面托着猎物的后臀,使劲往车里推。费了九牛二虎之力,我们终于把猎物塞进车里。乔治开动汽车,汽车颠簸着穿过丛林。爱尔莎坐在车里,呼哧呼哧地喘粗气。由于车里挤巴巴的,她觉得很不舒服,于是又跳出来,站在车顶上,时不时地还弯腰伸头,看看她的猎物是否还在原处,一切是否安然无恙。

等到达营地的时候,我们又面临一个棘手的问题:如何把猎物从车里拖出来?此时,爱尔莎反倒不闻不问了。她已把我们当成一个战壕的队友,剩下的事情都交给我们了。所有人都来帮忙,除了我之外,于是爱尔莎走到我身旁,轻轻地给了我一巴掌,仿佛在说:"嘿,你也去搭把手如何?"

我们把猎物放在离营地很近的地方,不一会儿,就听见爱尔莎拖曳猎物的身影,毫无疑问,她有意把猎物拖进帐篷。我们立刻合拢刺篱,把她和她那臭烘烘的羚羊关在外面。可怜的爱尔莎,帐篷里面当然更安全,如今,她必须整夜保管自己的猎物了。最好的办法是把猎物靠在刺篱的外面,她正是这么做的。事实上,鬣狗离刺篱如此之近,喧闹声如此惊天动地,我们是无法安然入睡了。鬣狗一拨拨地赶来,爱尔莎肯定是驱赶得不胜其烦,后来我们听见她拖曳猎物,朝河边走去,继而响起"哗啦啦"的水声。这下子鬣狗傻眼了,只得心有不甘地离开。爱尔莎为什么知道鬣狗不会跟在她后面蹚水过河?

第二天早晨,我们找到她的脚印,还有拖曳猎物留下的痕迹。它们通向河流的对岸,然而看上去她不想和我们分开,又把猎物拖回我们附近。她把猎物放在密不透风的灌木丛里,就在河边上,没有动物能够得到它,除非它们涉水过来。我们看见,她此时就在猎物旁边休息。显然,我们把她关在篱笆外面,让她很受伤;过了很长时间,我们才重新赢得她对我们的信任,得到她对我们的宽恕。

虽然没有母亲的言传身教,但爱尔莎天生就知道如何跟踪野生动物。我们穿过丛林散步时,多次观察她的一举一动。她嗅嗅空气,而后坚定地朝一个方向潜行,直到我们听见大型动物蹿出密林的声响。有几次,她如此侦查到犀牛,还把它们赶到老远的地方。事实上,她是一头禀赋卓异的"看门狗"。

有几群非洲水牛在附近的山脊安家落户,而爱尔莎从不放过骚扰非洲水牛的机会,把这些大型动物搅和得乱七八糟。她不止一次扰了它们的清梦,追得它们团团转,灵活地躲避它们的牛角。每一次战斗,她总是坚守阵地,直到非洲水牛们败下阵来,纷纷离去。

一天早晨,我们来到一处干涸的河床,读着昨夜的访客在沙地上留下的"新闻"。这些大都是两头狮子和一群大象的足印。天气越来越热,走了三个小时的路程,我们都很疲惫。风迎面吹来,我们漫不经心地走过一个弯道,几乎和一群大象迎面相撞。多亏爱尔莎就在我们身后不远的地方,所以我们趁机跳到高高的河岸,而大象爬到另一侧,带着三只小象仔到了安全的地方,一头老公象留在象群的后面,准备应对突然袭击。爱尔莎迷迷糊糊地跟着它们,看到公象之后,她坐了下来。我们在一旁观察,不知接下来会发生什么。双方对视良久,在我们看来,时间长得不可思议,简直是没完没了。终于,目光对决战有了胜负。大象落败了,追随象群而去,而爱尔莎在原地打个滚儿,碾死身上的几只舌蝇。

我们回去的路上,乔治朝一只站在河里的非洲水羚开了一枪。重伤的大羚羊冲向对岸,爱尔莎紧随其后,涉过深水时速度快得惊人,只听水花哗啦啦地响。等我们赶到另一边的河岸时,发现爱尔莎站在水中的灌木丛里,呼哧哧地喘粗气,脚下是死去的羚羊。她极度兴奋,不允许我们触碰她的猎物。我们决定先回家,留下她看管猎物。当我们准备涉水离去时,她开始尾随我们,看上去内心非常矛盾:她既不想和她的猎物留在河的另一边,又不想丢弃猎物。终于,她不情愿地回到猎物旁边,很快她又打算过河,而后再回去,就这么反反复复,拿不定主意。这时我们已经到达对岸,而爱尔莎也做出了决定。

我们看见她拖着羚羊入水。她到底想干什么?她肯定不能独自拖着沉重的羚羊过河。只是爱尔莎毫不气馁,死死咬住猎物,带着猎物游过深深的河水。她的头时不时地浸没水中,只为咬得更紧。她拖啊、拽啊、推啊、拉啊,当羚羊沉到水下的时候,她就抓住羚羊,让它再次浮出水面。其实,爱尔莎和羚羊经常一起消失不见,水面上唯有她的尾巴或者羚羊的一条腿,由此我们可知水下的挣扎。我们全神贯注地看着,历经半个小时的奋力拼搏,她终于骄傲地拖着猎物,穿过浅滩,走到我们身旁。此时此刻,她累得筋疲力尽,然而她的任务并未完成。她把羚羊拖到一处隐蔽的小水湾,那儿的激流冲不走羚羊。之后,她要寻找一处安全的藏身之所。这里的河岸长满锋利多刺的埃及姜果棕的树苗。虬结的枝条遍布陡峭的河壁,甚至爱尔莎都无法穿过去。

我们留下她和猎物,回到营地拿来几把砍刀和绳子,吃了一顿延误的早餐。等回到那儿时,我们在埃及姜果棕的下方劈出一条路,一直通到河边。爱尔莎惊奇地打量着小伙子们,我趁机扔出绳套,套住羚羊的脑袋。准备工作做好了,我们把羚羊拖上陡峭的河岸。我们第一次拖的时候,爱尔莎咆哮着,耳朵拉长,以示对我们的警告——显然,她认为我们要抢走她的猎物。当她看见我也在拖拽的人群中时,顿时放松了,爬到河岸上。我们齐心协力,将羚羊拖上十英尺高的河岸,与此同时,小伙子们为爱尔莎和她的猎物辟出了隐蔽之处,那儿既凉爽又安全。这时,爱尔莎意识到我们为她做的一切,于是走到我们身旁,用脑袋依次蹭蹭我们,嘴里发出低沉的呜呜声,向我们表达她的谢意。这一幕真是感人肺腑。

有那么两次,我观察到爱尔莎若无其事地走过一队黑色的士兵蚁。士兵蚁有序地散开,围住爱尔莎大大的爪子。这种蚂蚁生性凶残,通常会咬噬挡住它们去路的一切生物,然而不知为何,它们竟然放过了爱尔莎。

一天,我们都疲惫不堪。我漫不经心地走在爱尔莎的后面。突然,她发出可怕的咕噜声,后腿站立,猛地往后一跳。当时我们正走过一棵大树,树杈离地面大约五英尺,就在树杈中间,我看见一条红色的眼镜蛇。它的颈部膨大成兜帽状,恶狠狠地看着我们。多亏爱尔莎,虽然我们未遭遇不测,可是离眼镜蛇如此之近,其实是相当危险的。这是我第一次在树上看见眼镜蛇。甚至爱尔莎也印象深刻,接下来的几天,无论何时我们走近那棵树,她都要小心翼翼地绕道而行。

这一期间,天气非常炎热,爱尔莎在河里度过大部分时间。她常半个身子浸没在凉爽的水中,尽管河里有鳄鱼出没,但鳄鱼似乎对她敬而远之,从未打扰她。无论何时,只要乔治射中河流附近的一只珍珠鸡,就是爱尔莎大显身手的时候。她把落在水中的鸟儿衔在嘴里,不是快快地送上岸来,而是慢悠悠地拍打水花,仿佛用行动告诉我们,想要取回鸟儿,没她可不行。她喜欢这个游戏,正如我们喜欢观察她的一举一动。

如今,她已经完全康复了,身体非常健康。她喜欢有规律的生活,生活习惯堪称雷打不动。除了一点小小的改变,我们每天的活动都是一样的:一大早去散步;中午在河岸旁的大树下,她倚靠在我身旁,闭着眼睛打盹儿;到了喝下午茶的时候,我们开始午后的散步;等我们返回营地时,一顿美餐正等着她;她经常把食物带到路虎车顶,趴在那儿享用,直到我们关闭灯光,所有人上床入睡;这时,她钻进乔治的帐篷里,睡在床边的地板上,爪子总是搭在乔治身上。

一天下午,爱尔莎不肯出去散步。暮色将临时,我们从外面归来,而她已经无影无踪了。直到第二天早晨,她都没有返回营地。后来,我们发现营地附近有大型狮子留下的足迹,等她回来的时候,

第二次放生后,爱尔莎变得非常瘦。

我再次注意到,她身上散发着求偶期的独特气味。她的行为也证明了这一点。她依然很温和,只是缺乏真情实意。早餐之后,她再次消失了,一整天都不见踪影。天黑之后,我们听见她跳上路虎车,我立刻跑出去和她玩耍。然而她非常冷漠,神情急躁不安。继而,她跳下车,消失在茫茫夜色之中。一整夜,我听见她在水里拨拉水花,听见受惊的狒狒气愤的叫声,这些声音一直持续到黎明时分。那时,爱尔莎返回营地,作了短短的拜访。乔治轻轻拍打她,她"咕噜"叫了几声,而后再次离去。显然,她是坠入爱河了。

我们凭经验得知,这一阶段将持续四天。此处和我们上次的露营地不同,一切都很适宜,给她提供了回归大自然的天赐良机。放生的时刻似乎到来了,我们最好见机行事,在一个星期内离开,将她独自留在这儿——我们希望她已找到伴侣。我们的行动一定要快速,免得让她看到我们离去。

我们正在打包行李的时候,爱尔莎回来了。因此,我们做了分工,由我来照顾她,而乔治负责拆除营地,驾驶装满行李的汽车,驶往一英里之外的地方。等一切准备就绪之后,再给我捎来信息,而我将和他们一同离去。

我带着爱尔莎离开营地,前往我们常去的那棵大树。难道这是我们最后一次相见吗?她知道有些事情很不妙;虽然我像往常一样,随身带着打字机,制造熟悉的"嘀嗒"声,以打消她的疑虑,然而她依然疑心重重,其实我又何曾不是忧伤满怀,一个字都打不出来?虽然我们为这次放生做好了准备,期望爱尔莎会有一个更加幸福的未来,受到的束缚更少,获得的自由更多,但是,当分离的时刻就在眼前,一想到要割断我们之间感情的纽带,要和她分离,甚至可能永远都不能相见,这又是另外一码事了。我黯然神伤,而爱尔莎用她

爱尔莎和作者在一起。

柔软光滑的脑袋蹭蹭我,表达对我的理解之情。

前方的河水缓缓流淌,一如昨日,明天也复如此。一只犀鸟哀哀鸣叫。几片枯干的落叶飘然而落,随波而去。爱尔莎是这里的一部分。她属于大自然,不属于人类。我们是"人类",我们爱她,她也学会了爱我们。她会忘记今天早上之前所有熟悉的过往吗?当她饥肠辘辘的时候,她会去捕猎吗?或者,她会满怀期待地等待我们归来,因为她知道,直至今日我们都未曾让她失望过?我只能给她一个吻,表明我对她的感情,给她一份安全感,然而这不是一个背叛的吻吗?她如何能知道,我需要用尽所有爱的力量离她而去,让她重返大自然——让她学会独立生活,直到她找到自己的狮群——她真正的狮群?

奴鲁来了,捎信让我离去。他也给爱尔莎带来一些肉,爱尔莎信任地跟着他走到芦苇丛里,埋头大嚼特嚼——而后,我们悄然离去。

第八章　最后一次试验

我们驱车十英里,来到另一条河流。和我们离开的那条河流相比,这儿更狭窄,水更深。我们打算在这里逗留一周的时间。傍晚时分,乔治和我沿着河岸漫步;我们静静前行,心里想着爱尔莎。我深深地意识到:原来我是这么依赖她;与爱尔莎朝夕相处的三年时光,我分享她的喜怒哀乐,她的喜好与反应。我们是如此亲密无间,以至于独处变成难以忍受之事。没有爱尔莎围绕我左右,没有她的脑袋磨蹭,让我感觉到她柔软的皮肤和温暖的身体,我只觉茕茕孑立。当然,一个星期之后,我就能再次看见她。只是这一个星期,于我而言,是何等的漫长。

夕阳无限好,暖暖的霞光洒落在埃及姜果棕细长的树叶上,叶片闪耀着碎金般的光芒,令人如痴如醉。

我又想起了爱尔莎——她生于一个多么美丽的世界。无论失去她对我意味着什么,我们都要尽最大的努力,让她重返这种生活,这是自然赋予她的自由自在的生活,并且帮助她摆脱被禁锢的命运。虽然迄今为止,没有记录表明人工饲养的狮子可以获得彻底的自由,但我们希望爱尔莎能够适应野外生活,这种生活曾经离她很近,她也一直乐在其中。

令人不安的一个星期终于结束了。我们返回原地,看看这一次爱尔莎是否经受了考验。

我们抵达上一次的露营地之后,立刻寻找她的足迹。我们什么也没有发现。我开始呼唤她的名字。不一会儿,我们听见她熟悉的"吭吭"声,看见她从河流那边拼命向我们跑来。她的欢迎仪式流露出她内心对我们的想念,正如我们深深地思念她。她用脑袋蹭我们,对我们呜呜叫,令我们感动至深。我们给她带来一头羚羊,然而她漠然视之,继续她的问候。当欢聚的狂喜消退之后,我瞅一眼她的肚皮:那儿鼓鼓囊囊的。最近她肯定饱餐过一顿;我一颗悬着的心终于放下了,因为这意味着她是安全的。她用行动向我们证明:她可以自食其力,不必依赖我们,至少她可以独立捕食了。

当其他人搭帐篷的时候,我带着她来到河边,在那儿休息。我高兴极了,心里很轻松,我感觉爱尔莎的未来有了保证。她一定与我有同感,因为她把软软的巨掌搁在我身上,闭着眼睛打盹儿。我被她抬头的动作惊醒了,只见她盯住一只南非林羚,后者红色的身体出现在对岸的树叶间。羚羊慢悠悠地往前走,浑然不知我们的存在,爱尔莎兴味索然地观望。无论爱尔莎此时此刻有多么高兴,我心里都很清楚,她对这只羚羊毫无兴趣,部分原因是因为她吃饱了。她吃了什么呢?几只小黑长尾猴藏在树后,默默地观察我们,而我们那些闹闹嚷嚷的朋友、无时不在的狒狒们呢?不久之后,我的担忧有了答案。在饮水点附近,我们发现几绺狒狒的毛发。狒狒总在那儿戏弄爱尔莎,如今它们中的一员付出了生命代价,这也是爱尔莎首次捕杀。

既然爱尔莎的未来无需我们多虑,我们尽可以享受与她为伴的短暂时光,而后等待一个机会,一个不太痛苦的机会,再做彻底的分别。我们继续从前的生活,一度中断的生活。虽然爱尔莎很少让我们离开她的视线,但她继续遵从她的猎杀本能,有时我们一起散步,她会离我们而去,时间长达一个小时之久。我们觉得这是一个好兆头。

这一地区变得愈发干旱,燃烧的荒草时常照亮天空。在接下来的两三个星期内,短暂的雨季即将到来。干涸的土地渴望赋予生命以食物。可怜的爱尔莎,她发现舌蝇实在可恶,尤其是日落前和日出后,丛林里密密麻麻的都是这种飞虫。她会疯狂地冲进低矮的灌木丛,让树枝扫掉它们,或者把痒得要命的身体摔到地面,一身光滑服帖的皮毛根根竖起。

为了让她更加独立于营地生活,我们带着她散步,一去就是一整天。黎明时分我们就出发,走上两到三小时,而后沿着河边找个阴凉之处休息。野餐之后,我拿出速写本。爱尔莎经常打盹儿,而我读书或睡觉的时候,总是把她当作枕头。乔治大部分时间都在钓鱼,我们的午餐总是这些河鱼。爱尔莎必须第一个品尝,只是入口片刻之后,她会做出恶心的鬼脸,表示对乔治的捕获物毫无兴趣。奴鲁和持枪人都是手艺精湛的厨师,钓到鱼之后,他们会立即烤制。

有一次,我们惊动了一只摊在石头上晒太阳的鳄鱼。受到惊吓之后,鳄鱼跳进一个池塘里。池塘由激流冲刷而成,浅浅的,小小的,清澈见底。只是,我们找了半天,就是找不到这只"鳄鱼"。我们很好奇,它能去哪里呢?暂且不管它了,我们坐在池塘旁吃饭;爱尔莎在水边休息,我倚靠着她。不久,乔治站起身,继续钓他的鱼;但是一开始,为了确保鳄鱼不在池塘里,他手拿一根长长的木棍,往水底戳了一圈;说时迟那时快,木棍在他手中折断了,那只长达六英尺的鳄鱼,原来藏在沙土里。它一口咬断木棍的末端,而后跃过激流,消失在另一个池塘里。爱尔莎没有注意到这个意外事件,我们也不想鼓励她猎杀鳄鱼,所以我们就离开了。

此后不久，一头疣猪露面了，走在正午之饮的路上。爱尔莎小心翼翼地尾随其后，乔治开了一枪，帮了她一把，于是她一口咬住疣猪的喉管，令它窒息而亡。事情发生在离河不远的地方，我认为在河边的阴凉处看管猎物，对爱尔莎而言，更为舒适。我指着疣猪，又指着河流，如此反复几次，说道："麦加，爱尔莎，麦加，爱尔莎。"她非常熟悉"麦加"这个词，每当我吩咐奴鲁往她的水罐倒水时，就会使用这个词。她似乎相当明白，在斯瓦希里语中，"麦加"就是水的意思，因此她拖着疣猪，走向河流。她和疣猪的尸体在河里戏耍了将近两个小时，又是拨拉水花，又是浸没水中，玩得不亦乐乎，尽管她已经累得够呛。她终于玩够了，把疣猪拖上对岸，消失在灌木丛里；她一直在那儿看管自己的猎物，到了我们应该返回营地的时候，她也无意离开，等我们站起身打算走了，她才把猎物拖回到我们这边。我们当着她的面屠宰疣猪，把肉分给奴鲁和持枪人，而后带着爱尔莎离开。她好脾气地尾随我们，一路小跑。

从那以后，每当爱尔莎在河边捕杀猎物之后，她就竭力将猎物拖到河边，并重复她和疣猪玩过的游戏。我们对她的异样行为十分不解：也许她把"麦加，爱尔莎"视为一条好规则，并当成训练的一部分。

这些日常的远足加深了我们之间的情感，甚至有爱尔莎在场的时候，奴鲁和持枪人也随意自在。当爱尔莎跑到他们身旁，用鼻子蹭蹭他们，或者坐在他们身上的时候，他们不会惊惶地站起身，因为他们知道爱尔莎喜欢这样玩耍。他们也不介意和爱尔莎分享路虎车的后座，当爱尔莎三百磅的身体压在他们瘦骨嶙峋的大腿上时，他们只是哈哈大笑，宠爱地拍拍她，而她伸出粗糙的舌头，舔舐他们的膝盖。

有一次,我们坐在河岸休息,爱尔莎躺在我们中间酣睡。乔治注意到,对岸的丛林里,有两张黑色的面孔窥探我们。他们是一群偷猎者,佩戴弓矢和毒箭。他们之所以选择藏匿此地,是为了伏击那些来饮水的野生动物。

乔治瞬间发出警报,飞也似的冲向对岸,奴鲁和持枪人紧随其后。爱尔莎忽然醒来,也加入到追逐当中,因为她一向喜欢赶热闹。偷猎者逃之夭夭,而我真想好好听一听,等他们逃回村子里,是如何讲述"动物主人"(即乔治在当地的称呼)用狮子追捕偷猎者的故事。

一天清晨,我们出门散步。这是早餐前的散步,爱尔莎走在前面。她步履坚定,始终朝一个方向走。昨夜,我们听到那儿传来喇叭似的叫声,那是大象的叫声。

突然,她停下脚步,嗅嗅风,而后伸长脖子,飞奔而去,把我们丢在身后。几分钟之后,在很远的地方,我们依稀听见狮子微弱的叫声。她一整天都在外面,直到傍晚时分,我们听见远处传来她的吼声,其中混杂着另一头狮子的吼声。夜幕降临时,鬣狗纷纷出没,阴阳怪气的笑声闹得我们彻夜未眠。黎明时分,我们跟随爱尔莎的足迹,很快发现了她的行踪。离开营地之后,她的足迹和另一头狮子的脚印混在一起。第二天,我们发现她单独的足迹;她消失之后的第四天,我们跟随她的足迹过河。找了一整天之后,我们出乎意料地置身于一群大象之中。我们束手无策,只能撒腿就跑。第五天的早晨,爱尔莎饥肠辘辘地回来了,一直吃得肚皮都快撑爆了。而后,她躺在我的行军床上,表明她不愿意被人打扰。后来我注意到,她后腿的弯曲处有两个很深的咬痕,还有几处小一点的抓痕。我尽量动作轻柔地包扎伤口。她饱含深情地回应我,吮吸我的手指,紧紧地搂着我。下午,她不想出去散步,一直卧在路虎车顶,直到暮色降临。而后,她消失在茫茫夜色中。两个小时之后,我们听见远处传来狮子的咆哮,爱尔莎瞬间做出回应。起初,这声音就在营地附近,后来她的声音渐渐消逝在那头狮子的方向。

第二天早晨,我们觉得这是一个让她独处几日的好机会。我们应该移走帐篷,免得影响她和那头野生雄狮的交往,后者可能不喜欢我们在场。我们已经知道,她能很好地照顾自己,这也减轻了这次分离的悲痛之感。我只是担心她的伤口,但愿伤口不会恶化,感染上败血症。

一个星期后,我们返回露营地,当时爱尔莎正在追踪两头非洲水羚。我们的到来打断了她。刚过正午,天气非常炎热。可怜的小东西,她一定是饿极了,才会这么晚还在捕猎。她热情洋溢地欢迎我们,把我们带给她的肉吃得精光。我注意到,她的肘部多了一个新伤口,而那些旧伤口也需要马上用药了。接下来的三天里,她胃口大开,仿佛要把前几天的饥饿都补偿回来。

如今,爱尔莎名扬海外。来自美国的一队冒险家来拜访我们,专门给她录制节目。她盛情地接待他们,竭尽所能地取悦他们。爬树,在河里戏耍,拥抱我,与我们喝下午茶。她的举止如此彬彬有礼,以至于没有一位客人相信,她已经是一头成年狮子,而且就在他们到来之前的不久,还与一群野生狮子相依相伴。

当天晚上,我们听见狮子的吼声,爱尔莎立刻消失在夜色中,一去就是两天。在这一期间,她回来过一次,短暂地拜访乔治的帐篷。她是如此深情,当他酣睡的时候,她跳到他身上,差点踩断行军床。稍微吃了几口东西之后,她再次离去。早晨,我们跟着她的足迹,来到营地附近的一处岩石堆。我们爬到顶部,无望地寻找她的踪影,不放过每一处她喜爱纳凉休憩的地方。结果,我们差点在一处茂密的灌木丛里撞翻她。显然,她之所以一声不响,就是不希望我们找到她。明摆着她是想独处,不过看到我们之后,她依然问候我们,就像往常一样热情洋溢,假装很高兴见到我们。我们尊重她的感情,理智地选择离开,留下她独处。天黑了,我们听见河流上游传来狮子的咆哮,夹杂着鬣狗的嚎叫。不一会儿,我们听见爱尔莎的叫声,来自营地附近。也许,她现在懂得在"夫君"进餐的时候,理智地退守一旁,等待它饱食一顿之后,再回到它的身旁。而后,她回到乔治的帐篷里,逗留了短短几分钟,深情地用爪子搂住他,温柔地低吟几声,仿佛在对他说:"你知道,我是爱你的,但是外面有我的朋友,我必须离开了,我希望你能理解我。"然后,她转身离去。第二天一大早,我们发现一头雄狮留在营地的足迹。显然当爱尔莎来到乔治的帐篷,向乔治解释一切的时候,他在外面等候。她一去就是三天,每天傍晚时分回到营地,逗留几分钟,只是为了表达她对我们的深情厚谊,随后碰都不碰我们给她准备的食物,又转身离去。如此这般来来往往数次,简直像淘气包的游戏,只是她每次返回之后,都比上一次更加情深意切,仿佛她觉得忽视我们了,借以补偿我们。

雨季开始了。和从前一样,大雨让爱尔莎精力充沛,玩性十足。她会从任何一个合适的藏匿之处伏击我们。在我们这个"狮群"里,我就是她最爱的"母狮",所以她给予我最大的关注。于是我发现,我就是那个"倒霉蛋儿",屡屡被爱尔莎压在身下,她的身体虽然柔软,然而重如小山,我只能等着乔治来救命。虽然我知道,这只是她表达情感的方式,也只有我才享有这些厚爱,但我不得不叫停这些游戏,因为没有人帮忙的话,我会一直被她压在身下,动弹不得。不久,她从我的语调中也判断出,这个游戏不讨人喜欢,所以每当看到她竭力抑制自己的激情时,我们都深受感动。甚至当她打算腾空一跃时,都会在最后的时刻控制住自己,威风凛凛地走到我身旁。

第一场瓢泼大雨之后,几天之内,干旱暗淡的灌木丛摇身一变,成了人间天堂。每一粒沙子都为破土而出的种子让出道路。我们沿着林间小道前行,极目四望,满眼都是生机盎然的绿色;那些白的花、粉的花、黄的花争奇斗艳,装点每一丛荆棘。林间的景致美则美矣,也给我们的行走增加了困难,因为枝条缠绕悬垂,我们能见的区域只有寥寥几英尺。林间处处都是小水洼,里面都是野生动物刚刚留下的足迹。爱尔莎充分利用丛林的"新闻短片",经常抛下我们去猎杀。有时,我们观察到她追踪非洲水羚,把羚羊朝我们的方向驱赶;有时,我们跟踪她的足迹,发现她正在尾随一只南非林羚;盯梢猎物的时候,她显得非常机智,动物是迂回前行的,而她是直线跟踪,既省力又省时。在这些日子里,她吃得饱饱的,肚子鼓鼓的,所以她把这些追踪视为消遣,而不是艰苦的工作。

一天早晨,我们沿着河岸静静地散步,打算在外面度过一天;爱尔莎和我们同行,她的精力非常充沛,从她左摇右晃的尾巴就可以看出来,她很享受这段时光。走了大约两个小时之后,我们要寻找一个地方用早餐,就在这时,我发现爱尔莎猛然停下脚步,支棱着耳朵,肌肉因为兴奋而绷紧。接下来的一刹那,她蹿了出去,无声无息地跳下河岸边的岩石,而后消失在茂密的矮树林里。河面上有几个小岛,每一个小岛都覆盖着密不透风的灌木丛、倒塌的大树和枯枝落叶。我们停下来,等待知晓爱尔莎跟踪的结果。而后,我们听到了声音,我认为那是大象发出的喇叭似的叫声,这声音颇有地动山摇之势。我确信密林里不止一头大象。乔治的意见与我的意见相反,他说那是非洲水牛的叫声。我也算见多识广,平生听过无数非洲水牛的吼声,尽管各不相同,但是从未听过这种类似大象的叫声。

我们等待了至少五分钟,期望爱尔莎和她的大朋友玩腻了,就像她往常那样,玩一会儿就回来。接着,一阵低沉的隆隆声响彻寰宇,我还没明白发生什么事情,乔治已经跳下岩石,口称爱尔莎遇到麻烦了。我紧随其后,全力奔跑。就在我的正前方,突然爆发一声震耳欲聋的吼叫,吓得我目瞪口呆,猛然停下脚步。我的心几乎跳到嗓子眼,紧张地浑身发抖。我慌忙穿过低矮的丛林,想象一头暴怒的大象随时可能冲出来,巨大的身躯压扁挡住他去路的一切。我们凭着本能知道事情不太妙,请求乔治别往前走了,但他置若罔闻,仿佛什么也无法阻止他的脚步。我们眼巴巴地瞅着他消失在藤蔓和树木缠绕交错的绿墙后面。我们听到一声惊天动地的尖叫,而后是乔治急切的叫喊:"快来,快点来!"我的心像灌了铅一样下沉——一定是发生什么事情了。我跌跌撞撞地往前跑,拼命穿过丛林,脑海里闪现一幕幕可怕的景象。然而,感谢上帝,透过树叶的间隙,我看见乔治黑黝黝的后背:他直直地站立着,这说明一切都好。

他再次发出召唤,让我们快点过来。我终于穿过丛林来到河岸,只见激流的中央,湿漉漉的爱尔莎坐在一头雄性非洲水牛的身上。我简直不敢相信自己的眼睛,然而眼前景象不由得我不信:公牛的脑袋半浸没在激流中央,绝望地挣扎,而爱尔莎撕咬着厚实的牛皮,从每个角度发起攻击。我们只能根据目前的情况猜测,大约在十分钟之前,我第一次听到"大象的叫声"之后,这里到底发生了什么事。当时非洲水牛在河边休息,爱尔莎一定是骚扰了它,把它驱赶到河流中央。我们后来得知,这是一头已过盛年的老公牛。公牛试图穿过河流,但肯定在激流中滑溜的岩石上失误了;爱尔莎利用它的困境,趁机跳到公牛的背上,把牛头摁到水下,直到它奄奄一息,无力抬起头。之后,她攻击了公牛身上最薄弱的环节,也就是后腿之间的地方,当我们到达时,她正在攻击。

乔治在一旁耐心等候,直到爱尔莎给了他一个机会,用一颗子弹结束了公牛的垂死挣扎,也结束了可怜的公牛的痛苦。正当乔治发起致命一击的时候,我们看见奴鲁跳下齐腰深的河水,在泡沫翻滚的激流中前行。他肯定是急于想吃到一口鲜美的牛肉,然而,因为他是伊斯兰教徒,按照他们的教义,除非在公牛临死前亲手切断公牛的喉管,否则就不能食用牛肉。眼看公牛快要毙命,他心急如焚,冒险踩在隐藏在河里的滑溜溜的石头上,一点点靠近猎物。站在公牛背上的爱尔莎将他的一举一动尽收眼底,浑身的肌肉也兴奋地绷紧了。虽然她从小就认识奴鲁,与奴鲁朝夕相伴,亲密无间,但她现在处于高度的怀疑状态,耳朵伸得平平的,嘴里发出威胁的低吼,她要保护她的猎物,即便是她的"保姆"也不能碰。她的样子真的很危险;然而奴鲁似乎兴奋得昏了头,只想着满足自己的口腹之欲,根本不在乎她的警告。眼前的一幕真是滑稽可笑,他的身体骨瘦如柴,在水中跌跌撞撞前行,看似虚弱极了,仿佛一阵风就能将其吹倒,然而又那么英勇无畏,甚至无视眼前一头凶残的狮子,一头站在垂死挣扎的牛背上咆哮怒吼的狮子。他一边往前走,一边挥舞着瘦弱的手臂,对爱尔莎喊道:"不要,不要。"

令人难以置信的一幕发生了,爱尔莎服从了他的命令,静静地坐在牛背上,允许他切断公牛的喉管。

接下来的问题是,如何将这头死兽拖上岸。我们必须要踩在滑溜的岩石上,将其拖出湍急的河流。在这种情形下,要想成功地移动一头重达一千二百磅的公牛,尤其旁边还有一头兴奋的母狮,"狮视眈眈"地监督我们,工作的难度可想而知。

然而,爱尔莎非常聪明,她明白自己应该干什么,当三个男人拉扯牛头和牛腿的时候,她扯着牛尾巴的后部,帮助大伙把非洲水牛拽出水面。她的努力逗得大伙哈哈大笑。在笑声中,大伙齐心协力地将公牛拖上岸。我们切割牛肉的时候,爱尔莎再次帮了大忙。每当我们从牛身上割下一条粗壮的大腿时,爱尔莎就立刻把牛腿拖到灌木丛的阴凉之处,省了男孩子们的拖曳之苦。幸运的是,我们能把路虎车开到很近的地方,离此地大约只有一英里,后来我们设法将大部分牛肉搬回了营地。

爱尔莎疲惫不堪:和这么一头庞然大物决斗,让她站在激流中央至少两个小时,期间只有脖子能露出水面,可想而知,她一定呛了不少水。她虽然累成这样,可是没有离开她的猎物半步,直到获知猎物到了安全的地方,并被全部切割,一切都已经安排妥当之后,她才到丛林的阴凉之处休息。

几分钟后,我来到她身旁。她舔舐我的胳膊,用爪子抱住我,给我一个湿漉漉的拥抱。早晨的兴奋告一段落,我们都放松下来。我心里万分感动,因为爱尔莎如此温柔有礼,抚摸我肌肤的时候如此小心谨慎,生怕她的爪子弄痛我,而就在几分钟之前,她的利爪是致命的武器,刺透了非洲水牛粗糙的厚皮。

即便是一头野生的狮子,独自杀死一头公牛,都堪称了不起的成就,何况是爱尔莎呢?她只是从还算凑合的养父母那儿,刚刚学会一点儿捕猎的技巧。虽然湍急的河水对她的捕猎非常有利,但她需要足够的智慧,才能充分利用这一点,我真为她感到自豪。

暮色苍茫,在返回营地的路上,我们偶遇一头在对岸饮水的长颈鹿。爱尔莎顿时把疲惫抛到九霄云外,开始跟踪长颈鹿;她的动作极为小心翼翼,在下风向,避开目标物的视线范围,甚至不溅起最小的水花,她就这么穿过河流,消失在河边的灌木丛里。长颈鹿浑然不知近在身边的危险，尽力叉开前腿，弯曲着长长的脖子，低着头喝水。我们屏息敛气，等待爱尔莎随时跃出灌木丛，攻击毫无防备的长颈鹿。不过，接下来发生的事令我们松了一口气。刹那之间，长颈鹿听到了，或者感觉到了爱尔莎的存在，迅速扭转身体，飞奔而去。长颈鹿很幸运，因为爱尔莎吃饱了牛肉。今天，爱尔莎的捕猎依然没有结束，仿佛她的座右铭是"越大的东西越好"，直到一只大象露面，这一天才结束了。这头大象沿着兽道，向我们慢悠悠地走来。我们很识趣，慌忙往后退，想要绕过大象。爱尔莎一声不响地坐在路中央，就在与大象几乎迎面相撞的瞬间，她敏捷地跳到一旁，迫使大象转过身，仓皇逃跑。自此之后，她静静地尾随我们回到营地，一头倒在乔治的床铺，眨眼就睡着了。这一天过得还不错，收获颇丰。

不久之后，我们沿着阴凉的河岸而行，发现浅浅的潟湖里，有一处直径大约有三英寸的盆状泥坑。乔治告诉我，这是罗非鱼的繁殖地。在此之前，我们还从未在湖里发现过罗非鱼。我们正在研究泥坑的时候，爱尔莎兴趣盎然地嗅嗅灌木丛，皱起了鼻子，每当她闻到雄狮的气味时，都是这副表情。我们在查看四周的新鲜足迹时，只听爱尔莎"呜呜"叫了几声，尾随这些足迹而行，最后消失不见了。当晚和第二天早晨，她一直没有回来。下午，我们出去找她，在她喜爱的岩石堆附近，用望远镜找寻她的踪影。她肯定看见我们了，因为我们听见了她的叫声，然而她无意离开自己的位置。我们寻思着，也许她就在野生狮群的左右，我们不想打扰她，于是就回家了。当所有人都上床睡觉的时候，乔治听到一只动物痛苦的叫声，片刻之后，爱尔莎出现在帐篷里，在乔治的床边躺下。她伸出爪子，拍了乔治好几下，仿佛想告诉乔治什么。几分钟之后，她再次离开，一夜未归,随后的第二天也全无踪影。

第二天傍晚时分,我们正在用餐,她走进帐篷里,亲热地用脑袋蹭蹭我,而后跑了出去,整夜未归。早晨,我们跟随她的脚印,走了很远。这天晚上,她没有回来;她有三天没有回来了,除了中间几次短暂的拜访,只为表达她的深情厚谊。也许,她是用这种感人的方式,袒露她矛盾的内心:她依然深爱我们,然而她找到了狮群,不得不疏远我们?

晚上,营地附近响起震耳欲聋的狮吼,混杂着鬣狗尖利刺耳的笑声。我们从睡梦中惊醒,仔细聆听各种动静。我们希望爱尔莎随时回来,然而到了破晓时分,她依然无影无踪。曙光初现,我们冲出帐篷,朝着吼声传来的方向跑去,然而还没跑出几百码,我们就停下脚步。下方的河流旁,传来狮子的嘟哝声;与此同时,我们看见一只羚羊和几只黑长尾猴蹿出丛林,飞也似地跑了。我们小心翼翼地穿过茂密的灌木丛,来到下面的河流,发现至少两三只狮子留在沙地上的脚印,这些脚印明显是刚刚留下的。脚印通向河流对岸,我们涉水而过,跟随这些湿漉漉的脚印,来到对岸。我注意到,在大约五十码远的密林里,隐约有一只狮子的踪影。我眯着眼,试图看得更清楚,也许那是爱尔莎?乔治呼唤爱尔莎的名字,她跑得更远了。乔治继续呼唤,她在兽道上跑得更快了。最后,我们看见她尾巴末梢的一绺黑毛在丛林里摇晃了一下,就消失了。

我们面面相觑,无言以对。难道她找到了自己的命运?她一定听见了我们的呼唤,尾随狮群而去,是她自己的选择。这是否意味着我们让她重返自然的希望圆满实现了?难道我们已成功地让她离开我们,而全然没有伤害她的感情?

我们孤独地返回营地,说不出的心酸难过。如今,我们应该离开她吗,结束我们生命中最重要的篇章吗?乔治建议,我们应该多待几天,好确信爱尔莎被狮群接纳了。

　　我来到河边的那间工作室,继续写下爱尔莎的故事。直到今天早晨,她还和我们在一起。没有爱尔莎的相依相伴,我很孤独,然而我尽量让自己高兴点儿,想象此时此刻,在某个阴凉之处,爱尔莎依偎在雄狮的身旁,柔软的皮肤蹭着雄狮,就像从前和我在一起休息一样。

附　记

　　我们与爱尔莎朝夕相处三年多，我们之间的感情亲密无间，让我们断绝与爱尔莎的所有交往，这几乎是不可想象的，除非她不愿意与我们联系。

　　乔治执行任务时，需要不断旅行，所以每隔三个星期，我们设法前往爱尔莎定居的地点，了解她的生活状况。到了营地之后，我们经常开一两枪，或者发射一枚雷声弹。几乎每一次，她都会在几小时之后跑到营地，热烈地欢迎我们，比从前更为亲热。有一次，十五个小时之后，她才赶到营地；还有一次，我们等了三十个小时。她一定是在很远的地方，通过某种不为人知的方式，得知我们的到来。我们一般逗留三天，这三天里，她和我们形影不离，从不让我们离开她的视线范围。和我们在一起时，她快活极了，也让我们万分感动。

　　到了我们快要离开的时候，别人在拆帐篷，打包行李，而乔治会跑到十英里之外的地方，射中一只羚羊，或者一只疣猪，作为送给爱尔莎的临别礼物。与此同时，我和她相依相偎，坐在大树下的工作室里，尽力分散她的注意力。等羚羊送来了，她的胃口就来了，其实我们知道她胖了，身体也壮实了。显然，她早就学会了捕猎，完全可以自食其力，无需依赖我们的食物供给。她进餐的时候，装好行李的汽车就停在一英里之外，等她吃饱喝足了，昏昏欲睡的时候，我们悄然离去。

有一段时间,在最终分别之前,她的态度明显冷淡许多,故意扭转面孔不理睬我们;虽然她无比渴望与我们在一起,但当她意识到我们终须一别时候,她便用这种感人肺腑的、有尊严、有控制的方式,淡化离别的忧伤。每一次分别,她都是这副表情,可见这绝非巧合。

不久之后,我前往英国,安排关于爱尔莎的图书出版的事宜。在这几个月里,我只能在伦敦度过。每次拜访爱尔莎之后,乔治会将她的故事写在信里,邮寄到伦敦。这些信件证明了:爱尔莎不仅能够自由穿梭于野外生活和人类之间,将两者结合在一起,而且,她和我们之间的关系,与狗和主人之间的关系截然不同,我们是平等的,绝无高下尊卑之分。

伊西奥洛,1959年3月5日

25日傍晚,我可以去看望爱尔莎了。到达目的地十五分钟之后,爱尔莎出现在河流对岸。她一定是听到了发动机的声音。她看上去很健康,只是瘦骨嶙峋,饥肠辘辘。和往常一样,她对我的到来表示热烈欢迎,而后才去吃肉。她不像头次见面那么瘦,而且几天之后,她就长胖了,看上去和从前一样壮实。显然,她不明白你为何没有来,好几次钻进帐篷,朝卡车里观望、呼唤。她很快恢复了平常的习惯,只是不愿意离开营地散步。早晨,她跑到大树下的工作室,我们在那儿共度一天的时光。星期天早晨,我给她带来第二头羚羊,她不允许任何人靠近羚羊,而且凶相毕露。我走到工作室那边,她把羚羊也拖过来了,放在我的座位下面,也不介意我把羚羊切开。下午的时候,我走进帐篷里,她叼着羚羊,也钻进帐篷。第二天下午,我对爱尔莎说:"爱尔莎,我们该回家了。"她在一旁等待,直到我收拾好羚羊剩下的部分,她便威严地带头走向帐篷。她背上的白斑消失了。她的巨蜥朋友还在丛林里,等着瞅空子偷肉。如今,她接纳了巨蜥,当巨蜥扑向生肉的时候,她漠然视之。我没有看到她和野生狮子在一起的迹象。

星期二,我离开爱尔莎。当其他人收拾营地的时候,我格外小心地陪伴爱尔莎,与她在工作室流连。只是,当她一听到卡车发动的声影,她就立刻知道,我要离开她了,而后她用同样冷淡的方式对待我,瞅都不瞅我一眼。我打算14日再来看望她。

伊西奥洛,1959年3月19日

14日,我又去看望爱尔莎。上午10:14出发,下午6:30到达。我们没有看见爱尔莎,也没有发现她的足印。晚上,我发射了三枚雷声弹,还有一枚闪光信号弹。第二天早晨破晓时分,我出去寻找她。我沿着爱尔莎骚扰大象的那一条兽道,走了很远很远,来到一处很大的池塘边。池塘已经枯涸,未见爱尔莎的足迹。我再次发射一枚雷声弹,沿着山脊顶部走到车道,从营地后方干涸的卢卡[①]返回营地。我依然未见爱尔莎的踪影。我回到营地时,大约是早上9:15。十五分钟过后,她突然出现在河流对岸,看上去非常健康,骨头上多了不少肉。自从上次我离开她之后,大约过去了十一天,这期间她至少捕获了一次猎物。她的欢迎方式隆重热情。她身上多了几处伤疤,可能是在最后一次猎杀中,被猎物弄伤了。幸好只是一点皮外伤,没有划破肌肉,伤及骨头。她立刻恢复了以往的习惯。她

---

① 卢卡是斯瓦希里语,意思是干涸的河床。——作者注

真是精力充沛,把我撞倒两次,有一次我还摔进了灌木丛里!她屈尊降贵,陪我去河边走了一小段,但是大部分的时光都在工作室度过。

我依然未见她和野生狮子在一起的迹象。这一次拜访,我也没有听见任何狮子的动静。这一带非常干旱,对爱尔莎而言,捕猎可能更加容易,因为所有动物都要去河边喝水,那里的视野也很好。我这次只带了一顶高山帐篷,晚上睡觉的时候,里面多了爱尔莎,显得有点挤。不过,她的表现很不错,从没有尿湿防雨布!和往常一样,夜里她会弄醒我好几次,蹭蹭鼻子,或者坐在我身旁。离开她毫无困难,我周三的时候就走了。事实上,我发现她非常独立,几乎不介意独来独往。我对那些信口开河的人不屑一顾,他们说什么动物的生活和习性都受本能和条件反射的控制。除了推理之外,没有什么能解释狮群在狩猎时的谨慎策略,我们从爱尔莎的身上,也多次看见她的智慧以及深思熟虑的行为。

伊西奥洛,1959 年 4 月 4 日

下午 8:00 我到达营地。和从前一样,发射数枚雷声弹和一枚闪光信号弹。四周没有爱尔莎的踪影,夜晚她也没有露面。第二天一大早,我去了以前射杀珍珠鸡的地方,发现那儿有营地驻扎过的痕迹,时间就在最近几天。我在河对岸绕行一大圈,希望能找到她的足迹,然而一无所获。等我返回营地的时候,真是提心吊胆,生怕她被偷猎者杀害了。

这一次,我安排肯·斯密斯和我同行,因为他对爱尔莎非常感兴趣。我回来的时候,他也在营地。他告诉我,他在山顶的一块大石头上见到了爱尔莎。他呼唤爱尔莎的名字,但是她看起来很不安,没有从石头上跑下来。我跟着他一道去那儿。当我呼唤爱尔莎的时候,她听出了我的声音,于是飞快地跳下岩石,热情洋溢地欢迎我。她对肯也很友善。看起来她很健康,肚子胀鼓鼓的。她昨夜一定猎食了。肯把床铺在你以前扎帐的地方。爱尔莎整夜都没有打扰他。我们甚至一起出去散步,在工作室里度过白天的时光。爱尔莎睡在我的床上,肯睡在他的床上,不过完全是出于友好,爱尔莎只在他身上坐了一次。

星期二晚上,由于肯在前一天离开了,我带着爱尔莎来到岩石上。当我琢磨着返回营地的时候,一只猎豹来到岩石下方,还咕哝了几声。爱尔莎离开我跟踪它,我猜猎豹一定是听到我的动静,所以离开了。星期五早晨,我留给爱尔莎一头肥肥的疣猪。她高兴极了,立刻把疣猪拖进河里,玩起了疯狂的游戏。爱尔莎目前的身体状态极佳,根本看不见身上的骨头。

伊西奥洛,1959年4月14日

昨天我本打算去看望爱尔莎,但是我有重任在身,必须把许多大象赶出花园。不过,无论如何琐事缠事,我明天一定要出发。我无法向你描述我内心的渴望,我想要见到她,想要得到她永远不变的深情欢迎。如果她找到了伴侣,我更会为她高兴。她一定很孤独,常常感到心灰意冷,然而这对她的好脾气和友善似乎毫无影响。她总是知道我何时会离去,然而她坦然接受事实,无意干扰或者尾随,这是多么令人感动。从她那充满尊严的方式中可以推断出,她似乎知道这一切是无法避免的。

伊西奥洛,1959年4月27日

15日下午,我动身去看望爱尔莎。下午8:00左右到达营地。在拐弯的地方,我差点撞上两头犀牛。它们离车道只有几英尺,我与犀牛擦身而过。我发射了几枚雷声弹和闪光信号弹,然而当晚爱尔莎无影无踪。第二天早晨,我去那块岩石附近,发射了更多的雷声弹。四周看不到任何足迹。整个白天和夜晚,她都一直没有出现。晚上,暴雨倾盆而下,天空划过一道道慑人的闪电,雷声惊天动地,洪水泛滥成灾。第二天早晨,我来到"水牛坡",走下砂石河床,那里也被雨水淹没了。事实上,因为流沙的缘故,我不得不离开那儿。我差点陷进一处齐腰深的沙地里,几乎拔不出腿来了。我沿着山脊野生动物踩出的兽道而行,来到卢卡与河流交汇的附近,这儿比我们以前到过的地方更遥远。我在岸边吃了午餐,接着穿过齐腰深的河水。此时的河水因为泥浆而变成浑浊的红色。当然,即使有足迹,也被河水刷掉了。我跟着河流返回营地。

在一个地方,我看见水里有一个东西,起初我还以为是什么动物的尸体。走近观看,打算朝它扔一块石头。就在这时,水里冒出一个头,原来那是河马。不久之后,小径旁边的灌木丛里响起震耳欲聋的鼻息声、咕噜声和尖叫声——原来是一对河马在亲热!我回到营地时,大约是下午5:00——然而爱尔莎依然没有露面!我真是提心吊胆,因为她从未这么久都没有现身。在我到达营地四十八小时之后,大约是下午8:30,我听见对岸响起她的低吼声。几分钟之后,她冲进营地。她很壮实,见到我时快活地发疯。没有任何迹象表明,她和其他狮子在一起。她饿坏了,吃完了葛氏瞪羚大部分的后腿。那只羚羊是我在路上射杀的,搁了这么久,都已经臭了。第二天早晨,我出门去给爱尔莎捕猎,带回了一头猪,她高兴极了。事实上,她吃得太多,都不愿意走出营地了。

　　星期天早晨,我们待在工作室的时候——爱尔莎在后面睡得很沉——我看见一只八英尺长的鳄鱼,从水里爬到对岸的岩石上。我轻手轻脚地爬到岸边,给它拍了一段录像,而后悄悄回到营地,取来我的猎枪。我射中鳄鱼的脖子,它始终没有离开岩石。我安排麦克蒂过去,先给鳄鱼的脖子套上绳索,而后拖之过河。爱尔莎饶有兴致地观看着全过程,只是没有瞧见鳄鱼——直到鳄鱼拖到岸边,她才极其小心地走近鳄鱼,伸出一只爪子,拍了拍鳄鱼的鼻子。她很满意鳄鱼死了,而后抓住鳄鱼,并将它拖上岸,脸上还流露出极其恶心的神色。她无意吃一口,宁可嚼食严重变质的猪肉。

　　星期一早晨,我离开爱尔莎。在一处雨水坑旁,我遇见一头巨大的非洲公水牛。次日早晨,我们追捕一头大个雄狮。上次误杀爱尔莎的母亲时,我们无暇捕杀它。它惹了不少麻烦,过去的数星期里,吃掉了罗巴族的十二头牛。我们蹲守四个夜晚,"守株待兔",白天则在乱石林立的山坡找寻它的足迹。结果,我发现一头母狮带着两只小狮子的足迹,小狮子大约三到四个月大——毫无疑问是爱尔莎的堂亲,或者是同父异母的姐妹!无论如何,老雄狮的藏形匿影并不令我遗憾。我认为现在不适合诱捕来让其与爱尔莎相见。

伊西奥洛,1959年5月12日

　　我在5月3日星期日的时候离开,大约5日上午12:30抵达营地。我们没有看见爱尔莎的行踪。当时河水上涨,水位高得离谱,比我们从前见过的任何时候都要高。可想而知,任何可能的足迹都会被雨水冲刷掉。傍晚,我发射了几枚雷声弹和闪光信号弹。第二天早晨,爱尔莎没有露面。我出去为爱尔莎猎杀了一头羚羊,因为我事先带来的葛氏瞪羚已经发臭了。当天爱尔莎没有来,接下来的两天也无影无踪。我忍不住为她担忧,虽然她很可能处在发情期,并与野生狮子在一起。我安排麦克蒂和艾世曼去附近的非洲部落打探情况,然而他们说,没有见过或听说过狮子。星期六早晨,我怀着沉重的心情,开始打包行李(我已经离开一周了)。

突然,河对岸传来狒狒惊天动地的喧闹声,接着爱尔莎湿漉漉地出现了,看起来和以前一样壮实。她的肚子瘪瘪的,不过她并不饿。她冲着羚羊皱着鼻子,我没有责怪她,因为羚羊发臭了。她还是以前的爱尔莎,富有感情,见到我时很高兴。没有迹象表明她加入了野生狮群,自从你离开之后,一直没有迹象表明她发情了,不过当然了,我们不在的时候她也许发过情。当她平静下来之后,我出去给她弄回了一只新鲜的羚羊。晚上,她把羚羊拖进小小的山地帐篷里。你可以想象,里面的空间本来就很小,装了我、爱尔莎和一头羚羊,那得有多拥挤!然而,羚羊毕竟是新鲜的,我就睁一只闭一只眼吧,尽管我浑身上下,还有帐篷里到处都是鲜血和泥巴。

爱尔莎独自生活将近六个月了。她和一只真正的野生狮子一样,能够很好地照顾自己,显然也能跑到很远的地方,只是她的友善和感情却一如既往,没有改变一星一点,和你离开的时候一模一样。无论从哪个角度看,她都是一头野生狮子,然而只有一点例外,那就是对欧洲人超乎寻常的友善。我确信,她将我们视为某种狮子,从不畏惧,并且真心相待。毫无疑问,爱尔莎一直等待并渴望我的归来。见到我时,她总是欣喜若狂,并且显然不希望见到我离开,但是,如果我真的一去不复返,我想她也不会特别难过。

伊西奥洛,1959年7月3日

我再次去看望爱尔莎。到了营地十五分钟之后,她出现了。她像以往一样热情欢迎我。她看上去很壮实,只是饿得够呛。我给她带来了一头葛氏瞪羚,一夜的功夫,她几乎吃掉了一半。第二天一大早,她把剩下的羊肉拖进营地下方的一片灌木丛里,一整天都待在那儿,偶尔跑到工作室里瞧瞧,只是为了确信我在那里。星期二早晨,她吃完了羊肉,跟随我沿河岸往下游的方向散步。走了大约半英里,她突然对远处的河岸产生了浓厚的兴趣,显然是嗅到了什么气味。而后,她沿着河岸往上游的方向走去,慢慢地穿过河流,动作非常小心谨慎。我躲在这一头,而她在那一头,兴奋至极,仿佛在等待什么。我什么也看不见,什么也听不见。突然,随着一阵骚动的声响,一头公水羚从灌木丛里蹿出来,朝我所在的方位狂奔,爱尔莎紧追不舍。看到我之后,羚羊打算掉头,然而爱尔莎猛扑上去,将它摁到水里。水中顿时上演一场狮羊大战。爱尔莎迅即改变咬噬的地方,死死咬住羚羊的喉管。羚羊的挣扎越来越无力,爱尔莎堵住羚羊的口鼻,用爪子捂住羚羊面孔的前部,显然想令其窒息而亡。最后,我实在不忍心看下去了,用一颗子弹结束了羚羊的痛苦。我估计这头羚羊至少有四百磅重。爱尔莎将羚羊拖向近乎垂直的河岸,费尽九牛二虎之力,才拖了一半的路程,就束手无策了。我想帮帮她,只是心有余而力不足。我离开爱尔莎,回营地叫来奴鲁和麦克蒂,并带上绳索。等我们返回原地的时候,那只羚羊已经被拖上高高的河岸,变干了!爱尔莎的力气真是不可思议——想想吧,如果她想对付人类,那还不是易如反掌?由此可见,当她与我们在一起时,是何等宽怀大度,是何等温顺友好。我于当月 2 日离开她,这一次的难度很大。她知道我要走了,凝神注视我良久,不愿意我离开她的视线。终于,两小时之后,她酣然入睡,我才能悄悄溜走。

准备好接受一个热情洋溢的欢迎仪式吧!事实上,我建议你最好事先躲在一旁,让爱尔莎先迎接我,等她平静一点之后,你再露面也不迟。

返回肯尼亚的路途中,乔治告诉我,我们的那辆旧路虎几乎散架了。我很不忍心抛弃这辆车,尽管车身被爱尔莎的爪子挠得伤痕累累,遍布凹陷和抓痕。不过,我们还是买了一辆新款的路虎。我也很好奇,不知道爱尔莎对新车有何反应。

乔治将他的假期安排在我回程的日子,所以我们很快就去看望爱尔莎了。我们于 7 月 12 日到达营地。当我们搭帐篷的时候,河对岸传来遐迩闻名的狒狒叫声。狒狒一叫,爱尔莎就到。

乔治建议我躲进卡车里,等爱尔莎迎接他时消耗了一点气力之后,我再出来与爱尔莎相见。他唯恐爱尔莎由于过度兴奋,难以抑制她的力量,会不小心伤害我,毕竟我们分别这么长时间了。

我很不情愿地接受了他的建议,眼巴巴地瞅着爱尔莎迎接他。过了几分钟,我还是出来了。爱尔莎猛然见到我,继而,她步履从容地走过乔治,用她的脸庞蹭我的膝盖,用熟悉的方式呜呜叫,仿佛这是天下最正常不过的事情。而后,她小心地收起爪子,用三百磅的身体撞翻我,用她熟悉友好的方式与我玩耍,没有我们想象中的大惊小怪与兴奋，一切都那么自然平和。她长胖了，个头更大了，看到她的肚子胀鼓鼓的，我真的很高兴；过了很长时间，她都对乔治带来的葛氏瞪羚不闻不问。出乎我们意料的是，她很快就跳到我们的新车顶。她对待这辆闪闪发光的崭新的路虎车的态度，就像对待久别归来的我一样，没有丝毫惊讶之感，虽然新车和她熟悉的那辆老爷车完全不同。

晚上，我们决定把我的行军床放在卡车里，防止爱尔莎想与我共享一张床。事实证明，这个决策很有先见之明。因为熄灯之后，她步伐坚定，悄悄穿过围绕我住处的一圈刺篱，后腿直立，热切地朝卡车里张望。见到我在里面，她很是心满意足，便在汽车旁边安睡。到了第二天破晓时分，我听见她把葛氏瞪羚拖拽到河岸的动静，她一直在那儿看守。乔治起床之后，呼唤我们吃早晨。此时，她再次露面了，还准备朝我飞扑过来，只是当我说"不，爱尔莎，不"的时候，她控制住了自己，静静地走过来。我吃饭的时候，她坐在一旁，用爪子拍拍我。之后，她才离开，返回被忽略的猎物旁边。

接下来的六天里，爱尔莎的生活节奏和我们一致，晨间和傍晚去散步。一天，我们见到她跟踪一头非洲水羚。当时，那头羚羊在河流的另一边饮水，她好似"僵住了"，纹丝不动，身体的姿势极其怪异。对爱尔莎的到来，羚羊毫无察觉，这给了爱尔莎一个绝佳的机会。她从下风向迅速地移动，穿过河流的时候没有溅起一丁点儿水花，而后消失在灌木丛里。等她回来的时候，她用脑袋蹭蹭我们，仿佛在告诉我们，这是一次失败的猎杀。还有一次，我们惊奇地发现，一只巨大的猛禽落在一头刚断气的羚羊背上；当猛禽飞走之后，我们把这只小羚羊带给爱尔莎，谁料她拒绝了，并且皱起鼻子做出厌恶的鬼脸，但凡她不喜欢什么东西，都是这副模样。有一次，我们在

作者从英国回来后,与爱尔莎欣喜重逢。爱尔莎把作者扑倒在地,表达自己的愉悦之情。

岸边野餐,靠钓鱼度日。我坐在一旁给爱尔莎画速写。当我开始吃三明治的时候,她坚持要分享,还打算用爪子从我嘴里抢一块。

某些时候,她也并非如此温柔似水,我们得十分小心,免得中了她的埋伏。须知她强壮得很,要是被她庞大的身躯压趴下,那就一点都不好玩了。

一天早晨,乔治扔给她一根木棍,她和木棍在水里玩得不亦乐乎,简直是花样百出:追赶浮在水面的木棍;将木棍抛到半空,纵身一跃,在空中四足相碰,用尾巴扫起一大片水花;把木棍扔下来,一头扎进水里,而后骄傲地把木棍送出水面。当乔治在岸边给她录像的时候,她佯装没有注意到他,其实已经"狡诈"地一点点靠近河岸;突然之间,她扔下木棍,跳到可怜的摄影师身上,仿佛在说:"这是给你的报答,你这个摄影师。"乔治也想以牙还牙,而她早已跳到一旁,一眨眼的工夫就爬上岸边的大树,速度敏捷得不可思议。我们谁都捉不到她了,而她坐在倾斜的树干上,若无其事地舔舐自己的爪子,一脸无辜的神情。

这次精彩绝伦的演出之后,接下来的两天,爱尔莎变得独来独往,偶尔才来一次营地。23日那一天,她未能与我们一起晨间漫步。然而傍晚的时候,我们在营地附近的一块岩石上,观察到她的身体轮廓。令我们大为惊奇的是,离她二十码之内,竟然有一大群狒狒,它们对爱尔莎漠然置之,毫无警戒之态。我们连声呼唤她,她极为勉强地回应了,并在岩石下方加入我们的行列。然而,她很快就钻进了灌木丛里,快得像一阵风。我们尾随其后,直到夜色降临。后来,她回到我们身旁,容忍我爱抚地拍拍她,只是我看得出来,她其实很不耐烦,很不自在,很想转身离去。当天晚上和第二天,她都在野外,只回过营地一次,草草吃了一顿就走了。接下来的一天,我们晚饭后闲聊时,她突然穿过河流,湿漉漉地回来了。她亲昵友好地问候我和乔治,只是当她吃晚餐时,显得心不在焉,时不时地停下来,聆听外面的动静。黎明时分,她不见了。这种奇怪的行为令我们百思不得其解。她并没有发情的迹象,我们扪心自问,是否我们这次逗留的时间太长了?的确,自从将她放生之后,这一次我们逗留的时间是最长的。

第二天傍晚,在我们进餐的时候,爱尔莎突然从茫茫夜色中走近我们。她摇晃尾巴,将餐桌上的东西一扫而空;她紧紧拥抱我们,显得尤其情深意切,而后消失在夜色中。她跑了没几步又折回来,和我们待了片刻,仿佛在向我们表达歉意。

第二天早晨,我们终于理解她行为怪异的原因了。一头雄狮的足迹明明白白地告诉了我们一切。午后,我们通过望远镜,看见一大群秃鹫在空中盘旋,寻找落脚点。随后,我发现了许多鬣狗和豺狼的足印,还有一头雄狮的足迹。这些足迹通向狮子饮水的河流,而且地面出现了一大摊鲜血,沙土都被鲜血浸红了。然而,我们没有发现爱尔莎的足迹,也没有发现猎物。没有猎物,如何解释天空盘旋的秃鹫和地面的鲜血呢?我们花了六个小时,在附近地带搜寻,也没有找到爱尔莎,最后一无所获地返回营地。傍晚时分,她饥肠辘辘地回来了,整夜都与我们相伴,黎明时分离去。

29日,我们在一块高高的岩石边上看见她。我们呼喊了几分钟,她才来到我们身旁,一直呜呜地叫,显得亲热极了,只是很快就跑回自己的岩石上。我们现在看出来了,她的确发情了。这足以解释她最近的行为。我们在下午再次看望她,虽然她回应了我们的呼唤,但没有从石头上下来,我们只能爬上去。天色越来越黑,她站直身体,用脑袋蹭蹭我、乔治和持枪人,仿佛在与我们道别,然后慢慢走向她藏身之处。期间,她只回望了我们一眼。次日,我从望远镜里看见她趴在石头上休息。如果她能开口说话,她一定会明明白白地告诉我们,其实她并不是想独处。无论我们是如何爱她,她都更需要同类的陪伴。

我们决定拆卸营地。我们的汽车驶过她的岩石下,而她的身影出现在天际,目送我们驾车离去。

我们下一次看望爱尔莎,是在 8 月 18 日到 23 日。和我们在一起时,她和以往一样多情多义,只是这五天里,有两天的时间她独自在丛林里度过,虽然我们没有看见雄狮的足迹,不过很显然,她更喜欢独处,而不是与我们共度时光。完全脱离我们的独立,这对她而言,是最好的事情。

8 月 29 日,乔治得去爱尔莎所在的地区工作,管制当地的野生动物狩猎。下午 6:00,他到达爱尔莎的营地,还在那儿过夜。他发射了两枚雷声弹,以吸引爱尔莎的注意。大约在下午 8:00 左右,他听见狮子沿河奔跑的脚步声,于是又发射一枚雷声弹。整个夜晚,狮子一直在吼叫,然而爱尔莎没有来。第二天早晨,乔治发现一头年轻雄狮或母狮靠近营地的足迹。随后,他不得不立即离开,并在下午 4:00 左右返回。一个小时之后,爱尔莎穿过河流,看上去非常壮实,精力很充沛。她肚子不饿,不过吃了一点儿乔治带给她的羚羊,并且把剩下的羊肉拖进帐篷里。天黑之后不久,一头雄狮开始吼叫。令乔治诧异不已的是,她完全无视这种邀请,哪怕雄狮在外面狂吼了一整夜。

第二天一大早,她吃了一顿丰盛的早餐,便不慌不忙地走了,消失在昨夜雄狮吼叫的方向。不久,乔治听到她的叫声,看见她坐在一块大石头上,喉咙里发出低沉的咕噜声。当她看见乔治之后,就跳下来欢迎他,虽然她乐于见到他,但她想独处的意图非常明显,简短地问候和蹭蹭脑瓜子之后,她消失在丛林之中。乔治猜出她前行的方向,紧随其后,发现她沿着兽道一路飞奔,奔向远处的河流。不一会儿,她坐在一块石头上,几乎隐没在丛林里。他观察爱尔莎良久,起初她呜呜叫了几声,接着发出受惊的"呼呼"声,随后跳下岩石,从乔治身旁一闪而过,冲进灌木丛里。继而,一头年轻的雄狮出现了,它显然处于热恋当中,没有发觉乔治就在它的正前方。当这头雄狮距离乔治近在二十码时,乔治心想他再不能装聋作哑了,他挥舞手臂大声呼喊。这头猛兽吃惊不小,掉转身子,朝着来时的方向飞奔而去。几秒钟后,爱尔莎再次出现了。她紧张不安地蹲在乔治身旁,过了一会儿,她就尾随雄狮而去。乔治只得回来,并离开营地。

两天之后,他必须再次查访同一地区。离爱尔莎的营地还有几百码之遥的时候,车里的一位同伴看见了爱尔莎。当时她在兽道旁边的一片灌木丛里,显然是隐蔽自己;这种行为很反常,因为按照惯例,爱尔莎会冲出来问候汽车和每个人的。也许他将一头野生狮子误以为是爱尔莎了,于是乔治调转车头,开始往回开。出乎意料的是,那就是爱尔莎。她坐在丛林下面,起初纹丝不动;接着,她意识到她已经被发现了,便往前走几步,表现得彬彬有礼,对乔治的到来大惊小怪,假装像从前一样欣喜,屈尊降贵似的吃几口乔治带来的肉。当她嚼食的时候,乔治走上兽道,查看路上的足迹。他发现,爱尔莎的脚印和另一只雄狮的脚印混在一起,此后他又看见那头雄狮在一丛灌木后面窥探自己。很显然,这头雄狮正是前几日他见到的那个家伙。过了一会儿,从河流的方向传来一群狒狒的叫嚷声。听到叫声之后,爱尔莎三口两口地吃完肉,追随她的"夫君"而去。

乔治继续前行，找个地方露营，把剩下的肉放在帐篷里，留给爱尔莎。之后他继续自己的工作。等他返回营地时，那些肉还是老样子，没有被触碰过，爱尔莎一整夜都没有来。

爱尔莎终于找到自己的伴侣，也许我们的心愿实现了。总有一天，她会走进我们的营地，身后跟着几只壮实的小狮子。

狮子爱尔莎

永远自由

〔奥地利〕乔伊·亚当森(Joy Adamson) /著
谭旭东 谢毓洁 /译

北京大学出版社
PEKING UNIVERSITY PRESS

目　录

第一章　驱逐令 ………………………………………… (1)

第二章　爱尔莎病了 …………………………………… (13)

第三章　爱尔莎死了 …………………………………… (19)

第四章　成了小狮子的"监护人" ……………………… (28)

第五章　迁移小狮子的计划 …………………………… (37)

第六章　小狮子找到了狮群？ ………………………… (45)

第七章　小狮子惹麻烦了 ……………………………… (50)

第八章　危　机 ………………………………………… (55)

第九章　捕捉小狮子的准备 …………………………… (64)

第十章　捕　获 ………………………………………… (70)

第十一章　塞伦盖蒂路漫漫 …………………………… (78)

第十二章　放　生 ……………………………………… (87)

第十三章　塞伦盖蒂大迁徙 …………………………… (94)

第十四章　峡　谷 ……………………………………… (109)

第十五章　我成了塞伦盖蒂的一名游客 ……………… (120)

第十六章　我们看见了小狮子 …………………………… (133)

第十七章　漫长的寻找 ………………………………… (143)

第十八章　自由的代价 ………………………………… (158)

译后记 …………………………………………………… (167)

第一章　驱逐令

委员会给出的理由是：因为爱尔莎习惯于我们的陪伴，可能会对其他人造成危害。

这种解释真是莫名其妙：当初是当地政府帮助我们选择此地为爱尔莎的放生地，到目前为止，也依然将爱尔莎视为保护区的瑰宝。

如今，驱逐令到了，我们别无选择，只能将狮子迁出保护区。我们能做的，是竭尽全力，减少迁移对爱尔莎一家可能产生的伤害，并为他们找到一处满意的新家园。

我们给各地的朋友们写信：坦噶尼喀、乌干达、罗德西亚①和南非，询问各种可能的机会，看看能否在他们的国家为狮子们找到一处合适的栖息地。在将爱尔莎和小狮子们迁出肯尼亚之前，乔治希望沿着肯尼亚北部的鲁道夫湖东岸，进行一次详细的勘察。

我并不看好这个计划。鲁道夫湖地区荒凉无比，我担忧湖畔附近的猎物稀少，不够爱尔莎和小狮子果腹，到时候他们会更依赖我们的食物供应。除此之外，这一地区地处偏僻，人迹罕至，万一有紧急情况发生，如果我们不能够获得及时有效的援助，那就太不幸了。

为了迁移的顺利实现，我们首先得挖出一个斜坡，坡顶与一辆五吨重卡车的车身平齐；在卡车里，我们将摆放狮子们食用的羊肉。

---

① 即今天的津巴布韦，1980 年独立。位于非洲南部。——译者注

一旦小狮子们习惯新的进食点，我们将给卡车安装一张牢固的铁丝网，并配上一扇活板门。小狮子进食的时候，我们关上活板门，也就将卡车变成了移动的板条箱。

我们在工作室旁边的盐渍地挖斜坡。看着我们在他们的游乐场忙碌，小狮子们兴奋异常。他们好奇地嗅着新鲜的泥土，快活地在松软的土壤里打滚儿，仿佛我们如此卖力地挖泥巴，就是为了逗他们开心。他们越是兴高采烈，我的心情越沉重。

12月28日，乔治动身前往鲁道夫湖，开始他的勘察工作。当天下午，我在河流附近遇见爱尔莎一家。和往常一样，爱尔莎和杰斯珀友善地问候我，而后我们走向河边。小狮子迅即"扑通""扑通"跳下水，在水里追逐打闹；我和爱尔莎则在岸边看着他们。他们在水里玩闹的时候，爱尔莎威风凛凛地监护着，等他们一个个湿漉漉地钻出水面，她就放下尊贵的派头，和孩子们一起嬉戏打闹，帮他们寻找新的游乐场。附近的一棵大树就是绝佳的地方：小狮子沿着树干吃力地攀爬，而妈妈很快超过了他们；她在树干上轻巧地腾跃，跳到小狮子的上方。她踩着细长的枝条，越爬越高，一直爬到树顶。这一幕看得我心惊肉跳，大气都不敢出。那些细长的枝条如何承受住她的重压？眼看顶部的树枝颤悠悠，晃荡荡，我只恐怕树枝折断，她从半空中摔落。我真不明白，她到底想干什么？是在教她的孩子用正确的方法爬树，还是在炫耀她爬树的技巧？站在高处，她发现树枝晃晃荡荡，并非久留之地，于是艰难地转过身，小心翼翼地检查每一根树枝，打算从树上跳下来。她好不容易跳下来了，但落地很狼狈，一点尊贵的派头也没有。仿佛是为了向大伙证明，她的跌落不过是一个玩笑而已，她瞬间就和孩子们玩闹起来。小家伙们追逐着妈妈，在回家的路上，他们一直在玩"躲猫猫"和伏击的游戏，而我总是受害者。

第二天,喝下午茶的时候,我们发现,爱尔莎其实是一位尽职尽责的母亲和小狮子们称心如意的玩伴。那时,一家子出现在工作室对面,站在远远的河岸边。我看见一条六英尺长的鳄鱼慢慢滑入水面,朝他们的方向游去。所以,毫不奇怪,小狮子在水边的石头台子上不安地跑上跑下,他们肯定害怕跳入下方的深潭。

爱尔莎轮流舔舔他们,她的鼓励起了作用。小狮子一起跳下水,排成一个紧凑的队形,安全地游过了河。小狮子放松下来之后,为了让湿漉漉的身体快些变干,相互追逐打闹。爱尔莎也加入了孩子们的游戏,一口咬住杰斯珀的尾巴,围着他转圈儿,显然很乐意看到他滑稽可笑的模样。

后来,杰斯珀在我身旁坐了下来,背对着我。当他想得到我的爱抚时,就会这么做。他似乎心领神会,我有一点儿害怕被他的爪子挠伤,虽然他可能是无心的。他和妈妈不一样,没有学会和人类玩耍时,将爪子收回肉垫里。

当我午后漫步时,狮子们与我同行;我欢迎这一家人和我一起散步,这是他们新的习惯。这也是一个天赐良机,我可以借此观察小家伙们对路上遇到的各种事物的反应,同时我与爱尔莎相处的时间也更长。自从她产仔之后,我们无法像从前那样朝夕相处了,因为她大部分时候都在陪伴小狮子。我们到达大巨石时,戈珀和小爱尔莎不愿意走了;我试图引诱他们跟上来,然而徒劳无用。爱尔莎仿佛知道小家伙待在那儿没啥危险,继续往前走。最近一段时间,她对孩子们逐渐放手了。当孩子们表现得很独立时,她也并不太担忧。而杰斯珀反倒心神不安,他一会儿跑到前面,一会儿跑到后面,不知道是跟着妈妈往前走呢,还是和好兄弟留下来。最后,他勉强决定跟着我们走了。

我们走了大约两英里,气温越来越低,爱尔莎和杰斯珀玩起了游戏,他们像猫咪一样追逐打闹,扑腾撒欢儿,看得我乐不可支。

回去的路上,我看见戈珀和小爱尔莎站在岩石裸露的山脊上,落日余晖给他们镀上灿烂的金边。我从岩石下面走过时,他们漠然地看着我。爱尔莎和杰斯珀爬上大巨石的顶部,柔声呼唤。两只小狮子懒洋洋地伸个腰,打个哈欠,而后与妈妈待在了一起。整个傍晚,我准备好食物,等待爱尔莎一家,然而既不见爱尔莎的踪影,也不见小狮子的行踪。后半夜,我听见小狮子父亲的呼呼声,方才明白他们为何不来营地。第二天早晨,为了确定爱尔莎一家安然无恙,我和奴鲁前往大巨石附近;在山下,我们看见了一头大雄狮的足迹。

随后的两天,爱尔莎和小狮子一直没有来营地。在此期间,我总是听见他们父亲的咆哮声。当爱尔莎回到营地时,已是深夜了。虽然身旁只有两个儿子,但她似乎并不为小爱尔莎的缺席而烦恼,吃了一顿饱饭之后,他们返回了。

第二天一大早,我尾随他们的足迹而行,最后看到戈珀和小爱尔莎都在大巨石上;我猜想他们的父亲可能就在附近,于是掉头回家了。

下午晚些时候,他们一家人出现在大路上。戈珀和小爱尔莎跑得气喘吁吁;他们在追赶一只豺狼,因为我听见豺狼在不远处嚎叫。爱尔莎热情地欢迎我,我示意奴鲁先返回营地,给狮子们准备晚餐。然而杰斯珀决定和奴鲁一起玩"藏猫猫"的游戏,在爱尔莎发觉杰斯珀的意图并中断游戏之前,为了躲闪小狮子,奴鲁已经有点黔驴技穷了。爱尔莎把孩子聚拢在一块儿,和他们玩得不亦乐乎,小狮子们撒欢儿似地相互追逐。奴鲁趁机脱身而去,好不容易完成了自己的任务。爱尔莎经常如此行事,看似不经意,其实很难说她不是故意而为。当我们回到营地时,小狮子扑向他们的晚餐,而他们的妈妈看似心神不宁,好几次到丛林侦查片刻,然后将孩子们留在原地,自己消失在丛林里。

1月1日这一天,我只觉寝食难安。新的一年会给我们带来什么呢?仿佛是为了让我高兴一些,杰斯珀走到我身旁,摆出了他的"安全姿势"(也就是他的爪子不会抓挠我的位置),邀请我与他一起玩耍。我亲热地抚摸他,突然他打了一个滚儿,我下意识地后退几步。他一脸疑惑的神色,而后又滚回了他的安全姿势,歪着小脑袋。他当然不会明白,我其实很害怕他不能缩回的爪子;他反复邀请我和他一起玩耍,而我真想对他解释,当他的母亲还是一只小狮子的时候,我就教会了她如何控制爪子,这也是为何我不畏惧和爱尔莎一起玩耍,然而和他一起玩的时候,却胆战心惊。

第二天,同样的事情再次发生了:杰斯珀邀请我和他一起玩,我虽然心里很想,但当他的爪子离我很近时,我不得不后退几步。爱尔莎在路虎车顶看到了这一幕。她似乎理解杰斯珀的失望,由于我过分的小心谨慎,的确伤了杰斯珀的心。她跳下车,而后舔舔他,抱抱他,直到杰斯珀快活起来。就在这时,小爱尔莎悄无声息地溜了过来,她惴惴不安地躲在草丛后面,显然对我出现在空旷地带而心怀畏惧。爱尔莎走到她身旁,在她身旁打滚儿,直到她完全放松下来。当杰斯珀和戈珀兴冲冲地跑过来,和他们一起嬉闹时,爱尔莎便回到路虎车顶,也就是自己的"世外桃源"。我走到她身旁,想要抚摸她,借此表达自己的愧疚之情,也弥补自己对杰斯珀明显的不友善。谁料当我靠近时,她给了我一巴掌,整个傍晚,她都显得很冷漠。

1月2日,附近地区的两位狩猎官肯·史密斯和彼得·肖搭卡车来到营地。他们获得野生动物保护机构的许可,帮助我们迁移爱尔莎和小狮子。肯测量了斜坡,使坡度与四轮驱动的贝德福德卡车相互吻合。到了迁移的时候,他计划将政府的贝德福德卡车借给我们使用。他也提出,帮我们定制与卡车相匹配的防狮铁丝网,等贝德福德卡车装好铁丝网之后,就送回我们的旧泰晤士卡车。他的工作很有必要,可能会缩短我们训练小狮子习惯在卡车上进食的时间。

肯就是和乔治一起狩猎,将爱尔莎带进我们生活的那位狩猎官,他后来拜访过爱尔莎两次,不过他从未见过小狮子。我们完成各种测量之后,一起去寻找爱尔莎一家。我们发现他们在工作室卢卡。见到陌生人来访,小狮子逃之夭夭。爱尔莎把肯当成老朋友,热情洋溢地问候他,而对彼得却视若无睹。她容忍我们给她拍照,但是当客人们靠近她的时候,杰斯珀从树叶的缝隙里紧张地窥探,显然是做好了准备,一旦妈妈需要保护,他就挺身而出。后来,他干脆不躲躲藏藏了,直接站在空旷的地带,与肯和彼得保持着安全距离。

我们不想惊扰小狮子,于是返回营地,沿着车道,把卡车开到离营地几百码远的地方。不一会儿,爱尔莎独自露面了。她观察我们片刻,而后依然无视彼得,只用脚爪紧紧抱住肯的膝盖;我们猜忖,爱尔莎此举是在提醒肯,他应该告辞了。肯心领神会,和彼得离开了。他们刚一走,小狮子就不知从哪儿冒了出来,在营地追逐打闹。看到这一幕,我们也知道小狮子对陌生人的戒备与日俱增。杰斯珀不再怀疑我和乔治,然而除我俩之外,不信任任何人。

随后的一天,出于对我的信任,他允许我为他除掉眼皮上的蜱虫,还有身上的两条蛆虫。在大多数野生动物中,蛆虫随处可见,而且数量惊人。这些寄生虫虽然无害,但是会削弱宿主对疾病的抵抗力,导致宿主很容易感染其他的疾病。

在我为他除掉蛆虫时,杰斯珀纹丝不动,舔舔伤口后,摆出他的安全姿势,邀请我爱抚地拍拍他。他第一次允许我抚摸他如丝一样柔滑的鼻孔,也许他想要借此表达对我的感激之情。

傍晚,他又独自来到帐篷里,一屁股坐在地上,摆出他的安全姿势,一动也不动,直到我轻轻地抚摸他。当他要求我的爱抚时,我无法不理不睬,令他失望,然而我的内心非常矛盾,一方面我害怕他的爪子,另一方面,我们希望小狮子成为真正的野生狮子,而杰斯珀的友善不利于他日后的野外生活。戈珀和小爱尔莎则完全不同,他们的反应与野生狮子如出一辙。

杰斯珀是小狮子们的头儿。一天下午,我发现他愁眉苦脸的;他独自在河岸旁徘徊,而其他狮子都刚刚过河了;他跑来跑去,不安地看着下方的深潭,显然被一只露头的鳄鱼吓得不轻。我打算助他一臂之力,在他要穿行的水域,用棍子和石头砸出一条道来。然而他仍惴惴不安地瞅着鳄鱼,做出一副怪相。过了一会儿,他下定决心,"扑通"一声跳下水,拼命地往前游,故意搅动得水花四溅。爱尔莎,就站在几码之外,看着我吓唬鳄鱼的举动。当杰斯珀安全上岸之后,她走到我身旁,亲热地舔舔我;杰斯珀一下午也都非常友善。

之后,当我们沿着狭窄的走道钻进帐篷时,戈珀突袭了我,冲我恶狠狠地咆哮;我着实吓了一大跳,想不通他为何如此怒气冲冲。后来我发现,他拖着晚餐来到伏击我的地点,方才恍然大悟,原来我离他的猎物非常近,只有几英尺远,他觉得有必要为保护猎物而战。

第二天,泰晤士卡车到了。我们将卡车彻底清洗一番后,停放在斜坡上。由于卡车散发着汽油味儿,燃油味儿,还有陌生人的味儿,所以小狮子不肯靠近卡车半步。即使是爱尔莎也不愿意跟着我进去,哪怕我绞尽脑汁,想出各种花招劝说她也无用。我原本相信她是小狮子的榜样,只要她进来了,小狮子也会随她进来。如今我们无计可施,只能耐心等待,等待小狮子消除对卡车的疑心。我也提醒自己:迄今为止,小狮子从未坐过汽车,所以我对他们不能要求太多。

1月8日,大约在晚餐时间,我听到工作室对面的河岸,传来狒狒激动不安的喧闹声。一般而言,狒狒的闹腾是因为爱尔莎一家在附近活动。于是,我带上速写本,三步并做两步地跑到工作室卢卡。果然,爱尔莎和小哥俩都在那儿,他们昏昏入睡,我正好借机给他们画素描。可怜的爱尔莎感染了蛆虫,但是当我打算捏死几只时,她却拉长耳朵,对我大声咆哮,我只好退避三舍,让她独自待着。

天光渐暗,依然不见小爱尔莎的踪影。我忧心如焚,然而她的妈妈却一副若无其事的样子。我感觉我的担忧是多余的,纯属杞人忧天,因为我发现爱尔莎的本能比我的更可靠。我深信不疑:哪怕附近有一点点危险的苗头,她也能通过某种方式,感觉到它的存在,并通过一种微妙的方法,将她的意图传递给小狮子们。我们经常仔细观察她与小狮子之间的交流,然而却从未发觉到可观、可听的迹象。她能够让小狮子在各种环境下待在原地;能够感知水底下潜伏的鳄鱼,或者埋伏在附近的可能对家人有危险的野兽;她知道我们何时来到营地,哪怕当时她离我们很远,哪怕我们已经离开营地很久;她本能地知道,她遇见的人谁是真心喜爱她,谁是装模作样,这与他们对她的态度无关;并且她的判断从未错过。

爱尔莎和其他高等动物拥有的究竟是何种能力?如何解释这

一切呢？我想,也许这是心灵感应吧,人类发展出语言功能之后,就失却了这种能力。

画完素描之后,我们一起返回营地,给狮子准备晚餐。等他们吃饱喝足了,爱尔莎突然站起身,朝河流的方向凝神倾听,后又朝河流走去。我尾随她而去,我们沿河岸走了一会儿,然后她猛地掉头,横过工作室卢卡,悄悄地钻进丛林,最后到达河岸。我一直跟在她后面。在昏暗的光线中,我仅能看见小爱尔莎在远处的河岸来回奔跑,仿佛很害怕跳进水里,那儿的水很深,我不止一次看见巨大的鳄鱼在那儿游动。爱尔莎深情地对女儿低吟,朝上游快速跑动,并且眼睛一刻不离小爱尔莎。在对岸,小爱尔莎也跟着她一起跑。当他们跑到一处狭窄的水面时,爱尔莎停下脚步,她的呼唤也变了腔调,小女儿终于鼓足勇气,游过河来。

这时天色渐暗,为了不增加小爱尔莎的畏惧,我打算掉头回去。令我惊诧不已的是,当我来到密密的丛林时,发现杰斯珀和戈珀正站在那儿,显然是在等待母亲和妹妹。我抄近道回家,免得一家子团聚时有外人在场。之后,爱尔莎来到我的帐篷,亲热地用脑袋蹭蹭我,仿佛是在表达她快乐的心情,因为他们一家人又团聚了。我们刚才的忧虑也烟消云散了。

然而这一天的紧张并未真的结束,爱尔莎又遇到一件事情。在她还在蹭我的膝盖时,突然脑袋和肩膀平行,浑身的肌肉僵硬,片刻之后,她跑进茫茫夜色之中。她很快就回来了,然而又冲了出去。如此反复多次,才终于安顿下来,与小狮子共进晚餐。不久之后,我被小狮子父亲的咆哮声惊动,它距离我们不过二十码远。我甚至能数出在它咆哮之后,喉咙里"呼呼"的次数。有十二次。在它大吼大叫的时候,它的家人停止了进食,站在它和食物之间,一动也不动;

一直等它离去之后,他们才继续进食。夜间,他们留在营地附近,破晓时分就匆匆离去了,之后的二十四小时都不见踪影。他们回来之后,我们给了他们一些生肉,小狮子将生肉拖进灌木丛里,但是一口未动;相反,他们跟着我和爱尔莎,来到盐渍地。

卡车停放在盐渍地的斜坡已经六天了,从地面留下的足迹可以判断,没有一只狮子靠近过卡车。我走入空空荡荡的车厢里,呼唤爱尔莎;她犹豫片刻,尾随我前行,但却在入口处横过身子,此举可谓一箭双雕,既挡住我出去的路,又挡住杰斯珀进去的路。过了一会儿,她返回帐篷,跳到路虎车顶。小家伙们开始吃肉,我走到他们妈妈身旁,与她嬉戏玩耍;当我与她亲昵时,发现有蛆虫的两处肿块已经腐烂了。我想处理伤口,但每次我刚一伸手碰肿块,她就往后退,第二天我还想努力一把,但她似乎更敏感了。

我总是随身携带消炎用的药粉,给昆虫咬伤和划破的地方消毒杀菌。而乔治相信,这些药物对人类非常有效,但是对动物就未必管用,除非它们自己的抵抗力变弱,病体不能自然愈合才需用药。鉴于乔治的说法,我没有坚持给爱尔莎的伤口敷药,而是指望她依靠自身的抵抗力。我还想着,她自己会把伤口舔干净的,就像从前一样,那时她也被蛆虫折磨过,后来伤口也慢慢愈合了。

狮子们第二天去了厨房卢卡,我和奴鲁下午时发现了他们。而后,我安排奴鲁回营地准备一头山羊——爱尔莎设法让小狮子们远离活蹦乱跳的山羊,虽然他们现在对山羊的兴趣越来越浓。要是她永远如此善解人意,我们之间的关系也会永远风平浪静。回去的路上,小狮子们开始伏击我。爱尔莎显示了她灵活公正的处事态度。小狮子想要玩有趣的游戏,只是他们的爪子太尖利了。爱尔莎及时"出爪",给了孩子们几巴掌,也温和地给了我一巴掌。其实,她的做法是不让我给小狮子留下勉强游戏的印象而令他们讨厌我。

她希望大家都保持良好的关系,这一点毋庸置疑。随后的一天下午,我又看出了她的这般心意。当时,我们和奴鲁看见狮子们在呼呼岩上。我呼唤爱尔莎,她闻声后跑过来,与我们相伴,待我分外亲热——事实上,当我们俩在一起时,她似乎充分利用每一分钟。当杰斯珀过来时,她则变得冷漠。她肯定不想引起儿子的嫉妒,所以有杰斯珀在场的时候,她总是小心翼翼地行事。而当戈珀和小爱尔莎在附近时,我们之间就更不会有亲昵的举动了。这一点很容易理解,因为他们对我的嫉妒更甚于杰斯珀。

我们穿过密密的灌木丛,朝河流走去。奴鲁举步维艰,因为杰斯珀利用每一个可以隐藏的地点伏击他,试图抢走他的猎枪。最后爱尔莎只好出面,时不时地坐在奴鲁和儿子中间,我们才得以继续前行。

当我们到达河流时,我告诉奴鲁抄近道回去,把狮子们的晚餐准备好。他尽可能迅速地溜走,然而杰斯珀没打算放过他的玩伴,悄无声息地跟随奴鲁。我再说"不要"也没用;幸而我知道,奴鲁会想方设法地甩掉这只"小尾巴"的。奴鲁对付动物很有自己的一套办法,对动物也富有爱心。我不止一次看到,当小动物调皮捣蛋时,他用各种花招分散他们的注意力,而不是用暴力和惩罚的方式。这么多年来,他每天都在和动物打交道,他身上还未被挠破一次。当然了,他是真心喜欢自己的工作。除了他,我不放心让任何人照顾狮子。

奴鲁回家的时候,我陪伴剩下的狮子在河边漫步。当我们走到工作室卢卡时,杰斯珀回来了,看见他活蹦乱跳的快活劲儿,我就知道奴鲁有多么"倒霉"了。我们返回营地后,小狮子扑在羊肉上大嚼特嚼,而爱尔莎小心翼翼地跳到路虎车顶。她的蛆虫肿块似乎很严重,疼得很厉害,但是她不允许我触碰肿块,更不用说把蛆虫挤出来了。

第二章　爱尔莎病了

　　连续两个星期,乔治都在鲁道夫湖附近,进行野外调查。该地区的狩猎官肯·史密斯与他同行。我盼望他们随时归来,然而我又害怕听见汽车的响声,因为这意味着爱尔莎快乐生活的结束。在新的家园,等待她的将会是什么?在她还没有为小狮子找到安全住所时,会有多少头母狮与她狭路相逢?她爱自己的家园,她在这里至少有各种权利。她和孩子们必须要忘掉这里完美的环境,还有他们熟悉的一切,直到他们在新的地点快乐地生活。如果一个能力全面的人,被无情地放逐之后,也会因不适应环境而痛苦不堪,那么我们又怎能要求野生动物适应一个完全陌生的环境呢?须知,它们更加保守,对生存地更为依赖。

　　现在,狮子们正在工作室卢卡,这儿长满郁郁葱葱的大树,四周都是密密的丛林,也是他们喜爱的休憩之处。烈日当头时,这儿林荫匝地,他们在软软的沙地上打盹儿,轻柔的微风从河边拂来。清晨时,爱尔莎一家就到了这里;喝下午茶的时候,我带着速写本去加入他们。当我画画的时候,鸟儿在耳边婉转啼鸣,河水汩汩地流动。一切都显得那么宁静祥和,我们是那么幸福快乐。

　　天变得凉爽时,爱尔莎醒来了,伸伸懒腰,走到杰斯珀的身旁,舔舔他;杰斯珀打个滚儿,用爪子抱着妈妈。爱尔莎又走到我身旁,用脸蹭蹭我的脸,又舔舔我;之后,她走到戈珀身旁,继续她的爱抚;

最后走向小爱尔莎。她轮流问候我们,一个都不落下。从和她最亲近的杰斯珀开始,到和她最疏远的小爱尔莎结束。这也是她的信号,说明回家的时候到了。她动身前往营地,没走几步就回头看看,确保我们都跟了上来。我们在后面走得有点儿慢,一是因为杰斯珀总想看看我所有的随身物品,我抓紧时间抢回我的速写本和相机,一股脑儿地塞进包里,挂在他够不到的树枝上。二是因为戈珀和小爱尔莎走在我前面,时不时狡猾地挡住我的去路,我还能怎么办?我只能坐在地上,假装对他们的小伎俩满不在乎。天光渐暗,丛林里的蚊子铺天盖地,给我的假意休息产生了不少困扰。谢天谢地,爱尔莎发现了孩子们的诡计,跑来救我了。她给了孩子们几巴掌,很像是玩游戏,令他们忘记我的存在,转而跟着我们蹦蹦跳跳,相互追逐,如此一来,我就能无阻无挡地回家了。

当天傍晚,我首次看见戈珀有了雄性冲动。起初他和爱尔莎玩耍,后来他和杰斯珀嬉闹。这虽然只是游戏,但他无疑被自己奇怪的本能触动了,虽然他并不明白其中的意义。我很惊奇,因为戈珀的年纪尚小,他们只不过才一年零半个月大,乳牙还没换掉呢。

夜间,我听见爱尔莎一家在营地四周。次日早餐后不久,他们一窝蜂地跑到盐渍地旁边的埃及姜棕榈树那儿。爱尔莎站着,若有所思地看着卡车。不一会儿,她小心翼翼地走进车厢,一屁股坐了下来。为了让她走进车厢,我足足等了十天,然而此时此刻,我只觉深深的悲恸。她那么信任地坐在卡车里,然而这辆卡车将带她远去,远离她的家园。

我坐在她身旁,试图除掉她身上的蛆虫,然而没有成功。她舔舔肿块。我发现她身上总共有七处肿块,不过,有一次她身上有多达十五处的肿块,最后也都愈合了,所以我没有大惊小怪。

过了一会儿,小狮子们跑进丛林,爱尔莎追了过去;下午,他们一家子回来了,开始在树干旁嬉闹。爱尔莎对孩子们很不耐烦,玩了一会儿,就跳到卡车顶上,图个清静自在。小狮子们要跟过来,其实不费吹灰之力就可以跳上车顶,然而他们对卡车充满畏惧,宁可绕行一大圈,也不愿直接穿行。

整个下午,爱尔莎一直待在车顶,默默地俯视着我和小狮子们。我临时离开一小会儿去散步,她没有跟过来。当我返回时,发现她依然安卧在原处。暮色苍茫,她离开车顶,来到我帐篷前面的草丛里,无意于像以往那样跳到路虎车顶。我向她走去,然而没走几步,戈珀和杰斯珀就扑了过来,他们就躺在附近茂密的草丛里。

第二天凌晨时分,我听见爱尔莎用低沉柔和的嗓音呼唤孩子们,"嗯哼,嗯哼,嗯哼";这是世界上最温柔如水的低吟,我也为之动情。

他们很快消失在工作室卢卡的方向。下午,我带上速写本,来到那儿。爱尔莎温柔热情地欢迎我,甚至戈珀也一改往日恶狠狠的模样,歪着小脑袋瞅着我,看起来颇为友善。我们在那儿度过又一个惬意的午后,小狮子嬉闹玩耍,而我在一旁画画。我们个个都怡然自得,只是当我想到不近人情的迁移时,不由得心乱如麻。看来,只能指望奇迹的发生了。但愿我的焦虑和难受没有影响到爱尔莎;她自己就够可怜的了,忍受着蛆虫的折磨。

她觉得到了该回家的时候,便轮流舔舔我们,她总是这般发出信号。我很纳闷,她能够把我们五个之间的亲密关系维持到何时呢?我被接纳为狮群中的一员,这种局面会持续多久呢?如果我们能成功地将小狮子放生,让他们彻底生活在野外,恐怕那时,我们的亲密关系就会画上一个句号。我们和狮子之间相亲相爱的生活之所以未曾结束,是因为偷猎者的行为危及爱尔莎一家,也迫使我们留在营地,随时保护他们。换个角度来看,如果狮子不迁移到鲁道夫湖,他们彻底回到野外生活的计划将会一再延迟,甚至无法实现。这种结果或许不可避免,如果他们一直与我们相伴,我将永远会是狮群中的一员,然而我扪心自问:我为了获得这种特权,付出的代价是多么高昂?

爱尔莎一直在舔舐伤口;我希望此举能加速伤口的愈合。当晚,她再次安卧在我帐篷外的草丛里,却不愿意进食。在我观察她的时候,戈珀走到我身旁,希望和我交朋友。这是很不寻常的,我打算回应他,然而,就像杰斯珀一样,他也没有学会和人类玩耍的时候,把爪子收回去,虽然我的内心万般不愿,也不得不令他失望了。我走近他身旁,轻轻地拍拍他,直视他的小脸,呼唤他的名字,希望他能明白,即使我不愿意和他一起玩,我也依然疼爱他。杰斯珀连蹦带跳地过来了,结束了我们之间尴尬的局面。小哥俩的鬃毛最近长了不少;戈珀的鬃毛颜色更深一些,毛发的长度几乎是杰斯珀的毛发长度的两倍;他的吼声深沉,有时更具有威慑力。无论从哪一个角度看,戈珀都是一只强壮有力的年轻雄狮。

第二天下午,我再次在工作室卢卡发现他们一家。我带了速写本,但更愿坐在爱尔莎身旁,抚摸她的脑袋,给她安慰。她静静地躺着,允许我轻轻拍打她,然而当我抚摸她的后背,或者手指快碰到她的伤口时,她就怒吼一声,意思非常明显,她不想让我处置伤口。她的鼻子又湿又冷;这是她生病的迹象。她身上有两处伤口溃烂化脓了,脓水从伤口里冒出来。我希望脓水全都冒出来,这对伤口的愈合有好处。我依然没有给她服用杀菌消炎的药物,因为不想削弱她自身的抵抗力。我坚信她的疾病是由于蛆虫引起的,所以从未想过给爱尔莎采集一份血样,做一次分析,确认她是否得了某种传染病。

暮色沉沉,爱尔莎钻进离卢卡几码远的丛林里,当我返回营地时,她和小狮子依然待在那儿。我等了一会儿,而她没有露面,我有点儿心神不宁,便开始大声呼唤。令我欣慰的是,她很快就出来了,慢慢地走进我的帐篷,温柔地舔舔我。之后,她走进茫茫夜色,当天晚上我再也没见到她和小狮子。

晨间,我尾随他们的足迹,来到呼呼岩,看见狮子们站在石头顶上。我不想惊扰他们,于是站在远处画石头,天空突降瓢泼大雨,我的工作也结束了。

下午,我再次来到呼呼岩,从望远镜里看见两只小狮子,但是没有爱尔莎的踪影。我猜,也许爱尔莎和杰斯珀就藏在附近,只是我看不见而已。我大声呼唤,然而周围没有回应。当晚,爱尔莎一家没有来营地。这本是司空见惯的事情,只是爱尔莎的病情令我心焦,所以天一亮,我就跑到岩石地带。一家人都在山脊上,见此情景,我心中的石头落了地。我呼唤爱尔莎,她闻声抬起脑袋;小狮子们没动。

下午茶时分,我和奴鲁来到呼呼岩;爱尔莎立刻从岩石下方的丛林里钻出来,杰斯珀跟在后面。她亲热地问候我们,但我注意到,她的呼吸沉重,每一个动作都很吃力。杰斯珀像个保镖,我没法在他眼皮子底下抚摸爱尔莎。我坐在爱尔莎身旁,等待戈珀和小爱尔莎跑过来,而后一起回家。爱尔莎焦躁不安,对孩子们一点耐心也没有。显而易见,她变得尤其敏感,不愿意发生身体接触。如果有孩子从她身旁跑过,她就会拉长耳朵,大声咆哮。然而,她不反对我走在她身旁,为她拂去恼人的舌蝇,只是当小狮子碰到她的时候,她就勃然大怒。我从未见过她如此烦躁易怒。我们钻出丛林,朝车道走去。每走一小段,她就坐下来休息,如此反复多次。当我们到达车道时,路好走多了。我们返回营地,她径直走向路虎车,非常小心地趴在车顶,避免压着伤口。整个傍晚,她都待在那儿。我取来她最爱的骨髓,然而她只是瞅一眼,就扭过头去,我打算摸摸她的爪子,她却把爪子挪到我够不着的地方。

我醒来时,听见小狮子在营地四周追逐打闹的声音,爱尔莎却毫无踪影。我等待她熟悉的低吟声,然而只听见杰斯珀尖利的"提昂"声,看见他趴在刺篱围墙的门口往里偷看。我出去的时候,看见戈珀站在河岸,打算涉水而过。当他看见我的时候,惊恐地"呼呼"几声,一头扎进河水里,过了一会儿,我听见其他小狮子问候他的声音。

不知不觉中,我们收到驱逐令已四个星期了。乔治已经去鲁道夫湖查勘过三次了。我们原来打算1月20日动身;今天是19日;小狮子一次也没走进泰晤士卡车;贝德福德卡车还没有到达,爱尔莎生病了,我们还没有为爱尔莎和小狮子找到新家,也没有找到迁移他们的方法。显然,我们的计划不得不往后推了。

第三章　爱尔莎死了

傍晚时分,乔治回来了。然而,我们没有等来好消息。

他和肯·史密斯,驾驶两辆路虎车和一辆卡车,首先抵达艾丽娅海湾,即隆哥多蒂山脉的北部。我在前文提过,有一次狩猎监督之旅,我们带着爱尔莎来过艾丽娅海湾。鲁道夫湖沿岸,有不少与世隔绝的山谷,艾丽娅海湾是其中之一。乔治希望我们能在这片地区,为爱尔莎和小狮子找到一处乐园。迄今为止,没有人驾驶机动车驶入过这些山谷。所以当务之急是,我们需要找到一条可通行的路线。

乔治对这一地区做了全面的勘察。他认为莫迪山是唯一之选,他可以找到或者开辟一条车道通往那儿,并获得在那里租用土地的许可。

返回伊西奥洛之前,他与马萨比特的地区长官讨论过诸多事宜:关于租用莫迪周边地区的可能性,合作修建一条六十英里长的车道,以及清理出一片供飞机紧急降落用的简易跑道。地区长官给了他满意的答复。当然了,由我们提供资金。因为资金数额巨大,乔治觉得他得和我讨论之后,才能做出决定。

这就是他这次勘察的全部过程。

我并不赞成将爱尔莎一家迁移到鲁道夫湖附近。所以,真正令我感到欣慰的是,在乔治返回营地时顺道带回的一些信件中,我发现来自罗德西亚、贝专纳兰①和南非的回复，对我们的请求，朋友们都提供了各种选择。

因为我们对这些地方的生态环境所知甚少，不知道是否适合爱尔莎一家的生存，乔治建议我立即动身去内罗毕，询问我们的首席狩猎监督官伊恩·格林姆伍德少校，他对这些地区非常了解。如果他认为这些地方不适合，我就发电报给马萨比特的地区长官，请求他立刻开始修建道路，清理一处合适的地点作为简易跑道。在我离开营地期间，乔治开始训练小狮子在贝德福德卡车里进食。这辆卡车几天之后就会安装好铁丝网送到营地。

由于时间紧迫，我同意去内罗毕，然而我很担忧爱尔莎。如果她的身体恢复了，我就能放心地走了。当天傍晚，我们没有看见爱尔莎一家，只听到远处河岸传来他们的声响。第二天一大早，我们趟水过河，到了对岸，发现一家人就在离河边几码远的地方。爱尔莎穿过茂密的灌木丛，亲热地蹭蹭我。我挠挠她的脑袋和耳朵后面。她的皮毛像天鹅绒一样光滑，身体强壮又结实。我抚摸她良久；她也问候了乔治和奴鲁，最后回到小狮子藏身的丛林里。

乔治认为，与早年她感染过蛆虫的情形相比，她目前的身体状况并不算很糟糕。听了他的话，我感觉轻松多了。由于她两天都没有进食了，在离开之前，我们在河岸放了一些羊肉；我们准备羊肉的时候，爱尔莎一直在远处观察我们，然而她无意过来取肉；乔治把羊肉扔过去，正好扔在她的面前，她站起身，依然没有咬一口，只是拖到陡峭的斜坡上，后又拖进小狮子藏身的灌木丛里。

这是我最后一次看见爱尔莎照顾孩子们的场景，我勉强离开营

---

① 贝专纳兰，即现在的博茨瓦纳。1966 年独立，独立之前是英国的殖民地。——译者注

地,前往内罗毕;在那儿,我收到了一封来自乔治的电报:爱尔莎病情恶化。发高烧。建议带来金霉素。

这个消息来自伊西奥洛的肯,他打电话告诉格林姆伍德少校,并请他转告我:药物已经送达乔治。

我此时心急如焚,不过考虑到乔治已经获得了帮助,我决定在内罗毕逗留一夜,为迫在眉睫的迁移做好安排。

格林姆伍德少校告诉我:罗德西亚和贝专纳兰朋友们提供的地点,就生态环境而言,并不适合爱尔莎和小狮子定居,因此他建议我们还是将爱尔莎一家迁往鲁道夫湖。他还给出一个建议:安装在卡车上的铁丝网最好隔离成几个单独的空间,因为如果我们把所有的狮子都放进同一个箱笼,万一有一只狮子暴躁不安,那么他可能会伤害其他的狮子。

我给马萨比特的地区长官发去一封电报,请求他开始落实和乔治讨论过的各项工作。

第二天清晨,我很早就起床了。离开内罗毕之前,我还有很多紧急的事情要安排。下楼时,我发现肯在楼下等着我,他看起来又疲惫又邋遢。他刚从伊西奥洛赶来,带回了乔治的一个口信,说爱尔莎目前病情严重。乔治半夜发出紧急求救信号,让我即刻返回,并请求立刻派来一位兽医。肯与伊西奥洛的兽医约翰·麦克唐纳联系,后者立刻动身了。而后,肯驱车一百八十英里来到内罗毕,给我捎来乔治的口信。我对他的感激之情无以言表。

我租用了一架飞机,与肯乘机飞往一处索马里的小村庄,那儿的降落点离营地最近。剩下的路程,我们可以租车而行。我们幸运地找到一辆旧路虎车,完成最后七十英里的路程。

我们到达营地时,已是喝下午茶的时候。为了不惊动爱尔莎,我们把路虎车停在远处,下车步行。我归心似箭,朝工作室飞奔而去。乔治孤零零地坐在那儿,默默地看着我,一句话也不说。他的表情告诉了我一切,而这结果我怎能承受?

等我从晴天霹雳般的打击中清醒过来,他带我去爱尔莎的墓地。

墓地在营地附近的一棵树下,俯瞰下方的河流和沙丘。那片沙区,是爱尔莎把小狮子介绍给我们认识的地方。那棵树,是小狮子学会用树皮磨爪子的地方。那棵树下的阴凉地,是一家子嬉戏玩耍的游乐场。去年,也是在那棵树下,爱尔莎的伴侣想要得到一份圣诞晚餐,然而一无所获。

乔治告诉我,在我离开之后,营地发生的一切。下面就是他的原话。

> 你离开之后,我把帐篷移到斜坡附近,等待一家人的出现。然而当夜,他们没有来。早晨,我不得不去河流上方的狩猎点,所以直到下午,我才有空去看望爱尔莎。我看见小狮子们在河岸玩耍,爱尔莎躺在河流上方稍远的一处灌木丛里。她站起身,迎接我和麦克蒂。小狮子也过来,围着妈妈嬉戏。
>
> 之后我返回营地;当夜狮子还是没有来。早餐之前,我去寻找爱尔莎;她孤零零地躺着。昨日我离开她的时候,她就躺在那片丛林里,今天只是稍微挪开了一小段距离。她回应我的呼唤,但是没有站起身来问候我;她显然是生病了。我返回营地,立刻派人驾驶泰晤士卡车去伊西奥洛发电报,让你知晓爱尔莎病情严重,并请你带回金霉素。我还写了一封信,解释目前的情况。
>
> 而后我带回食用水,一盘生肉和混有磺胺噻唑的脑髓。

她喝了一点儿水,然而什么都没有吃,尽管她平常很爱吃脑髓。我把药物混在水里,她拒绝饮用。

我返回营地,吃了一顿饭后又回到爱尔莎身旁,发现她又移动了一小段距离,躺在深深的草丛里。我极为震惊,因为她的病情逐渐恶化,身体越来越虚弱;她对食物瞅都不瞅一眼,只喝了一点我放在盆子里的水。

显然,我不能让她独自过夜,目前她的身体如此虚弱,十有八九会受到鬣狗、非洲水牛甚至母狮的攻击。我决定和她一起过夜,安排男孩子们把我的床铺从营地搬过来,并把剩下的羊肉和一盏压力灯也带来。当夜,我在丛林里度过,压力灯一直亮着。小狮子从河流那边跑过来,围着羊肉大快朵颐;之后,杰斯珀想把我的毯子从床铺上扯下来。爱尔莎似乎好了一点儿。她两次走到我的窗前,用脑袋亲热地蹭蹭我。

夜里我醒来一次,发现小狮子趴在我的头后面,警觉地目视前方。接着,我听见一声重重的鼻息,拧开手电筒一看,只见一头非洲水牛轰隆隆地冲进丛林。爱尔莎躺在我的床边。小狮子玩兴甚浓,想让妈妈和他们一起玩儿,然而每当他们靠近妈妈,她就大声咆哮。

黎明时分,爱尔莎看起来精神不错,于是我返回营地吃早餐,还打了一会儿字。

大约上午10:00,我觉得有点心神不宁,就去寻找爱尔莎。我到处都找不到她,也听不见她的回应,看不见小狮子的踪影。我沿着河流上游和下游,搜寻了大约两个小时,最后发现她躺在营地附近的一处小岛旁,浸没在水中。她病得很重,呼吸非常急促,身体也极其虚弱。我用手掌捧起一把水,送到她唇边,可是她无法吞咽。

我陪伴在她身旁,大约一个小时后,爱尔莎突然使出浑身的力气,朝小岛陡峭的河岸走去,但走到那儿时,她轰然倒地。我叫来奴鲁,让他在茂密的丛林里砍出一条道来,便于穿过河流。之后,我让奴鲁留在原地,自己返回营地,把我的行军床和帐篷杆加以改造,做成一副担架。一切准备就绪后,我返回小岛,把担架放在爱尔莎身旁,因为她平日喜欢躺在床上,我希望她能滚到担架上。如果她滚上来了,我们就能抬着她过河,返回营地。然而爱尔莎无意躺上担架。大约下午3:00,她突然站起身,跟跟跄跄地过河。在我的帮助下,她来到厨房卢卡的河岸。走了这一段路,她累得浑身乏力,在河岸上躺了许久。至少目前,她来到了我们这一边的河岸,离营地很近了。小狮子出现在岛上,他们无疑闻到了妈妈的气味,但是他们看起来紧张不安,没有过河。

爱尔莎朝我们帐篷下方的沙滩走去,中间休息了两次。

小狮子在对岸跟着我们走,我把羊肉拖到沙滩上,给小狮子们看。杰斯珀和小爱尔莎游过河了,但是戈珀犹豫不决,只是看见兄弟和妹妹吃得很欢,他才鼓足勇气游过来。他上岸的时候,中了杰斯珀的埋伏。

接下来的两个小时,爱尔莎一直躺在河岸上,杰斯珀紧挨着她。有两次她站起身来,走到河边饮水,却无法吞咽。此情此景,令人心如刀绞。我掬起一捧水,凑近她唇边,然而水一滴滴地从指缝间漏掉。天色渐暗,她走向狭窄的通道,躺在我的帐篷支起的地方,昨夜我的帐篷就搭在斜坡旁。

我试图喂她喝一点儿牛奶和威士忌,用一支注射器送入她的嘴里；她好不容易吞下了一点儿。而后，我用毛毯盖住她的身体，希望她不要动了。我心里万般绝望，预感到她熬不过今夜了。我心乱如麻，想给你捎个信儿，又担忧卡车是否在路上发生了故障，所以才迟迟未能返回。我心里十分清楚，只有兽医尽快赶到，才可能挽回爱尔莎的生命；另一方面，我也不想离开她，万一她在四处游荡，黑暗之中，我们很可能找不到她。

我左右为难，最后下定决心离开她一个半小时，这段时间足够我赶到卡车可能被困的地点，而后再返回营地。在离营地两英里的地方，我找到了卡车，在往返伊西奥洛的路程中，卡车被困住了两次。司机带回了给爱尔莎的药。我给肯写了一封信，告诉他爱尔莎急需一位兽医，并请他立刻与你联系。然后我让司机开着我的路虎车，返回伊西奥洛。

庆幸的是，爱尔莎还在原地，没有离开。小狮子们也来了，我给了他们一些生肉。

此时，我们已经无法让爱尔莎吞咽药物了。她变得坐卧不安，挣扎着站起身，走了几步，后又颓然倒下。我竭尽全力，想让她喝一点水，然而我的努力失败了。

大约在夜里11:00，她走进工作室附近的帐篷里，躺在那儿一个小时左右，接着她站起身，慢慢走向河流，在水里站了几份钟，想要喝一点儿水，却无法吞咽。最后，她返回我的帐篷，再次躺下。

小狮子跑进帐篷里，杰斯珀用鼻子轻轻触碰妈妈，然而爱尔莎无动于衷。

大约凌晨1:45，爱尔莎离开帐篷，返回工作室，站到了水中央。我想阻止她,而她铁了心似地往前走,最后站在大树下的沙丘上,她经常在那儿与孩子们嬉戏玩耍。她浑身湿透,软绵绵地躺在沙滩上,显然忍受着巨大的痛苦。她不时地站起来又躺下去,呼吸比任何时候都费力。

我想让她返回工作室干燥的沙滩上,然而她似乎一点力气也没有了。此情此景犹如万箭穿心,令我悲从心来。我甚至冒出一个想法,与其看着她如此痛苦,为何不帮她了结生命?然而我心存渴望:也许她还有一线生机,你会与兽医赶到,及时帮助她。

大约在4:30,我把营地的人都叫来,在他们的帮助下,将爱尔莎扶上担架,费尽力气将她抬回我的帐篷。她安卧在帐篷里,我躺在她身旁,累得筋疲力尽。

破晓时分,她突然站起身,走到帐篷前面,而后轰然瘫倒。我扶起她的头,搁在我的膝盖上。几分钟之后,她坐直身体,发出一声吼叫,既令人悲痛欲绝,又令人魂飞魄散。这是她最后的一声呐喊,之后颓然倒下。

爱尔莎死了。

小狮子们围拢过来,他们一脸困惑,又痛苦不堪。杰斯珀走到妈妈身旁,舔舔她的脸。他似乎吓坏了,赶忙逃回几码之外的灌木丛里,小狮子们都躲在那儿。

爱尔莎死后半个小时,伊西奥洛高级兽医约翰·麦克唐纳赶到了。虽然乔治本人很反对,但是为了小狮子和医学研究,他同意做尸体解剖,确认导致爱尔莎死亡的病因。

一切都结束之后,他们把爱尔莎安葬在金合欢树下,她经常在那儿休息(这棵树矗立在河岸,离营地很近);乔治命令巡查员在墓前齐放三枪。枪声回荡在爱尔莎活动过的岩石间。也许,在苍莽无边的丛林之中,她的伴侣也听见了枪声,并为此稍作停留。

那一天是1961年1月24日。

第四章　成了小狮子的"监护人"

如今，我们成了小狮子的"监护人"。

日落之后，我来到河边，坐在沙滩上。回想一年以前，爱尔莎把小狮子带到这儿，介绍给我们认识。我回想从前，不知过了多久，突然听到微弱的"提昂"声，那是从河对岸传来的。随即，我用各种方法呼唤小狮子，指望他们能认出我的声音，然而在一片黑暗之中，我只能依稀瞥见杰斯珀的身影，他在丛林里悄悄窥视我；然而就像他突然出现一样，眨眼又踪影全无。

我在空地上放了一些肉，让小狮子能一眼看到，然而他们没有来，对我的呼唤也不作回应。我唯一听到的声音，就是来自鬣狗的嚎叫，它们的数量不同寻常。之后，我们在乔治帐篷附近，放了一整只山羊；夜间小狮子依然没来，而鬣狗邪恶的尖叫声令我们坐卧不宁，因为一旦小狮子被这些强大的掠食者攻击，他们生还的可能性极低。

第二天早晨，我们继续寻找，沿着杰斯珀昨夜留下的足迹，沿着上游而行，来到爱尔莎死去的前一天待过的小岛附近。我们带来了一些肉，指望不时地丢下一点儿，吸引小狮子返回营地。就在这时，我们看见了杰斯珀，他就躲在灌木丛里，望着肉块垂涎欲滴。我们丢下一大块肉，他立刻扑过来，贪婪地嚼食。接着，我听到沙沙的声响，只见小爱尔莎站在二十码之外的地方，然而当我们的眼神对视的时候,她立刻逃走了。

由于整夜都听到鬣狗的嚎叫,我们很担心小狮子们的安全,很想让小狮子们待在离营地很近的地方,于是我们不打算一次给他们吃个够,而是指望饥饿能迫使他们回到营地,来到我们身边。

之后,由于肯要返回伊西奥洛了,我们去给他送行。我们返回营地后,给小爱尔莎和戈珀各带了一份肉。当我们到达离开杰斯珀的地点时,他突然从灌木丛里跳了出来,我们还没来得及制止,他就已经抢走了我们手中的肉。可怜的小爱尔莎和戈珀,我想,他们一定饿坏了。我们回到营地,把剩下的肉取来。闻到肉味儿,戈珀出现了。我们拖着肉,朝营地的方向走去,后面跟着三只小狮子,他们显然惶惶不安。我们把肉带过河,而小狮子站在河岸踌躇不前。接下来的两个小时,他们看着我们守护生肉,听着我们的呼唤,但就是不愿意游过河。于是我们把肉捆在树上,返回营地。与此同时,男人们从大巨石附近拉回三大车石头;我们把石头堆在爱尔莎的墓地,堆成一个很大的石冢,并把周围的杂草清理干净。

薄暮时分,我和乔治去看看小狮子怎么样了。杰斯珀和小爱尔莎心满意足地坐在羊肉旁边,而戈珀依然在对岸徘徊。我们猜测,也许他会过来保护猎物的。于是,乔治打算把羊肉拖回营地,然而被杰斯珀阻止了,他扑上前来。我们回到帐篷里,只盼戈珀最后能鼓足勇气过河,吃到属于他的那一份肉。

后来,我们坐在乔治的帐篷外面,也就是搭在斜坡附近的那一顶,耳旁传来杰斯珀的"提昂"声。我们吩咐男孩子们立刻行动,再去取来一头山羊。男孩子们忙碌的时候,杰斯珀悄悄地跟踪他们,然而无意触碰羊肉。当羊肉放在帐篷附近时,他消失了。午后我们又见到小狮子时,我们用一根链子,把羊肉绑缚在树上。后来我们

爱尔莎之墓。我们堆起了一个大石堆,并把周围的杂草清理干净。

回到小岛附近,打算把链子拿走,却发现链子和肉块已经不翼而飞了。

我们返回营地时,看到三只小狮子都在撕咬生肉。看见我们步步靠近,他们都吓得逃之夭夭。最后,杰斯珀勇敢地侦查一番后,呼唤兄弟和妹妹,三个小家伙又围在一起大吃。自从爱尔莎过世之后,杰斯珀成了一家子的主心骨,照顾和保护着大伙儿。我们上床后不久,小狮子们又回来了,把剩下的肉吃个精光。破晓时分,我出去找他们,发现他们都在呼呼岩上;虽然他们也看见我了,但没有回应我的呼唤。我回去叫上乔治,两人一起站到正对着呼呼岩的一道山脊上。但愿我们此举不会令小狮子受惊,因为两块岩石之间有一道宽阔的缝隙。他们再次出现了,接下来的两个小时里,他们只是坐在石头上,一眼不眨地凝视着我们,神情漠然。我们想方设法地与他们交谈,然而他们始终一声不响,只是目光灼灼地打量我们。我有一种强烈的负罪感,仿佛自己犯了谋杀罪,正在接受审判一样。我们的努力付诸东流,只好孤零零地回家了。天黑之后不久,小狮子们来了。杰斯珀动作迅速,先是把食物据为己有,而后拖到附近的丛林里,戈珀和小爱尔莎就藏在那儿。

我走近他们,柔声呼唤"杰斯珀,杰斯珀"。他朝我走了过来,允许我拍拍他。他和往日一样信任我了,这令我欢欣鼓舞。之后,他回到小爱尔莎和戈珀的身旁。我找来一根木棍,指望他和我一起玩耍,便在他四周挥舞起来。他果然动心了,来到我身旁,和我玩起了拔河游戏,最后他大获全胜,带着战利品骄傲地回去了。

他们在营地逗留一夜;每当我从梦中惊醒,都能听见他们在营地四周走动的声音,还有鬣狗嘲讽似的笑声。

早晨,乔治去上游检查狩猎巡逻点。而我要陪伴小狮子,争取获得他们的信任,让他们逐渐习惯我在炎热的白天露面,那时候他们昏昏欲睡,不是很活跃。我看见杰斯珀在河对岸;他趴在灌木丛下打盹儿,允许我站在离他只有几码远的地方,但对我的每一个动作都很警觉。大约半个小时之后,他站起身离开了。我尾随他的足迹,来到一棵大树下。这棵大树矗立在卢卡的河岸,树杈分得很开。我瞥见另外两只小狮子,他们正绕着一处弯道飞奔。

就在这时,我有一种强烈的感觉:有谁正在暗处窥视我!我抬头一望,只见杰斯珀坐在树杈上。被我识破之后,他跳下树杈,一溜烟似的跑了,与戈珀和小爱尔莎一同消失了。我在树下停留了半个小时,为的是让小狮子有时间安稳下来,随后我继续跟随他们,在卢卡的拐弯处又找到了他们。杰斯珀在站岗放哨。我在离他们十码远的地方停住,坐在地上不动。一个小时之后,我小心翼翼地靠近杰斯珀,当我离他仅有三码远的时候,杰斯珀受惊似地跳开。我柔声呼唤他的名字,他掉头回来,直视我的双眼,离我非常近,之后他离开了卢卡。

在茂密的草丛之中,我很难找到小狮子的足迹,于是我沿着下游而行。我再次有一种强烈的感觉,有谁在暗处观察我的一举一动。我猛地一转身,发现杰斯珀蹲伏在我身后。我坐下来,希望鼓励他也坐下来,然而他悄悄地后退,就像他悄悄地靠近那样,动作无声无息。我留在原地将近两个小时,随后发现二十码之外,有什么东西一晃而过,随后我看见两只小狮子趴在丛林下方打盹儿。我们谁都没有动弹,到了下午茶时分,乔治来了,小狮子也不见了踪影。我只瞥见杰斯珀的身影,他犹如一道闪电,飞快地穿过茂密的丛林。

我们与小狮子的交流如此之难,其实都和爱尔莎有关系,她的孩子们一直没有接受我们,只是勉强容忍我们的存在。当她死后,小狮子不仅拒绝回应我们的呼唤,而且每当听见我们的声音,或者闻到我们的气味儿,就迅速逃开。既然他们害怕我们露面,我们就把一些肉放在帐篷下方的沙滩上,以免他们远离我们的营地,之后我们离开了,去为爱尔莎的墓寻找一些花朵。

第二天清晨,河对岸的狒狒群大呼小叫,我们随即醒来,横穿过河流,去看看究竟发生了何事。我们很快就瞅见了小狮子;他们藏起来了。我们带来两块肉,一块给他们;另一块我们拿在手里,给他们瞅一眼之后,带着肉块过了河,将肉放在他们能看见的地方。整个早晨,我一直在看守肉块,防止被掠食者抢走,与此同时,小狮子也一直在观察我,然而无意过河。

正午时分,我知道他们一定饿坏了,内心着实不忍,于是把肉扔了过去。杰斯珀立刻拽住肉,拖进棕榈树下方茂密的丛林里。我游过河,小心地藏在他们看不见的地方,观察小狮子们贪婪地进食,偶尔跑到河边喝水。每一次他们来到空旷的地带时,都紧张不安地环顾四周。吃完肉之后,杰斯珀把内脏埋进土里,爬上树。他在树上待了许久,最后跳下来,和另两头小狮子一起钻进丛林。

大约在下午茶的时候,乔治和我又去查看了一番。小狮子还在那儿,看到我们之后依旧又逃之夭夭。天黑之后,鬣狗在河对岸肆无忌惮地嚎叫着,我的心拎到了嗓子眼。不知小狮子们怎么样了?大约到了半夜,我听见了他们父亲的吼声。它从上游过来,慢慢靠近营地,后来我听见它就站在爱尔莎墓地的对面。它吼了三次,每一次的间隔都很短。它是在呼唤爱尔莎吗?

今夜月明星稀,每一颗星星都很大,南十字座①位于爱尔莎坟

---

① 南十字座是南天星座之一,是全天八十八个星座中最小的星座。星座中主要的亮星组成一个"十"字形。——译者注

墓的上空。当雄狮咆哮时,小狮子一定就在旁边。黎明时分,我看到了他们的足迹,从营地通向河流。第二天,我们全天都在跟踪他们的足迹,然而却没有发现小狮子的踪影;只是天黑之前,在远离营地的一个地方,我们辨认出了小狮子父亲的足迹,三只小狮子的足迹围绕在他的足迹左右。

随后的一天,我们的搜寻依然毫无结果,倒是迎面撞上了几只非洲水牛和一头犀牛,还被一只豪猪追着屁股跑。我们还注意到,在远离下游的方向,只有一头雄狮的足迹,而上游方向,有一头雄狮和一头母狮的足迹。我们疑惑不解,难道这些足迹来自猛狮和它的伴侣?

傍晚时分,我把羊肉绑在路虎车上,指望小狮子过来吃肉,然而我们的等待无果而终。

爱尔莎离世已经一个星期了。我们指望她的孩子们信赖我们,然而事与愿违,他们唯恐离我们太近,只在饥饿难忍时才走近我们。回想过去,爱尔莎的生命恍若流星,匆匆而来,匆匆而去。我曾以为,爱尔莎的生活是一种典范。其实,当她活着的时候,她的半驯化的个性对小狮子们必定有所影响,令小狮子错过了多次回归自然的机会。由于妈妈的缘故,小狮子不得不离开家园,前往荒凉偏僻的鲁道夫湖沿岸。如今,妈妈离去了,他们的生活有了两种可能:一是留在这儿,或者被野生狮子收养,获准留在这片土地上;还有一种可能就是,他们至少会被获准生活在野生保护区或者国家公园。然而他们的妈妈却受到种种限制,只因她和人类建立了深厚的友情。小狮子的年龄尚小,可以适应任何一种生活。我很疑惑,在过去的日子里,爱尔莎是否明白,她无法用自己的方式解决问题?

我担忧如何重获小狮子的信任,在接下来的十个月——至少得有十个月——他们会需要我们的帮助吗？这些问题令我辗转反侧，无法入睡。自从爱尔莎带着孩子们过河，介绍我们认识他们，到今天为止正好一年。

我们的搜寻工作延续到第二天下午。我始终郁郁寡欢，和奴鲁绕着岩石寻找，然而一无所获。回家的路上，我们跟随一只鬣狗的踪迹，来到营地附近的棕榈树，并在那儿看见了小狮子们。杰斯珀跟着我返回营地，允许我抚摸他，而其他人则忙着为他准备食物。当刚宰杀的山羊出现时，他猛扑过去，拖着羊肉快速赶到另两头小狮子的藏身之处。之后，他没有急于吃肉，而是回到我身旁，摆出安全姿势，邀请我和他一起玩儿。他歪着小脑袋，在地上打滚儿。在我走近他的时候，他犹如一道闪电般，猛地向我扑来；我慌不迭地后退。以前，我经常看到他如此与妈妈玩耍，尖利的爪子刺进妈妈的皮毛里——然而他如何能知道，我的皮肤与他妈妈的截然不同？为了安慰他，我滚来一只旧轮胎，还给他一根棍子，指望他和这些没生命的玩具玩耍，然而他很快就玩腻了，回到另两头小狮子身旁。

我希望他吃饱饭之后，心情会愉悦一些，于是等了好几个小时，再慢慢靠近他。他再次举着利爪猛地一扫，令我无法靠近半步。我试图柔声和戈珀说话，然而他朝我大声咆哮，拉直耳朵跑开了。杰斯珀尾随他而去，身体挡在我们之间，显然是要保护兄弟。就在这时，从盐渍地方向突然传来一声吼叫，打断了我们的对峙。我去拿手电筒，而杰斯珀则把羊肉拖拽到荆棘丛里。

虽然年纪小小，自己也需要帮助，但他却展示出天生的领袖风范，是狮群中责无旁贷的头儿，总是主动照顾兄弟和妹妹。

下午茶时分，乔治从伊西奥洛回来了。

我们收到了爱尔莎尸体检测的报告。她死于一种巴贝西寄生虫引起的传染病,这种寄生虫由蜱虫传播,会破坏血液中的红细胞,百分之四的感染就是致命的,因为爱尔莎已经被斑虻咬伤,身体的抵抗力下降,体质非常虚弱。

这是首次在狮子身上发现这种传染病。

第五章　迁移小狮子的计划

乔治回来的这一天,小狮子们在天黑之后才来到营地。杰斯珀先露面,戈珀其次,小爱尔莎最后出现。杰斯珀再次邀请我和他一起玩耍,我觉得乔治回来了,不妨冒险试一试,于是我克服内心的恐惧,伸出一只手。我还不知道发生了什么,在那短短的一瞬间,杰斯珀已经划伤了我的一只手指尖。伤口不是很深,但是这件事让我悲伤地意识到,我们之间永远不可能在一起玩了。

乔治带回一个消息,格林姆伍德少校明天将路经伊西奥洛,我决定去那儿和他碰面,与他商讨一下小狮子的未来,听取他的建议。如果有必要迁移小狮子的话,我们希望他能帮助我们,在东非的野生动物保护区,为小狮子找到一个新家。

格林姆伍德少校非常富有同情心,答应我们他会与肯尼亚和坦噶尼喀的国家公园的管理部门联系。

我带回营地一只旧箱子。原本这只箱子是用来运爱尔莎到荷兰的。如今,我希望能引诱小狮子到箱子里进食。

我们的计划如下:把箱子放在地上,小狮子们必须习惯在同一只大箱子里进食;某一天,当三只小狮子都钻进箱子的时候,我们合拢箱门,而后在骨髓里注入镇静剂,均匀分到三个烤饼盆里,并将烤饼盆从第二道门里推进箱子。第二道门非常狭窄,可以防止小狮子钻出来。在镇静剂起作用的这段时间,小狮子在箱子里很安全。这一点至关重要,因为我们不想让他们在半昏迷的状态中四处走动,以免他们可能成为掠食者的口中之物。等到药物令他们无法动弹时,我们将把他们从大箱子里移出,分别放进三只独立的箱子里。三只箱子经过特殊的设计,刚好可以塞进载重量五吨的大货车的车厢。

我半夜时分返回,发现所有的小狮子都在帐篷附近,守卫着他们的食物。他们毫不介意汽车前灯的闪光,即便我把灯光对准他们的方向。我们注意到,他们在白天惶惶不安,然而在夜晚却镇定自若。乔治第二天早晨返回伊西奥洛,所以再次由我负责管理营地。当我独自在营地的时候,总是睡在路虎车里,并将路虎车停在食物的旁边,这样可以守护食物,免得被掠食者偷走。

2月10日傍晚,小狮子吃完晚餐后,在帐篷四周追逐打闹,这一幕令我喜出望外。因为自从妈妈过世之后,他们始终郁郁寡欢,吃完之后,总是默默地坐在一旁,静静地观察四周。

第二天傍晚,我把箱子摆在地上,并把羊肉固定在旁边。小狮子们在他们习惯的时间点来了。杰斯珀迟疑了一会儿,闻了闻,而后钻进了箱子里。转了一圈之后,他钻出箱子,与戈珀和小爱尔莎坐在羊肉旁。我压低嗓门,柔声和他们说话,希望他们逐渐学会将食物和我的存在联系起来。如今,我每天准备三只烤饼盆,盆子里摆着鱼肝油、脑髓和骨髓的混合物。我希望用这种方式训练小狮子独自进食。当迁移之旅到来时,我可以把镇定剂分别混入他们喜爱的食盆里,确保每一只小狮子服用的剂量相当,避免发生小狮子服用过量的危险。

接下来的三天里,小狮子的生活很有规律——白天过河,来到他们最后一次与妈妈相伴的地点,天黑之后返回营地吃晚餐。而我,无论如何也不会打扰他们的生活节奏,只希望他们能从悲痛中慢慢恢复，并赢取他们的信任。我觉得自己的目标正在实现，因为有一天傍晚，杰斯珀很早就过河了，大约是六点钟，我用手托着烤饼盆，他把盘子舔得干干净净。只要我念起爱尔莎这个词——事实上，我每次都是用这个名字呼唤他的妹妹——杰斯珀就抬起头，非常警觉地看着我。他和戈珀都熟谙自己的名字。他们的妹妹和母亲分享同一个名字，这令他们困惑不已。然而我觉得，他们必须要习惯这一点。万一有危险情况发生，小爱尔莎应该知道我是在用这个名字呼唤她，这一点至关重要。

我们共度了一段宁静祥和的时光，深夜，我回到路虎车里入睡。大约在凌晨3:00的时候，我听见小狮子父亲低沉的声音从远处的河岸传来。他仿佛是在和孩子们交谈。之后，我听见他在大巨石的附近呼唤。早晨，奴鲁告诉我，他发现小狮子的足迹通往大巨石的方向。

下午，我与奴鲁出门，仔细分辨路上的足迹，看见小狮子的脚印和父亲的混在一块儿。我不想打扰他们，很快就回来了。我看着林间的两只鹦鹉，就这样等到天黑。

杰斯珀晚上8:00来到营地，其他小狮子很快也来了。清晨的时候，我发现他们还在营地进食和玩耍。我很好奇，难道他们的父亲不给孩子们带来食物，或者教会他们捕猎吗？

乔治在第二天回来了。说来也巧，那天也是杰斯珀头一次到箱子里进食。戈珀和小爱尔莎瞅着他进去，但无意效仿他的举动。然而，当我们上床入睡时，他们鼓足勇气，全都冒险钻进箱子里进食了。我们如释重负。既然已经知道，他们能克服对未知事物的恐惧，我们觉得事不宜迟，可以定制迁移用的三只小箱子了。

我们决定，箱子的三面用铁条制作，第四个面则是一扇活板门。在长途跋涉中，透过铁条的间隙，小狮子既能够看到对方，又不能伤害彼此,这样可以在精神上相互支持。当然,铁条也有一定的危险,可能会擦伤小狮子。我们的考虑是,两害相权取其轻。如果旅行途中,小狮子被关在一个黑箱子里,恐惧会油然而生。这种精神恐惧远远胜于肉体伤害,而且更难以治愈。

我们主意已定,前往二百二十英里之外的纳纽基①,定制三只旅行箱。回家的路上,我路经伊西奥洛,在那儿收到一条来自医药公司的口信:他们愿意为小狮子提供药物,帮助小狮子克服目前的焦虑情绪。自从爱尔莎死后,我们收到了很多慰问信件。这些信件也证明,爱尔莎是多么令人喜爱,世界各地的人们向我们表达着对爱尔莎的爱意;许多动物园的行政官也提出收养小狮子。然而,这家公司是第一个允诺给我们实际的帮助,并且能够迅速落实的。我在伊西奥洛等候这家公司的代表,在随后的会面中,收到了公司馈赠给我们的礼物——抗菌土霉素粉剂,他们认为这些药物可以增强小狮子的抵抗力。这些馈赠令我们甚为感动。

我尤其感激他们在镇定剂使用方面的宝贵建议。公司建议我们使用利眠宁,这是我们唯一能在小狮子身上冒险使用的药物。狮子不仅对药物高度敏感,而且由于个体的差异,对药物反应也不同,所以药效无法预测。

我返回营地的时候,乔治告诉我,在我离开后的第二天,他度过了一段激动人心的好时光。小狮子们在傍晚时分来到营地,虽然有一头雄狮在呼唤,但他们依然在营地逗留了一夜。次日下午,他跟随他们的足迹来到呼呼岩,爬到石头顶,呼唤小狮子。杰斯珀先露面,坐在他身旁,还允许乔治抚摸他的小脑袋。接着是小爱尔莎,她也探出头来,只是一直待在一旁;至于戈珀,乔治只看见他的耳朵尖

---

① 肯尼亚城镇。在肯尼亚山西北麓。——译者注

儿从一块石头后面伸出来。

回家的路上,乔治撞上三头非洲水牛和一头犀牛。他很高兴小狮子没有跟着他回来。天黑之后,小狮子来到营地,吃了一些拴在箱子外面的羊肉,后来杰斯珀把羊肉拖进了箱子里。吃饱喝足后,小狮子穿过河流,在对岸戏耍了二十四个小时。乔治看见他们在爬树,发现他们能设法爬到高处了。晚上他们没有来营地进餐,奴鲁于是第二天早晨带着剩肉来到工作室,打算把生肉挂在阴凉的"丛林冰箱"。他刚刚从树上爬下来,杰斯珀就扑到肉上,差点与他擦身而过。不久,乔治到了,看见杰斯珀在撕扯挂在树上的生肉,小爱尔莎站在对岸的罗望子树枝上观望。当杰斯珀去河边喝水时,乔治趁机把生肉割下来;回去时,杰斯珀拖着生肉过了河,带给对岸的兄弟和妹妹吃。

大约在下午茶时分,乔治的出现,惊动了沙滩上的小狮子们。戈珀和小爱尔莎跟在杰斯珀后面飞快地逃跑了。一小时之后,乔治蹚过水流,呼唤了小狮子二十分钟,然而他们没有回应。乔治注意到,头顶的罗望子树的高处有什么动静,他抬头一望,只见一头花豹蹲伏在高处的树枝上;它正忙着吃剩下的肉,显然是从小狮子那儿偷来的。

接着,杰斯珀出现了,他开始爬树,朝花豹的方向爬去。后者拍打树木,冲着他怒吼。由于枝条太细,无法支撑小狮子的体重,杰斯珀发现他不得不蹲在更靠近地面的树杈上。

为了获得更好的视野,乔治爬上河岸;这时,花豹跳下大树,离杰斯珀仅有几英尺。落地之后,它撒腿就跑,三只小狮子紧随其后。乔治跟着他们的足迹过河,最后遇见了杰斯珀。小家伙在他头顶的树梢上,专注地看着他。此时花豹已经无影无踪,乔治决定离开杰

一头花豹和它的猎物

斯珀回家。

天黑之后很久,小狮子才来到营地。乔治用手托着烤饼盆,杰斯珀把里面的鱼肝油舔得很干净。戈珀在箱子里进餐。此时我也回来了,看到他已经习惯在箱子里进食,我真是喜出望外。

我们都为杰斯珀而骄傲,因为花豹跟狮子是天生的死对头。当然了,一头花豹是不可能战胜一头成年狮子的,所以总是望风而逃。但是一头小狮子敢于挑战花豹,这完全是另一码事了,可见杰斯珀是何等英勇无畏。

清晨,我被温柔的低吟声惊醒,声音听起来那么耳熟——事实上,我差点以为爱尔莎回来了,在呼唤小狮子。然而我错了,那是杰斯珀的声音。他在告诉哥哥和妹妹,不要在帐篷附近追逐打闹了,和他一起过河。不久之后我听见三只小狮子拍打水花的声音。继而,河流上游响起两头狮子的咆哮。

夜半三更时,杰斯珀来到营地,停留了片刻。显然,他是一名侦查员,确保一切都安然无恙之后,他很快带回了戈珀和小爱尔莎。他舔了舔鱼肝油,允许我拍他的脑袋、肌肉和耳朵,当我抚摸他的时候,他始终静静地站着,一动也不动。当所有的灯光熄灭之后,乔治看见小爱尔莎和两个哥哥一起钻进箱子里,三只小狮子和食物都在里面,显得有点拥挤。

随后的一天,乔治必须要前往伊西奥洛,我又得接管营地的事务了。下午,我看见小狮子在工作室附近的沙滩上。戈珀的鬃毛已经有明显的轮廓了,看起来比杰斯珀金黄色的毛发要长两英寸,颜色也更深。

夜间,我听到震耳欲聋的踏水声,像是一头非洲水牛在过河。第二天早晨,小狮子们才来到营地,看起来饥肠辘辘。小家伙们争着抢着舔鱼肝油,小爱尔莎被挤到一旁,她急不可耐地拍打小哥俩。她的意思非常明显:吃东西要按照规矩来,这里也有她的一份,小哥俩不能多吃多占。

有一天男孩子们忘记切开羊肉了,小狮子们很难撕碎猎物。于是我趁此机会给小狮子们帮忙。杰斯珀看见我接触猎物,立刻恶狠狠地扑过来。当时的局面挺滑稽,我和猎物在箱子里面,小狮子们把出口堵得严严实实的。幸而他似乎明白了,我是来帮忙的,于是站在一旁等待我完成工作。这件事足以证明他不仅富有智慧,而且脾性温和,这让我想起了他的妈妈。

二十四小时过后,我才再次见到小狮子。清晨我听见他们父亲的呼唤,起初就在耳边回响,最后在大巨石方向。不久之后,我听见小狮子在钢盔里舔水的声音,这钢盔依然是他们最爱的水盆。我从汽车里出来,打开箱子,让他们进来吃晚餐,然而他们对我视若无睹,径直朝大巨石方向而去。相比于吃晚餐,他们显然更乐意回到父亲身旁。我心想或许它能给孩子们提供晚餐。夜深了,我的耳旁一直回响着从岩石方向传来的呼呼声,彻夜未眠。第二天早晨,我发现所有的足迹都通往大巨石。令我大失所望的是,到了第二天傍晚,他们的父亲再次抛弃了孩子们;我听见它在营地四周徘徊,小狮子们饥肠辘辘地回来了。尽管我打开箱子时,他们显得急不可耐,但还是等到我回到我的"卧室"之后,他们才扑向生肉。小家伙们把羊肉吃了个精光,连渣儿都不剩。破晓时分,他们游过了河。

第六章　小狮子找到了狮群？

　　一天傍晚，小狮子们头一次在爱尔莎墓地附近休息。墓地修好已经一个月了，虽然那里是他们从前最爱的游戏场，然而自从他们的妈妈过世后，我们从未见到他们在那里逗留，也没有在附近发现他们的足迹。

　　这也许是巧合，也许是因为狮子拥有灵敏的嗅觉。另一方面，有很多证据表明，智商很高的动物也有关于死亡的概念。

　　这一点在大象身上尤为明显。例如象群里有一头德高望重的大象，当它自然死亡之后，两头公象会守护它数天之久，而后拔掉象牙，将象牙埋在离尸体不远的地方。还有一个奇异的事例。有一次，乔治不得不杀死一头大象，因为它是个危险的家伙。深夜时分，他在伊西奥洛的一个菜园里射杀了这头大象。第二天，因为气味难闻，大象的尸体被移走了。第三天早晨，他发现大象的肩胛骨被它的同伴们带了回来，就放在大象被射杀的地点，位置一点儿没变。

　　关于大象和人类一样，对死亡有所感知的事例，我和乔治遇到过很多次。

　　在我们的狩猎监督之旅中，当地部落居民经常告诉我们，有人几天前被一头大象杀死了，从此以后，这头大象每天下午都会来到惨剧发生的地点，在那儿一站就是一个小时，或者两个小时。我们调查了这些事件，发现这些说法完全属实。

2月27日,我们发现小狮子卧在呼呼岩上休息,大戟树枝状烛台似的叶片为他们遮挡着阳光。当我们呼唤杰斯珀时,他跑下石头顶,坐在我身旁,歪着小脑袋,只是视线一刻不离戈珀和妹妹。过了一会儿,小爱尔莎离我近了一点儿,然而戈珀对我们依旧漠然视之,仿佛我们压根儿不存在似的。我看见杰斯珀身上有一只异常大的蜱虫,极为震惊,生怕它会传染巴贝西虫,这可是令他母亲丧命的寄生虫。我试图把蜱虫除掉,然而无论我如何想方设法,杰斯珀总是打断我的动作,邀请我和他一起游戏。这是一个令人陶醉的午后,宁静祥和,时间似乎已停滞。我们周围的一切都承载着我对爱尔莎的回忆,而且她的杰斯珀和她如此相像,有着一样聪慧的表情、友善的性格和天生的责任感。我们拍了许多照片,当夕阳西沉,晚霞满天时,我们才依依不舍地离去。

当我们从岩石上下来时,戈珀和小爱尔莎才来到杰斯珀身旁。夕阳下,他们好似三尊雕像,周身沐浴在霞光中。他们似乎在专注地凝望着我们,也许只是在观察隐蔽在石头后的非洲水牛,因为当我们走近石头时,一头非洲水牛突然冲了出来,离我们只有几英尺远,差点迎面撞上我们。从它惊惶不安的表情来看,它似乎和我们一样,庆幸只是与我们擦肩而过。小狮子依然站在石头顶上,天光渐暗,我们渐行渐远,他们的身姿也渐渐模糊不清了。

随后的两个夜晚,小狮子们一直没有露面。我们听见远远的河岸传来一头雄狮的呼唤。乔治尾随狮子的足迹,在离呼呼岩最近的一处饮水点,发现了他们留下的足迹,他们喝完水之后,游过了河。第二天,在下游两英里的地方,乔治发现了狮子们的足迹,离一头雄狮和一头母狮的足迹很近。这些足迹都通往岩脊,也就是去年7月,在爱尔莎消失十六天之后,麦克蒂尾随爱尔莎的脚印到达的地区。

乔治绕着这片岩石岗,观察到小狮子的足迹停留在石头堆的尽头,而一头雄狮和一头母狮的足迹停在另一头。

我没有和乔治一起搜寻,因为我的腿没法走路了。大约三个星期前,我的小腿被一块木头桩子划破。起初,伤口似乎愈合了,但不久之后,病情加重,如今疼痛难忍。我决定去附近的教会医院检查一下,一大早就和易卜拉欣出发了。医生检查了我的伤口,立刻给我动了手术,他和护士长体贴周到地照顾了我数日,直到我完全康复,能够返回营地。易卜拉欣每天往返于营地和教会医院,为我带来乔治搜索小狮子的记录。

3月3日。昨天小狮子没有露面。今天夜里也是。早晨7:00,我沿河岸顺流而下,没有看见新鲜的足迹。我和奴鲁到达大瀑布下方的交叉口,涉水而过,看见了三只小狮子。杰斯珀来了,坐在我们的近处,其他小狮子藏在丛林里。我们打算返回营地,因为正是一天当中最热的时候,我想小狮子会在茂密的林间休息。回到营地时,大约是上午11:30。易卜拉欣回来了,告诉我你动手术的消息。他还说,大约在下午5:00的时候,他穿过营地和医院之间的一条小河,看见一头大雄狮和三只小狮子坐在道路旁边。两只小狮子是公的,另一只是母的——和爱尔莎的小狮子一般年纪。易卜拉欣想当然地认为,这就是爱尔莎的小狮子,正与他们的父亲为伴。他把车停在距离狮子几码远的地方。雄狮和两只小狮子挪到一旁;第三只小狮子一动不动。易卜拉欣大喊:"杰斯珀!杰斯珀!库——库——哦!"小狮子歪了歪脑袋。易卜拉欣打开车门,半个身子伸出去——小狮子依然坐在原地。与此同时,其他的狮子出现了,坐在汽车的另一边。难道这不是一个令人惊奇的巧合吗?如果不是中午看见我们的小狮子,我也会相信,易卜拉欣看见的就是爱尔莎的孩子,并且会立刻把车开过去。这些听起来真是匪夷所思。小狮子们晚上 7:30 的时候出现了,然而并不饥饿。他们整夜待在野外,清晨朝呼呼岩走去。我听见了两只以上的狮子在河边吼叫。

3月4日。大约下午5:00。我去呼呼岩,在那儿发现了小狮子。只有小爱尔莎出来了,坐在离我四十英尺远的地方,直到夕阳西沉。我返回营地。晚上 11:00,小狮子依然没有露面,于是我上床睡觉了。到了 12:30,我被惊醒了,发现杰斯珀钻进了我的帐篷。我起床,给他喂食了鱼肝油和脑髓,其他小狮子在箱子里吃肉。我继续回床上睡觉。大约下午 1:30,我被一只小狮子受惊的"呼呼"声惊醒——这说明附近有其他的狮子。我赶紧起床,果然听见附近的丛林里传来狮子的咆哮和打斗声——几码之外,两头雄狮的吼叫声震耳欲聋。在营地内外,它们嘶吼了很长时间,之后有一头雄狮朝工作室逃去,低低地吼叫着,之后又跑回来,朝大巨石飞奔而去。接着那里传来更密集的吼叫和打斗声。后来它们转移了战场,跑到厨房卢卡。不久,从厨房卢卡的附近,传来一声呻吟,听起来像是一只小狮子。几分钟之后,狮子们回到营地,又是一阵惊天动地的咆哮,最后它们穿过河流,吼声消失在下游的方向。

3月5日。黎明时分,我发现营地附近遍布狮子的足迹。显然,狮子在爱尔莎病故的那片沙滩相互追逐过。我尾随两只小狮子在河对岸留下的足迹,沿着山脊,走向耕地岩。足迹不见了。我看见一头雄狮朝小水沟方向去的足迹。在爱尔莎从

第六章 小狮子找到了狮群？

前栖身的岩石旁,我发现了一头母狮和一只小狮子的足迹。

我认为存在两种可能:当狮子混战时,小狮子惊恐不已,游过了河,或者他们和狮子们聚在一起离开了。事实上,直到上午12:30,小狮子们都没有来营地。他们可能过河了,这也意味着,昨日来到营地之前,他们和其他狮子在一起,之后其他狮子尾随小狮子来到营地。

3月5日,乔治离开营地,前往伊西奥洛。当天我从医院返回。夜里,小狮子没有出现。我不知道自己应该欣喜若狂,还是应该忧心忡忡。如果他们加入了狮群,接受一头母狮的教诲,并且学会捕猎,那么他们就会回归大自然,也就不存在被当局驱逐出境的问题了;这可能是最好的结果了。另一方面是,他们可能是被野生狮子赶出营地的,现在也许急需我们的帮助。

我的腿脚还没有完全恢复,无法与麦克蒂和奴鲁一起出去寻找小狮子。我喜欢把事情往好处想,用各种理由说服自己:我的腿脚虽然行动不便,但这至少能让我不干预小狮子的生活,如果小狮子被狮群收养了,而我们一再去打扰小狮子,可能会引起养父母的反感,而后抛弃小狮子。其实,我不知道他们是否加入了狮群,这种不确定的感觉令我如坐针毡。

随后的两天两夜,我们没有得到小狮子的任何消息。乔治回来了。他立刻出去搜寻,然而一无所获。第二天早晨,他和奴鲁再次出发,寻找小狮子加入一头雄狮和母狮的踪迹。如今,他深信小狮子是被狮群收养了。乔治不想追踪他们,免得引起养父母的不安。

因为已经有十二天没有看见他们了,所以我们也慢慢地相信,他们为自己找到了未来。

第七章　小狮子惹麻烦了

3月16日,乔治和奴鲁一大早就出门了,开始日常的巡逻。

我独自留在营地里。之后,有两名巡查员和一名报信人到访,告诉我一个惊人的消息:夜里,有三只十三到十四个月大小的小狮子,袭击了塔纳河①流域部落居民的几处包玛②,咬伤了四头母牛。为了撵走小狮子,当地人朝它们扔石头、木棍和火把,然而小狮子跑了又来。他们坚信这些小坏蛋就是爱尔莎的孩子,请求乔治前去撵走他们。

我立刻安排他们与乔治联系,他们开了几枪,与乔治碰面了。他们一起返回营地,午餐后前往袭击发生地。

这一带总共有八个包玛,彼此的间隔非常近;村子里有许多圆形的泥屋,屋子外面是一圈六英尺宽、齐肩高的荆棘外墙。这些包玛靠近塔纳河,方便牲畜饮水。茂密的丛林环绕着包玛四周,这意味着一头狮子能够悄无声息地靠近泥屋,并且很难被察觉。

乔治发现了一头母狮留下的足迹;它钻进了几乎是无法穿透的刺篱,而后又钻了出来。他试图搜寻其他狮子的足迹,但由于牛的蹄印多而杂乱,覆盖在地面上,几乎难以辨认出来。终于,他设法找到了狮子返回河岸的脚印,它们在那儿饮过水。他继续沿着河流而

---

①　塔纳河是肯尼亚东南部河流,注入印度洋。——译者注
②　包玛是斯瓦希里语,意思是防兽围栏。——译者注

下,指望找到它们昨夜喝水时,可能在河岸留下的新鲜足迹。这次搜寻果然没有令他失望,他找到了新鲜的足迹,是三只小狮子近几天里留下的。

带着两位巡查员和一名向导,乔治继续追踪足迹。大约一个小时之后,他们来到一处干涸的河床,这里遍布茂密的植被,就在十英尺之外,他看见一头母狮正闭着眼打盹儿。它隐藏在一棵大树旁,几乎很难被发觉。乔治观察她数分钟之久;它看起来是一头成年母狮。几步之外的一名巡查员示意乔治开枪。乔治瞄准母狮,却发现自己忘记装子弹了。他装子弹的时候,枪栓发出轻微的"咔哒"声,但并没有惊醒沉睡中的母狮。巡查员悄声督促乔治开枪,提醒乔治这是一只成年母狮。乔治想要击毙这头狮子,只需一枪打中它的头颅。扣动扳机本是易如反掌之事,然而不知为何,乔治犹豫了。突然,这头母狮坐起身子,直视乔治的双眸。它的面孔扭曲了,怒吼一声,接着是低沉的咆哮,飞快地逃跑了。与此同时,他听见另外两只狮子的逃跑声。他确信那不是我们的小狮子,他也庆幸自己没有开枪,因为他不知道自己能有几分把握。他呼唤小狮子的名字,然而没有任何回应。事实摆在眼前,他深信攻击村庄的小狮子不是我们的杰斯珀、戈珀和小爱尔莎,那种狡猾的伎俩怎会出自他们呢?何况刺篱墙如此牢固,而且被轻易咬死的是两头成年母牛。这些事实都说明,这是有经验的成年狮子所为。

乔治告诉部落居民,尽快报告更多的袭击细节后,就返回营地了。

第二天早晨,乔治和奴鲁前往大象卢卡的入口处;他看见两只小狮子在河流中央的小岛上休息,但还没有等他拿出望远镜仔细观察,小狮子就逃之夭夭了。与此同时,他听见更多狮子奔跑的声音。

跟随它们的足迹,乔治看见了一头小非洲水牛的尸骨,肯定是前一日被狮子捕杀的。有五头狮子撕咬过牛肉。乔治确信,那就是爱尔莎的三个孩子,还有他们的养父母。他呼唤杰斯珀,喊了很久,声音在林间回荡,然而他只听见远处河流传来微弱的呻吟,依然不见小狮子的踪影,于是返回了营地。

第二天,雷声轰鸣,暴雨倾注。瓢泼大雨下了整整一夜。次日早晨,水流涨势凶猛,人勉强能游过来。即便如此,一位报信人还是冒险穿过河流,为我们捎来了塔纳居民点首领的口信:一群狮子再次袭击了他们的牲畜群。

听到消息之后,乔治开着路虎车,前往袭击发生的地点。大雨倾盆而下,乔治只能绕路而行。我在营地留守,以备小狮子依然在附近活动。

两天之后,我前往爱尔莎的墓地。当我到达墓地时,注意到大巨石上有动静。我取出望远镜,看见两只小狮子正在石头顶上晒太阳。我拖着还没好利索的腿,尽快朝它们走去,很快就辨认出,上面总共有六只狮子,三头成年狮和三只小狮子。小狮子的个头和爱尔莎孩子的个头差不多。它们在山脊之上,背对着蓝天,阳光勾勒出它们的身姿。我观察它们数分钟之久;它们静静地休息着,一头母狮在舔舐小狮子,而小狮子仰面朝天,快活地玩耍。我拍了几张照片。我担心距离有点太远,拍摄效果不会太好,虽然有远摄镜头,但我还是想离它们再近一些。我小心翼翼地前行,离它们大约四百码远的时候,狮群警觉了,一只跟着一只,消失在一道石缝里。我记得很清楚,爱尔莎分娩时,就是在那道石缝里。只有一只小狮子落在后面。他弓着背,脑袋在两只前爪之间,警惕地注视着我。那种姿势让我想起了杰斯珀。然而,由于它背着阳光,我只能看见小狮子阴暗的剪影,看不到更多的细节,无法确认这是否就是杰斯珀。我想离它更近一些,然而小狮子偷偷溜了。

自从爱尔莎离世之后,我好久没见过如此舐犊情深的场景了。我只觉心花怒放,虽然我不能确信那就是爱尔莎的孩子与他们的养父母。只是天下哪有如此巧合之事?一对狮子伴侣,三只和爱尔莎的孩子年纪相仿的小狮子,碰巧又在营地附近出现。

当我返回帐篷时,两名巡查员正在营地等候我,他们带回了乔治的一封信,内容如下。

26日,星期天,傍晚赶到居民点。在坎坷崎岖的道路上行驶了四十英里,穿过八英里茂密的灌木丛。我们设法拖来羊肉,放在狮子袭击过的包玛,并在一旁蹲守。当夜没有狮子出现。早晨,我在塔纳河岸,距离村落两英里的地方布置营地,而后沿着塔纳河而下,寻找狮子的踪迹,一无所获。之后,巡查员来了。他们说昨夜有狮子试图闯入另一处包玛,但被部落人赶走了。巡查员跟踪他们留下的足印而行,后来足迹不见了。昨天傍晚,我将宰杀的一头山羊放在一块空地上,距离一处包玛大约半英里,我坐在旁边"守羊待狮"。大约在夜间11:00,我没有听见一点儿动静,突然,小爱尔莎出现了。她扑向绑在树桩上的羊肉。杰斯珀紧跟其后,屁股上还插着一根尖矛,幸而尖矛无毒。他们俩开始大嚼特嚼。不久,我发现戈珀躲藏在远处。后来,他也跑过来吃肉。他们个个骨瘦如柴,看起来饥肠辘辘。当我和他们说话时,他们没有恐惧之色,并在一个小时内,吃完了一头小山羊。他们不时地主动跑到我放在汽车后面的水盆里喝水。我相信,他们听出了我的嗓音。我确信,他们今天夜里还会来。毫无疑问,就是他们三个袭击了包玛。我们要赔付一大笔钱了。让易卜拉欣开着你的路虎车,立刻运来所有的山羊,给我带来更多的食物,还有我的一顶小帐篷、桌子、椅子和箱子。我必须立即带领一伙人,在丛林里辟出一条车道,这样我们就能把整个营地搬过来,把装箱子的卡车开过来,最后把小狮子带离这一地区。然而,当务之急是让易卜拉欣带来山羊。如果洪水继续上涨,他就必须绕一个大圈子,但他务必今天到达。小狮子们饿极了,肯定还会袭击包玛,除非我喂饱了他们。毫无疑问,这一切之所以会发生,都是因为猛狮的缘故,她一定是在3月4日的那一天,把小狮子驱赶出了营地。

你的乔。请带来所有的弹药。

第八章 危 机

我读到这儿,只觉浑身的血液瞬间变得冰凉。天下竟然有如此巧合之事?一个狮群正巧来到这儿,狮群里有三只小狮子,它们和爱尔莎的孩子一般年纪,甚至令我们误以为它们就是杰斯珀、戈珀和小爱尔莎,以为小家伙们依然在营地附近。

然后我想起了爱尔莎所属的狮群。爱尔莎在怀孕的时候,她就像一位好心的阿姨,把她的山羊送给狮群。难道凶猛的母狮就是这些小狮子的母亲,而她与爱尔莎先后产崽,有这种可能吗?如果是这样,在爱尔莎于此地放生之前,营地周围的区域其实都是凶猛母狮的地盘。假如是这样,当猛狮发现一位竞争对手时——这位对手与人类还保持着奇怪的交往——她可能会退居河流上游,并在那儿养育她的孩子。我还记得去年7月,在我们寻找爱尔莎的时候,在上游的一棵面包树附近,见到了狮子一家。当时它们行为怪异,我们还颇为震惊。如今,我怀疑我们是否弄混了母狮子,误把猛狮当成爱尔莎,误把猛狮的孩子当成了爱尔莎的孩子。后来,猛狮侦查营地时,总是从上游而来。它独来独往,估计是每次冒险时,都把孩子放在安全的地点。如果我的猜测是正确的,那么猛狮对爱尔莎的攻击无疑是为了抢回自己原来的地盘,重新确立自己对故土的主权。它发现我们依然在营地居住时,便退避三舍。现在爱尔莎死了,难道它会手下留情吗?还有什么能阻挡它趁机赶走对手的孩子,收回自己的老地盘?无论真相是什么,总之今天早晨,我看到的那个狮群,也就是差点把小狮子当成爱尔莎孩子的狮群,其实是猛狮一家。

如今形势急转直下。几个小时之前,我还喜笑颜开,我相信小狮子是安全和幸福的,他们绝没有袭击塔纳河的包玛。

我无法想象,这几个星期里,小狮子是如何活下来的?他们还那么小,根本不知道如何成功地猎杀野生动物。他们遇到山羊时,一定已经忍饥挨饿了很长时间。他们一直以为,山羊就是他们的天然食物。那些部落人气急败坏,他们狂怒的反应,一定把他们吓破胆儿了。

如今我们唯一的期望就是支付高额赔偿,这样他们可能就不会急于除掉小狮子,在此期间,我们要争分夺秒地行动起来,尽快为小狮子找到一个安全之处,将他们迁离此地。

营地已经没有什么可留恋的了。我和易卜拉欣,一名当向导的巡查员,带上五只羊,还有必需的营地装备,立刻动身。我们是第一拨出发的,车里拥挤不堪;第二拨出发的是另一名巡查员,带着营地剩下的家当,抄近道步行穿过灌木丛。

路上乱石林立,我们的汽车颠簸而行;仿佛有一个顶天立地的巨人,随手扔石头玩儿,于是地面上遍布着大大小小的石头。在巨大的石块间,不时地冒出一个非洲人的住宅;那些圆形的土屋和一个个土墩子差不多,与四周的环境完美地融为一体。

我们刚好在天黑之前赶到塔纳居民点。

我们下车后,由巡查员引路,步行走过最后的八英里路程。丛林莽莽如海,密密麻麻的藤条交错,林间的光线更是暗淡,我们既看不清前方,也看不清脚下,几乎只能摸索着前行。

第八章　危　机

在丛林里艰难跋涉两个小时后,我们来到一条水流湍急的小河旁。这条小河大约有一百五十英尺宽。我们解下汽车的风扇皮带,跳下陡峭的河岸。我们的膝盖顶着急速的水流,好不容易才到达对岸。

我们在对岸找到了包玛的首领,然而距离乔治所在的营地,还有两英里的路程。首领告诉我们,乔治一直在附近蹲守。我卸下身上的装备,开车过去和他会合,大约在晚上 9:00 到达。

我们等待小狮子们的到来,期间不停地拧开车头灯,用雪亮的灯光吸引他们。而后,乔治告诉了我杰斯珀受伤的情况。

25 日夜间,几位部落人打算杀死狮子。他们把一只小狮子(就是我们的杰斯珀)困在关着羊群的刺篱里。小狮子已经咬伤了两只羊,在他还没来得及撕咬更多的山羊之前,暴跳如雷的部落人就已经将他团团围住。部落人都带着弓矢和有毒的箭。小狮子躲进了厚实的围墙,而部落人拉弓开箭,射了至少二十支有毒的箭矢。多亏围墙很厚实,箭矢没有穿透。只有一个小男孩射出的箭命中目标。幸好大人不太信任小男孩,没有给他毒药,所以这支箭头没有毒。

虽然这支箭射中了杰斯珀的屁股,但好在扎得不深。箭的倒钩和三英寸长的箭杆深入皮下,清晰可见;还有一英寸的箭杆露在外面,头朝下。乔治暗暗希望,凭借箭矢自身的重量,箭头会自己掉下来。杰斯珀可以轻易地舔到伤口,这是个好的迹象,能够避免伤口感染化脓。他行动自如,似乎也不太疼痛,乔治发现,他还经常把箭矢压在身下。小狮子相当友好,并不厌恶乔治的在场,当然了,杰斯珀是不会允许乔治拔掉箭头的。

乔治雇佣了三十名非洲人,沿着河岸辟出八英里长的车道;如此一来，我们就能够用卡车运送所有的营地装备了。

不久，我们转移营地，驻扎的地点小心地避开了河马出行的道路。

我们接着要制订计划，以解决迫在眉睫的难题。乔治决定，将路虎车停在小狮子前往包玛的路上，他在车里蹲守；他预先为小狮子准备好了羊肉。我留在营地，和乔治一样"守羊待狮"，而巡查员带着雷声弹，去各处的包玛巡逻。无论是谁发现了小狮子，就发射雷声弹警示乔治：如果巡查员发现了，就发射一枚；如果是我发现了，就发射两枚。

天黑了，乔治按计划去车里蹲守了。然而，今夜小狮子走了另外一条路。他们袭击了一处村庄，咬死了一头绵羊；他们还没来得及吞食，就被巡查员发射的雷声弹惊跑了。

滂沱大雨下了整整一夜。第二天，道路愈发泥泞难行。乔治将一头山羊从灌木丛里拖进路虎车，指望用羊肉吸引小狮子，他觉得小狮子可能闻着味儿过来。第二天早晨，只有几只鬣狗和豺狼闻着肉味来觅食，乔治的如意算盘落了空。当天晚上，小狮子又去一处包玛碰运气，咬伤了两头山羊；他们依然没有吃到羊肉，就被赶跑了。

雨季很快就要到来了，我们忧心如焚，因为雨季来了，如果我们没有一辆四轮驱动的卡车，就无法在泥泞的道路上行驶。在原始森林里，旧的泰晤士卡车基本派不上用场，我们也不可能无限期地借用肯·史密斯的贝德福德卡车。况且，我们还需要一辆卡车运载我们的营地装备，减轻工人们的劳动。最重要的是，我们捕获了小狮子之后，需要用卡车运走他们。事实上，我们此行至少需要两辆卡车，一辆卡车护送小狮子，一辆卡车装载我们的营地设备，还有两辆路虎车运送我们的行李。至关重要的是,这些车辆都不能超载,因为一旦有卡车陷进泥坑,就需要其他车辆拖拽。

和乔治讨论一番后,我决定最好是回一趟伊西奥洛,订购一辆崭新的贝德福德卡车,新卡车和肯的卡车大小相同,因为三只旅行箱已经定制好了,正好能装进肯的卡车里。

第二天早晨,我们听说小狮子曾试图攻击两处包玛,幸而在没有造成危害之前,就被赶走了。之后,我和忠诚的易卜拉欣上路了。

我在伊西奥洛订购了一辆新的贝德福德卡车,只是三个星期之后,卡车才能运到。这真是太麻烦了,我询问是否可以在紧急情况下,从狩猎监督之旅管理方租用一辆卡车。结果,我被拒绝了。做了一些必要的安排后,我坐着肯的卡车返回爱尔莎的营地,准备将剩下的物件带走,当晚我们就睡在那儿。

夜里万籁俱寂。银色的月光倾泻在荒野上,天地万物显得异常宁静祥和。我很晚才入睡,朦胧中听见小狮子的父亲在营地四周徘徊,喉咙里发出"呼呼"声,继而朝大巨石走去,后来穿过河流。这是我在老营地逗留的最后一夜,这里曾经就是我的家。

我们大约在下午茶时分抵达塔纳居民点,乔治前来欢迎我。这几日,虽然他每天都去周围搜寻,夜里在车里蹲守,但一次也没见着小狮子,而每一夜他们都会袭击一处包玛。

乔治看起来憔悴不堪,连续的熬夜耗尽了他的精神。他心神不宁,也惦记着伊西奥洛的工作,恐怕工作堆积得像小山一样多了。然而目前的危机并未结束,他一夜也不能离开塔纳河。

第二天早晨,有人报告说,他看见地面有一只小狮子的足迹,朝爱尔莎营地的方向走去,然而在巡查点对面的河流附近,足迹消失了。

当晚 9:00 左右,乔治蹲守在羊肉旁边,突然看见了杰斯珀和小爱尔莎。两个小家伙骨瘦如柴,无精打采,杰斯珀的屁股上还挂着箭杆。虽然看起来紧张不安,但是当乔治端着烤饼盆时,杰斯珀还是添了舔里面的鱼肝油。他们狼吞虎咽,一直到凌晨 5:00 才离开。之后,我们猜测戈珀可能是离开了弟弟和妹妹,独自前往旧营地,地面的足迹正是他留下来的。

这一天,乔治忙着给部落人支付高额的赔偿金;傍晚时分,他估摸小狮子藏在某个地方,便在附近守候。大雨下了一夜;小狮子没有露面。相反,他们去了昨夜乔治蹲守的地点,没有看见乔治之后,他们袭击了三处包玛,杀死了两头山羊,咬伤了六只。清晨,有人跟踪他们的足迹,看见了两只逃跑的小狮子。

之后,一名巡查员从爱尔莎的营地赶来。他告诉我们,大约在 4 月 5 日或者 4 月 6 日夜间,营地出现了一只小狮子。在乔治经常搭建帐篷的地点周围,遍布小狮子的足印;后来,他离开营地,前往大巨石。随后的夜间,他和一头雄狮一起回来了。雄狮没有进入营地,而是横过河流。小狮子起初来到一棵树下,就是我们过去当作"丛林冰箱"的那棵树,继而来到爱尔莎的墓地,最后钻进了旧箱子。这些事实令我们深信不疑,这只小狮子就是戈珀。毫无疑问,他厌倦了还没有吃上一顿饱餐,就被部落人驱逐的生活。于是,饥饿战胜了他天生的羞怯,让他迈上独自回家的道路,他希望在营地找到我们,希望营地有一处美餐等着他。

假如戈珀能成为弟弟妹妹的头儿,能领着他们返回爱尔莎的营地,那该多好啊!我们的任务将不再那么艰巨,而会变得轻松很多。

当夜,小狮子经过距离乔治一百码的地点,在从包玛回来的路上,他们吃掉了大半头死羊,那是部落人丢弃不要的。我们简直有点黔驴技穷了。我们能做的都做了,比如加固包玛四周的荆棘篱笆墙,并加强了防卫,安排巡查员尽可能地巡查每一处包玛。

第二天,空气非常潮湿,这是暴雨到来之前的预兆。我上床之后,大雨倾盆而下。我忧心忡忡,下这么大的暴雨,乔治依然蹲守在小帐篷里,而周围都是狮子;还有,河马的吼声听起来仿佛就在我的帐篷外面,我简直顾不过来了。虽然忧心如焚,但疲倦压倒了一切,我睡着了。

我猛然从睡梦中惊醒,听到了一种有规律的"哗啦—哗啦"声,然而和雨点敲打帐篷发出的"咚咚"声相比,与几英尺之外塔纳河汹涌的波涛声相比,我几乎分辨不出这是何种声响——也许是枯枝拂过我的帐篷。我对它不再多加注意。继而,我的帐篷杆倒塌了。我拧开手电筒,发现"哗啦—哗啦"声不是别的,而是波浪拍打帐篷时发出的声响!

我们把营地建在高于正常水位九英尺的地方;三个小时之内,塔纳河的水流上涨,水位涨高了至少九英尺。我的视线所及之处,全是滔滔洪水。顺着手电筒的光柱,我看见河岸附近的陆地早已成为一片沼泽地,遍布深潭,而那里是我唯一能转移的一处地点——如果洪水还没有淹没它。如果水位继续上涨一英尺,那儿也将成为一片汪洋。

我吓得毛骨悚然,大声呼唤男孩子们,但他们的帐篷离我有两百码之遥,何况塔纳河涛声震天,他们根本听不见我的呼声。我拼命朝他们跑去。他们的帐篷捆扎得很紧,个个都睡得很沉,丝毫不知已深陷洪水的包围之中。事实上,如果我的动作稍慢半拍,他们很可能就会被洪水淹没。

他们一从帐篷里踉踉跄跄地爬出来,就意识到了情况的危急。

他们首先拆除乔治的大帐篷,里面有我们的猎枪、药物、食物和装备,洪水几乎已经淹没了帐篷的一半。我们尽可能地收拾能在河岸腹地找到的东西,而后继续拆除我的小帐篷。此时,只有我的手电筒还能用,但不过一会儿,手电筒掉进水里,也不能用了。我心想,多亏易卜拉欣在这儿,他把吓得半死的男人们组织起来,把大部分的东西从洪水中抢救出来。

我们暂时是安全的,不过我明白,除非发生奇迹,否则几分钟后,我们唯一的避难地——河岸腹地,也将会被洪水淹没。

我竖起一根木棒,用它记录水位,而后紧张不安地观察它。当水位终于保持不变时,我几乎不敢相信自己的眼睛。洪水涨到头了,它不会把我们的营地冲走了!

我们飞快地赶往乔治所在的地点。路虎车暂时动不了了,一半浸没在洪水中。幸亏路虎车近旁有一棵大树,我们用临时准备的一只滑轮,将车辆吊起来,离开水面悬挂着,这样它就不会被水流冲走了。我又一次满心欢喜,因为易卜拉欣在我们身旁,帮了我们的大忙。做完了我们能做的一切之后,剩下的就是等待了。我们浑身湿透,筋疲力尽,等待凌晨的第一线曙光。

破晓时分,乔治回来了。他又冷又湿,浑身僵硬。他告诉我们,暴雨之前,杰斯珀和小爱尔莎来了,他们吞食了很多羊肉,很快就离开了。大雨倾盆而下的时候,搭帐篷的柱子全倒了,帐篷也倒塌了,盖住他的头顶。后半夜,他一直蜷缩在湿透的帆布里。他感觉心神不安,因为如果小狮子回来,发现这里一片狼藉,他到时也无能为力了。然而小爱尔莎和杰斯珀另有打算。后来发生的事实证明,尽管他们已经吃得很饱了,但还是袭击了一处包玛,咬死了一头山羊。

大约在早餐时分,水位下降了六英尺。我用望远镜观察涌动的波浪,看见一处小岛上,有一艘小船头朝下,罩在一棵树顶上。我还看见一只美丽的巨鹭,站在对面的河岸;它捉住了一条鱼,正在将鱼使劲地往石头上撞。我心想,为了吃到一顿美味的早餐,它付出的努力可真不小。

第九章 捕捉小狮子的准备

我将湿透的物品摊在阳光下暴晒,而乔治继续去搜寻小狮子。白天的搜寻没有结果,但当天晚上,他准备好羊肉,在汽车里蹲守的时候,杰斯珀和小爱尔莎来了,他们吃相贪婪,一直待到了晚上11:00。凌晨时分,乔治听见两只小狮子的咆哮。据他所知,这是小狮子第一次咆哮,虽然声音还有些稚嫩,不过已经堪称是完美的吼叫了。我们很纳闷,他们是否在呼唤戈珀——或者宣告他们对新地盘的主权?

第二天夜间,两只小狮子早早地来了,吃掉了大半部分乔治事先准备好的羊肉,之后大雨滂沱,小狮子离开了,而且明显是为了寻开心,攻击了一处包玛,咬死了三只羊,还咬伤了四只。

第二天傍晚,在寻找小狮子的路上,乔治被泥泞困住了。等他赶到守候点的时候,杰斯珀和小爱尔莎已经在原地等候。他坐在苍茫夜色中,聆听小狮子心满意足地吞食着自己带来的羊肉。过一会儿,他拧开车灯,惊奇地发现,两只小狮子变成了三只!戈珀回来了。他一定是刚刚到达,因为乔治看见,杰斯珀和小爱尔莎正在热烈地欢迎哥哥。欢迎仪式结束之后,戈珀扑到羊肉上,不许其他两只小狮子靠近半步。他一定饿坏了,只是看上去还挺结实。他失踪了大约一个星期,乔治认为这段时间他至少吃过两顿饱餐,否则不会这么健康。所有的小狮子都舔了鱼肝油,之后,他们朝包玛的方向走去。乔治发射了警告的信号弹,巡查员顿时警觉了,当小狮子到来时,他们用雷声弹"问候"小狮子,将小家伙们吓跑。

到目前为止,小狮子对我们的计划并不配合。我们原本计划把他们装进箱子里,运离该地区。如今,气候一天比一天恶劣,暴雨随时都可能冲毁道路,令卡车寸步难行。因此,我们必须要争分夺秒,做好捕获他们的准备工作,而后将他们装进箱子,用卡车运离这里。

为了将所需用品准备齐全,我和易卜拉欣赶往伊西奥洛;格林姆伍德少校告诉我,他和几家野生动物保护区进行了交涉,最后坦噶尼喀的塞伦盖蒂国家公园[①]同意收留我们的小狮子。我们对他的感激难以言表,也对这个结果欣喜若狂,因为塞伦盖蒂以狮子而闻名四方,那里的野生动物种类丰富;我觉得,对小狮子而言,我们找不到比塞伦盖蒂更好的家园了。

我给国家公园的行政官写信,对他的慷慨厚意表示感谢,并且指出小狮子目前只有十六个月大,至少还需要我们一到两个月的帮助;他们目前还长着乳牙,直到两岁以前,他们都不能独立捕猎。当然,我也提到了,杰斯珀屁股上还挂着一支箭。

我在伊西奥洛的时候,大雨下个没完没了。我已然归心似箭,无奈洪水阻隔了道路。当我终于返回时,三只箱子和卡车也到了。乔治告诉我,我离去的四天里,小狮子每天晚上都来他这儿,虽然他们也试图袭击包玛,但幸而在没有造成损害之前,就被赶走了。他们事先做好了预防工作——加固荆棘篱笆,巡查员在最容易受到袭击的地点巡逻守卫,当乔治估量小狮子要调皮捣蛋了,就开枪示警——这些做法都见效了。

---

① 东非最重要的国家公园之一,位于坦桑尼亚西北部塞伦盖蒂平原。——译者注

乔治绘声绘色地向我形容，有次他给小狮子两只珍珠鸡的场景。珍珠鸡立即引起了一场"大战"：一见到珍珠鸡，小狮子们对乔治放在一旁的羊肉就毫无兴趣了。他说，小爱尔莎走起路来一瘸一拐，可能是脚掌扎进刺了，然而她野性十足，乔治无法靠近她半步，更谈不上帮她拔出刺来。

小狮子目前的身体状况非常好。杰斯珀的屁股上还挂着箭杆，只是箭杆对他的身体毫无影响，也没有令他行动不便。他们恢复了对乔治的信任，当他们进食的时候，乔治可以在他们身旁随意走动，给他们的水盆添水，或者往盆子里倒鱼肝油，他们安之若素。之前，哪怕是在天黑的几个小时里，他们也并不信赖乔治。前一天，天亮之后，乔治碰巧发现他们在灌木丛下面睡觉。乔治靠近的时候，他们没有受到惊吓，只是慢慢移到一旁，换个姿势继续打盹儿。

这是一个进步，一个好的苗头，然而我们并未因此松懈，依然感觉我们仿佛置身于火山口上。我们四周的丛林里是一群群的山羊和绵羊，而且放牧羊群的都是小孩子。小狮子越快被捕获和迁走，对所有人就越好。

为此目的，我们在丛林里清理出一片空地，靠近小狮子白天习惯休息的地点。空地上并排摆放三只箱子，空地上方有一根树干，为了安全起见，树干与箱子呈水平状态。树干的两端分别架在两棵大树的树杈上，树干上安装一个滑轮，绳索缠绕在滑轮的凹槽上，绳子的一头系住箱子的活板门，将活板门吊在半空之中。为了更好地控制绳索，乔治把三截绳子的末端拧在一起，拧成一股绳索；而后将绳索打一个活结，绑在离箱子前方二十码远的一棵大树上，而他自己坐在停在近旁的路虎车里。如此一来，倘若三只小狮子分别钻进三只箱子里,他只需松开绳索,所有的活板门将会同时落下。

首先,我们要让小狮子习惯在箱子里进食,而后等待那个决定性的时刻。他们断断续续地前往乔治这儿进食,大约有十一个夜晚了。为了将小狮子从包玛旁引开,来到我们设计的"陷阱"里,乔治不断移动喂食点,逐渐靠近箱子的方向。当他将小狮子引诱到距离箱子大约四分之一英里的时候,乔治把两头山羊放在路虎车旁,而小狮子慢慢地将生肉朝箱子"陷阱"拖去。

小狮子毫不畏惧大箱子——戈珀甚至坐在一只箱子里,津津有味地进食。

终于,我们捕获小狮子的时机似乎近在眼前了。

与此同时,我们也想拔掉杰斯珀屁股上的箭杆。乔治询问了几位长者,他们还记得在部落大战中,自己如何拔掉刺进肉里的箭矢。他们告诉我们,他们的做法是旋转箭杆,令倒钩松动,相比于直接拔出来,这种做法对身体的伤害更轻。我们觉得,杰斯珀不会让我们旋转箭杆的,于是乔治设计了一种装置:一个很大的倒钩复制品,边缘非常锋利。他打算把装置塞入箭头下方,而后和倒钩一起拔出来,在必要的范围内,尽量不扩大伤口。当然了,这一切只有等杰斯珀被关进箱子里,再使用当地的冷冻喷雾型麻醉剂之后,我们才能动手。乔治希望麻醉剂发生作用的时间是,在小狮子被关进箱子里之后,和小狮子前往塞伦盖蒂的旅程之前。为了得到喷雾以及四轮驱动卡车所需的铁链,我和易卜拉欣还得去一趟伊西奥洛。我们驾驶着肯的贝德福德卡车上的路。这辆卡车需要修理了,一路上出了不少毛病。在湿漉漉的路面上,五吨重的卡车不停地打滑。天空阴沉沉的,这是下大雨的前兆,我们必须在气候变得更加恶劣之前,尽快返回。

我们的运气不错,一天之内完成了采购工作。我还给朱利安·麦金德打了一个电话,他答应第二天早晨与我们一起返回,帮助我们捕获小狮子。接着,我给纳罗莫鲁①的兽医约翰·伯杰和内罗毕的兽医打了电话,他们住在我们前往塞伦盖蒂必经的路线上。我询问他们,如果时间方便的话,他们能否为小狮子动手术。因为我怀疑喷雾剂是否对杰斯珀厚厚的皮毛起作用,我希望手术万无一失,绝不想冒险而为。

当朱利安到达之后,我将捕获小狮子的计划和盘托出。他建议从伊西奥洛带回一只巨大的板条箱。他认为用一只箱子捕获小狮子会更加容易,之后再将小狮子分别挪到三只独立的箱子里。他怀疑三只小狮子能否同时钻进三只箱子里。我们当然不可能一只一只地捕捉他们,这么做非常冒险,如果先捉住一只,另外两只肯定会受惊。

于是,我们带回一只笨重的板条箱,里面尽可能地塞满山羊;朱利安开着路虎车,方便他单独行动。

夜里,大雨滂沱而下,仿佛天空裂开了一道口子。倾盆大雨令路况变得更加糟糕。一路上,汽车不住地在路面深陷的车辙里打滑,司机使出浑身解数,防止把汽车开进沟里,或者和其他车辆相撞。我们开了许久,终于来到河边,汹涌澎湃的河水告诉我,我们已经没法涉水而过了。水位将近九英尺高,在陡峭的河岸间,水流恍若脱缰之马,奔涌而前。今夜,我们只能在岸边露营,指望第二天水位能下降。

清晨,我们发现,水位非但没有下降,反而上涨了。我们束手无

---

① 肯尼亚的一个地区。——译者注

策,只好安排两位巡查员穿过村子——从灌木丛里穿过,直线距离不超过十五英里——告诉乔治我们目前的困境,请他沿着新辟出的道路,用路虎车来接我们,等水位下降后,再把车辆拖过河。之后,我们在原地等待救援。

第十章　捕　获

我从伊西奥洛带回了邮件,发现剪报里有许多耸人听闻的标题:《爱尔莎的孩子可能饮弹而亡》《爱尔莎的孩子面临死亡威胁》《爱尔莎的孩子被宣判死亡》。

我震惊不已。这些报道声称,格里姆伍德少校在内罗毕告诉记者,他指点乔治捕获小狮子,并将他们运往野生动物保护区,如果乔治没有完成任务,那么他必须要射杀小狮子。格林姆伍德少校没有事前知会我们,就将这些计划告知媒体,这完全不符合他的风格,我确信这一点。后来我发现我的猜测是对的,媒体将他的话断章取义了。

我当然明白,如果小狮子伤到了人,哪怕只是轻微伤害,他们就会被判处死刑;幸好他们没有这么做,不过当务之急还是尽快移走他们。虽然我心急如焚,但此时此刻却束手无策,只能眼巴巴地望着波涛汹涌的河流。

突然,雨停了。易卜拉欣和我焦急地观察着河水,水位正在慢慢下降。我担心步行返回营地的巡查员,可能会在半路上耽搁,于是建议朱利安开车带上易卜拉欣,尽可能地靠近营地,当路虎车实在没法向前开的时候,易卜拉欣就下车步行,走完剩下的路程,把我的口信带给乔治。

他们出发了,当汽车开到极限的时候,易卜拉欣下车,步行蹚过齐膝高的泥浆,艰难跋涉数英里,正如我猜测的那样,他赶在巡查员之前到达了营地。乔治让易卜拉欣开着他的路虎车返回,第二天中午,我们看见他站在河对岸,兴奋地朝我们挥手。

我们到达对岸,卡车和司机在河岸留守,我们一行人挤进路虎车,沿着新辟出的道路颠簸而行。

到达目的地之后,乔治领着我们去看他的箱子陷阱,并演示了他的装置。他松开绳索,三扇活板门齐刷刷地落下,感觉就像三台切纸机,只留下一道狭小的缝隙,让尾巴伸出来。这一幕给我们留下深深的影响,我为乔治而骄傲。还有哪位专家能设计出比这更好的装置,能更有效地捕获小狮子呢?

他告诉我们,小狮子每夜都来,每一次都钻进箱子里,嚼食他事先摆放在里面的羊肉。杰斯珀甚至一整夜都在箱子里度过。有一个问题是,有时两只小狮子钻进同一只箱子里;或者,即便三只小狮子钻进了三只不同的箱子里,但身体并没有完全钻进去,脑袋或者屁股还会留在门外,这样就没办法使用"切纸机"装置。三只小狮子会同时钻进三只不同的箱子,而且位置不偏不倚,正好让我们捕获吗?

我们满怀期待,而且我们的时间所剩无几了,尤其在收到一封最后通牒之后。我们目前所在地区的长官致信乔治,要求他在指定时限内捕获小狮子。地区长官补充道,他本人对此命令非常抱歉,然而鉴于这一地区复杂的政治局势,如果我们不能按时捕获,他将不再支持我们。

我们真是苦不堪言;虽然我们相信,我们能在期限将近时捕获小狮子,但我们面临的困难层出不穷:我受伤的腿;大伙儿的病;还有为了全身心地照顾小狮子,乔治最近提交了辞呈,这件事目前看

板条箱

第十章 捕获

来不影响大局,但他可能要回一趟伊西奥洛,处理相关事宜;朱利安必须得走了;最重要的是,大雨随时可能阻断我们的行程。唯一令我们欣慰的是,在最后的九天里,小狮子们不再袭击包玛,而是每天晚上都到乔治这儿来进食。

今天是 4 月 24 日。自从 2 月 27 日那天杰斯珀与我在呼呼岩上玩耍之后,我就再也没见过小狮子。我想再看到他们,于是我把汽车停在他的路虎车旁,与他一道蹲守。我准备了几块混有土霉素的肉块,并和羊肉一同放入箱子里,然后我与乔治在路虎车里等候着。

天黑之后,我感觉有东西碰到了我的车——那是杰斯珀。他径直走进箱子里,动作悄无声息,显然不在乎这里多了一辆汽车。他吃了两块混有土霉素的肉,然后走到乔治身旁,此时乔治已站在车外,手里端着一盘鱼肝油。小狮子把盘子舔得干干净净,之后回到箱子里继续进食。见到我时他一点也不惊奇,当我柔声向他呼唤"库库哦"的时候,他只是竖起耳朵,不一会儿就又低下头,继续大快朵颐。他长得非常高大,也胖了,不过他和爱尔莎一样,属于体型苗条的狮子。我一眼就瞧见了他屁股上的箭杆,撕开的伤口还有一点液体流出,不过没有肿胀发炎,看上去也很干净。他不时地坐下来,舔舔伤口。我很高兴,箭杆似乎对他的行动毫无阻碍。

突然,我听到车后的丛林里,传来"哗啦啦"的声响。我拧开手电筒,看见了戈珀的身影。他就站在二十码之外,有那么十来分钟,他躲在灌木丛里,一动也不动。不一会儿,小爱尔莎也来了。我对他们柔声呼唤"库库哦",结果非但没有鼓励他们,反而让戈珀逃了两次,最后他还是无法拒绝肉味儿,小心翼翼地溜到了箱子里面。他吃了肉块,舔完了两盘鱼肝油,之后再吃羊肉。小爱尔莎尤其胆怯,直到午夜时分,她才鼓足勇气,冒险靠近箱子。而那时,混有土霉素的肉块和鱼肝油都被小哥俩吃完了。

所有的小狮子都很健康。乔治刚到塔纳河时,给他们拍了几张照片,那时候的小狮子瘦得皮包骨头,令人唏嘘不已。可见这一段日子,乔治为小狮子付出了多少心血!如今他们身强体壮,恢复了对我们的信任,这些都离不开乔治的耐心、爱心和聪明才智。我们看着他们进食一直到了凌晨4:00。他们吃得肚子像皮球,心满意足地走了。

第二天早晨,我们被迫安排易卜拉欣前往伊西奥洛,送去一封急件;天公不作美,天气如此恶劣,而我们只能暗暗希望,在四百英里滑溜泥泞的道路上行驶时,他能尽快赶回来,不在路上耽误太多的时间。

傍晚时分,小狮子没有来。我们安慰自己,也许是昨晚吃撑了,所以他们今天不需要再吃了。夜间,我听到一头狮子在咆哮。第二天大雨瓢泼,冲走了所有的足迹,我们没法出去跟踪。令我欣慰的是,天黑时,杰斯珀来了;不过,他匆匆而来,又匆匆而去,一个小时之后,我听见远处传来他的呼唤。此时,戈珀刚在营地露面,听到呼唤时,他飞奔而去。后来,三只小狮子一起来了。不久,耳旁传来一头狮子的咆哮声,小狮子们毫不在意。杰斯珀和小爱尔莎各自钻进一只箱子里,一个劲儿地猛吃。戈珀一会儿钻进杰斯珀的箱子,一会儿钻进小爱尔莎的箱子,后来发现自己被冷落了,他颇为沮丧,坐在第三只箱子的入口处。他会进去吗?现在我们可以松开绳索,将活板门关上,捕获小狮子吗?我们举棋不定,而且忧虑重重,因为最近我们总是听到狮子的吼叫,也许小狮子会跟着这只狮子离开。假如小狮子真的离开了,我们就无法保护他们了,而他们很可能会死

第十章 捕 获

在部落人的弓箭之下。

第二天夜晚,听到第一声咆哮时,小狮子停止了进食,凝神倾听,而后丢下食物,冲向声音的来处。我们再次担忧不已。之后他们又回来了,吃完了食物。但我们还是忍不住怀疑,他们是否每一次都会回来呢?

易卜拉欣从伊西奥洛回来了,给我们带来了一个消息:新的贝德福德卡车至少需要十天才能到货。另一个不好的消息是,无论什么时候下暴雨——其实暴雨非常频繁——官方都将会封锁道路。

这时,有人发现了小狮子的足迹,它们通往野生狮子的方向。如果我们坐等天气变好,坐等道路解除封锁之后贝德福德汽车抵达,小狮子们恐怕早已和当地野生狮子打成一片,快活地东游西逛,却身陷危难之中了。

当夜,小狮子没有出现。我能想象,他们和新朋友玩得不亦乐乎;我也能想象,他们的好日子快到头了。目前唯一的好处就是,我们所在地区连续两天没有下雨了。官方封锁道路是基于当地的气象条件,如果瓢泼大雨停了,如果小狮子确实钻进了箱子里,那么至少天气不能阻挡我们离开该地区。

这一天,我们将陷阱装置加以改进,将捕获时各人的行动预演了一遍,还磨快了乔治打算拔出箭头的手术刀。尽管忙忙碌碌地过了一天,但时间依然显得很漫长,最后终于到了守候小狮子们的时间。

我刚刚把土霉素混进肉里,杰斯珀就出现了。他吃了两块肉,而后来到我们车前,坐在那儿观察我们。这时,他的哥哥和妹妹也来了,各自钻进一只箱子里。不一会儿,他们出来了,躺在杰斯珀身旁。在明亮的月光中,他们看起来活泼可爱,而我更渴望将他们带

作者和小狮子们在他们的出生地的最后一天。

走,远离越来越危险的塔纳河畔。仿佛是为了戏弄我似的,那头狮子不早不晚,偏偏选择这个点儿咆哮,小狮子们如闪电般飞奔而去。乔治在车里哼哼地咒骂了两句;今天晚上算是完了,离最后期限又少了一天。事已至此,我们也无可奈何。我打算回去睡觉,让乔治到时候叫醒我,由我顶替他蹲守后半夜,或者万一发生什么事,也叫醒我。我只觉心灰意冷,疲倦如潮水一般涌来,我迷迷糊糊地睡去了。

突然,我被箱门的撞击声惊醒了,之后是死一般的沉寂,仿佛世间所有的生命都销声匿迹了,接着箱子里传来挣扎声。我和乔治同时跑过去,迅速移开我们放在箱门下的木块,防止对小狮子的尾巴造成伤害,然后关闭狭窄的缝隙,堵住任何一个小狮子能钻出来的缺口,令他们绝无可能逃脱。

现在小狮子们安全了,我们如释重负,然而这种做法并不光明磊落,因为我们利用了他们对我们的信任,欺骗了小狮子。我对乔治甚为感激,他单枪匹马地完成了艰巨的任务,成功地捕获了小狮子。我深情地亲吻他,而他一脸的苦笑。

第十一章　塞伦盖蒂路漫漫

如果要最大限度地减少小狮子们不适和烦躁的时间,我们必须抓紧行动,不浪费每一分钟。乔治在原地守卫,我返回营地,叫醒男孩们,告诉他们捕获成功的消息,而后我们迅速将行李打包,争取在破晓之前把小狮子吊上卡车。

月亮依然挂在半空,东方已出现曙光。新的一天到来了,它标志着我们的生活发生了彻底的改变。

一切准备就绪之后,我们驾驶着载重五吨的贝德福德卡车,来到箱子附近。乔治告诉我,杰斯珀发现自己被困住了之后,起初非常震惊,现在已经恢复了平静,大部分时间都静静地坐在箱子里。小爱尔莎也效仿杰斯珀,只是戈珀挣扎了很长时间。如今,他冲着男孩们凶猛地咆哮,而男孩子是来帮忙把箱子抬上卡车的。

我们告诉部落人不要靠近狮子,然而人群迅速地聚拢,叽叽喳喳说个没完。戈珀吓坏了,拼命地挣扎,撞断了箱子上方的一根板条和其他两根板条。我们立刻用防雨布盖住缝隙,用铁条加固,并用粗绳将铁条绑牢。接下来,我们要将箱子抬起来,每一只箱子重达八百磅!我们抬箱子的时候,为了步调一致,部落人有节奏地喊起了号子,这喊声吓得小狮子们惊慌失措。由于我们使用滑轮组吊起沉重的箱子,箱子在半空中前后摇晃,加之惊恐的小狮子在里面来回乱窜,箱子晃动得更加剧烈。我们先抬起小爱尔莎;将她的箱子纵向摆放在卡车的一侧,填满了车厢宽度的一半。我们将戈珀的箱子与小爱尔莎的并排摆放,正好填满车厢的另一半。箱子的木板门都面对驾驶室的后方。我们将杰斯珀的箱子横在卡车的末端。如此一来,每只小狮子都能完全看到对方,中间只隔着箱子的板条。杰斯珀的箱子安放在卡车的最外边也有好处,这方便我们靠近他,只要有合适的机会,我们就打算试着拔掉他屁股上的箭杆。目前看来,我们是没法动手了,因为杰斯珀太激动了,我们指望在路上的时候,或者亲自动手,或者让兽医拔掉。

小狮子目前的情绪很糟糕,他们碰都不碰食物一口,我们也没法给他们注射镇静剂。幸亏我们知道他们昨晚吃得很饱,所以不必太担忧。我们在每一只箱子里都固定住一块肉,在用防雨布盖住卡车之前,我们也给水盆加满食用水。之所以要用防雨布,是为了避免在长途跋涉中,低矮的枝条伸进卡车里,划伤小狮子。

我们打算出发了;我最后看了一眼,确保一切都没问题。杰斯珀一脸绝望的神情,看得我心中不忍。离开了身后闹闹嚷嚷的人群,我们结队出发了。

最初的十四英里路程尤其艰辛。我们沿着从茂密的灌木丛里辟出的道路,在崎岖蜿蜒的石头路上颠簸而行。虽然汽车摇晃得厉害,但小狮子还是躺了下来,不再竭力挣扎。

河流依然洪水滔滔,不过我们还能通行。我的路虎车和运载狮子的卡车安全地过了河,然而河岸泥泞不堪,其他车辆没法开上斜坡,最后只能用卡车拖拽而行。

天空乌云密布;我们仿佛被黑乎乎的墙壁包围了。车轮在泥泞的路上打滑,我们迎着暴风雨行驶近六十英里,几乎是生死悬于一线。薄暮时分,我们到达了地区总部,并给地区长官留下口信,告诉他我们的好消息，而后继续前行。

当我们穿过该地区的边境时，我深深地吸了一口气：如今，小狮子们终于离开给他们判处死刑的地区了。回望身后的瓢泼大雨，我感觉我们是何等幸运，没有被浊浪滔天的洪水困住。

我们总共要行驶大约七百英里的路程。从现在起，大部分道路都位于海拔七千五百英尺的高原地区。我们起初在海拔一千二百英尺的地段行驶，如今到达海拔七千英尺的地区。我们虽然实际上身处赤道附近，却冷得浑身哆嗦。遥望前方，能看见肯尼亚山①冰雪覆盖的山峰，如同锯齿一般，那里的海拔高达一万七千英尺。山顶乌云滚滚，当我们沿山麓行驶时，天空飘落着绵绵细雨。

到目前为止，我们的小小车队保持着紧密的联系，如果有一辆车掉队了，我们就会在前面等待。傍晚9:00，我们到达一个小镇，那里的兽医可能会给杰斯珀动手术。

虽然时间很晚了，但兽医约翰·伯杰非常友善，他试图拔出箭头，却未能成功，这都是因为杰斯珀的缘故。他见到陌生人之后，脾气变得十分暴躁，不允许医生靠近半步，因此医生没法给他做麻醉。医生安慰我说，他认为如果我们等上两到三周，箭杆可能会自动脱落。无论如何，这只是皮外伤，伤口看起来愈合得很好，对生命机能毫无影响。万一箭头没有自动脱落，那也没关系。医生借给我几把特殊的长柄取弹钳，以及一些杀菌药，并建议我们自己动手拔出来——如果杰斯珀允许我们操作的话。医生用热咖啡招待我们，我们对此感激涕零，因为自从早餐之后，我们滴水未进，什么东西都没吃过。

身体暖和了，我们上路了。天气变得更恶劣了，绵绵细雨成了

---

① 东非大裂谷最大的死火山，位于肯尼亚中部，赤道之南。——译者注

瓢泼大雨,而且寒冷彻骨。我们经常停下车,捆紧载着小狮子的卡车上随风拍打的涂焦帆布。看到他们冻得瑟瑟发抖,蹲伏在角落里,以免被雨水淋湿身体时,我心里真不是滋味。我们整夜在海拔五千英尺的高原行驶,我担心他们会得肺炎。我们途中有两次被阿斯卡里①拦下,他们正在搜寻罪犯。我们浪费了不少时间,花费了不少口舌才说服他们:我们的卡车里没有藏着任何人——只有三只小狮子,他们从来没有伤过人。

我们在凌晨1:00到达内罗毕,给油箱加满汽油。当加油站昏昏欲睡的员工看见我们的小狮子时,他们一定以为自己在做梦呢。我真不敢想象,当我们的汽车白天穿行于城镇时,会引起何等的围观。

从凌晨3:00到破晓时分,几乎所有人都快累瘫了。我们穿过卡贾多②平原时,突然刮来一阵寒风,下起了瓢泼大雨。我们的司机须得打起十足的精神,才能在滑溜溜的道路上,保持汽车平稳向前。如此一来,司机累得身心俱疲。乔治已经累得睁不开眼了,由我接替他开车。这一段旅途对小狮子不啻为一场折磨。

破晓时分,我们还有几英里的路程,就到达纳曼加③了,这里毗邻坦噶尼喀的边境。我们稍事休息,喝点热茶暖暖身子。小狮子也累得够呛,木然地躺在箱子里,因为脸庞不断地和板条碰撞,都擦伤了。箱子里的生肉臭气熏天,都长了蛆虫。我们把铁刮刀伸进去,打算把肉取出来。我们之所以带着铁刮刀,就是为了这个目的。然而生肉牢牢地固定在板条上,怎么都移不开。我们只能把新鲜的肉

---

① 斯瓦希里语,意思是非洲警察。——作者注
② 肯尼亚的城镇,位于肯尼亚西南部,毗邻首都内罗毕。——译者注
③ 肯尼亚与坦桑尼亚交界的边境小镇。——译者注

和水放进箱子里,然而小狮子漠然视之,一点兴趣也没有。

我们决定尽力减少小狮子忍受痛苦的时间。为此,我要全速开往一百英里之外的阿鲁沙①,将我们的到来告知国家公园的行政官,而后在塞伦盖蒂找到放生点(因为我们是在周末启程的,没有机会发送警示的电报)。乔治和载着小狮子的车慢速跟在后面,我们将在距离城外不远的地方会合,那样就会避开好奇的旁观者。

这是一个美妙的早晨,昨夜的乌云飘散了。在薄纱似的晨雾中,我看见高耸入云的乞力马扎罗山②。晨光熹微,遥望山顶飘落而至的雪花,如烟又如雾,我真的无法相信,山顶的雪冠竟是火山口。仰望乞力马扎罗山,我的内心充满敬畏之情。我曾经爬上山顶,然而此时此刻,它看起来那么宏伟壮观,远离凡尘世俗的喧嚣。它的宏伟庄严也有一部分是动物的原因,因为那儿有许多人迹罕至的角落,野生动物在那里自由自在地生活。想到这儿,我顿感十分不安。这一路平原之行,我只看见三只长颈鹿和几只黑斑羚,而在几年以前,这里的野生动物成群结队。新铺的柏油马路,日益繁忙的交通,将动物赶出了宁静的家园。我扪心自问:我不就是这些司机中的一员吗?当我行驶在马路上的时候,不也在破坏动物们的生存环境吗?我唯一能安慰自己的是,我们此行是为了放生小狮子,让他们免于人类的威胁。我还想到,这里的国家公园给野生动物提供了庇护所,这不仅需要数位专业人士的同情和积极的帮助,而且需要所有定居非洲的人们的支持,无论他们是何种族。正是这些无私的支持和热忱的帮助,决定了国家公园能维持很久。而我更坚定信心,

---

① 坦桑尼亚北部行政区,阿鲁沙区首府,西北部是塞伦盖蒂高原。——译者注
② 位于坦桑尼亚东北部及东非大裂谷以南约一百六十千米,是非洲最高的山脉。——译者注

将我撰写的关于爱尔莎和她的孩子的书籍版税,全部用来支持动物保护事业。

在阿鲁沙,我见到了国家公园的行政官。我们探讨了放生小狮子的具体地点。令我惊奇的是,他建议我们在塞罗内亚放生,因为那儿既是公园的总部,所有的工作人员都住在那里,也是游客的中心。我恳请找到一处更加偏僻的地点,行政官同意了。我们可以把小狮子带到更远的地方,那儿靠近一条永不干涸的河流。他非常友善,答应给一位公园监督官发送一封无线电报,让他在半路上迎接我们,带领我们前往该处。如果我们有需要的话,他将继续为我们提供帮助。

离开行政官之后,我开了五个小时的车,在距离阿鲁沙六十英里的地方找到开着卡车的乔治。这就意味着我们不能在傍晚时分抵达塞伦盖蒂,于是我们在马尼亚拉断崖的山麓下木图－牙－恩布露营。

小狮子们的情形不容乐观。他们的脸上有多处淤伤和肿块,身上也有多处擦伤;箱子里腐烂的肉引来一大群绿头苍蝇,苍蝇也绕着他们的伤口盘旋。小狮子用爪子捂住脸,但是这于事无补,苍蝇还是嗡嗡乱飞;眼看着他们遭受这么多的磨难,我真是心如刀绞。

男人们和我们一样,累得精疲力竭。我们决定不搭帐篷了,直接在露天睡觉。我和乔治把床铺搬到箱子旁边。整个夜晚,我都听见小狮子在箱子里不安地走动。破晓时分,我叫醒众人,他们显然对我的做法颇不乐意,但我决意要让小狮子尽快放生,摆脱目前的悲惨境况。

很快,我们爬上几乎就在头顶上方的断崖,马尼亚拉湖①映入眼帘,在此之前,美丽的湖泊都隐藏在我们视线所及的数英里原始森林中。马尼亚拉湖是坦噶尼喀最吸引人的景点之一。无数的火烈鸟和其他水鸟栖息于此,湖畔枝繁叶茂的森林里有大象、非洲水牛和狮子出没,他们经常来湖边饮水。

我们没时间欣赏绮丽的风光,因为天空乌云密布,飘飘而落的雨点提醒我们,更大的暴雨即将到来。我们集中精力开车,稳稳地攀爬"有巨大火山的高原"。不幸的是,绵绵细雨使得能见度只有几码远,我们看不见火山群和恩戈罗恩戈罗火山②,后者拥有世界上最大的火山口,直径长达十英里。我们只能猜测,陡峭的坡度看起来把路切断了,巨大的山梗菜——这种植物能长到九英尺高——的顶端与火山口的边缘平齐。

爬得越高,云雾就越浓,我们已经感觉寒气穿透衣服,砭人肌骨。我们一行人中,有的非洲人从未来过这么高的地方,他们黑色的皮肤透着蓝色。路上许多粪便表明,这里不仅有游客经过,而且有非洲水牛、大象和其他野兽来来往往。有一次,路边突然有一头大象从茂密的灌木丛里走出来,我们不得不紧急刹车。

最后,我们到达恩戈罗恩戈罗火山口的边缘。我曾经来过这儿,当时我俯瞰下方,看到在下方大约海拔一千五百英尺的地方,有无数的野生动物,然而现在什么都看不见,只有滚滚而来的乌云。我们绕着火山口的边缘,沿着光滑的道路,小心翼翼地攀爬了几英里,突然之间,浓雾消失了;仿佛天地之间的幕布瞬间被拉开,眼前

---

① 马尼亚拉湖位于坦桑尼亚北部,被称为"鸟类的天堂"。最引人注目的鸟类是粉红色的火烈鸟以及其他水鸟,如鹈鹕、鸬鹚和鹳。——译者注
② 恩戈罗恩戈罗火山口位于坦桑尼亚北部。——译者注

的景象变幻一新。遥望山下,塞伦盖蒂草原沐浴在暖暖的阳光中。

我们的正前方,是连绵起伏的斜坡,明黄色的狗舌草遍地开放,宛如用金子制作的一般。广袤无垠的花丛之中,有成群的斑马、牛羚、汤氏瞪羚和马赛部落人放牧的牛群。野生动物和家养的牲畜一同吃草,真是非常奇怪的现象。这只有一种可能的解释,那就是马赛人从不偷猎有蹄类动物。

我们迅速下降到海拔五千英尺的高度,太阳暖暖的,我们可以脱掉一些衣服了。穿过名扬天下的奥杜瓦伊峡谷①时,我们知道我们还有大约七十英里的路程。这一段旅途相当遥远;突然之间,路况变得极其恶劣,以前我们从未走过比这更难走的路。路上的车辙深及膝盖,覆盖着厚厚的火山灰,汽车驶过时"嘎嘎"作响,呛人的灰尘如云一般,无孔不入。

天气越来越热,我们揭开了盖在卡车上的涂焦帆布,防止小狮子闷得喘不过气来,但是揭开帆布,他们的伤口就暴露在了灰尘中。事实上,由于路况坑坑洼洼,卡车一直在颠簸中行进,小狮子也随之剧烈地上下跳动、左右摇摆,真是受尽了折磨。我们经常用千斤顶从深坑里抬起汽车,或者更换崩断的弹簧。我不知道对小狮子而言,哪种情形更糟糕?是我们刚刚离开的那一段寒冷潮湿的路程,还是暴露在炙热的阳光下和铺天盖地的灰尘中的五十英里?两个小时之后,我们到达纳比山,在这儿与公园监督官相遇。这个可怜的人,他一直看着我们像毛虫一样沿着火山口艰难爬行,车尾拖着一股灰尘。

我们简短地相互致意,因为天空乌云翻滚,而我们还需要穿过

---

① 位于坦桑尼亚北部一个古湖遗址上,这里对研究人类最早的祖先有重大价值。——译者注

一段很长的像棉花一样软的黑土地带。如果浸透了雨水,黑棉土会成为最泥泞难行的道路。路上,我们经过一群群斑马和牛羚;这些不过是年度大迁徙的先头部队,即便如此,我们中也没有谁曾经见过这么多的野生动物。我们绕过斑马群和牛羚群,绕过沼泽般泥泞潮湿的土地,终于在暮色苍茫时,到达放生点。

第十二章　放　生

小狮子的新家美不胜收,位于一处大约四十英里长的山谷前部。山谷的一侧是一段险峻的陡坡,绵延至高原地带;另一侧是连绵不断层峦叠嶂的群山。附近有一条河流,缓慢而弯曲地流过山谷中间后,又顺着地势流向远方。河流两岸覆盖着茂密的丛林和高大的树木,为各种野生动物提供了绝佳的藏身之处。山谷好似一个公园,高居群山上的荆棘树和丛林尤为浓密茂盛。就舌蝇和蚊子而言,这里不啻为伊甸园——也许我们应该把舌蝇视为有翅膀的守护者,因为他们是野生动物最好的保护者:它们对牲畜有着致命威胁,所以有它们的地方,牲畜就会退避三舍。

我们起初的考虑是,为了能让狮子好受一些,我们应该尽力而为。于是,我们选择了一棵粗壮的金合欢树,将滑轮组吊在树干上,把所有的箱笼移出卡车,放在地面上。

小狮子们被关了三天了,他们几乎到了忍耐的极限。他们的眼睛深深地凹陷着,木雕泥塑般地躬在箱笼的地板上,显然是累坏了,对周围的环境也漠不关心。我们很高兴,弄来了一只笨拙沉重的公用板条箱,可以让小狮子一起躺在里面,消除长途旅行的疲乏,恢复体力和精神。

我们打开公用板条箱的后门,将小爱尔莎和戈珀的箱门对准板条箱的入口,然后用滑轮组抬起两只箱笼的活板门。

我们到达塞伦盖蒂,开始放生。

有那么一会儿,什么事情都没有发生。突然,戈珀冲进小爱尔莎的箱子;他扑在小爱尔莎的身上,兄妹俩你舔舔我,我舔舔你,相互拥抱,为他们的团聚而欣喜若狂。而后,我们关上他们身后的板条箱的门,把戈珀的空箱笼移开,把杰斯珀的箱笼移过来。我们打开箱门的瞬间,他就像一道闪电,冲向哥哥和妹妹,把他们压在身下,仿佛是要保护他们免遭更多的伤害,而后舔舔他们,拥抱他们。

我们一眼不眨地看着他们,比任何时候都深信不疑:我们将小狮子移到箱笼的做法是对的,这样能够让他们看到彼此。也许此举导致他们皮肤磨伤,然而毕竟肉体的伤害比精神的伤害要容易痊愈。尽管长途跋涉,道路坎坷曲折,他们受尽了颠簸之苦,但小狮子还像从前一样友善热情。

如今我们要让小狮子好好休息,吃一顿美餐。我们将一头新鲜的山羊放进公用板条箱里,吩咐我们的人去远处露营,并将我们的路虎车停在那儿,将公用板条箱留在这儿,防止夜间可能出现的掠食者伤害小狮子。

夜里 9:00,一切都准备好了,我们打算好好地睡一觉。但是戈珀变得很不安分,整夜都在公用板条箱里四处走动,啃食骨头。第二天早晨,我高兴地发现,昨夜我们给小狮子准备的食物都吃完了。小狮子又钻回臭烘烘的旅行箱笼里;他们似乎熟悉了箱笼,在陌生的环境中,箱笼能给他们一种安全感。只是如此一来,我们没法弄走腐烂的肉。

在他们依然疑心重重的时候,我们认为还是把他们关在一个地方更好些;为了引诱他们进公用板条箱,我们在里面放了新鲜的羊肉。我们觉得最好不要干扰他们,因此给大伙下了严格的命令:一定要远离公用板条箱。我们去一英里之外的地方,寻找合适的露营点。搭好帐篷之后,我们回来一瞧,发现小狮子依然没有离开肮脏的箱笼,虽然里面苍蝇乱飞,臭气熏天。我们不顾小狮子的抗议,尽最大的努力,把箱笼清理干净。这个任务可不轻松,因为小狮子"誓死"捍卫他们的小小领地,又是大声咆哮,又是挥舞爪子。我和乔治刮掉腐肉时,呕吐了好几次。结束这项污秽不堪的工作之后,我们返回营地洗了个澡,吃了四天以来的第一顿热饭。

在我们吃饭的时候,公园监督官来了,与我们讨论营地的相关事宜。公园管理方非常友好,允许我们在小狮子适应新家并且能够自己捕食之前,继续照料他们。护理员告诉我们,与此同时,我们可以在塞伦盖蒂公园的外面捕杀猎物,喂养小狮子。

我们回到小狮子身旁,发现三个小家伙都躺在公用板条箱里。他们的脸庞伤势很严重了,因为板条箱是用金属丝焊接而成,对小狮子的伤害,甚于小狮子旅行时用的铁条箱。每一次他们靠在上面,伤口就会裂开;他们还用爪子驱赶伤口附近的苍蝇,让伤口更恶化了。可怜的戈珀,他的情况最糟糕,当我们走近板条箱时,他和小爱尔莎冲我们恶狠狠地嚎叫。杰斯珀不介意我们的出现,甚至允许我们拉扯箭头,但是我们拔不出来。

夜晚,我们终于安顿下来了。两辆车停在公用板条箱两旁,起到保护的作用。不久之后,我们听见第一头狮子在靠近,呼呼声来得很快,离我们近了不少。最后我们辨认出有几只动物绕行在我们的小避难所周围。我们拧开手电筒,看见了被光柱反射的一对对眼珠。小狮子凝神倾听它们的咕哝声,而我们大声喊叫,试图把他们赶走。当一切都归于平静时,我柔声呼唤小狮子的名字,不久之后,听见他们撕咬羊肉的声音。我注意到,有一只小狮子的呼吸声非常重。我心神不安,只恐他是着凉了,会恶化成肺炎。天亮之后,我发现虽然夜里露水很重,但没有一只小狮子看起来病得很重——事实上,他们心满意足,肚皮都胀鼓鼓的。

早晨,空气清新宜人。甚至在这个高度——大约是三千五百英尺——天气也比爱尔莎的营地冷得多。傍晚时分,我们用涂焦帆布盖住板条箱;太阳升起来后,我们把帆布移开。天气一热,讨厌的苍蝇就飞来了,围着小狮子嗡嗡叫。可怜的杰斯珀举起一只爪子,不时地驱赶苍蝇,而另一只爪子拥抱着小爱尔莎。

早餐之后,乔治开车出去,到塞伦盖蒂公园外面射杀一头猎物,而我留下来陪伴小狮子。只要我一瞅准机会,就尝试着拔下杰斯珀屁股上的箭。当我拉扯他的皮毛时,杰斯珀毫不介意,但箭头的倒钩似乎卡在皮肤里了,哪怕我使出吃奶的力气,也拔不出来。杰斯珀中箭已经五周了,我真是一点儿也不喜欢他的伤口的样子;不过既然兽医建议我几个星期之后动手,我还是稍安勿躁,静心等待吧。

快到中午的时候,苍蝇非常猖獗,惹得小狮子们焦躁不安。他们来回跑动,用脑袋使劲儿地蹭金属网,结果伤口又裂开了。后来他们缩成一团,目光里全是对我的谴责之意。尽管被关在笼子里,灰尘弥漫,伤口鲜血淋漓,但在这种条件下,他们的行为举止依然威严高贵。大概只有狮子才会如此吧。

我心知,塞伦盖蒂是我们能为小狮子找到的最好的乐土,然而这里的气候和生态条件与小狮子的故土截然不同,并且小狮子对此地大部分的物种一无所知,即使是当地的狮子,也和小狮子属于不同的亚种。它们会有何种反应?当小狮子来到它们的领地时,会引起何种纷争?由于这儿野生动物数量极其丰富,每一只狮子都不愁没有肉吃,所以我暗暗想着,但愿和曾经袭击过爱尔莎的猛狮相比,塞伦盖蒂的狮子能更加宽容大度。

小狮子们出笼离开。

第十二章 放 生

乔治大约在下午 3:00 返回,带回了一只猎物。我们讨论了放生小狮子的问题。我们原本打算把小狮子再关上一到两天,让他们增强体能,但折磨小狮子的苍蝇令我们改变了主意,我们决定当即将他们放生。

现在这个时候正合适,因为天气很热,小狮子精力不那么旺盛,所以他们逃跑和惊慌的可能性较小;而且,这个时间与当地狮子碰面的危险性也较小。我们把猎物放在板条箱和河流之间,然后吊起一只旅行箱,这样就打开了一个出口。小狮子一眼不眨地看着我们,而后惊恐地逃到公用板条箱的角落里,紧紧地缩成一团。过了片刻,戈珀犹犹豫豫地观察着出口,小心翼翼地后退几次,然后以最威风凛凛的方式,迈步走了出去。他对猎物视而不见,只慢慢地朝河流走去。走了大约一百码之后,他停下脚步,迟疑片刻,继续镇定自若地朝前走。

杰斯珀和小爱尔莎紧紧相拥;看着戈珀走出去,他们一脸困惑。接着,杰斯珀也朝出口走去。他也出来了,不慌不忙地朝河流走去,中间停下数次,回头望望他的妹妹。

这时,小爱尔莎在公用板条箱里疯狂地来回走动,或者笔直地站立,显然她热切地想追随哥哥们而去,却又不知道该怎么做。最后,她终于找到了通往自由的道路,朝杰斯珀飞奔而去。三只小狮子很快消失在芦苇丛中。几乎在同一时刻,大雨瓢泼而下,挡住了我们的视线。

第十三章　塞伦盖蒂大迁徙

灰色的雨幕消失时，我们拿出望远镜，搜寻我们最后看见小狮子的地方，然而他们已无影无踪。我很高兴，至少他们直奔河流，这意味着他们知道去何处饮水。

这条河流虽然不如爱尔莎营地的那条河流那样可爱，但它能满足三只小狮子的需要。河床上有一条缓缓流淌的小溪，平常有源头活水注入，哪怕在旱季，也会剩下几处浑浊而凝滞的小水洼；河岸的后方层峦叠嶂，山麓中隐藏着一处开阔的盐渍地，有许多动物经常去那儿。假如我们的小狮子被当地的狮子接纳了，他们就会发现这儿的生活并不艰难，这是我们乐于想见的。

为了避免纷争，我们起初的一个任务是找到一处喂食地，当小狮子们进食的时候，能够避免受到当地的狮子和其他掠食者的干扰。把他们的食物放在板条箱里有很大的风险，因为箱子里的空间有限，小狮子可能会被入侵者逼到死角。猎物不仅要放在隐蔽的地方，而且这个地方还要开阔，一旦有危险时，小狮子能够及时脱身。我们将公用板条箱放在一棵大树旁；而后将两辆汽车分别停在两边，这样就形成了一个方形的空间。我们用大树的树枝固定滑轮组，将猎物吊在半空之中，然后我们在一辆汽车里蹲守。如果小狮子在夜间到来，我们就能轻易地放低猎物，等他们吃饱离去之后，我们再把猎物升到半空，让别的掠食者够不到。我们没指望小狮子当晚会回来，即使他们饥肠辘辘，我们也不认为他们会重返囚禁他们的板条箱。

天黑之后不久，一个狮群靠近我们，大约有三只以上的狮子。我们的手电筒反射出了它们的眼睛。通常情况下，我们很容易觉察到在四周徘徊的雄狮，因为它总是发出低沉的咕噜声。母狮则不然，它们的行动悄无声息，只有在听到它们的呼吸声时，我才能意识到它们已经蹲伏在我的汽车旁。虽然它们诡计多端，但要想吃到由我们守护的猎物，可没那么容易。

第二天一大早，我们从望远镜里观察对岸，但并未见到小狮子的踪影。当第一缕晨光洒满大地，水面波光粼粼的时候，我们看见小狮子从灌木丛里钻了出来，离昨夜他们消失的地点非常近。他们爬到山腰，时不时地停下来，最后到达一处荆棘林，在那儿躺下休息。我呼唤他们，他们抬眼望了望我，然而一动也不动。接着，一群狒狒进入我们的视线。小狮子懒洋洋地爬到山顶，狒狒近在身旁。最后，小狮子从山顶消失了。

我们打算跟踪小狮子，于是开车过了河，沿着小山的另一侧行驶。不过，我们没有见到他们。路上，一辆路虎车追上我们，给我们带来一封无线电报，告诉我们新的贝德福德卡车到了，在内罗毕提货。塞伦盖蒂的邮件往来不便，主要靠不定期的车辆收发，不过阿鲁沙总部每天用无线电发两次电报。

我们安排易卜拉欣去内罗毕，一是归还肯和汤尼以低价为我们租借的卡车，他们的好意我们没齿难忘；二是把新的贝德福德卡车开回来。

第二天晚上，小狮子在 9:00 左右到来。他们贪婪地进食，但在乔治拧开车灯的时候，小狮子受惊了，吓得四散而逃，一小时之后才

杰斯珀贪婪地吃着鱼肝油。小狮子们太饿了,作者怕撑坏他们,只好限制他们的进食量。

回来。这一次,他们终于能安定地进食了。杰斯珀甚至吃了两份鱼肝油,和往常一样舔舐乔治端过来的烤饼盆,把盘子里的鱼肝油舔得一干二净。我们心知,他一如既往地信任着我们,虽然短短的几日里,他遭受了那么多的折磨。

晨间,我听见一只小狮子朝河边走去;他发出了几声短短的咆哮,不过我留意到,咆哮声之后没有呼呼声,而狮子咆哮之后,都是以呼呼声结束的。

趁着小哥俩离开的工夫,小爱尔莎扑在猎物上尽情享用。之后,三只小狮子吃得肚皮鼓鼓,在破晓时分离开了。等他们走后,有一只狮子大声咆哮起来;它离我们太近了,近得令我们大吃一惊。不一会儿,我看见一头威风凛凛、鬃毛乌黑发亮的雄狮。殷红的朝霞浸染了天空,也勾勒出雄狮强壮的身形。它循着猎物的方向而来,走到乔治汽车后面,观察着车里摇动的蚊帐。当它开始对猎物感兴趣的时候,我们大声喊叫,几乎喊破了喉咙,虽然没法和它的吼声媲美,但成功地吓跑了它,它一溜烟似的朝营地的方向跑了。它离开之后,我们把猎物吊起来,让它看得见但够不着,随后我们开车返回营地,打算喝几杯热茶暖暖身体。

等我们到达营地时,发现黑鬃毛狮子就站在营地一百码之外,而激动不安的男孩子们则逃到了卡车顶上,大声警告我们小心这头雄狮。可怜的家伙,它一定是想不明白,它的地盘怎么来了一群稀奇古怪的入侵者?

天光渐暗,我们回到猎物附近。暮色苍茫时,戈珀出现了,不过他躲在高高的草丛里。等到天色非常黑,他觉得行动很安全的时候,才从草丛里钻出来享用美餐。杰斯珀很快尾随而来,然而小爱尔莎没有露面。相反,那头黑鬃毛的雄狮和它的两头母狮出现了。

它们蹲伏在离我的汽车大约八码远的地方,而另一边,戈珀和杰斯珀蹲在地上进食。我觉得很可惜,没有带闪光灯来,无法用相机拍下这荒唐可笑的一幕:三只饥肠辘辘的狮子蹲在草丛里,和小狮子只隔着一辆汽车。本地的狮子近在咫尺,而杰斯珀和戈珀毫不理会,事实上,他们肯定觉得没什么可担心的,这里非常安全。吃饱了之后,小哥俩仰面朝天地躺着,可见他们对我们非常信任,相信我们有能力保护他们。

突然,从河边传来一声微弱的呼唤;也许是小爱尔莎,因为小哥俩立即从乔治汽车的后面溜走了,避免与野狮子相遇。我们将猎物再次吊起来,防备着后半夜野生狮群的袭击。

5月7日,乔治一大早就离开了,去塞伦盖蒂的外面捕猎。那条路崎岖艰险,我没指望他能赶在下午之前回来。大约午饭时,营地上空乌云翻滚。天空落下第一滴雨点时,一辆路虎车不请自来。车里坐的是国家公园理事会的主席,公园监督官陪同他来到我们的营地。我们一起跑进帐篷里,免得被大雨淋成落汤鸡。主席告诉我,他感激小狮子的到来,以及他们为塞伦盖蒂带来的声誉;而后他话题一转,要求我们在月底前必须离开国家公园,因为旅游季始于6月1日,我们在公园露营和喂养狮子,可能会引发公众的批评。我大为震惊,向主席先生强调我们不能离开小狮子的理由,因为他们年纪尚小,还没有学会独立捕猎。我建议,为了避免出现他所说的情况,也就是防患于未然,我们可以转移营地,到一个远离旅游路线的地点。我保证我们一定会非常小心地喂养小狮子,并且指出,他们到月底才满十七个月,作为常识,这种年龄的狮子是不可能独自捕猎的。

这时,乔治回来了。他也认同我的观点。主席先生不同意我们的看法,满脸不悦地离开了。小狮子才刚刚放生几天而已;直至今日,他们都还要依靠我们提供食物,我们如何忍心抛弃他们,让他们自生自灭?这真是一个天大的难题。

我和乔治继续讨论目前的局面,而营地又来访客了。他们是进行生态调查的美国科学家,李和马蒂·塔尔波特。他们的观点与我们不谋而合,我们谈得非常投机,很快就成了莫逆之交。

我们在夜间蹲守时,发现小狮子们早就来了,正在原地等候我们。乔治开了长时间的车,累得浑身乏力,去一旁睡觉了,由我负责照看小狮子。杰斯珀好几次跑到我的车后,请我拍拍他;我抚摸他的时候,他一动不动。自从离开爱尔莎的营地之后,这是他头一次这么做。尽管发生了这么多的事情,但也许是因为母亲的榜样,他一如既往地信任我们,并且充当了我们与他的哥哥妹妹之间的联络员。我们心里清楚,倘若没有他,无论是戈珀,还是小爱尔莎,都不会容忍我们的存在。戈珀拥有成为狮群头领的力量和独立性,然而他缺乏足够的感情和理解力,这与他的母亲和兄弟截然不同。虽然是戈珀离开了塔纳河,独自返回旧营地,并在故地逗留一周,虽然他也是第一个冒险走出板条箱,找到通往自由的道路,并且每一顿饭都发号施令,但是,当他倍感沮丧和惊恐不安的时候,都会立刻跑到杰斯珀身边,寻找安慰和支持,就像小时候跑到妈妈身边一样。

杰斯珀是三只小狮子的主心骨,是他们的精神支柱,这可能是他成为狮群头领的理由,虽然他不如戈珀强壮有力。年纪小小的时候,他就常常保护妈妈。自从妈妈离世之后,他便承担了照顾哥哥和妹妹的责任。无论什么时候,往往都是他最先出来侦查一番,确保周围没有危险;一旦有风吹草动,通常也是他第一个冲上前。另外,最近一段时期,每当小爱尔莎惊恐地逃跑时,他总是追随而去,安慰她,把她带回来。

小狮子整夜都在吞食新鲜的猎物。黎明时分,他们离开了,走起路来,圆鼓鼓的肚皮左摇右晃。除了脸上有一些擦伤的痕迹,他们的身体非常健康,当然了,杰斯珀的屁股上还挂着箭杆。

随后的两夜,小狮子踪影全无,由于我受伤的腿仍然走不了远路,乔治独自出去寻找他们。他发现小狮子的足迹穿过山谷,朝险峻的陡坡方向而去,那儿岩石成堆,给他们提供了藏身之所。我们心想,他们可能觉得那里离本地狮子远一点,所以更安全,虽然他们要为此跑上两英里才能吃到晚餐。

随后的一夜,我们刚刚准备好食物,小狮子就来了。他们看起来非常紧张,一听到有狮子的咆哮声,吓得拔腿就跑,虽然狮子距离我们很远。直到第二天凌晨三点他们才回来,大饱口福之后又离去了。我们赞成他们快点吃完,因为不久之后,一群狮子又开始在我们近旁咆哮。

第二天夜间,同样的事情再次发生。小爱尔莎惊魂未定,甚至我们拧开手电筒,也把她吓得逃之夭夭。

大雨下了一整天,我们很早就出发了。我们到达喂食点时,发现杰斯珀正摇摇晃晃地站在树枝上,也就是那根悬挂着他的晚餐的树枝,他想要从上方抓住食物。其他两只小狮子则大半个身子躲在草丛里,一眼不眨地望着他。我们把猎物放了下来,小狮子一窝蜂似地扑过来,一整夜都在大嚼特嚼。黎明时分,肉被吃了个精光,只剩下几根骨头;这意味着我们必须再次去塞伦盖蒂的外面,为小狮子捕猎。

就在离营地很近的地方,我们又看见了那头黑鬃毛雄狮和他的两位女友。我们原本猜测,雄狮喜欢隐秘地度过蜜月期,所以看到雄狮当着一头母狮的面公然与另一头母狮浓情缱绻,真是大吃一惊。我们开车走了不到一英里远,又看见一头金黄鬃毛的雄狮。这头雄狮体格威猛,正躺在一片开阔地上晒太阳。它对我们视若不见,对相机的咔嚓声也满不在乎,伸伸懒腰,打打哈欠,仿佛我们都是空气似的。我还没来得及换胶卷,另一对缠绵悱恻的狮子也跃入我们的眼帘。它们紧紧依偎,看起来非常疲倦,对我们视若无睹。

我们越行越远,只见密林葱郁苍茫,高山深涧连绵起伏,野生动物成群结队地出现。我们靠近公园的边界时,可能穿过了庞大的牛群,比如北疆省饲养牛群的部落。几乎每一英里我们都会看到,在树丛下方,牛羚[①]和斑马簇拥在一小片树阴下;与此同时,那些找不到遮阴处的动物,在酷热的骄阳下茫然地四处走动。动物的叫喊声响彻寰宇。当我闭上眼睛时,能听出牛蛙的齐声叫喊,然而斑马尖利的呼号声又提醒我,这里不是沼泽地。我们此时置身于数以百万计的动物群中,它们正在进行年度大迁徙,从塞伦盖蒂前往维多利亚湖和马拉野生动物保护区。我们非常幸运,赶在动物大迁徙的时候来到塞伦盖蒂,见证了这一震撼人心的奇观。

我们带着猎物,返回给小狮子喂食的地点时,发现杰斯珀和戈珀正在合欢树上如演杂技一样玩耍着,而小爱尔莎躲在附近。突然,戈珀朝小爱尔莎的方向凝神倾听,随后爬下树,在快靠近地面的地方往下一跳,重重地摔在地上;他站起身来,看上去蠢兮兮的,朝妹妹的方向跑去。杰斯珀还在树上待着,我把烤饼盆朝他挥舞了几下,为了吃到鱼肝油,他也急匆匆地下来了,几乎是滚下来的。我很高兴,他的伤口几乎都愈合了,伤疤附近长满细细的绒毛,只是被倒钩刺破的伤口还淌着脓水,看起来非常恶心。

[①] 牛羚别名角马。——译者注

塞伦盖蒂大迁徙中的斑马群

天色漆黑一团的时候,小爱尔莎跑过来吃肉,但看起来惶惶不安。为了安慰她,我柔声呼唤她的名字。之后,我们拼命吓走野狮子和鬣狗,然而小狮子们还是离开了。

早餐之后,我们出去观看更多的野生动物大迁徙。回来的路上,我们又看见一对互相依偎的狮子。虽然它们躺在开阔的地带,也一定看见我们了,但还是允许我们走近,站在距离它们大约二十五码远的地方。不过它们真的是旁若无人,该干什么还干什么,丝毫不受我们的干扰。它们的欢爱持续了三分钟之久,而后雄狮温柔地咬了母狮的额头,母狮回以低沉的咆哮。过了大约十五分钟,雄狮再次来到母狮身旁,然而这一次母狮挥舞着爪子,拒绝了雄狮的示好之举。这一场景重复了两三次,母狮才允许雄狮再次交配。和刚才一样,最后以雄狮轻咬母狮的额头而告终。我们全神贯注地观察它们,过了二十分钟,雄狮第三次与母狮交配,最后松开母狮的时候,雄狮轻轻地咬了一口母狮的脖子;一切都结束了,两头狮子倒头就睡。此时,广袤无垠的原野寂静无声,时间似乎在此刻停止了。当我们发动汽车时,母狮抬起头,眯缝着眼睛,朝我们眨巴了几下,而雄狮毫无反应。

我们早就知晓,塞伦盖蒂母狮的数量比雄狮要多得多。难怪我们能看见这么多浓情蜜意的爱侣。雄狮几乎是妻妾成群,可以成功地管理一大家子,因为一头母狮要用两年的时间抚养小狮子,这期间不会交配。在这里,雄狮的数量远远少于母狮,我们看见的大多数雄狮都非常瘦。我们心想,可能是因为雄狮的蜜月通常持续四到五天,这期间,一对爱侣不吃东西,也很少喝水。另外,这里没有足够多的雄狮满足数量众多的母狮的需求,所以雄狮总是饥肠辘辘。

随后的三个夜晚,小狮子没有露面,倒是饥饿的掠食者蠢蠢欲动。尤其是那一头黑鬃毛的狮子和它的新娘,一直在附近徘徊,显然不愿意小狮子来到它们的地盘。

它们的举动令我们意识到,我们必须为小狮子找到一处新的喂食点——然而当务之急是,我们要找到他们。

我们听说,在大迁徙的季节,许多狮子会围追堵截迁移时列队而行的动物,因为和通常的捕猎相比,捕获掉队的动物要容易得多。我们只希望找到一处地点,把我们的小狮子迁到那儿,那儿的狮群不那么霸道,对领地不那么寸土必争。

接下来的几天里,我们遍寻这一地带,但很难在半人高的草丛和干涸的土地上发现小狮子的足迹。

我们从未看见过这么多的狮子:我们所经之处,见到过一个由五头狮子组成的狮群,它们坐在石头上。还没走多远,又看见了一个由七头狮子组成的狮群,它们躺在土堆上,镇定自若地打量我们,然而纹丝不动,哪怕我们离它们只有四码远,它们也毫不在意。我们继续前行,遇到了第三个狮子群,包括一头母狮,两只小狮子,两只半大的狮子,还有两头威风凛凛的雄狮。离它们不远的地方,两头黑鬃毛的狮子正在盯梢一头转角牛羚,它们轻手轻脚地往山上爬;天气越来越热,狮子显得精力不济,转角牛羚幸运地逃走了。之后,我们多次惊奇地发现两只雄狮相伴而行,不过据说塞伦盖蒂的雄狮能相伴多年。

我们来到一处小湖泊,观看几只单腿站立的火烈鸟,还有一只榔头形脑袋的鹳鸟,只见它将脑袋伸进浅滩里,在水里啄来啄去。一只丛林巨蜥就在它们旁边打盹儿。这只蜥蜴的个头很大,足足有四英尺长。在我们观察蜥蜴的时候,一只豺狼从后面靠近蜥蜴——显然是不怀好意。我们听说豺狼会吃鼓腹毒蛇,鲁道夫湖附近的狮子会杀死鳄鱼,然而我和乔治却从未见过食肉动物会以爬行动物为食。丛林巨蜥似乎对危险浑然不觉,直到豺狼已经离它非常近了,准备一口咬死它时,巨蜥才恐吓似地甩动起长尾巴,豺狼慌不迭地跳到半空,落荒而逃。巨蜥继续睡它的大觉,但豺狼怎么会轻言放弃?他贼心不死,干脆从前面进攻。这一回迎接他的是可怖的"嘶嘶"声,吓得他又慌忙逃进了草丛里。草丛里突然坐起一只母狮,两只小狮子一左一右,从它身后探出脑袋,吓得豺狼仰面摔倒,又爬起来,一溜烟似的逃跑了。母狮目视豺狼离开后,溜达到水边,在离巨蜥很近的地方喝水,巨蜥迅即一摇一摆地走开了。这一切就在榔头形脑袋的鹳鸟眼皮子底下发生,然而鹳鸟处变不惊,始终勤勤恳恳地在水里啄鱼,完全无视狮子、豺狼和巨蜥的表演。

小狮子踪影全无已然六天了,我们心急如焚。我们希望小狮子独立,然而独立应该是平缓进行,这种突然消失似乎不太正常。我们怀疑,小狮子是否拥有和家猫一样的返巢本能。如果是这样,他们现在很可能走在回家的路上——直线距离是四百英里;如果他们循着来时的路线,则要走上七百英里。他们走大路的可能性微乎其微,不过我们还是决定调查一番,开车返回三十英里,来到我们与公园监督官初次见面的山麓。我们没有看见小狮子的行踪。这一路,我们穿过了迁徙的大部队,看见汤氏瞪羚排成一列长达三英里的纵队,仿佛被磁铁吸引一般,整齐有序地奔向前方。尽管捕猎很容易,但我们觉得小狮子不会到这个地方来,因为这儿地势开阔,没有藏身之处,小狮子习惯于隐蔽在密密的灌木丛里。即便如此,我们仍然仔细地搜寻每一处岩石,和小山附近的植被,但最后一无所获,只能返回营地。

第二天早晨,我们取出地图,画了一道从塞伦盖蒂到爱尔莎营地的直线。

这道直线离开塞伦盖蒂之后,通过马赛①部落人的居住点。马赛人性格剽悍,以捕猎狮子而闻名。在欧洲人管理这片土地之前,为了证明自己已经成年,部落里每一位年轻的战士,都要用长矛杀死一头雄狮,然后用狮子的鬃毛做成头饰,在特殊的场合戴在头上,以此向众人证明他的勇气。如今,虽然狩猎法禁止用长矛杀死狮子,但马赛人依然会偷偷地猎杀狮子,所以我们不指望能在这一地区打听到小狮子的消息。我们想到了麦克蒂,虽然他是图尔卡纳人,但会说马赛语。我们打算安排麦克蒂去马赛人的居住地露营,看看能否在交谈中,获得有关小狮子的消息。如果小狮子袭击了马赛人的牲畜,麦克蒂也可以制止他们,免得小狮子被长矛伤害。

前往边界的路上,我们在塞罗内亚停下,给行政官打电话。听说我们深陷困境,他表达了深深的遗憾,然而他的意思非常清楚,我们必须在月底前离开塞伦盖蒂。离月底只剩下十天了,时间如此短促,我们还能怎么做呢?此时我们正路经狮子成群的地带,看到一个狮群里有五只母狮,正在给几只年龄各异的小狮子哺乳。小狮子从一位妈妈身旁,跑到另一位妈妈身旁,每只母狮都将小狮子视同己出。

我计划第二天早晨,开车将麦克蒂和他的装备送到马赛人的定居点,看看是否有一户马赛人愿意接纳他,而乔治继续沿着营地附近的山谷搜寻。

我们回来之后,我打好行李包,为明日的出发做好准备。因为我们的时间所剩无几,乔治决定立刻沿着山谷搜索。第二天早晨,

---

① 东非最著名的游牧民族,主要分布在肯尼亚南部和坦桑尼亚北部的草原地带,使用马赛语。——译者注

他笑嘻嘻地回来了;与其说是他看见了小狮子,倒不如说是小狮子看见了他。

他沿着山谷行驶六十英里后停车,车灯的光亮可以传到很远的地方,他不时地拧开照明灯,扫射附近的所有角落。

大约在晚上 9:00,小狮子们来了。他们看起来很壮实,一点儿都不饿,只是非常口渴。小哥俩把乔治带来的饮用水喝个精光,一点儿都没有给可怜的小爱尔莎剩下。他们三个都非常友好,杰斯珀甚至还打算钻进乔治的车里。他们整夜都留在乔治身边,吃了一点儿乔治带来的发臭的肉,还以追逐鬣狗为乐。破晓之后,小狮子们离开了,朝一处小山谷跑去。乔治立刻返回,告诉我这个好消息,阻止了我和麦克蒂的马赛之行。事情非常明显,自从在爱尔莎营地,小狮子经历了猛狮驱逐事件之后,他们畏惧在放生地附近的所有狮子,并且学会了寻找更加偏僻的地方,一个属于他们自己的地盘。

我们决定暂且不搬迁营地,而是每天傍晚驾车去小狮子所在的山谷,在那里过夜。他们选择为家的幽谷坐落在险峻的陡坡脚下,高于舌蝇活跃的地带;那儿大约有一英里半长,有两处窄窄的峡谷。其中一处峡谷提供了尤为安全的藏身之处。此处的峡谷大约有半英里长,陡峭的岩壁有九英尺高,五英尺宽;峡谷上方有一处密不透风的植被,在一天之中最炎热的时候,就变成天篷似的树阴,辟出一处清凉之地。

一旦有危险靠近,他们从远处就能听见动静,如果有必要的话,小狮子还可以退回峡谷,沿着陡坡断裂处的峭壁攀援而上。上有悬垂的岩石,旁有茂密的丛林,小狮子进可攻退可守。陡坡顶上视野宽阔,能将连绵起伏的森林地带和河流尽头的大片草地尽收眼底。另一处山谷穿过草地,直入莽莽群山,而其他的山谷伸向远方的地平线。一段河流蜿蜒曲折,犹如一道绿色的飘带,沿着山谷逶迤向前,最后消失在薄雾之中。我们觉得,小狮子为自己找到了一个更好的家园,远远胜过我们之前为他们选的地点。

我们第一次到达他们的山谷时,已近薄暮,我们在陡坡与河流之间找到一棵大树,把带来的肉悬挂在那里。一只小狮子很快就从峡谷里出来了,只不过藏在草丛中。天色漆黑一团时,三只小狮子都来了,径直走向水盆。他们非常口渴,我们把水盆的水加满好几次,直到他们喝够。我们仔细打量小狮子,他们都非常健壮,那些擦伤愈合得非常好。但是,杰斯珀屁股上的箭杆似乎毫无脱落的迹象,趁着他从烤饼盆舔舐鱼肝油的时候,我向他伸出手,但他不允许我拉扯箭杆。等他们解渴之后,又消失在茫茫夜色中,一直没有回来吃晚餐,直到乔治灭掉车灯。我们明白,他们没有改变夜行动物的习惯,总是在夜间出现,黎明时离去。

第十四章 峡 谷

我们找到小狮子之后,乔治把消息告诉了塞罗内亚。

之后,我们与行政官见面,与他讨论小狮子的未来。他建议我们立刻离开,但我们据理力争:小狮子还不能独自捕猎,而且我们很担忧杰斯珀的箭伤。他同意我们逗留到五月底,帮助杰斯珀疗伤。

与行政长官见面那天的黄昏时分,杰斯珀和戈珀从峡谷里出来了,但是小爱尔莎没有露面。戈珀贪婪地扑在肉上,而杰斯珀回到妹妹身旁,两个小家伙待在灯光照不到的地方,等乔治熄灭车灯之后,他们才走出来,和戈珀一起狼吞虎咽。

第二天,我们又去欣赏大迁徙。这是何等波澜壮阔的景象!迁徙的动物花费数周时间集合;在此期间,它们将平原搅得天翻地覆。数日之内,三英尺高的青草基本被啃个精光,只剩下大约四英寸高的草杆。实际上,迁徙要持续数日,动物大迁徙的壮观和急切只有亲眼目睹才能相信。

数百万的动物滚滚而来,浩浩荡荡,这景象如此宏伟,令我们叹为观止,有时我们甚至觉得,仿佛大地都在移动。牛羚成群结队,从几十只到上百只,它们排成一纵列,沿着熟悉的道路前进;只要有可能,斑马都逐水而行;迁徙主要以牛羚和斑马为主,然而也有为数众多的汤氏瞪羚,小群的葛氏瞪羚,东非狷羚和转角牛羚。我们也看到了大约两百只左右的大角斑羚。食草动物的外围,是饥肠辘辘的豺狼和鬣狗，它们虎视眈眈，寻找机会捕食掉队的不幸者。广袤的原野上，四面八方都是迁徙的动物，它们不计其数，令人目不暇接。

　　在凉爽的时间里，它们精力充沛。我们对毛发蓬松的牛羚尤其感兴趣。公牛羚只要见到一头落单的母牛羚，就会展开热烈的攻势，和竞争者挑起一场争斗。母牛羚摇晃着脑袋，甩开蹄子，踢走那些死缠烂打的追求者。有好多次，争斗不休的牛羚经过我们身边，扬起铺天盖地的灰尘。我很担心我的照相机，赶紧遮住镜头，结果就无法拍照了。有一次，有一个大的数百只成员的斑马群从我们的车旁疾驰而过，扬起雷鸣般的轰响，灰尘滚滚；等它们几乎都跑过去了，透过厚厚的尘土，我看见一头雄狮扑跳到最后一匹斑马背上；它没咬住猎物；又见第二头雄狮也猛扑过去，咬倒数第二头斑马，也没咬住。

　　当尘埃落定，我们看见两头雄狮坐在树下，其中一头雄狮年纪很大了，瘦骨嶙峋。我们心想，它可能需要依赖那头正当壮年的雄狮捕猎。

　　暮色沉沉，我们到达峡谷时，发现小狮子们都一脸倦色。特别是杰斯珀，昏昏欲睡，卧在我的车旁休息。无论何时小爱尔莎跑过来，他都只是舔舔妹妹，等她跑远了，杰斯珀又跑过去与她相伴，亲热地拥抱妹妹。戈珀早就吃上肉了，但直到等小爱尔莎壮起胆子开始进食后，杰斯珀才跑过来舔舐鱼肝油。之后，他一整夜都在我的车旁休息。

　　第二天早晨，我们决定考察一下小狮子的峡谷，也就是山谷四十英里长的这一段。我们起初还能沿着车道行驶，不久之后，车道隐没在了草丛和荆棘之中，我们只能下车步行，穿过齐肩高的青草和刷拉作响的荆棘丛。

第十四章 峡 谷

这种情形下,我们几乎看不见什么野生动物;野生动物中,似乎只有犀牛才会青睐光秃秃的荒原。说实话,我们真的很羡慕犀牛的皮糙肉厚。

山谷的尽头是一处广袤无垠的平原,那儿伫立着一棵孤独的扇叶树头榈,这种树木通常生长于水边。棕榈树旁边有一群转角牛羚,我们粗粗估算了一下,大约有三千头。我们从未见过这么多的牛羚,虽然事后得知,在牛羚最喜欢逗留的平原上,它们聚在一起的数目可多达五千头。

此时已经快到傍晚了,我们返回小狮子所在的山谷,发现他们已经在等候我们了,这真是令我们喜出望外。我们希望这是一种好苗头,说明他们放弃了夜间出没的习性,学会像塞伦盖蒂的狮子一样生活,在保证安全的前提下,能在空旷的地方度过一天。如果我们的小狮子能够适应一种与之前截然不同的生态环境,这不仅对他们的生存有利,而且有了这个成功放生的先例,也可以将其他驯养的狮子移居到新环境里。夜里很冷,小狮子晚上 10:00 就离开了。

当我们回到营地时,看到了一份来自行政官的信件。他再次向我们确认,请我们务必于 5 月 31 日离开塞伦盖蒂,并且补充说,从现在起,禁止我们把生肉带进营地,喂养小狮子。

我们开车前往峡谷,发现小狮子在等着我们。杰斯珀对食物兴趣全无,一口都没有吃,看起来无精打采。我们很纳闷,虽然他看起来很结实,但也许箭头附近的伤口开始化脓了?还有一种可能是,就像爱尔莎在第一次放生的时候,由于舌蝇或者蜱虫的缘故,受到了某种感染而发烧。放生地和塞伦盖蒂的气候很相似,难道杰斯珀和爱尔莎当年的情况一样?有好几天他都没精打采。他的情况令人揪心。

第二天早晨,我们很担心杰斯珀,沿着小狮子所在峡谷的边缘行走,用望远镜寻找小狮子的踪迹,指望能在厚如天篷的植被里找到他。我们看见了小狮子,但是他们见到我们之后,仿佛被我们的到来吓坏了,一溜烟似的冲向峭壁。我呼唤他们,然而他们惊慌地跑掉了;我们只能返回。

小狮子的峡谷和我们的营地之间,有数英里远,这里是山谷最富有吸引力的地方。

当我们在黑色的岩石间寻找落脚点时,一块光滑的石板吸引了我。这块石板是完美的墓碑之选,非常适合矗立在爱尔莎的墓前。我想,爱尔莎的墓碑应该来自小狮子的新家。为了检测石头的硬度,我拿起一块石英石,在石板上划了几道,几乎没有划出痕迹。后来,当石匠在其中一块石板上雕刻爱尔莎的名字时,折断了五根凿子。他告诉我们,无论是花岗岩还是大理石都没有这么硬,他从未在这样的石头上刻过字。

翌日傍晚,小狮子只在天黑之后才出现。这令我们倍感失望,他们还没有改变自己的夜行动物的习性。

舔完了鱼肝油,杰斯珀在汽车后面休息;其他两只小狮子也吃饱喝足了,来到杰斯珀身旁,邀请他一起游戏玩耍,但他只是亲热地舔舔他们,却一动也不动。

凌晨时分,戈珀和小爱尔莎又吃了一顿后,走到杰斯珀身边,试图鼓励他和他们一起回峡谷去。过了一会儿,他慢慢地站起身来,跟随他们而去。我呼唤他的名字,他往回走了几步,站在我的面前。我指指生肉,再和他说话,就像我希望爱尔莎进食一样。他的反应和他的母亲如出一辙——走到猎物旁边,开始吃肉。这是三天来,我们第一次见到他进食。

每当戈珀和小爱尔莎喊他的时候,他都抬起头来,然后又吃几口。我反复地对他说:"再吃一点,杰斯珀,尼亚玛①,尼亚玛,多吃一点儿。"

终于,戈珀跑过来,跳到杰斯珀的屁股上,劝说他与他们一起回峡谷去。

我发现自己还有一点土霉素,打算傍晚时用来治疗杰斯珀。幸而他还信任我,只有他从我端着的盘子里舔舐鱼肝油。否则的话,戈珀早就把鱼肝油吃掉大半了。

剩下的猎物已经发臭了,小狮子们习惯吃新鲜的肉,一闻到臭味,他们就做出一副恶心的神色。许多人深信不疑:狮子喜欢吃腐肉,有意把新鲜的肉放在一旁,直到其腐烂之后才进食。这种说法完全不符合实际。除非它们饥饿难忍,才会来者不拒,给什么就吃什么。我只希望,我们的小狮子很快就能学会捕猎之术,靠自己的能力吃到新鲜的食物。我不由地陷入了沉思之中。这时小爱尔莎决然地离开了,仿佛她已下定决心,自己去追捕猎物。戈珀紧随其后,而杰斯珀则一动不动地趴在地上,偶尔抬起脑袋。等哥哥和妹妹返回时,他勉强与他们玩耍了一会儿。显而易见,杰斯珀生病了。

我们无法想象,在他生病的时候弃他而去。我们安排易卜拉欣去塞罗内亚,给公园监督官送去一封信,解释我们当前的情况,并恳请在最后期限到来之后,允许我们在塞罗内亚继续逗留几日。我们的狮粮告罄,杰斯珀没东西可吃了。我们的时间所剩无几,乔治斗胆驾车四十英里,去公园的边界捕猎。我们明知此行违反公园的禁令,然而形势所迫,这也是无奈之举,但愿我们能获得公园行政官的谅解。在靠近边界的地方,我们注意到一架低空盘旋的飞机。我们

---

① 斯瓦希里语,肉的意思。——作者注

猜想，这架飞机是在统计大迁徙动物的数目。返回营地之后，公园监督官到访。他当时是飞机的一名乘客，亲眼目睹了乔治猎杀动物的过程，并要求我们解释为何无视公园方面的禁令，射杀野生动物。我们将实情和盘托出，恳请他延长我们的逗留期，允许我们在小狮子的附近露营。他回答说，他本人权责有限，建议我们和阿鲁沙的行政官联系，以获得延长逗留期的许可。监督官从内罗毕发来无线电报，说为我雇用了一架飞机，翌日早晨，飞机将来接我。当夜，我们和小狮子如常度过。第二天早晨，我乘坐飞机，飞过这片令人魂牵梦萦的土地，前往阿鲁沙，和行政官共用午餐。对乔治最近无视他的禁令捕杀动物，他表示很不满意。我向他表达了歉意，并解释了我们所面临的困境。而后，他向我们提议，如果我们对塞伦盖蒂的状况不甚满意，我们完全可以再次捕获小狮子，并将他们迁往坦噶尼喀的另外两处野生动物保护区，我们在那儿不受国家公园制度的束缚，如果小狮子生病了，我们就可以和他们在一起。但我并不急于第二次迁移小狮子，尤其是查看地图后，我深信他的计划并不可行：他建议的两处放生点都非常狭窄，小狮子很容易穿过保护区，进入人口密集的村庄。我拒绝了他的建议，行政官将我们在公园逗留的时间延长了八天，不过6月8日一到，我们就必须离开。当日和6月8日之间，他允许我们在塞伦盖蒂的边界再捕杀三只猎物。为了避免产生误解，他将这些内容做了记录，而我们只需做出决定：是将小狮子迁离塞伦盖蒂公园，还是在6月8日之后，让他们听天由命。他也提出，假如我们需要更多的帮助，比如搬运箱笼，而他本人无法满足的话，他可以安排我们和公园的理事会主席碰面。

我返回营地时，大雨滂沱而下。我心情低落，感觉浑身倦怠难受。即便这样，我也顾不得休息，直奔乔治所在的峡谷。当夜小狮

杰斯珀和乔治在塞伦盖蒂。

子没有来,我们只听见斑马的叫声。第二天早晨,我发高烧了。晨间,我拖着病体和乔治一起寻找小狮子,然而他们踪影全无。

天黑之后,小狮子才出现。他们直奔我们提供的鱼肝油。最近一段时间,他们胃口大开,给多少就能吃多少。为了不让他们吃得过饱,我们只能限量供给。

我将土霉素混在盛放肉块的碟子里后,伸到杰斯珀身旁。杰斯珀抬起爪子,将碟子压近地面才停下。当他吃肉的时候,爪子悬在半空之中。我很疑惑,难道他知晓我的意思,害怕他尖利的爪子碰到我的手掌,挠破我的皮肤?

不一会儿,一头狮子微弱的叫声传来,声音吸引了小狮子的注意力,他们循声而去,消失在茫茫夜色中。

他们离开之后,我们忙得不可开交,驱逐一群闻味而来的鬣狗。这帮家伙很有锲而不舍的劲头,一直到小狮子返回时,它们才退避三舍。小狮子迅即吃掉更多的肉后又退回峡谷里去了。他们刚刚走开,鬣狗就卷土重来,直到我们把肉悬到半空之中,它们怎么也够不着了,才悻悻地离去。随后的夜晚,那头狮子再次呼唤,小狮子顾不上吃口肉便又循声而去。第三天傍晚,戈珀和小爱尔莎饿极了,吃相极其贪婪,然而杰斯珀一口也没吃。多亏土霉素的药效,他的病情有所好转,然而依然没有恢复健康。

鉴于杰斯珀的情况,我决定拜访主席先生,将我们的困难如实相告。我向他提出,杰斯珀的箭伤可能需要手术治疗,而且在他生病的时候,需要我们的帮助。我强调说,如果在小狮子成为合格的猎手之前,我们就抛弃他们,这种放生就不可能成功。我的理由没有能够说服主席先生,也没有让他宽限我们几日。

如今,我们离最后期限只剩下三天时间了。然而,当我走在返程路上时,灵机一动,突然有了一个好主意。他们只是让我们离开营地,然而并没有禁止我们以游客的身份在塞伦盖蒂逗留。

我应该在官方指定的地点露营,这就需要我们白天长时间开车,抵达小狮子所在的峡谷去看望他们。我不能喂食他们,或者夜间出去;然而,我还能与他们联系。想到这儿,我立刻调转方向,直奔塞罗内亚,预定露营的地点。我得到的答复是——我的要求必须获得行政官的首肯。我颇感惊奇,不过我还是先预定了营地,等待最好的结果。

我们要充分利用最后的几天时光,便争分夺秒地驶向峡谷,而小狮子们姗姗来迟,傍晚时分才露面。我们在心焦地等待时,注意到一只孤独的黑斑羚,我们每次到达峡谷,都能看见它的身影。它总是独来独往,从不与任何羚羊为群,对小狮子们也毫不理会,因为目前小狮子绝无追踪它的打算。说来真是不可思议,我们在塞伦盖蒂逗留这么长时间,竟然与它相安无事。

杰斯珀来了,我给他服了药。戈珀冲向食物,而小爱尔莎则跑向几只在远处嘶叫的斑马。她饥肠辘辘地回来了,当杰斯珀打算与她分享食物时,她毫不客气地扇了哥哥一巴掌。杰斯珀好脾气地走到一旁,等她吃饱喝足后,才用爪子抓住骨头,脑袋晃来晃去地,费力地撕咬骨头上残存的一点碎肉。他和从前的爱尔莎一样,宽容又无私。

次日早晨,乔治去猎杀最后一头猎物。此后,公园管理方禁止我们为小狮子捕杀野生动物了。

我们返回峡谷时,小狮子立刻扑向新鲜的猎物。一想到从今天开始,小狮子在成为一名合格的猎手之前,将度过一段饥肠辘辘的日子,我就心酸不已。戈珀和小爱尔莎至少身强体壮,而杰斯珀则不然,我对他的身体很不放心。

雨点噼里啪啦地落下来,小狮子一眨眼就跑没影了。乔治把猎物吊了起来,然而他们并未走远,看见乔治此举,他们又一窝蜂似的跑回来,扑挂到猎物上面,我真担心绳子会被他们扯断。乔治把猎物放低,他们立刻咬住猎物的喉咙,试图令猎物窒息而亡,仿佛猎物依然是活的。见此情形,我们颇感安慰,这说明小狮子至少懂得猎杀的第一条规则。

6月7日,我去塞罗内亚,得到的消息是,只要我的行为举止像一名普通游客,就可以继续逗留。

返回营地时,我和那头黑鬃毛的狮子再次不期而遇;它正和伴侣同行,身后跟着的是一头带着两只小狮子的母狮;小狮子看起来有五星期大了。我确信,这就是几星期之前,把我们的小狮子赶出放生点的狮群。

我们在营地度过最后一夜。原来我们打算在空地上搭帐篷,但是夜里大雨滂沱,我们只能躲在汽车里,冻得瑟瑟发抖。雨声震耳欲聋,压过了我们呼唤小狮子的声音。雨停之后,小狮子也没有出现。根据小狮子的夜行习惯,估计这是我们最后一次能见到他们的机会了。我黯然神伤,聆听晨间鸟儿倦意浓浓的啼鸣,看着第一缕曙光刺破夜的帷幕。

一大群欧椋鸟飞来,扑在我们的猎物上,享用美味的早餐。在乔治开始放下猎物时,有的鸟儿扑向他。我们弄断较大的骨头,把小狮子爱吃的骨髓刮出来后,把所有的肉拖进峡谷,用树枝盖住,但愿在小狮子到来之前,没有鬣狗发现它们。继而,我们寻找起他们的踪影。我们沿着峡谷慢慢而行,呼唤他们的名字,但没有看见任何一只小狮子。

第十四章 峡 谷

整理行装时,我用望远镜搜寻四周,只见两只短尾鹰在天空展翅翱翔。几天之前,我就注意到,它们在空中滑翔时,几乎没有扇动翅膀,翅膀完美的弧线丝毫未曾改变。显然,小狮子所在的峡谷上方,是属于它们的地盘。

乔治已经发动汽车了。这时,我发现陡坡上方多了一个黄色的小点,立刻认出那是杰斯珀的脑袋。我呼唤他们的名字,戈珀和小爱尔莎也露面了。我们怎能不告而别?于是乔治熄灭发动机,我们一同爬上断崖。

戈珀和小爱尔莎,他们不习惯有人入侵他们的堡垒,很快又逃回到峡谷的隐秘处。只有杰斯珀心平气和地坐在那儿,等待我们的到来,允许我们给他拍照。而后,他慢慢走开,去与哥哥和妹妹相伴,中间停下好几次,回头望望我们。我们以后还会见到他们吗?

第十五章　我成了塞伦盖蒂的一名游客

我们花费了大半天的时间整理行装,到下午茶时分,才抵达塞罗内亚。那儿有一间为游客提供膳宿的客栈,三位监督官与其家人住在客栈附近。如果游客愿意宿营,可以去一英里之外的指定地点,在那儿搭建帐篷。我选择住在空旷的地方,这样可以躺在床上欣赏晨光。

乔治离开之后,我和其他人开始搭建帐篷。一场暴雨淋湿了我们的大部分用品。夜里,有好几只鬣狗在附近游荡,一头狮子与我的帐篷近在咫尺,我都能听见它的喘气声。幸而男孩子们睡在卡车里,我不必担心他们的安全。

第二天稍晚,我与塞罗内亚方面见面,安排我的逗留事宜,他们要求我交出枪支弹药,因为游客不允许携带火器。

我询问监督官,夜间狮子拜访我时,我该如何去做?监督官咧嘴一乐,回答我说:"把它们吓跑!"事实上,等到我离开塞伦盖蒂时,我已经成为擅长"吓跑"动物的专家了。

翌日一大早,我与奴鲁和一名当地的司机,驱车去寻找小狮子;我们在湿滑泥泞的道路上行驶了二十五英里,最后到达峡谷。我们发现,三只小狮子正躺在一棵大树下。当时是上午 9:00,我从未见过小狮子在这个时候出现在空旷地上;我很纳闷,他们是否是在等我们归来?小狮子从未主动找过我们,以前都是等我们去找他们。

过去,爱尔莎也是如此。事实上,她自从放生之后,就一直把我们视为她的地盘的访客。我心想,小狮子目前的行为足见他们并无被抛弃之感,在新环境里也怡然自得。事实上,他们适应了新的环境,迁移是成功的。

我呼唤小狮子,但是他们没有动弹,当我走出汽车时,他们却四散而逃。我坐进汽车,尾随他们而行。最后戈珀和杰斯珀来到一棵树下,在那儿安顿下来;而小爱尔莎不见踪影。后来,我去峡谷里查看我们留在那儿的最后一只猎物,什么都没有发现。

此后,我又回到大树下,看见小哥俩还待在那儿。我从汽车里出来,柔声呼唤他们,而他们只是坐在原地凝视着我,毫无受惊的模样,于是我也坐在一旁,开始写信。之后,戈珀走向河流,过了一会儿,杰斯珀也慢慢离开了。两个小时之后,一匹斑马轰隆隆地从我身旁经过,后面跟着一群黑斑羚,它们疾驰而过,如风如电。我心想,小狮子可能正在追逐羚羊,于是开车前往杰斯珀消失的地方,差点儿和一头金黄色鬃毛的年轻雄狮迎面相撞。沿着峡谷没走多远,我看见一头成年母狮,后来又看见另外两头;然而,小狮子们踪影全无。

此时我们该返回塞罗内亚了,否则无法在天黑之前到达目的地。我们的汽车出了故障,等修理厂把汽车修好时,已是第二天上午 10:00。到达山谷时,我已经不指望能在小狮子们出现的时间在那片空旷地上找到他们了。

行驶在路上的时候,我看见一头红鬃毛的雄狮。这头雄狮英武挺拔,吃得饱饱的,正在猎物旁昏昏欲睡。三只豺狼也在大口撕咬着猎物,然而这头雄狮视若不见,连耳朵都不抖动一下。当然,对几百码之外在一棵大树下坐着的两头金黄鬃毛的年轻狮子,它也置之不理。

到达峡谷时,除了那只黑斑羚"独行大侠",我们没有见到任何一只小狮子。难道此处被小狮子抛弃了吗?

我猜想,也许是因为昨天多了一位陌生人,也就是我雇用的那名当地司机,他的出现引起了小狮子的不安。因此,今天我只和奴鲁一起出现。我们的运气不佳,这一天一无所获。在返回塞罗内亚的途中,我发现金黄色鬃毛的狮子和他的同伴还在原地,早晨时他们就是在那棵大树下,似乎一直没有挪过地方。

次日早晨,我们再次驱车前往峡谷。我注意到,有一打斑点鬣狗正在朝一个方向移动;再往前走一段,又看见一群黑糊糊的动物,在地上滚作一团,乍一看很像一个土堆。我拿出望远镜,发现黑糊糊的东西是六只非洲野狗,它们正在争抢一只猎物。等它们稍微移开片刻,我辨认出那个猎物是一只拼命挣扎的小鬣狗。几秒钟之后,野狗再次扑过去。我无法坐视六只野狗把小鬣狗撕成碎片,于是全速前进,把一群非洲野狗吓跑,而后把汽车停在非洲野狗和小鬣狗之间,直到小鬣狗挣扎着站起来,慢慢走向鬣狗群。小鬣狗的后背上有几处伤口,血流如注,不过看起来伤势不太严重,估计也不会很疼痛。小鬣狗走几步就停了下来,回头看看非洲野狗。此时,第二只小鬣狗出现了,径直向非洲野狗走去。这下我可糊涂了,不知道该把汽车朝什么方向开了,或者说,我怎样才能迅速调转汽车的方向,同时保护两只小鬣狗?终于,一只成年鬣狗挺身而出,把小家伙安全地带回鬣狗群中。这时,非洲野狗又找到了新的兴趣点,它们的动作看似玩闹,相互之间用后腿跳跃打斗,其实是借以掩饰自己的行踪,正在狡猾地靠近几只汤氏瞪羚。说时迟那时快,鬣狗再次冲向非洲野狗。结果令我大吃一惊,非洲野狗落荒而逃了。当然,鬣狗有强壮的下颚,而且一群鬣狗的攻击也是相当可怕的,但是我们从不指望,当被一小群鬣狗进攻时,数目占优势的非洲野狗会放弃快要到口的猎物,尤其是在它们已经尝到鲜血的滋味时。

我们晨间还遇到了一个有五十名成员的黑斑羚群。黑斑羚堪称最美丽优雅的羚羊,它们的羊角像竖琴一样弯曲,体格苗条匀称,深红色的毛皮闪着光泽。当我们走近时,一只羚羊优雅地纵身一跳,很快一群羚羊也跟着有节奏地腾跃起来。这一次,它们的跳跃还算有充分的理由,不过在我看来,许多时候,黑斑羚的跳跃,只是为了快乐而已。在这个季节,羚羊群里有公羊也有母羊,而在某些特定的月份,母羊独身自好,而公羊聚成一群。我们数过的羊群,有的是四十只全是公羊,老老少少在一个群里,有的是七十只母羊,却只有一只守卫的公羊。

在小狮子山谷的入口处,我认出了两对耳鬓厮磨的狮子,以前我在那儿见过它们。抵达峡谷时,我发现了一只黑斑羚的颌骨,显然是这两天被猎杀的。我心中一惊,急切地环顾四周。那只独来独往的黑斑羚正在不远处喝水呢,我顿时松了一口气。我呼唤小狮子,但除了一只鬼鬼祟祟的鬣狗,什么都没有看见。

这一天我们寻寻觅觅,然而空手而归。车道崎岖难行,我们的汽车陷进了好几处隐没在草丛中的蚂蚁窝,最后只得用千斤顶抬起车轮。

每天清晨,我们都早早地来到小狮子的山谷。朝阳低低地悬垂着,平原一望无际,仿佛是一片露珠的海洋。露珠亮如星,美如画,而薄雾丝丝缕缕,缠绕在平原,飘荡在天空。无论我们看到的是什么动物,是毛茸茸的,光滑的,条纹的,斑点的,还是单色的,无论是什么体态,什么角型,都无一不在快乐地跳跃和奔跑。它们的身姿那么优美迷人,我们恨不能和它们一起,在无边无际的平原上跳跃。大部分的动物生性保守,我们只对个别的动物有所了解。

一天,我们花了一段时间观察三只狮子,因为这三只狮子和我们的杰斯珀、戈珀、小爱尔莎非常相像,奴鲁压根儿分不清,坚持说那就是我们的小狮子。为了证明奴鲁的判断是错的,我呼唤它们,它们果然置之不理。最后我在车旁放了一盆饮用水。奴鲁看到,两只小雄狮中的头儿冲着我咆哮几声,走开了。真是匪夷所思,三只小狮子和爱尔莎的孩子年龄相仿,也一定是失去了妈妈,更奇怪的是,那只小母狮不仅模样酷似小爱尔莎,举止行为也和小爱尔莎差不多,虽然它坐在地上的时候,不像小爱尔莎那样把脑袋缩在肩里。而且,没有一只小雄狮像杰斯珀那样屁股上挂着箭杆,或者像戈珀那样大腹便便。观察了数小时之后,我深信不疑,这是一个奇怪的狮群。然而开车离去之后,我依然疑惑重重,于是我们又掉头回去,返回原地继续观察,以确认它们不是我们的小狮子。

我坚信,杰斯珀、戈珀和小爱尔莎,他们不会很快就入乡随俗,适应舌蝇和一大群近在咫尺的狮子。我沿着陡峭的山麓和幽深的峡谷寻找他们,那儿没有舌蝇,狮子也较少出没。有一处深陷的卢卡,周围是陡峭的岩壁,看似很有可能成为他们的藏身之地。我猜测,比起穿过山谷到达卢卡,小狮子会觉得穿过河流更安全。卢卡附近有成群结队的黑斑羚,所以我们也把这个地方称为黑斑羚卢卡。河流的尽头,属于另一支狮群的领地。我们第一次与这个狮群不期而遇,是在烈日炎炎的时候。当时,一头母狮和两只快要成年的小母狮正在打盹儿。它们附近有一头猎物,狮子们虽然已经肚皮鼓鼓,但也没有忘记守护猎物。猎物上方的大树上,落满了秃鹫。第三只小母狮蹲伏在树枝上。过了一会儿,它伸伸懒腰,打个哈欠,慢慢从树上爬了下来,伏卧在妈妈身旁。

天气非常炎热,所有的狮子都热得直喘气。突然,两只小狮子走向一棵枝繁叶茂的小树,沿着细细的枝条往上爬。枝条被它们压得上下猛晃,不过小狮子不为所动,依然待在上面,显然是为了在这里享受清凉的微风。

还有一次,我们又和这个四口之家碰面了。当时,它们正走向河床的一个死水塘。母亲走在前面,每一步都小心谨慎,用爪子试探着脚下的泥土。一旦觉得有陷进泥巴的危险,她就止住脚步。如果不能到达河边,找到一处自己喜欢的地点喝水,她宁可在冰凉的泥巴上休息,也不冒这个险。两只小狮子亦步亦趋,跟在妈妈的身后。以前,爱尔莎也是如此小心翼翼。狮子们总是小心行事,避免陷进泥巴里动弹不得。说实话,我还从没见过有狮子被困在泥沼里,绝望地挣扎过。

但是,大象在旱季的遭遇可不太妙,它们口渴难耐时,经常会因为找水喝而陷进泥塘;它们越是拼命挣扎,就陷得越深,以致最后被泥沼完全吞没。我们经常会伸以援手,试图把大象从这种慢慢致死的困境中解救出来。有时候,几只大象会陷进同一处泥沼。这种被泥坑吞没的悲剧屡屡发生,经常有几只大象葬身于同一个地点,那儿就成了大象神秘的墓地。从另一个角度来说,比如河马、犀牛和非洲水牛,几乎所有的大型动物都热爱在泥坑里打滚儿,但这些动物却从来不会被泥沼吞没,它们似乎本能地知晓,哪儿的泥坑能打滚儿,哪儿的泥坑有致命的危险。

几天之后,我们在同一个地方,又一次与这个四口之家不期而遇。我心想,我们的搜寻最好继续沿山谷而下,因为此处显然是这支狮群的地盘,我们的小狮子不可能待在这儿。我们继续行驶四十英里,来到山谷的尽头,在那儿看见一大群牛羚和斑马;舌蝇铺天盖地,令牛羚和斑马不胜其扰。见此情形,我们明白,小狮子也不会选择在这里安家。迄今为止,我们还没有去过的地方,就只有矗立在远处的河对岸、正对小狮子山谷的连绵群山,以及陡坡的腹地了。

我们没法去崇山峻岭中寻找小狮子,因为那儿没有盘山路,汽车开不上去。至于陡坡,我盘算着迂回绕行进入山坡腹地,然后沿着坡度较缓的斜坡,也就是通往陡坡背面的斜坡,到达陡坡的边缘。如此一来,我们要花费几天的时间,在崎岖坎坷的道路上颠簸而行。最后,我决定放弃去陡坡的打算,主要是因为,汽车可能会在半道上抛锚。在那么偏远的地方,抛锚之后有多危险是不言而喻的。

每天早晨,我们都满怀希望地出发;每天傍晚,我们又都垂头丧气地回来。

回程路上,夕阳在我们身后,前方的动物沐浴在落日的余晖中。

暮色苍茫时,一切都显得祥和宁静。然而我知道,这种宁静何其短暂,追捕与猎杀将会迅速登场。每一只猎手都蓄势待发,凶猛地扑向猎物,好填饱自己的肚皮。这里有数不胜数的鬣狗。四处游荡的鬣狗提醒我们,这里远非世外桃源。和猫科动物的直接猎杀不同,鬣狗或者是分食其他肉食动物的猎物,或者是猎杀出生不久的小羚羊,以及那些没有防备能力的动物。

在营地度过的夜晚总是令我激动不安。我能听见狮子在四周游荡,甚至辨认出了大多数狮子的声音。有一次,我被啪嗒、啪嗒的声音惊醒了,在半梦半醒中聆听片刻,我才明白,那是一头母狮钻进了我的帐篷,从我的盆子里舔水。我手无寸铁,和母狮之间只隔着一张桌子。我高声大喊,迫使它离开了帐篷。我将这次意外事件告知公园监督官,他却说这件事并不稀奇,塞伦盖蒂的狮子确实偶尔会钻进帐篷里,使劲拉扯防雨布,兴致来时,还会在帐篷里转悠一圈。

虽然夜间访客的出没令我心跳加速,但是在静谧无声的深夜,我从不觉得狮子的叫声令人恐惧,只觉那是天籁之音,总是那么柔和动人。靠近塞伦盖蒂的狮子幼时就见惯了来来往往的游客,因此它们相当友善。当母狮子给小狮子哺乳时,会有许多汽车围在它们身旁,而它们将人类和交通工具视为自然现象,从不大惊小怪。

在某些地区,人们可以坐在车里寻找动物和拍照,那里的野生动物似乎把汽车视为同类,有奇怪的习性和特殊的气味而已,却没有危害。只要游客不大声说话或者移动,在车里保持安静,它们就不会惊恐,然而一旦有游客从车里出来,动物们就会惊恐不安,四散逃窜。

每天我们都遇到许多狮子,却看不见我们的小狮子。在此期间,行政官曾短暂到访塞罗内亚。我询问行政官,可否将汽车停在小狮子藏身之处的附近,在汽车里过几夜。我解释说,白天找到他们似乎毫无希望,只有在晚上他们才可能会被灯光吸引过来。然而,他认为自己无权允许我这么做。我只能继续在白天搜寻。

如今,我们找遍了矗立在河岸边我们所能走近的山峦。

旱季到了,动物们要去小水坑饮水,这些地方还有尚未干涸的河流。

这是一年当中,偷猎者最为活跃的时候。也就是说,这是偷猎的高峰期。他们清楚地知道,动物为了解渴必须前往的几处水源。为了制止他们的偷猎行为,狩猎监督官的工作非常艰苦。他们收缴了不计其数的罗网,有毒的弓箭和长矛。这些东西极其可怕,但它们只是各种偷猎工具的冰山一角而已。在这里,钢丝罗网非常便宜,能从印度商人手中轻而易举地买到。

遍及东非的偷猎、干旱、洪灾和对野生动物的杀害,为当地居民和他们的庄稼提供了土地,然而野生动物的生存却因此而岌岌可危。也许总有一天,野生动物终会灭绝,这个想法令我胆寒。我和野生动物朝夕相处的时间越久,我就越想帮助它们,也越发坚信帮助它们就是帮助人类自己。因为,如果有一天,所有的野生动物都灭绝了,那我们也就破坏了生态平衡,人类难道不也是生态环境中的一员吗?

我每日开车寻找小狮子,这时候就有了大量的时间来思考,为何人类脱离了自然。我收到过大量的读过爱尔莎故事的读者来信,这些信件让我深信,其实有无数人想要回归大自然,与野生动物亲密无间地相处。我认为,他们更乐意目睹这些野生动物,而不是仅仅只从书本中读到。我想着这些时,正有几头母狮和它的小狮子堵住了我们的去路,在阳光下慵懒地伸着腰,无意让我们通过。(这究竟是谁的路呢?)

经过多日无望的寻找,我的心情越来越沮丧。终于,我给乔治写了一封信,请他回来,帮助我寻找小狮子。

几日之后,行政官和公园监督官到访我的营地。我趁机旧话重提,请求他们允许我在车里度过几夜,我还是希望小狮子能被夜里的车灯吸引过来;我也请他们允许我爬上陡坡和群山,如果必要的话,让一名有武器的非洲管理员护送我。我再次强调了杰斯珀受伤的情况和小狮子的年龄。行政官回复我说,在下一次董事会召开的时候,他将向董事会面呈我的提议。与此同时,他建议我给主席写一封信。我照做了。

一天傍晚,我正在打字,突然听见了英国人的口音,我大吃一惊,回头一望,原来是三位男性。他们是肯尼亚的农场主,到此地度假,并在距离我的帐篷几百码的地方露营。看见我的灯光后,他们主动走过来,邀请我与他们一起喝茶。

我着实震惊不已,虽然只是穿行一小段距离,但他们却没有携带任何照明设备。我向他们指出,附近有许多狮子,他们隐没在草丛或者别处,一定要多加小心。男人们哈哈大笑,嘲笑我的谨小慎微,不过他们回去的时候,还是举起了我的灯。

第二天晚上,我与他们共进晚餐。我惊奇地发现,他们连一顶帐篷都没有,就睡在行李床上,床铺离地面不过五英寸,直接放在一块空地上。我询问他们,如果他们呼呼大睡时,狮子找上门了怎么办?他们笑得前仰后合,显然把我当成了一个神经质的女人。

次日早晨,在露营地下方的小河边,我们再次相遇。当时我们的路被一支狮群挡住了。这支狮群大约有十三头狮子。我们等了很久,狮群才慢条斯理地离开。我们继续前行,农场主当日离开了。我在傍晚时分回来时,发现他给我留下一瓶酒和一封信,信的内容是我应该振作精神,不必担心夜里谁在野地叫唤。但愿他们是对的,只是我依然觉得,夜里睡在露天,躺在低矮的行李床上,简直是自找麻烦。

7月1日,我收到乔治的一封电报,他说自己将于7月4日到达。在此期间,我继续寻找小狮子的踪影。

返回的途中,我被一支狩猎旅游团拦住了。他们告诉我,就在昨夜,有两头狮子经过他们的帐篷,距离帐篷仅有几码之遥,其中一头狮子跛着腿,走起路来一瘸一拐。

回到露营点时,我发现乔治已经在我的帐篷里。他离开我快一个月了,如今休了十天假。他找寻小狮子心切,无意浪费一秒钟,所以整日整夜地开车奔驰,只为了提前与我相见。

虽然很缺睡眠,他却准备立刻出发,去山谷寻找小狮子。当然,他没忘记告诉我行政官对我的答复,行政官已经请求董事会允许我把汽车开进山谷,并在车里睡几夜。行政官通过乔治口头告诉我,董事会讨论了我的信件内容,而后他会写一份正式文件,通知我们董事会讨论的结果。行政官说,他希望我们能够理解,在这件事情当中,他们并非冷漠无情之人。他没有再多说什么,然而让我们对未来充满了希望。

我们得知公园监督官前往阿鲁沙了,当天傍晚返回。晚上我去拜访他。他带回了行政官的文件。文件指出,如果我们遵守一些条件,就可以在山谷过夜,但时间不能超过七天;我们可以给小狮子提供饮用水和鱼肝油,可以冒险去我们想去的地方,乔治可以携带防身用的火器。行政官补充说,他获得了坦噶尼喀姆科马齐野生动物保护区①的同意,可以将小狮子迁移到那儿,因为保护区不是国家公园,我们可以陪伴小狮子;不过,他说,是否将小狮子迁移到那里,最终由我们全权决定。

我们要遵守的条件如下:立即将箱笼运往我们正在搜寻的区域;一旦找到了小狮子,请迅速决定他们的去与留;如果不打算迁出小狮子,那么我们就要离开公园,并且不能对此有异议;如果决定迁出小狮子,我们要尽快告知公园监督官;未经公园监督官许可,我们不能猎杀动物,并且每两天将我们的搜索情况告知他。

开车返回营地时,我遇到一支狩猎旅游团,他们刚刚到达不久,就在距离我们大约几百码远的地方支起了帐篷。他们也是来自肯尼亚的农场主。

---

① 位于坦桑比亚东北部。——译者注

第十五章　我成了塞伦盖蒂的一名游客

而后,我们开始准备一周的行李,并将杂物塞进汽车。由于长年累月生活在野外,我睡觉时很容易惊醒。当天夜里,我听见远处传来一辆汽车发动机的声响。没过多久,公园监督官来了,让我们立刻上车,因为一头狮子从我们旁边的营地抓走了一位游客,现在仍一直在附近游荡。他问我们是否随身携带了吗啡,因为塞罗内亚没有,而那位男子伤势很重。幸亏乔治还有两支安瓿①。我们把安瓿和剩下的磺胺都给了监督官。他告诉我们,此地有一架包机,可以将伤者首先送往内罗毕。由于我们帮不了什么忙,他便离开了。不一会儿,我们听见飞机起飞的声音。

与此同时,乔治吩咐奴鲁,还有我们剩下的人手,把灯点亮,并且保持清醒。

一大早,我们就前往惨剧发生的地点,看看伤者的朋友是否需要我们的帮助。那儿离我们的帐篷不过三百码之遥,地面的足迹显示,有两头狮子经过我们的帐篷,而后沿着汽车车道,走向临近的帐篷,它们肩并肩停留了片刻。这是两头雄狮;一头体型稍大,另一头体型稍小。大块头狮子曾走到篝火旁,抓起一只巨大的搪瓷壶,一口咬穿了壶身,由此足见它的下巴之大。农场主一行有五人。一对夫妻睡在自己的帐篷里,当晚把帐篷门合拢了。其他三位男性共用一顶帐篷。当天晚上很暖和,因此他们没有支起蚊帐,只把低矮的行军床在帐篷内摆成一排。躺在行军床上时,他们的脑袋正对着帐篷的入口处,且帐篷门是打开的。有一人在脑袋后面的架子上放了一个脸盆,旁边的一人用中间的帐篷支架保护头部,而第三个人什么保护物都没有,他和外界之间空空荡荡。夜里,睡在中间的农场主被一种低沉的咕噜声惊醒,他发现临近的床铺空了,床上一片狼

---

① 一种密封的小瓶,常用于存放注射用药。——译者注

藉。他拧开手电筒,发现十五码之外,一头狮子正把朋友的脑袋叼在嘴里。他叫醒众人,两名非洲仆役勇敢地扑向狮子;一位朝狮子挥舞庞达①。庞达砍中了狮子,狮子丢掉这个人,凶狠地咬住庞达的手柄,而后跑到不远处。受伤的农场主迅速得到救治。与此同时,那头狮子继续绕行在营地周围,后来终于被一辆驶向他的汽车赶跑了。

住在客栈的游客中,有一位来自欧洲的外科医生的助手,他能够妥善处理农场主的伤口,之后公园监督官和他们的妻子精心照料着伤者,直到飞机起飞送他去内罗毕;不幸的是,他的伤口是致命的,后来死在了手术台上。

这是塞伦盖蒂成为国家公园之后,园内发生的第一起死亡事故。次日早晨,两名公园监督官射杀了这两头狮子。后来发现,大个头的狮子肩膀处的伤口感染化脓了,这无疑给它的行动造成了很大的不便。在这种情形下,任何一头非洲狮子,都会毫不犹豫地咬死人类。

---

① 斯瓦希里语,一种长刀。——作者注

第十六章　我们看见了小狮子

这天清晨,行政官乘飞机来了。我们与他讨论了一番。他坚持认为,允许我们在小狮子所在的山谷逗留七个夜晚,这已是董事会对我们破例了。如果我们执意想给小狮子喂食,必须有个前提条件,就是我们找到了小狮子,并且发现他们无法独立捕食,已经饿得饥肠辘辘。他建议我们在找到小狮子之前,不必杞人忧天,没必要把事情想得很糟糕。如果我们遇到紧急情况,可以寻求公园监督官的帮助。乔治的假期只剩下八天了,我们决定不花费时间去弄个板条箱,尽管官方文件中对我们提出了要求。无论如何,我们目前无法决定小狮子的去与留以及我们是否需要板条箱。在我们出发去找小狮子之前,必须先将营地搬往塞罗内亚,因为狮子伤人事件发生后,公园方面不再允许露营,直到确保所有的设施都安全为止。

如此一来,我们的行程再次推迟,大约晚上时分我们才到达小狮子所在的山谷。我们把汽车停在一小块空地的中央。5月份的时候,乔治曾经在这片空地上见过小狮子。

当夜,没有一只小狮子露面。

清晨,我们开车驶向小狮子所在的峡谷,攀爬到陡坡的顶部。一个月以前,我们在陡坡这儿见到过小狮子。我们沿着山脊走了大约三个小时,其间反复呼唤他们的名字,然而没有什么回应。接着,我们走向另一个山谷,返回汽车所在的空地。当我们走在一面通往小狮子所在峡谷的山坡上时,乔治忽然抓住了我的肩膀。三只小狮子就坐在我们的汽车旁,等待我们归来。他们举止如常,毫无激动之色,仿佛我们从未离开过他们。杰斯珀跑到我们身旁,温柔地低吟,就像爱尔莎从前那样迎接我们。他允许我们拍拍他的脑袋,而后他坐下来,看着我们走向另两头小狮子。但我们走近他们时,他们跑开了,蹲伏在一棵树下。我们取出鱼肝油和饮用水,小家伙们又都跑过来,不一会儿工夫,就把鱼肝油和饮用水舔个精光。他们很瘦,不过挺健康的,只是杰斯珀和戈珀的鬃毛都不见了,看起来像两只母狮。杰斯珀的皮毛黯淡,不像从前那样富有光泽,屁股上依旧挂着箭杆,伤口渗出稀薄的液体,引来了不少苍蝇,他不时地要舔舔。他身上多了几处伤疤,可能是与其他动物争斗时留下的。他非常友善,离我们很近,但还是不允许我们拉扯箭头。

再次见到小狮子,我们真是欣喜若狂。在我们观察他们的时候,有很多问题令人困惑,因此我和乔治争论不休。为什么狮子的鬃毛会脱落?我们知道,如果压力很大,猫科动物偶尔会脱毛。难道杰斯珀和戈珀是因为适应新环境的压力大,所以鬃毛全部脱落了?他们是在夜间看到了灯光,意识到我们来了?或者,当我们在山谷寻找时,他们都藏了起来,因为害怕陌生的司机,所以不敢跑到空地上?

虽然在一天当中最热的时候,小狮子总是会找地方躲起来,但是今天,我们吃午饭的时候,他们都待在树下,那儿稍微凉快一点儿。乔治起身离开,把我们留在平原的第二辆汽车开了过来,此举并未惊扰到他们,剩下的时光里,他们一直待在空地上。事实上,他们的生活习惯似乎已经和塞伦盖蒂的狮子大同小异了。

那只独来独往的黑斑羚与我们形影不离。暮色苍茫时,它悠闲自在地走下山坡,找一处地方吃草。小爱尔莎跟踪它而去,不一会儿,杰斯珀也紧随其后。公羚羊埋头吃草时,小狮子们把身体压得低低的,在草丛中小心翼翼地潜行。黑斑羚停止吃草,抬头望了一眼他们,小狮子屏息凝神,纹丝不动。戈珀留在后面,观察着他们的捕猎行动。最后,黑斑羚飞奔而去,小狮子回来了。

我们将一些用品放在车里行军床的旁边,剩下的放在车顶。杰斯珀检查了这些用品,指望能从里面找到他的晚餐。甚至戈珀和小爱尔莎也走到我们身旁。然而除了鱼肝油,我们什么都没有。我们允许他们放开肚皮喝水,因为我们认为多喝水对他们大有裨益。而后他们安卧在车旁。夜里,我们听见他们玩耍嬉戏的动静。杰斯珀拜访了我们数次,他肯定大惑不解的是,为什么我们还不给他们肉吃呢?

过了一周提心吊胆的日子,如今发现,我们的放生是成功的,小狮子身强体健。我们真是如释重负!我们唯一担忧的是杰斯珀渗出液体的伤口,还有他黯淡无光的皮毛。我们不想再迁移小狮子,因为在前来塞伦盖蒂的路途中,他们已经饱受折磨,我们不想让他们再次遭罪。如果杰斯珀能在塞伦盖蒂做手术,治愈他的伤口,我们也不想再让他单独长途跋涉了。我们决心已定,在剩下的一周,尽力让他恢复健康,之后安排给他动手术的事宜。目前我们身在峡谷,还没有时间去做这些。

第二日早晨,我们发现小狮子在山坡下的一处丛林里,离山坡有四百码远。见到我们,杰斯珀立刻跑了过来,挡在我们和他的哥哥妹妹之间。我给了他一点儿鱼肝油。晨曦初照,他的皮毛似乎比我昨天见到的情况还要糟糕,我们第一次发现他浑身遍布豌豆大小的肿块。我们忧心忡忡,但在尚未弄清楚肿块的致病因之前,还不能将病情估计得过分严重。过去,爱尔莎有时在蚂蚁堆上打滚儿,身上也会长出小肿块,和杰斯珀的肿块非常相似。我们不能肯定,杰斯珀身上的肿块是否也是滚蚂蚁窝引起的,所以需要仔细观察一段时间。这就意味着,我们要去捕猎,给小狮子提供食物。

因此,乔治驱车前往塞罗内亚,获得了喂食小狮子的许可,并且给爱尔莎图书的出版商发了一封电报,把我们的好消息告诉朋友们。

在给朋友们发送电报时,他的用语信心满满。同样的电报在发给阿鲁沙的行政官时,措辞也显得过分乐观:"找到了身强力壮的小狮子。"这些话并不符合实情,之后也引起了极大的误解。乔治离开时,我正在观察小狮子,他们正在丛林下面打盹儿。

大约午餐时间,一个一百二十头左右的汤氏羚羊群出现了,还有那头黑斑羚独行侠。见到我之后,羚羊群停下脚步,朝小狮子的方向走去,在距离他们二十码远的地方吃草。一只调皮的汤氏羚羊甚至走到小狮子栖身的丛林旁边。事实上,羊群对小狮子毫不在意,仿佛小狮子们压根儿就不存在似的。小狮子也只是坐在地上,脑袋趴在爪子上,对他们凝神观看。大约半个小时之后,突然,小爱尔莎全速冲向羚羊群,绝大多数羚羊逃进了山谷里,只有大约二十五只汤氏羚羊落在后面。不一会儿,小爱尔莎又追起它们来,不过,显然只是为了图一个乐儿。双方都漫不经心的,直到戈珀和杰斯珀加入了追捕。只见汤氏羚羊甩开长腿,"咔嗒咔嗒"地越过岩石,爬上山冈,除了一只小羚羊和他的父亲外。它们只是默默地站在远处,静观事态的发展,一直到小狮子掉头回来的时候,它们才离开。之后,它们慢慢地走下山谷,去与羊群会合。途中,它们与小羚羊的母亲相遇,母亲舔舔小家伙,领着小羚羊安全地回到了羊群中。

乔治回来了,没有带回来猎物;公园监督官出门了,他一直等到下午,才通过无线电和行政官说上话。他得到的答复是,我们可以去公园外的小村落买两头山羊。只是那儿离公园大约有六十英里,乔治没办法在当天往返,他只能于第二日前往,所以不得不推迟购买山羊。

薄暮时分,小狮子前来寻找他们的晚餐。我们只能给他们鱼肝油,他们早早地离开了。翌日清晨,乔治开车去买山羊,我留下来收拾杂物,晾晒被褥。正在这时,小狮子来了。所有的东西都正摊在地上,恰好成了他们快乐无比的游戏场。不过,小狮子的心眼还是很好的,玩够了之后,还允许我把没有损坏的东西收起来。之后,他们前往丛林的阴凉处,在那儿消磨白日里剩下的时光。

下午 6:00,乔治和山羊一同回来了。一看见肉来了,杰斯珀就扑上去,抓住肉就跑;戈珀和小爱尔莎在后面紧追不舍,一场争夺大战上演了。之后,三只小狮子都坐在地上,鼻子凑在一起,都紧紧抓住羊肉。他们的火气越来越大,咆哮声、咕噜声,响成一片。大约一个小时后,战争依然没有结束。没有一只小狮子愿意松爪,将羊肉拱手相让。戈珀曾试图拖着肉离开,但杰斯珀立刻将其抓住,僵持的局面继续上演。小哥俩都拉平耳朵,发出愤怒的吼声,一个横眉怒目,一个怒目圆睁。就在这时,小爱尔莎一声不吭地咬掉了一块肉。终于,杰斯珀和戈珀闹够了,一个个放松下来,三个小家伙又友好地同吃同嚼了。

我们把第二头山羊放在车顶,本以为那是个安全之处,可以放到第二天的,因为小狮子们从来没有跳上车顶过。但次日一大早,我就被重重的撞击声惊醒了,随后汽车开始剧烈地摇晃起来。接

杰斯珀在路虎车顶。

着,我看到杰斯珀叼着羊肉,从车顶跳到了引擎盖上,随后奔向峡谷,另外两只小狮子紧追不舍。

　　几个小时之后,杰斯珀再次露面,又跳上车顶。我们把许多杂物摞在车顶上,这些杂七杂八的东西似乎很令他着迷:装满瓶子的纸板箱,我的果汁压榨器,橡皮垫子,一把折叠椅。他忙着倒空箱子,里面的东西"哗啦啦"地掉了一地。之后,他又打算把塞进果汁压榨器的吸水纸拽出来。他折腾了一会儿,没有成功,只好把果汁压榨器扔到一旁。他还把剩下的东西也倒腾了一番。等他玩够了,就把脑袋搁在爪子上,冲着我们眨巴眼。他的哥哥和妹妹静静观望,然而没有勇气和他一起玩,他俩跑到一棵倒塌的大树旁玩耍,随后杰斯珀也加入了他们的行列。三只小狮子快活地追逐打闹了一会儿,之后就消失在了峡谷中。

　　我们注意到,无数只秃鹫在离我们最近的一座山峰上盘旋,那里肯定有一只猎物,也许是狮子捕获的,因为夜半时分,我听见过附近传来狮子的吼叫。吃完午饭之后,我们去寻找小狮子。他们正在峭壁下方的密林里呼呼大睡,旁边是一头已经断气的小苇羚。小苇羚也许是他们刚捕获的,也许是他们从花豹那儿偷来的,我们无法分辨。猎杀发生地离我们如此之近,然而我们却没有听到过一丝异样的声响。

　　暮色茫茫,我们回到小狮子身旁,他们已经把小苇羚吃得差不多了,把剩下的部分也已经拖进灌木丛里隐藏了起来。我们能听见小狮子在密林里的呼吸声,但是看不见他们的影子。说来真是难以置信,像狮子这样的大型动物,竟然可以将自己完全隐蔽起来——尤其是当我们知道,其实他们就在几英尺之外。之后,一头花豹的咳嗽声告诉了我们,这头小苇羚究竟死于谁手。

天色漆黑一团，小狮子来我们这儿喝水，之后整夜都与我们相伴，天一亮又离开了。午餐之后，他们从峡谷里走出来，杰斯珀跳到我的车顶，戈珀和小爱尔莎躺在树下的阴凉处，距离我们大约五十码的地方。我很纳闷，为何杰斯珀喜欢待在我的车顶，而不是乔治的？难道他已经习惯把这辆车视为他的，或者他觉得这辆车在两辆车当中更为舒适？从前，爱尔莎可总是跳到乔治的车上的。

那头黑斑羚和往日一样，我行我素，独来独往；它又是喷鼻息，又是咕咕哝，而小狮子却对它毫不在意。小爱尔莎花了一点时间跟踪过汤氏瞪羚，但显然失手了，所以她很快就安顿了下来。我坐在杰斯珀身旁，只要一有机会，我就试图拔掉箭杆。他不反对我们摇晃凸出的箭柄，但它和以前一样，依旧牢牢地陷进肉里，毫无脱落的迹象。箭头就在皮肤下方，只要划出一道小口子，就能把箭杆拽出来。杰斯珀身上的肿块，可能是被蚂蚁咬的，现在都消失了，但他的皮毛依然灰不溜秋，脏兮兮的。夕阳西下，金色的余晖洒在杰斯珀的身上，此时他的模样和表情酷似他的母亲。他专注地凝视着我，就像从前的爱尔莎一样，恍惚之间，我感觉爱尔莎又回到了我的身边。他允许我拍拍他的爪子，抚摸他的鼻孔，他合拢眼睛，我也闭上双眼。我确信，爱尔莎就在这里。当再次睁开眼睛时，我感觉到一种前所未有的自由。

夜色笼罩四野，我们回到车里。很快，在杰斯珀身体的重压下，我的帆布车顶凹陷了一大块。我躺在床上，隔着帆布也能拍拍他。之后，乔治被汽车的摇晃惊醒了，杰斯珀依靠着汽车的后挡板，正一眼不眨地看着他，仿佛等待乔治邀请他进去。周围不见其他小狮子的踪影，而杰斯珀在黎明时分也离去了。

晨间，我们遍寻小狮子，没有发现他们的踪迹；下午茶时分，他们从山谷而来,那里就是我们曾经搜寻过的地方。杰斯珀坐在汽车的引擎盖上,我做了最后一次努力,试图把箭杆拔出来,然而还是没有成功。

明天,我们就要离开小家伙们了。若不是因为杰斯珀的伤口,我们本应对他们的生活充满信心。伤口虽然很小,目前对他的行动也毫无妨碍,但明显对他的健康不利,而且也是个传染病的源头。他的毛色黯淡足以证明这一点。在和猎物的对决中,他的皮肤可能会被撕裂,或者箭头陷得更深,任何一种可能都会导致严重的伤害,最终令他丧失捕猎的能力。在目前的情形下,他越早接受手术治疗,愈合效果就越好。我们讨论了一番,决定明天缩短与小狮子相处的时间,尽早离开他们,只有这样,我们才能通过无线电与行政官交流,获准给小狮子动手术。为此,我们需要一个板条箱,将杰斯珀关进箱子里,兽医将其麻醉后,再给他动手术。乔治确定,自己的假期将会延长,直到把所有的事情安排好,手术圆满成功为止。

天黑了,杰斯珀来到我身旁,寻找他的鱼肝油。罐子里已经所剩无几,毕竟一加仑的鱼肝油我们给小狮子们吃了六天了。我打算把最后的一点平均分成三份。见我端着罐子,杰斯珀扑上来就抢。我对他说:"不要,杰斯珀,不要。"他困惑不已,带着受伤的神情,猛地一扭头,撒腿就跑了。之后,我把鱼肝油倒进三只碟子里。戈珀和小爱尔莎立刻跑过来,舔得一干二净。而杰斯珀一脸愠色,对我端过来的碟子视若不见,也不朝碟子走过来。我不敢把碟子放在地上,否则的话,另外两个小家伙也会把它吃个精光的。因此我尽力讨好他,但杰斯珀只是冷冷地站在那里,对我不理不睬。

暮色苍茫,我们凝望着小狮子们你舔舔我,我舔舔你,亲热地在车后打滚儿。时间飞逝而过,他们大约在晚上 11:00 离去。我们明天就要离开了,但满怀期待,因为很快就会带着一位兽医归来。

夜半三更时,我们听见狮子低沉的声音,它们在呼唤彼此,但愿那是我们的小狮子们在捕猎。

翌日清晨,我们驱车前往塞罗内亚,希望能立刻促成给杰斯珀做手术。我们的要求被拒绝了。在路过阿鲁沙的时候,我们再次与行政官见面。他给我们的建议是:董事会将于8月份召开一次会议,到时我们可以向董事会提出申请。我们心情沉重,离开了坦噶尼喀。

第十七章 漫长的寻找

我们到达内罗毕的时候,听到了一个好消息。肯·史密斯接任了 NFD① 的高级狩猎监督官一职,乔治可以全心全意地照顾小狮子了。我们给坦噶尼喀国家公园的行政官写了一封信,恳请他在 8 月中旬召开的董事会议上,提交我们为杰斯珀实施手术的申请。

我去了一趟伊西奥洛,把家具从政府给我们提供的房子里搬出来,搬入我们向肯尼亚国家公园租的房子。那儿离我们的旧家大约有八英里远。与此同时,乔治出门了,他要帮助迁移一群汤氏非洲水羚羊。这群羚羊在居住地多次损害当地部落人的利益,所以要将它们迁至三百英里之外的野生动物保护区。这项工作部分由野生动物保护部门资助,部分由爱尔莎野生动物保护协会资助②,还有一部分资金援助来自爱尔莎书籍的版税。这些汤氏非洲水羚羊外形美丽可爱,然而濒临灭绝,目前仅在肯尼亚地区活动,有五百头左右。

8 月底,比利·考林斯将再次来访东非。他希望能最后看一眼我们的小狮子,并参加在阿鲁沙召开的会议。这是第一次召开此类

---

① NFD 是肯尼亚北部边境地区的缩写。——译者注
② 爱尔莎野生动物保护协会成立于 1961 年。协会为教育和自然资源保护项目提供资金援助。——译者注

主题的国际会议,邀请世界各国致力于野生动物保护的人士,共同探讨东非的野生动物保护事业。

比利·考林斯到达内罗毕的当天,非常凑巧的是,我们收到了一份来自行政官的电报,通知我们董事会拒绝了给杰斯珀动手术的提议。

非洲最出类拔萃的兽医,马凯雷雷①兽医学院的T.哈索恩医生,早已同意为杰斯珀亲自操刀,只要我们找到杰斯珀,并且查明他的身体需要手术治疗。当时他恰好在内罗毕,我们与他交谈过。我们也与东非野生动物协会的创始人及主席诺贝尔·西蒙,还有格林姆伍德少校讨论过。在我们的希望面临重创时,曾与他们一起共同探讨应对之法。

我们决定,我和比利前往塞伦盖蒂,在那儿逗留一周,找到小狮子。这期间,比利会去拜访阿鲁沙的主席,努力说服他改变主意——如果医生认为有必要且可以实施手术的话——允许哈索恩医生给小狮子动手术。

我们经过阿鲁沙的时候,比利拜访了主席,与他商讨我们希望在公园里过夜以便寻找小狮子的要求,并且得到给杰斯珀动手术的许可,前提是我们先找到杰斯珀,并发现他的身体确实需要动手术。这次交谈毫无结果,主席没有改变他的看法;但是他同意,等我们找到小狮子之后,比利可以再与主席见面,讨论此事。

到达塞伦盖蒂之后,我们一大早就动身了,前往小狮子的放生地。山谷里住着一群勘测员,他们上个月就来了。我们询问他们是否看见过狮子。他们说看见了许多狮子,当然了,他们不知道狮群中是否混有我们的小狮子。

---

① 马凯雷雷是乌干达的城市。——译者注

第十七章 漫长的寻找

我们爬上小狮子可能在的峡谷,我呼唤着杰斯珀、戈珀和小爱尔莎的名字,但是毫无回应。我们继续沿着山谷而上,每次发现某片树上落满秃鹫,就开车过去查看一番,指望在有猎物的地方找到小狮子,然而结果总是令我们大失所望。我们看见了不少狮群。有一次,一个二百头左右的非洲水牛群几乎跟我们撞个正着,我们只得飞快地驱车离去。在不违反公园规定的前提下,我们尽可能地在山谷多待一会儿。我们如今是普通游客身份,而公园方面要求游客在天黑之前返回塞罗内亚。

次日,我们沿着河流寻找。由于干旱,这儿聚集的动物非常多,比从前的数量要多得多。我们最后返回峡谷,再次久久地呼唤,然而小狮子依旧杳无踪影。回去的路上,我们看见一头美丽的猎豹,蹲在蚁穴之上;在一处大水塘旁,一头花豹和一只凹嘴鹳鸟正在喝水。

第四天,比利的身体很不舒服。非常不幸,他被舌蝇叮咬了,胳膊和大腿肿得很厉害,幸亏医生正好在游客居住的客栈里。医生的诊断是蚊虫叮咬过敏,他给比利开了药方,建议他不要再去舌蝇出没的地点。

傍晚时分,我们与公园监督官和他的夫人共进晚餐,遇上了行政官。行政官建议我们第二天见证一下一头犀牛的放生。这头犀牛曾经袭击了一处居民点,于是被送往国家公园。这是犀牛的第一次放生。

这次放生吸引了很多人。板条箱的箱门打开之后,犀牛的出现引起人群的沸腾。这头野兽困惑不已,走向一辆轿车,他被众人的惊呼声吓坏了。汽车的主人立刻移开汽车。接着,犀牛调转方向,与主席的汽车擦身而过,而后慢慢走向河流,最后消失在灌木丛里。

这头犀牛脾性温和,颇令我松了一口气。众所周知,被激怒的犀牛尤其狂躁,后果难以预料。

趁此机会,比利交给主席一封信,询问他是否允许我们给杰斯珀动手术。之后不久,我们离开了塞伦盖蒂。

前往阿鲁沙的路上,我们来到马尼亚拉悬崖。夕阳西沉,余晖洒遍旷野,天与地相接,给人以时空无限之感。就在这时,我们听见了一种嗡嗡声,还有乐器的拨弹声,仿佛木琴在"叮叮咚咚"地响。我们穿过广袤的平原,看见一个小图图正在弹奏一种土制乐器,那是一个空心木盒,几片长短不一的薄铁皮绷在木盒上。小男孩走进无边无际的夜色,这一刻我只觉得非洲是他的,或者说,他就是非洲——也许他就是。

翌日,参加会议的人与我们共进午餐,主席先生也在场。我们尽力说服他,如果必要且可能的话,同意我们给杰斯珀动手术。可惜我们的努力依旧付之东流。诺贝尔·西蒙对结果尤其不满,之后他以东非野生动物协会的名义,向主席建议,哈索恩医生应该与乔治同行,做一次为期十天的搜寻工作,如果他们找到了杰斯珀,且医生认为有必要,那么就应该给杰斯珀动手术。我不同意哈索恩医生和乔治同行,因为我不能肯定我们一定会找到杰斯珀,如果执意这么做,就显得我们动机不纯。之后,我们开车前往内罗毕,比利乘飞机返回欧洲。

我返回伊西奥洛的时候,乔治已经到了。他告诉我爱尔莎的墓地被大象和犀牛损毁了,于是我们赶去查看一番,还带上了那块刻有爱尔莎名字的石板,和一大袋子做石冢用的水泥。石冢结实牢固,可以防止大象的踩踏。

我们到达墓地时,发现墓地的毁坏不太严重,至少没我们想象的那么糟糕。不过，犀牛显然把这里当成了休息点，两棵大戟和所有的芦荟都被吃个精光，河边和工作室附近的灌木丛也被踩踏成了平地。大象和犀牛的粪便随处可见。我害怕重返故地，但当我真的回来时，却觉得内心有莫名的平静，仿佛是回家了。

第二天早晨，我们开车来到大巨石，找到一卡车的大石板，然后把石板折断，从陡峭的斜坡上将石头滚下来。我们准备建一个石冢，把石板和水泥铺在石头上，将石头完全覆盖住。在墓地上方，我们要竖起一块黑色的石板，石板上刻有爱尔莎的名字和生卒日期。为了建好爱尔莎的墓地，我们忙碌了一个星期。这一段时间，四周反常的宁静，静得令人难以忍受。

我们等待着董事会的决议，一直等到 10 月末，终于等来了结果——董事会拒绝了我们的提议。我们下决心要找到杰斯珀，只恨自己没有翅膀，不能立刻返回塞伦盖蒂，哪怕此行意味着我们要冒着大雨赶路，而且只能以游客的身份寻找他。

在 NFD，雨季已经到来。我们费了九牛二虎之力，才将我们的两辆路虎车和以前载爱尔莎的卡车开上路，在洪水泛滥的道路上艰难前行，来到坦噶尼喀。

我们到达塞伦盖蒂时，天空乌云翻滚如墨，洪水随时会席卷而来。

我们在以前的地点露营。平原上是成群结队的牛羚和斑马，还有许多小马驹和小牛犊混在其中。当我们到达小狮子山谷时，入口处被一头母狮挡住了。我们以前见过它，母狮的一只眼睛盲了。它俯卧在车道上，没打算给我们让路，我们只能绕行。我们没有在峡谷找到小狮子的踪迹，但是当来到有一大片草地的山谷时，发现了一个有五只狮子的狮群，旁边还有一头死去的斑马。狮群中有两头年轻的雄狮,一头雄狮有短短的金黄色鬃毛,另一头雄狮的鬃毛也很短,但是颜色较深。我们观察了它们四个小时之久,最后确信,它们不是杰斯珀和戈珀。

我们觉得,唯一能吸引小狮子的方法就是,夜里将空无一人的汽车停在峡谷里。熟悉的场景可能会吸引他们前来,如果这招见效的话,第二天早晨我们就能辨认出他们的足迹;甚至,他们可能会等待我们归来。因此,我们把我的汽车停在一个从远处一眼就能望到的地方,而后,我们坐着乔治的汽车回去。

当夜下起了瓢泼大雨。翌日早晨我们动身的时间比平常稍晚,之后又被一支狮群堵在了小狮子山谷的入口处。这支狮群有四只母狮和六只幼小的狮子,旁边还有一头猎物。我们停下来观察它们,很快注意到也有一双眼睛正在观察我们,那是躲在我们车后的第五只母狮。我们真是大开眼界,之前从未同时见过这么多头母狮,所以猜测一定有一头雄狮在附近。

我们到达峡谷后,发现车旁没有狮子的足迹。我们决定,把路虎车在这儿放一段时间,用荆棘保护车轮,移走备用的轮胎,因为鬣狗喜欢啃咬橡胶。

塞伦盖蒂的雨季如期而来。洪水东冲西决,泛滥成灾。尽管天气恶劣,我们依然每天早早地就来到山谷,攀爬着走入陡坡后面的腹地,但是却从未见到小狮子的踪影,虽然我们每天要走上一百英里。

很快,电闪雷鸣,暴雨如注。我们的汽车很难涉水而过,而且,即便是陡坡下方的山麓,也泥泞不堪,坎坷难行。有时,我们在车辙上放几块石头;偶尔我们能发现一个白蚁丘,就把它垫在车轮下方,仿佛是垫了一块牢固的水泥板。乔治经常得用上滑轮组;绳子的一

乔治用滑轮组拖拽陷进泥沼的汽车。

头系在树上,另一头用肩膀拽着,就像纤夫一样,把汽车从泥巴路里拉出来。

为了避免陷进泥沼,我们只好尽可能地往山脊上走,有不少动物和我们一样,也在小心翼翼地前行。

然而,最艰难的时刻到了,我们不得不穿过一处卢卡。几乎就在一刹那间,我们的汽车完全陷进泥坑里了。之后一整天都忙着把汽车弄出来,但都是白费劲。

天色快要黑透了,乔治打算最后努力一把,把汽车吊起来。当他使出浑身力气在前方拉拽时,绳子却突然断了,他往后翻了个跟头,倒在冰冷的水里。

我们束手无策,只能在这儿过夜了。

乔治坐在汽车的后排,我尽可能地让自己在前排坐得舒服一些。而且,我要密切观察水位,因为河水一直上涨,目前已经快与座位平齐了。幸好我们带了一只瑞典汽油炉,乔治点亮炉子,把湿透的衣服挂在绳子上烤干。此夜,我们辗转反侧,夜不成寐。这是我们度过的最难以忍受的夜晚。瞧,现实与我们开了一个多大的玩笑!长久以来,我们一直恳请公园管理方允许我们在野外过夜,只为了让小狮子被我们的车灯吸引而来。如今我们心愿已达——一场意外迫使我们在旷野过夜了。只可惜我们深陷卢卡,从远处根本看不见车灯的光亮,又何谈把小狮子吸引来呢?

第二日上午11:00左右,远处传来汽车发动机的震动声。我们希望那是前来寻找我们的救援队。然而,震动声很快消逝而去。我们浑身透湿,在瓢泼大雨中继续拖拽汽车,忙到下午3:00,还是徒劳无功。既然我们花了二十八个小时,都无法将汽车移动一英寸,最后只好改弦易辙,步行回塞罗内亚。我们累得精疲力竭,回去的路注定是漫长的,险象环生的,但总算好过在如此恶劣的条件下,在荒野继续逗留一夜。我们刚刚动身,一辆路虎车就开到我们身旁,车里走下一位美国人,他于两天之前到达塞罗内亚,并在我们的帐篷附近露营。他告诉我们,昨夜我们没有返回,男孩子们发出了警报,有两辆车出来搜寻我们,但是大雨冲刷掉了我们留下的车辙,他们一无所获。我们早晨听见的发动机声响,正是来自其中的一辆汽车。即便有了得力的帮手,我们还是花了整整两个小时,才把我们的汽车从泥坑里拖拽出来,而后溅着一路的水花,开回塞罗内亚。当夜,为了庆祝我们的归来,我们开了最后一瓶雪利酒。

今年暴雨的强度前所未有,估计有75％的动物会从沼泽遍布的平原,迁至恩戈罗恩戈罗火山口高处的斜坡。我们知道,狮子也会加入到大迁徙的行列,不知我们的小狮子是否也在其中?洪水汹涌澎湃,把我们困了好几天,最后我们几乎不能在室外露营了。

天气越来越令人恐惧。周围的动物少得可怜,客栈附近的狮子,要去很远的地方,才能找到猎物;那些幼弱的小狮子,由于无法和母亲同行,往往会被抛弃至少四十八个小时。母狮和小狮子一样骨瘦如柴,为了避免母狮在捕猎时不得不离开小狮子,公园监督官会偶尔射杀一只羚羊,给母狮果腹。这对塞伦盖蒂的狮子大有裨益。但是我很怀疑,在如此恶劣的环境下,在远离小屋客栈的地带,有多少新生的小狮子能活下来?

由于牙疼得厉害,我急于去内罗毕看牙医。飞机能在如此恶劣的条件下降落,而且我还能有一个座位,真是令人心花怒放。

我在内罗毕逗留五天,返回时带来一辆绞车;返回的第二天,我们就去了小狮子的峡谷。绞车果然大显身手。无论汽车陷进哪里,只要绞车一发动，就能把它拉出来。因此，我们前些日子觉得险象环生的地方，此时并不那么可怕了。

　　我们把汽车放在峡谷里已经有一个月的时间了，由于大雨冲刷掉了所有的足迹，我们无法得知小狮子是否曾经来过这儿。尽管如此，我们依然心存一线希望，没有开走我的汽车，还是将它留在原地。

　　我们沿着山谷行驶了十英里，除了非洲水牛，什么野生动物都没有见着。舌蝇此时蜂拥而来，车顶上黑压压的一大片。传闻舌蝇只追逐移动的物体，但这种说法根本不可靠。哪怕我们站着不动，舌蝇也会劈头盖脸地飞过来，落满我们全身，而且无论我们等多长时间，都看不出它们有飞走的迹象。

　　12月6日，两名公园监督官打电话告诉我们，由于菲利普王子将于12月11—12日到访塞伦盖蒂，所以我们在8日到13日之间必须离开塞罗内亚，并建议我们去巴纳吉住几天，那儿距离塞罗内亚大约十一英里。我们询问公园管理方，公爵不在公园的那几天里，我们可否获得特别的许可，继续去峡谷寻找我们的小狮子，行政官一口回绝。我们只能前往巴纳吉。

　　在塞罗内亚建好之前，巴纳吉是塞伦盖蒂的总部。如今，这里的房屋成为公园研究人员的临时住处。在我的记忆中，毗邻总部的是迈克尔·格日梅克实验室。人们希望实验室有朝一日成为科学研究的中心。总部和实验室矗立在一座小山上，可以俯瞰下方的河流。只有过那条河，才能到达那儿。一条水泥堤道穿河而过，然而只有在旱季，堤道才露出真容，让行人轻松过河。此时此刻正洪水滔天，一座竹桥横在半空，两端分别架在河岸的大树上，将巴纳吉与塞罗内亚相连。

第十七章 漫长的寻找

我们在这儿能做什么呢？写信和收听无线电。我们从无线电里得知，爱尔莎营地附近的一个小索马里村落遭受洪灾，正等待救援。

我们于12月13日返回，来到小狮子峡谷时，看见一头眼睛受伤的母狮；它不动声色地观察了我们十五分钟。它的模样不太像小爱尔莎，不过为了万无一失，我们还是呼唤了所有熟悉的名字，并向它挥舞烤饼盆。但它只是看着我们，最后消失在峡谷里。这头野生母狮观望我们如此之久，真是非常奇怪，不过我们转念一想，也许它的小狮子正在峡谷里，它只是在站岗放哨。

必须承认，上一次我前往内罗毕的时候，极为心灰意冷。我是那么担忧杰斯珀，但面对公园管理方的禁令，我却一筹莫展，万般无奈。于是，我此生第一次去找了算命先生。此人名气很大。据他说，12月21日是我的转运日，我的霉运将一扫而空，好运滚滚而来，到时将有出乎意料的成功（我认为我的好运就是找到小狮子）。他还说，在这个特殊的日子里，我一定要穿蓝色的衣服，因为这是我的幸运色。我为自己的迷信行为羞愧不已，所以并未对乔治坦诚相告，只是在兜里揣了一块蓝色手帕，日日夜夜不离身。21日那天，我的心情激动万分。当天早晨，我们本来打算去峡谷，然而半道上遇到了一处湖泊。那儿原本是一片盐渍地，涨水之后，就成了波浪翻滚的湖。乔治下水试了试，水位与他的大腿相齐，而后他取下风扇皮带，将汽车开进了湖里。几乎就在一瞬间，我们就陷进了湖中，湖水迅速冲进车里，淹到车椅的高度。我飞快地脱下衣服，抓住相机，而后蹚水而过。当时我心急火燎，一时间忘记了我的蓝色护身符，等回头一望，手帕早已随波而去，水流也带走了我对算命先生的迷信。剩下的时间里，我们忙着将汽车拖出湖泊，直到第二天早晨,才到达峡谷。我的汽车还在原地;我们检查了一番,然后沿着山谷行驶了十五英里,但只看见一头长颈鹿和几只鬣狗。舌蝇劈头盖脸地飞来,道路如此崎岖难行,结果汽车的后轴断裂了。暮色茫茫时,汽车嘎嘎作响地趟着泥浆抵达了塞罗内亚。迎接我们的是一片呼唤声:"快来看哪,来了一艘潜水艇!"瞧,乔治的汽车荣获了这么一个美名。我早早地上床休息,然而凌晨5:00就被两只狮子的呼呼声惊醒了,它们就在厨房旁边。我迅即转身,看见了帐篷的开口。片刻之后,一头庞然大物蹭了帆布一下,扯开几根帆布绳,接着另一头狮子钻进了帐篷,离我的床铺仅有几英尺远。这是一头体格雄健的狮子,披着威武的鬃毛,看起来就像一个巨大的粉扑。幸而我和雄狮之间隔着一张宿营桌,我抓住机会大声喊叫起来。我的叫声吓得狮子往后一跳,离开帐篷去找它的同伴了。然后这两只雄狮小跑着经过乔治的帐篷离开了,但在很长时间内我们依然能听见它们的呼呼声;它们可能是因为我们的手电筒光对着它们的方向而被吸引过来的。第二天,这一对家伙又来登门造访,但我及时听见了它们的声音,立刻又大喊大叫起来,免得它们又钻进我的帐篷。它们在我们的帐篷之间穿梭几回,之后消失在夜色里。

乔治的汽车被拉去修理厂了,显然要大修一次,因此在圣诞节前夜,我们只能开着卡车前往小狮子的峡谷,到我的汽车停泊处。我们到目的地后,驾驶员开着卡车回去,我们则驾驶我的汽车。

雨一直在下,我们没有见到小狮子的踪迹,天光渐暗时,只能垂头丧气地往回开。我们来到河流旁,只见河水涨势凶猛,水位将近八英尺高了。这意味着,我们无法穿过河流返回塞罗内亚,只能在此地过夜。尽管在荒野过夜万分难受,但是,我们正好也可以趁此机会,在这儿耐心等待,用车灯吸引小狮子过来。我们将汽车停在开阔的地方,尽量远离河流,然后打开车灯。

灯光引来了无数的蚊子和飞虫,由于没有带喷雾剂,我们被蚊子叮咬得苦不堪言。我把用来擦汽车窗户的一块布盖在脸上,勉强护住了脸庞。

期间,我们有两次听到狮子的咆哮,希望那是小狮子来了,但是,只有一只鬣狗露面。它对我们的橡皮轮胎兴趣浓厚,我们的喊叫声对它毫无作用,只有在它闻到我们的气味时,才吓得逃跑了。我躺在汽车前排,回忆起我们度过的前两个圣诞节。1959年的圣诞节,爱尔莎产下小狮子之后突然出现了,再次见到我们时,她欣喜若狂,把餐桌上的圣诞晚餐一股脑儿地扫落在地;1960年的圣诞前夕,她和小狮子兴致盎然地瞅着我点亮蜡烛,杰斯珀把我送给乔治的礼物叼走了,而我打开了一封信,里面是驱逐令。

今日枯燥乏味,与前两个圣诞节是多么不同!第二天早晨,我祝福乔治圣诞快乐,他诧异地问我:"今天是圣诞节?"然而,我很高兴昨夜是在车里而不是在营地度过的;乔治觉得我们应该立刻返回塞罗内亚,以免营救队伍动身寻找我们,浪费他们所剩无几的汽油。

夜里,水位下降了,我们很费劲地设法穿过河流,但很快就陷进沟里。我的头被狠狠地撞了一下,眼前金星直冒。算命先生说我的星运来了,应该不是指这个运气吧?

返回营地时,男孩子们告诉我们,狮子整夜都在附近游荡,地面凌乱的足迹也证明他们所言不虚。

一大包圣诞邮件等着我们拆看,里面有来自世界各地的礼物。有几位捐赠者考虑到我们目前的住宿条件,给我们送来许多实用可爱的物品,我们的营地从此之后,变得相当舒适宜人。

这是一个令人陶醉的黄昏。我们看见一个奇怪的现象,以前只偶尔在NFD的半沙漠地区见过:夕阳西沉,余晖渐渐消逝之时,东方也出现一轮落日,光线闪闪烁烁,这显然是由于光的反射,使得东边出现了一模一样的落日。

从黎明到日落,我们继续寻找着小狮子,也观察着野生动物渐渐返回山谷。我们看见三头母狮带着五只小狮子。我们时常与这支狮群碰面,它们已经对我们熟视无睹了。一天下午,母狮子们去跟踪围猎一头非洲水牛,就把小狮子留在我们汽车旁边。小家伙们近在眼前,我们很容易就能把它们抱起来。

有一段时间,天气似乎好转了,随后暴雨挟着雷霆之势,又倾泻如注。我们只能去高处寻找小狮子。因此,只要水势允许,我们决心彻底地搜寻山区。要想到达那儿,我们需要开车穿过平坦的区域,尽可能地贴近山脊而行。

道路泥泞难行,这对动物和我们来说都异常艰难。一天早晨,我们看见一头母狮和它的两只小狮子站在大树上,显然是为了保持身体干燥。我们走过去,想给它们拍照。小家伙们跳到地上,母狮也跳了下来,但是立刻带着它们又爬上另一棵大树。这一趟,我们也看见了趣味盎然的一幕:三只豺狼被一只愤怒的珍珠鸡追着屁股跑。豺狼们一转身,珍珠鸡就咯咯大叫,气冲冲地扑过去,拼命啄它们。豺狼们夹着尾巴跑到一个安全的地方。过了一会儿,豺狼们气不过,想要回击珍珠鸡,谁料珍珠鸡怒火未消,变得更神勇无敌,最后豺狼们只得落荒而逃。

几个星期以来,大雨一直未停,我们的"潜水艇"破损不堪;中心螺栓不翼而飞,U形螺栓、刹车管、启动器还有排气管都出了故障。

尽管如此,汽车仍载着我们前行,直到有一天,我们又被洪水困在营地,又在车里熬过一夜。我把汽车当床,因为我的帐篷像个破筛子一样,不停地往下漏雨,而且睡在车里也非常明智,因为有一只威武的成年狮子和五只小狮子就在营地旁边休息。

第十八章 自由的代价

我们与极其恶劣的天气斗争了数月之久，汽车毁掉了，重要的工作也被抛到了九霄云外，身心疲惫，而所有的这些，都无助于我们找到小狮子，反而极大地降低了我们找到小狮子的几率。2月2日，行政官来到塞罗内亚。我给他写了一封信，重申我的要求，请他允许我们在山谷过夜，因为唯有如此，我们才有希望见到小狮子。他的回复是，我们的要求超出了他的管辖权限，他可以在3月份召开的董事会上提交我们的申请，如果我希望他这么做的话。到那个时候，杰斯珀，如果他还活着的话，那枝箭杆已经挂在他身上一年了，除非它能自动脱落。既然这样，目前我们能做的，就是争取让他们同意我们继续搜索，不顾一切地找到一条路线到达陡坡和它的腹地。然而，只有等大雨停歇了，我们才能最终爬到陡坡顶上，在上面行驶。清晨和黄昏，原本是发现小狮子的最佳时机，但是这个时间段对我们来说，相当困难，因为如果小狮子早早地来到山谷，我们无法及时赶到，或者他们在傍晚姗姗来迟，而我们却由于公园管理方的禁令，已经离去，因为天黑之后游客必须待在塞罗内亚。

一天傍晚，行政官登门造访。我提议，为了能够结束我们和公园管理方之间的拉锯战，我想要参加3月份的董事会会议，如果会议如期召开，我将阐明我的立场。行政官向我允诺，到时将通知我这次会议安排的情况。营地管理员与他一同来的,他说两天之前,他走近停着自己的路虎车的车棚时,一只母狮突然从汽车敞开的后备箱里跳了出来,今天那头母狮又这么干了一回。显然,它是在找一处躲雨的地方。营地管理员打算以后拉下汽车的帆布盖。

几天之后,我得知董事会同意了我参加会议的请求。会议当天,我从阿鲁沙启程,而乔治继续去寻找小狮子。当我驾车驶过广袤的平原时,只见无数的牛羚和斑马正从高地返回。由于这一地区野生动物很少,我们没有在这里搜寻过,我打算等结束会议返回的时候,一定要看看我们的小狮子是否混入了牛羚和斑马群中。

董事会的执行委员会包括五位成员,分别为主席、三位董事和行政官;一位兽医作为客人列席。我请求董事会允许我们在山谷过夜,并且假如能找到小狮子,董事会允许我们自己决定何种做法对杰斯珀有利。我的请求被兽医否决了,他从未见过杰斯珀,他的意见源自乔治在7月份发出的一份电报,里面说小狮子身强力壮。我指出,当我们与小狮子近距离接触后,已发现杰斯珀病情堪忧,我们当即收回了之前的声明。我强调,任何一个稍具常识的人,都能判断出箭伤对狮子体质的损害,也会支持我们对狮子进行必要的治疗。我还说,除非那些对事实视而不见的人,否则谁都不会拿自己的名誉冒险。在过去的九个月里,我们想尽一切办法,然而都是枉费心机,我们的工作总是又回到起点。在离开之前,我向董事会提出,由于下一个雨季即将到来,也就是4月和5月,届时塞伦盖蒂将会关闭公园,我们希望能以普通游客的身份,在6月重返塞伦盖蒂。这一点董事会没有反对。

我告诉了乔治会议的结果,他决定向坦噶尼喀的国土部、森林部和野生动物部门呼吁,并给塔瓦部长写信,请求他允许我们在野外过夜，并在雨季时继续我们在塞伦盖蒂的搜寻。乔治的要求被拒绝了。

我们剩下的时间不多了，乔治和我计划重点搜寻几处区域，那些地方的舌蝇很少。如果必要的话，我们将在 6 月份返回，继续寻找杰斯珀。公园监督官从狩猎监督之旅途中归来，他告诉我们，他在半路上见过一只跛足的年轻雄狮，有一位白人向导也见过这头雄狮。它和另一头雄狮相伴，后者显然给它提供食物，因为它自己无法捕猎。公园监督官为跛足雄狮射杀了两头汤氏羚羊，然而他怀疑这头雄狮是否能康复，他说自己打算留意这头雄狮，如果必要的话，将帮助雄狮结束痛苦。听到这些，虽然公园监督官向我们保证，这头雄狮绝非杰斯珀，因为它身上既无伤口也无疤痕，但我们依然放心不下，立刻动身去寻找跛足雄狮。半路上，我们遇到一支旅游团，他们也说见到了两头瘦骨嶙峋的狮子，其中一头走路时一瘸一拐。我们很难分辨，他们和监督官见到的是否为同一头跛足狮子。毕竟，狩猎官的路线和他们的路线大相径庭，相距大约十英里，那头跛足雄狮不可能行走这么远。

纳比山周边几百码的区域，岩石林立，有几棵大树给动物提供了阴凉之处，那儿是狮子理想的栖息地。此处视野颇佳，它们尽可以环视平原上成群结队的野生动物。

我们发现岩石被两头年轻的雄狮占据了。乔治以前见过它们，其中一头病怏怏的，不过两头雄狮的精神还不错。它们亲热地蹭着对方的脑袋，就像我们的小狮子一样，从前它们总是如此嬉戏。附近还有一头已经成年的母狮；我们停下车给它拍照的时候，它正仰面躺在地上，四爪朝天，懒洋洋地打了个哈欠。

一天早晨，我们看见一头年轻的金黄色鬃毛雄狮，还有三头伏

第十八章 自由的代价

卧在土丘上的母狮;狮群允许我们靠近,尽管这头雄狮比杰斯珀年纪大,模样却酷似杰斯珀。我只希望,有朝一日,我们的杰斯珀也会和它一样,妻妾成群,生活幸福快乐。下午我们又一次与这支狮群相遇,它们出现在平原上,显然是想要捕获个猎物当晚餐。它们的目标是四百码之外的三只斑马和一头小马驹,而它们对危险浑然不知,正在漫不经心地吃草。

一头母狮打头阵,她把身子压得低低的,肚子紧贴地面,小心翼翼地潜行;走了三十码,她停下脚步,让其他狮子跟上来;那头雄狮殿后。接着,另一头母狮打头阵,其他狮子与她保持三十码的距离。当它们距离猎物只有七十码远的时候,有一头斑马注意到了它们。狮子察觉到之后,停在原地不动。斑马不动声色地注视着它们,而后低头继续吃草。这时,小马驹一边吃草,一边朝狮子所在的方向走去。一切都显得那么祥和宁静,眼看活泼可爱的小斑马离狮子越来越近了,我的心几乎提到了嗓子眼,说不出的紧张难受。狮群不慌不忙,似乎胸有成竹,只是坐成一纵队,凝神观望着。唉,我怎会同情斑马,憎恶狮子的猎杀?狮子为了生存,当然要猎杀斑马;有一段时间,我甚至还觉得射杀一头柔弱无依的鹿,其实很有意思。不过那是很久以前的事了。当我在自然环境中,与野生动物朝夕相处时,我改变了许多。我真不敢想象:曾经的我竟然只为满足肤浅的虚荣心,而猎杀无害的动物,把它们当成自己的战利品。

天光渐暗,我们必须开车返回了。我们没时间逗留,观察狮群的跟踪结果。小马驹很可能逃脱了。因为第二天我们来到原处,本来指望看见狮群扑在猎物上,然而那里既无狮子,也无小马驹的残骸。行驶数英里之后,我们看见三头雄狮在撕咬一头断气不久的牛羚。其中一头母狮仔细地扯断牛羚的颔毛,而后吐出来。它的模样让我想起了爱尔莎。爱尔莎也厌恶须发和羽毛,虽然她喜爱珍珠鸟,但除非我们把鸟毛拔掉,否则她绝不会吃一口。下午,我们有机会见到一场野狗庆祝重逢的仪式。在它们的洞口旁,我们偶遇八只野狗,后又瞧见第九只野狗冲向狗群。它跑得气喘吁吁,轮流问候每一只野狗,用身体蹭蹭对方;等问候完最后一位,它走到一旁,开始排便,随后它回到野狗群中,与大伙儿一起休息。没多久,又有四只野狗回家了。于是,庆祝重逢的仪式重复了四遍;每一只野狗的举动都完全一样。我们因此深信不疑,每一只回家的野狗都要问候家里的成员,一个都不能落下,随后在狗洞附近排便,留下自己的记号。这一定是野狗的传统。

回来的路上,我们绕行纳比山,看见了一个狮群,总共有八只狮子。我们停车凝望;突然,一头幼狮冲过来,坐在一旁,目不转睛地注视着我们。它的模样和杰斯珀差不多,我们甚至疑惑它就是我们的小狮子。然而它身上没有伤疤,神情也与杰斯珀迥然不同。我们还想多看它几眼,但是没时间了,我们必须在天黑之前返回塞罗内亚。

翌日一大早,我们又动身去寻找那头幼狮。狮群只离开原处一小段距离,来到了平原上;它们肚皮鼓鼓,昏昏欲睡,对我们毫不在意,除了那头年幼的雄狮。它走上前,围着我们的汽车绕行,举止十分友好。我们再次陷入疑惑,它会是我们的杰斯珀吗?也许,烤饼盘能揭开谜底。我们举起烤饼盘;小狮子看了几眼,对盘子毫不在乎。而后它的兄弟姐妹鼓足勇气,也跑到汽车旁边玩耍。我们不得不接受这个事实,它们不是爱尔莎的孩子,虽然那头最大的小狮子酷似杰斯珀,有些行为也如出一辙,比如,当成年狮子为夜间的捕猎养精蓄锐时,它在一旁守卫着狮群。当它发现我们并无恶意时,就走向父亲,缩在父亲的身旁,把脑袋搁在爪子上,眯缝着眼睛观察我们。过了许久,其他的狮子才入睡。

如今,我们几乎要放弃寻找跛足雄狮了,虽然我们很想找到它,好确证它不是杰斯珀。一天,我们在雨水坑旁发现了它。这真是踏破铁鞋无觅处,得来全不费工夫。它的同伴和它在一起,不远处还有两头年幼的小狮子,头颈处有短短的鬃毛。四头狮子都是公的,仿佛是一支单身汉狮群。我们希望,它们都是来帮助那头跛足雄狮的。当我们靠近时,它伸直四条腿,站起身来,然而又小心翼翼地坐下,显然那条受伤的腿无法支撑身体。它臀部干瘪,身体瘦骨嶙峋。它的眼神告诉我们,它很疼痛。我们第一眼就看出来了,它不是我们的杰斯珀,然而不知为何,我觉得杰斯珀可能和它一样,正在忍受着病痛的折磨。

我们即将离去,将被迫离开塞伦盖蒂两个月之久。迄今为止,我们已经把纳比山周边的狮群通通查看了一番,剩下的几天里,我们打算搜寻小狮子的山谷。

有一天,回去的路上,我们看见天空有几只秃鹫在盘旋,我们跟着秃鹫的方向前行,发现了几头狮子正在撕咬非洲水牛。这几头狮子年富力强,如果不是年龄不同,我们几乎确信它们就是杰斯珀和戈珀。那头金黄色鬃毛的狮子和杰斯珀一样,有着狭长的口鼻、金黄色的双眸、温和的脾气和威风凛凛的神情。而那两头鬃毛较深的雄狮,眯起眼睛时,和戈珀差不多。但是它们至少有四岁了,鬃毛长得非常茂密,怎么可能是我们的小狮子呢?

在公园的最后一天,从日出到日落,我们一直没有停车。我们只希望在离开之前,能看见我们的小狮子。我们已经在塞伦盖蒂逗留了五个月之久,大部分时间,天气都极其恶劣。我们每日开车

我们最后一次看见小狮子。

第十八章　自由的代价

而来,开车而去,身体几乎累垮了,就连汽车也差不多快报废了。我们寻寻觅觅,找遍每一处我们以为的小狮子可能的藏身之处,然而每一次都没有结果。当然,我们并非一无所获。我们认识了塞伦盖蒂的野生动物,研究了它们在雨季的行为,而且在地面压出了网状的行车道,这有助于监督官到达塞伦盖蒂草原深处。

最后一天,我们追随着几只秃鹫,来到一头被猎杀的非洲水牛旁。五天以前,我们来过这儿。此时,我们看见两头雄狮,很像大一号的杰斯珀和戈珀。

鬃毛略深的狮子很像戈珀,肚皮撑得快爆了,守卫着身旁刚刚猎杀的非洲水牛,不让三只厚颜无耻的豺狼靠近半步。豺狼逮到机会就咬上一口,雄狮一声咆哮,它们就慌不迭地逃开,免得被雄狮一巴掌拍死。金黄色鬃毛的狮子袖手旁观,躺在一旁的树阴下,晨风吹来,它的鬃毛如波浪般起伏。

这些狮子是如此威武雄壮——它们傲视万物,而又温和友善,威风凛凛,而又镇定自若。凝望着它们的一举一动,我恍然大悟,为何狮子深深地吸引着男士,并成为力量和尊严的象征。百兽之王,就像男士对它们的称呼一样,狮子是宽容大度的王者;的确,它是大自然的掠夺者,然而它们也有助于保持野生动物的生态平衡。狮子无意伤害人类,不会主动攻击人类,除非它们皮肤受伤,或者由于虚弱而无法捕获猎物。它从不会滥杀,只要吃饱即可,所以当其他动物看见狮子肚皮胀鼓鼓时,便可放心大胆地在狮子周围吃草。

我是如此欣赏眼前的一幕,视线不曾片刻离开。我想念爱尔莎的孩子。他们此时在何处?无论他们在哪里,我的心都和他们在一起。我的心也和眼前的两头雄狮在一起。当我凝望这两头美丽的雄狮时,我意识到,在它们的身上也能看见小狮子的音容笑貌。事实上,当我们在塞伦盖蒂寻寻觅觅之时,我在每一头非洲狮子身上,都能看见爱尔莎、杰斯珀、戈珀和小爱尔莎的天性。愿上帝保佑他们,免于遭受利箭之苦,祝福他们和他们的国度。

1962 年 6 月,塞伦盖蒂

译后记

法国哲学家卢梭说:"人生而自由,却无往而不在枷锁之中。"对人如此,对动物,尤其是对百兽之王——狮子,这句话也一样成立。《狮子爱尔莎》的第一部《生而自由》以卢梭的名言为题,作者乔伊·亚当森的深意不言而喻。

乔伊·亚当森是一位传奇女性,人们盛赞她是一位野生动物保护者,著名的作家和画家。她的《生而自由》于1960年出版之后,引起了巨大的轰动,据说被翻译成三十五种语言出版,并被好莱坞拍摄成同名电视和电影作品,而且同名电影于当年获得了奥斯卡金像奖。《生而自由》的影响力和感染力由此可见一斑。后来,乔伊·亚当森撰写了《生而自由》的续篇,即《自由生活》和《永远自由》。这三部作品,就是现在的这本《狮子爱尔莎》。

乔伊·亚当森1910年出生于维也纳。1937年,来到非洲的肯尼亚之后,她彻底告别了自己的上流社会生活,选择与荒野和野生动物为伴,在蛮荒的非洲大陆度过余生。她放弃的,乃是许多人毕生追求的目标;她选择的,乃是许多人避之唯恐不及的荒野。她会在万籁俱寂的深夜,留一点时间扪心自问:这么做值得吗?我觉得,乔伊·亚当森用自己杰出的作品,告知了世人荒野的价值,也解答了世人的疑惑。

《狮子爱尔莎》讲述的是乔伊与野生狮子爱尔莎之间真实感人

的故事。1956年,在一次狩猎中,乔伊的丈夫乔治·亚当森,一名非洲肯尼亚北部地区的英国狩猎监督官,出于自卫而射杀了一头母狮。这头母狮留下了三只幼崽,乔伊于是成了她们的"养母"。她们长大后,乔伊将其中两只狮子送到荷兰鹿特丹动物园,留下最小的一只,名叫爱尔莎。与两位姐姐相比,爱尔莎最年幼,身体最单薄,在自然条件下,容易被母狮抛弃并死亡,所以需要更为精心的照料。爱尔莎长大了,和自己的"养父母"建立了深情厚谊。与此同时,她对荒野也流露出强烈又浓厚的兴趣,多次离开乔伊,追逐各种各样的野生动物,迫切地想与自己的同类为伴。

乔伊明白,这是来自荒野的呼唤,也是爱尔莎对自由的渴望。乔伊与丈夫乔治为爱尔莎找到了一处理想的栖息地,将她放归自然。经过人工驯养的爱尔莎,适应了大自然严苛恶劣的环境,找到了称心如意的伴侣,还生下了三只活泼可爱的小狮子,并且将小狮子也带回乔伊身边。于是,乔伊从"养母"荣升为"外祖母",与爱尔莎和她的孩子们朝夕相伴。爱尔莎因病身亡之后,由于种种缘故,乔伊为小狮子们选择了新的家园,即闻名于世的塞伦盖蒂国家公园。

这部作品之所以令人着迷,首先是因为它为我们呈现的惊异感。这种惊异感,不仅源自动人魂魄的非洲自然景观,而且源自乔伊与狮子之间的真情厚意。无论是非洲的景观,还是乔伊和爱尔莎之间的情谊,都是那么不同寻常。不夸张地说,乔伊笔下的世界,远远超乎我们的想象。我们生活在钢筋水泥的城市,被工业文明裹挟而行,身体和灵魂早已远离了森林、高山、湖泊、荒漠、平原和野生动物,当乔伊以白描的笔法,为我们展现真实的荒野和野生动物时,我们的心灵不禁为之震撼。那种原始的风情风貌,野生动物们的生存与繁育,震撼人心的野生动物大迁徙……凡此种种,让我们看见了另外一个世界,一个远离工业文明的喧嚣和浮华的世界,一个充满野性和蛮荒之意的非洲,一个无比雄浑壮美的所在。

再者,乔伊与野生狮子之间的故事又是如此感人至深。在乔伊忠实地记录她与狮子的故事之前,我们从未想过,人类能和野生动物,甚至和作为百兽之王的狮子,建立起如此真切动人的情谊。我们以为狮子是凶猛残暴的,是嗜杀成性的野兽,是人类不共戴天的敌人。然而,乔伊用自己的亲身经历告诉我们,这些都是人类的偏见,根本不是事实。幼时的爱尔莎和姐姐们来到乔伊身边时,就像三只憨态可掬的小猫咪,每一只都个性十足,对人类非常友善;与乔伊朝夕相处时,爱尔莎学会了收缩爪子,控制自己的力量,以防无意中伤害乔伊;回归荒野之后,爱尔莎也未曾改变对乔伊的友好,当乔伊来到她的放生地时,她会亲热地问候乔伊,与乔伊一起漫步荒野。须知,此时的爱尔莎已经能够独立捕杀成年的水牛,倘若她没有对乔伊的深情厚谊,怎能与乔伊相互依偎,坐看夕阳西下?正是源于对乔伊的信任,爱尔莎才会在产崽之后,把三只小狮子也带到乔伊身旁,鼓励他们和乔伊玩耍。其中的一只小狮子杰斯珀,和妈妈爱尔莎一样,与乔伊相亲相爱,并在妈妈死后,充当了乔伊和其他小狮子之间的情感纽带。妈妈爱尔莎死后,小狮子们饱经磨难:被其他狮群驱逐,被迫离开栖息地,为了觅食而袭击非洲部落村庄,被部落居民围捕;在前往塞伦盖蒂国家公园时,忍受烈日暴晒和高原的寒冷,困在笼子中动弹不得。然而,杰斯珀一如既往地信赖乔伊,用他自己特有的问候方式——背对着乔伊,让乔伊爱抚自己。正如乔伊所言,狮子诚然是百兽之王,然而他们也是高贵的动物,即使身处困境也不绝望,始终对自由充满渴望。

这种对自由的渴望,是本书最引人入胜之处。作者将自己的这三部分书稿,分别命名为《生而自由》《自由生活》和《永远自由》,也许正是因为,在与爱尔莎和她的孩子们朝夕相处时,她看到了自由的价值和意义。爱尔莎原本可以像自己的姐姐一样,被乔伊送往欧洲的动物园,在那儿无忧无虑地生活,然而当她成年之后,宁可放弃乔伊为她准备好的食物和水,选择回归荒野。她是生而自由的狮子,她的家园是非洲广袤无边的土地,她的朋友和爱人是野生狮子。尽管为了获得自由的生活,她要忍受饥饿和孤独,付出被狮群攻击的代价。在《自由生活》中,我们多次看到,为了保护自己的领地,爱尔莎被凶猛的狮子攻击,伤痕累累血流如注,然而每一次她都英勇地迎击对手。也许,正是这种来之不易的自由,更需要勇猛的捍卫。在《永远自由》中,我们再次看到了狮子对自由的渴望。乔伊选择非洲的塞伦盖蒂,作为爱尔莎孩子们的放生地。塞伦盖蒂是野生狮子的天堂,狮子在这儿可以自由自在地生活。爱尔莎的孩子们来到塞伦盖蒂之后,很快就适应了这里的环境,找到了山谷间最隐秘的栖身之处,饥饿时甚至能从花豹口中抢夺食物。由于种种原因,乔伊后来未能在塞伦盖蒂再次发现小狮子们的踪影,然而她相信狮子们永远自由了。

  翻译这部作品之前,孤陋寡闻的我不知道乔伊是谁,对野生狮子爱尔莎也只是略有所闻而已。译完这部作品之后,我才知道,在非洲大陆上,曾经有这么一位伟大的女性。乔伊是那么无私,将自己的爱与热情,奉献给这片土地,以及这片土地上生活的野生动物。倘若没有她,也就没有爱尔莎的故事,更不会有小狮子的诞生与成长。乔伊是那么勇敢,为了爱尔莎和她的孩子们,她在野外露营,多次生死悬于一线,和暴躁的犀牛迎面相遇,与食人狮近在咫尺……然而,我从未在文字中读出丝毫的后怕和悔意。她也有恐惧的时候,倒不是因为自己置身险境,而是担忧着爱尔莎的安危,为爱尔莎的孩子们忧心忡忡。乔伊是那么宽容大度,与野生动物平等相处,能理解并尊重它们的行为和想法。在她的笔下,爱尔莎,爱尔莎的孩子们,还有非洲岩蹄兔帕蒂,他们都和人类一样,有个性,有感情,也有头脑,更像是善解人意的朋友。人们盛赞乔伊是野生动物保护者、作家和画家,而我觉得她也是一名博物学家。举一个例子说吧,我在翻译过程中,起初见到与羚羊相关的单词时,总是不假思索地翻译成羚羊。随着翻译的深入,我才发现,非洲的羚羊种类众多。有普通的小羚羊、非洲瞪羚、汤氏瞪羚、葛氏瞪羚、转角牛羚、黑尾牛羚、捻角羚、犬羚等等,不一而足。如果都翻译成羚羊,岂不是辜负了作者的博学多识?

乔伊于20世纪80年代离世。如今,她的故居,她与爱尔莎朝夕相处的营地,她倾尽全力所建的野生动物保护地,都成了人们竞相参观的地点。人们用各种方式,表达对她的怀念和敬仰之情:她的作品被反复再版,她的画作被肯尼亚国家博物馆珍藏。翻译这部作品将近尾声时,我们不由地想起了2014年在巴西举行的足球世界杯大赛。当赛事进行得如火如荼时,网上也出现了一段火热的视频:一位男性西装革履,与几头狮子争抢足球,上演了一场别开生面的足球赛。那个视频让人不由得心生感慨:乔伊的事业前无古人,然而后有来者。她对荒野的热爱,她对自由的推崇,她对野生动物的热爱,历久而弥新。

近几年随着程虹教授从事的美国自然文学译介和研究被关注,国内出版社推出了多部自然文学作品,"荒野"再次成为读者关注的一个主题,"动物小说"和"自然文学"成为儿童读者最喜爱的读物之一类,也说明社会对自然的认识在进一步加深。《狮子爱尔莎》不仅让我们重新认识了荒野,也重新认识到了所有生命的价值。

谭旭东　谢毓洁
2019年夏于北京西山之麓

为上面有装饰物和点燃的蜡烛,如果砸中他的小脑袋,那就不好了。我们费尽心机,好不容易哄得他离开餐桌,我才能把剩下的蜡烛点燃。

当一切准备就绪后,他出现了,歪着小脑袋,凝视着闪闪发光的圣诞树,一屁股坐下来,看着蜡烛一点点地变短。每当有一束火苗消失的时候,我都不由得悲从心来,只觉得又一个快乐的日子结束了,而我们在营地的生活就这样一天天结束了。当所有的蜡烛熄灭时,夜色显得分外浓黑,仿佛象征着我们未来生活的黑暗。爱尔莎和小狮子安卧在几码之外的草丛里,在暗淡的光线中,身形模模糊糊的。

之后,我和乔治开始阅读信件。我们读了很久。读信的时候,我们的想象漂洋过海,来到世界各地。这些信件承载着人们对爱尔莎一家和我们的美好祝愿,让我们和写信者的心紧密相连。

幸好,有一封信我最后才展开,那是一封来自非洲地区委员会的文件,命令我们将爱尔莎和她的孩子们迁出保护区。

爱尔莎的孩子们的第一个圣诞节。杰斯珀趴在地上看着越烧越短的蜡烛。

衡,或者说,她知道做到哪一步是最合适的。我克制住自己,拍了几张她守卫小狮子的照片。

大约喝下午茶的时候,乔治回来了,还给我带回满满一箱子的邮件。我们徜徉林间,为圣诞节采摘鲜花。他告诉我,为了给爱尔莎和小狮子寻找新家,他问询了很多地方。他觉得鲁道夫湖地区是一个可选之地,那儿人迹罕至,适合狮子生活。他获得了官方的许可,如果有必要的话,将对该地区做一次考察,找到一处合适的地点。

肯尼亚的这一地区(鲁道夫湖区)非常荒凉,生存条件很恶劣。我并不看好这里,心里只觉得很沮丧。仿佛是为了加重我的沮丧感似的,在我们回去的路上,爱尔莎来到了营地;她身后的小狮子无忧无虑地玩耍,而我简直无法忍受,在未来的一天,小狮子们行走在鲁道夫湖畔狂风怒号、熔岩遍布的沙漠地带。

返回营地后,我们给爱尔莎一家端来美味的晚餐。趁着他们埋头猛吃的时候,我为圣诞节晚餐布置餐桌。我插好鲜花和亮晶晶的装饰物,在桌子的正中央,摆上一棵去年留下来的银色小圣诞树,在它前面是一棵刚刚从伦敦运来的小树。接着我取出为乔治和男孩子们准备的礼物。

杰斯珀非常认真地观察我的一举一动,当我转身取蜡烛的时候,他突然往上一扑,抢走一个包装盒,里面是送给乔治的一件衬衫。小家伙带着包装盒钻进灌木丛里。戈珀立刻跑过去。小哥俩聚在一块儿,和衬衫度过了快乐无比的时光。等我们最后抢回衬衫时,衬衫已经没法送给乔治了。

此时天快黑了,我开始点燃蜡烛。杰斯珀上蹿下跳,做出各种努力,一门心思地要来帮我一把。我只能竭力阻止他拉扯桌布,因路漫步,辨认沙地里的各种足迹,那是昨夜的访客留下的信息。她和小狮子尾随我而行。我呼唤麦克蒂过来,走了大约两英里的路程。

杰斯珀非常友善,用身体蹭蹭我,甚至稳稳地站立,让我拂去一只眼睛旁边的蜱虫。半道上,我们看见两只豺狼慵懒地晒着太阳;以前散步时,我就在同一个地点见过它们,它们压根儿不害怕我们。虽然我们离它们只有三十码之遥,他们却纹丝不动。只在爱尔莎突然冲向它们时,豺狼才溜之大吉。等她掉头回来,豺狼又躲在丛林里偷窥,看起来毫无惧色。

我们继续前行,看到了前方的一个水洼。狮子们停下脚步,低头喝水。这时,光线越来越强,假如爱尔莎决定在这儿消磨一天的时光,我也并不会惊奇。但是,当我们掉头往回走时,她也好脾气地转过身,慢慢地与我们一同返回营地。

我有一种挥之不去的感觉,仿佛我们是相亲相爱的一家人,周日在乡间漫步。其实,今天是圣诞节前夕的早晨,爱尔莎当然不知道今天是个特殊的日子,她选择今天把小狮子带到营地,并且与我一同漫步,不过是一个奇怪的巧合而已。

回去的路上,我们发现,来时看见的两只豺狼还在原处,仿佛压根儿没挪窝。由于狮子们懒得玩追赶游戏,当我们从豺狼近旁走过时,它们甚至都没打算站起来。

天气越来越热,爱尔莎和小狮子也感觉到了,时不时停在树阴下方休息,在我们离大巨石很近的时候,他们好似离弦之箭,全速冲向丛林,几步就跳上石头顶,而后栖身在大石头中间的石缝里。我尽量跟着他们往上爬,然而爱尔莎直截了当地表明心意,她不愿意我跟过来。她的头脑非常清楚,知道如何把握两个世界之间的平拂去她身上的舌蝇。杰斯珀也跑了过来,就像一个教养良好的孩子,乖乖地和我们同行。戈珀和小爱尔莎尽情玩耍;他们在我们身后很远的地方追逐打闹,我们总是停下脚步,等待他们赶上来。

爱尔莎似乎只为了陪伴我,才和我一同散步;自从小狮子出生后,她是第一次如此行事。我猜想,用这种方式庆祝生日,真是奇妙无比。

当我们返回营地时,爱尔莎钻进我的帐篷,扑倒在地上。小哥俩也凑到妈妈身旁,用鼻子触碰妈妈,用爪子拥抱妈妈。我在旁边给他们画速写,直到爱尔莎离开,跳到路虎车顶,小狮子们才开始吃晚餐。当确信小狮子不会注意到我的行踪时,我走到爱尔莎身旁,轻轻地抚摸她,她的回应也格外动情。我想对她道一声谢谢。在过去的一年里,她把小狮子带到我们身旁。我们不仅与她分享小狮子成长的喜悦,也分担了她的焦虑和不安,尤其是在小狮子幼弱无力时,他们和所有小动物一样,面临重重危险。然而,过了一段时间,仿佛是为了提醒我,我和他们分属于两个不同的世界,耳旁突然响起狮子的怒吼,爱尔莎专注地聆听片刻,而后离开了。

第二天早晨,我们发现了一头猛狮在上游留下的足迹,但没有爱尔莎的。当天她没有露面,夜里也没有来。那天晚上,我们听见了两头狮子的吼声,方才明白她不来营地的原因。次日早晨,大约9:00,我惊奇地发现,爱尔莎站在呼呼岩上,竭尽全力地吼叫。我呼唤爱尔莎,她置若罔闻,继续咆哮了一个小时。在这个不同寻常的时间,她到底对谁吼叫呢?

当天晚上,她领着小狮子来营地吃晚饭,听到一头狮子大声嘶吼时,她迅即离开,横渡河流去了那一边。

12月23日,爱尔莎和小狮子在营地过夜。早餐之后,我沿着小

爱尔莎的孩子们一岁了。

徊。这一段时间,爱尔莎也在营地周围逗留。当那只狮子离开之后,她冒险带着小狮子去了大巨石。喝下午茶的时候,她才回来,仿佛是为了确保她提前的晚餐不因另一只狮子可能露面而打断。

我总是在返回营地的路上遇见一家子,也经常因杰斯珀的行为而深深感动。当爱尔莎和我相互问候时,他不愿意被我们忽视。我猜想,他知道我害怕他的爪子,所以他总是背对着我,并且保持一动不动的姿势,此举仿佛是为了让我放心:当我拍他的时候,我是相当安全的,不会被爪子意外地挠伤。从此之后,当他希望得到我爱抚的时候,总是用这样的姿势。

12月20日是小狮子一周岁的生日。河水涨得很高,我们无法过河去找他们。大约在下午茶的时候,一家人露面了,浑身湿漉漉的,然而个个精神抖擞,令我大喜过望。

我用一只珍珠鸡作为生日礼物,将它分成四等份,每头狮子一份。吃完美味的肉食,爱尔莎跳到路虎车顶,小狮子继续吞食我们给他们的生肉。

所有的狮子都快活地忙碌着,趁此机会,我让麦克蒂陪着我去散步。我们动身的时候,爱尔莎跳下车来,与我们同行;杰斯珀也跟过来了,见到他妈妈离开了车顶,他也顾不得吃肉了,跟在我们身后。还没有走多远,我就看见戈珀和小爱尔莎在丛林里追逐,几乎与我们平行。

我们来到一处沙地,这儿的车道距离大巨石最近。狮子们都坐了下来,而后在沙地里打滚儿。我等了片刻,遥望太阳渐渐西沉,将岩石镀上一层明亮的红色;爱尔莎看起来安详平和,一家子其乐融融。我觉得自己该回去了,希望他们能在岩石度过惬意的傍晚时光。令我惊奇的是,她尾随我而行。她离我那么近,以至于我可以护爱尔莎和小狮子不被偷猎者所害,我们的做法其实干扰了他们的野外生活。如果我们继续在此逗留,小狮子会变得更为驯服,那么就没有机会适应未来的丛林生活了。

除此之外,如果我们继续在保护区露营,只会加重我们与部落居民之间的对立。在目前的情况下,由于我们不能离开爱尔莎和小狮子,那么唯一的解决办法就是,给他们找一个新家,尽快让他们搬离此地。

事实已经证明,当初为爱尔莎找一处合适的地方放生,真是要多难就有多难。现在要为他们一家子——爱尔莎和小狮子们——找一处合适的地点,可能会更为困难。我们知道,到目前为止,在妈妈的帮助下,小狮子们已经学会捕猎,懂得躲避自然界的天敌,也能够在丛林里生活了。然而,哪儿能做他们安全的家园呢?既能够远离野生动物,也能够远离人类,也就是他们最穷凶极恶的敌人呢?

我留在营地料理一切,乔治第二天早晨返回伊西奥洛,希望能找到解决这些问题的途径。

下午,我和奴鲁来到呼呼岩,在那儿遇见了爱尔莎。她立刻从石头上跳下来问候我们,然而当我开始攀爬山脊,打算瞅一眼在上面睡觉的小狮子时,爱尔莎拦住了我。她坚定地坐下来,堵住我的去路。直到我们打道回府时,她才唤醒小狮子。从望远镜里看去,杰斯珀和戈珀跳下石头,而小爱尔莎依然站在石头顶上,好像是一名哨兵。

天黑时,他们一家子来到营地,吃完晚餐之后,爱尔莎和她的儿子们在帐篷里快活地玩耍。他们玩累了,就蜷成一团打盹儿。我给他们画速写,小爱尔莎就站在帐篷外面,目不转睛地看着我们。深夜时分,有一只狮子在呼唤,接下来的三天里,它就在营地附近徘为了让爱尔莎一家留在帐篷附近,乔治给了他们一头山羊。他们将山羊拖进附近的灌木丛里,在那儿待到傍晚时分。

一天之后,我来到营地,到的时候,天已经黑了。男人们费力地卸载卡车,再把我带来的山羊放进去,个个累得筋疲力尽。之后,我们用一圈刺篱将卡车围住,夜间山羊就安全了。

我们只开来两辆车,不过我们的动静可不小,爱尔莎一定听见了,但并没有来欢迎我。这是她第一次这么做。

上床睡觉之后,我听见小狮子们在攻击"羊圈"。枯枝"咔嚓嚓"的断裂声、狮子的咆哮声,还有山羊惊恐的"咩咩"声响成一片。喧闹声告诉我们黑暗中发生的一切。我们忙不迭地冲出去,然而还是迟了一步。爱尔莎、戈珀和小爱尔莎,个个都咬死了一只山羊。杰斯珀用爪子按住一只,乔治赶紧救下这只未受伤的山羊。

我们花了整整两个小时,才把吓得失魂落魄、四处逃散的山羊一只只找回来,聚拢在一起,并把这些幸存者关进卡车里。鬣狗已经闻声而来,在营地四周游荡。

爱尔莎带着猎物过河了。乔治跟在她后面,发现一只鳄鱼正要扑向爱尔莎,于是开枪射击,但是没有击中。他坐在爱尔莎身旁,等待鳄鱼再次现身,然而直到凌晨两点钟,鳄鱼都没见踪影。小狮子们伤心极了,不仅妈妈去了河对岸,猎物也被妈妈带走了;他们"呜呜"叫了半个小时,才和妈妈相聚,却没有撕咬捕杀的猎物。

下午,巡查员回来了;他们没有发现任何证据,能够证实狮子攻击了部落居民。相反,大量的证据显示,由于受到偷猎者和政治骚乱者的蛊惑,部落居民对爱尔莎的敌意与日俱增。我们意识到,她的生命危在旦夕,开始讨论对策。

我们在营地逗留了六个月,远远超出我们预先的计划。为了保

第十三章　新的一年

我们该返回伊西奥洛了,应该离开小狮子一段时间,让他们完全回归大自然,真正在野外生活。

12月3日,我前去拜访爱尔莎所在地的地区行政官员。他对我提出警告:我们有必要将爱尔莎带离该地区。因为当地部落居民认为,由于爱尔莎在此地生活,我们对偷猎的监管更加严格。他们本来就对爱尔莎恨之入骨,最近还制造谣言,说是坦噶尼喀①有一头驯养的狮子咬死了一位妇女,并用这种谣言激起人们对爱尔莎的敌意。

四天之后,谣言传到我们的耳朵里,说是在距离爱尔莎营地大约十四英里的地方,两个部落男子被一头狮子袭击了。乔治立刻去调查情况。他到达营地时已经很晚了,无法进一步侦查。傍晚时分,爱尔莎和小狮子在帐篷外面尽情地游戏;虽然他们吃相贪婪,但可以看出来,他们的身体很壮实,说明我们不在营地的七天里,他们的日子过得挺不错。破晓时分,乔治来到巡查员的驻扎点;没有人听说过狮子攻击部落居民的事件。他安排巡查员去传闻中的事故地点查看一番,而后自己返回营地。

---

① 坦噶尼喀是非洲东部国家坦桑尼亚的两个组成部分之一,另一部分是桑给巴尔。——译者注

们想尽了花招,试图分散他的注意力,然而效果甚微。这时,爱尔莎前来帮忙了。她围着儿子跳跃,打算把儿子引到别处,谁知小家伙对妈妈视而不见;之后,爱尔莎反复地用巴掌掴他。小家伙回了她一巴掌。于是,母与子你一掌、我一掌,打得不亦乐乎,这一幕真是滑稽可笑。终于,杰斯珀忘记了山羊,跟着爱尔莎钻进帐篷,那儿有一顿丰盛的晚餐在等着他们。

当他与爱尔莎吃完晚餐之后,已然忘记了攻击山羊的乐趣,转而琢磨别的游戏了。

他找到了一罐牛奶,把牛奶罐在帐篷的防雨布上滚来滚去,直到牛奶罐沾满黏糊糊的东西,他才弃之不玩。接着,他瞄上了乔治的枕头,但羽毛刺得他浑身痒痒,他又寻找起另一件玩具,我还没来得及阻止他,他已经一把抓住了我日常使用的针线包,冲出了帐篷,跑进茫茫夜色中。我此时心急火燎,生怕他用下巴磕开针线包,可能把里面的东西吞进肚子里。我急中生智,抓起我们的晚餐——一只烤熟的珍珠鸡,跟在他后面追赶。幸而,珍珠鸡对他的吸引力更大;他丢下了针线包,里面的缝衣针、大头针、剃须刀片和剪刀一股脑儿地掉了出来,散落在草丛中。我们细心地一一捡起来,防止这些东西对小狮子造成危险。

第十二章 爱尔莎教育孩子们

几分钟之后，小狮子们依然在进食，我来到爱尔莎身旁；她冲着我怒吼，还拍了我两下。我赶忙后退几步，心里十分诧异，因为我不觉得自己应该受到如此惩罚。之后，爱尔莎跳下车，亲热地蹭蹭我，显然对自己的坏脾气心存愧疚，希望借此弥补我受伤的感情。我轻轻地抚摸她，而她安卧在我身旁，一只爪子搭在我身上。当小狮子蹦蹦跳跳跑过来时，她立刻滚到一旁，仿佛我根本不存在似的。

她反复流露出她是多么渴望小狮子与我们结为朋友的意思。一天傍晚，吃完我们带来的肉食之后，杰斯珀钻进帐篷里。他吃得太饱了，都没心思玩了，干脆仰面朝天地躺着，因为这种姿势会让胀鼓鼓的肚皮好受一些。他直视我的双眸，意思很明显，希望我拍拍他。此时此刻，他是如此温顺乖巧，我不必太担心他用脚踹我或者用爪子挠我，所以我蹲下身子，轻轻抚摸他柔软的毛发。他闭上眼睛，发出吮吸般的哼哼声，说明他陶醉其中。爱尔莎一直在车顶观察着我们，此时也来到我们身旁，舔舔杰斯珀，再舔舔我，显示出她内心的欢愉，只因见到我和杰斯珀之间如此亲密。

可惜好景不长。这一幕欢乐的场景突然中断了，因为戈珀悄无声息地溜进来，一屁股坐在爱尔莎的身上，脸上一副"此为我有"的神情。毋庸置疑，我在他的眼中是多余的，所以我识趣地退出了帐篷。

尽管爱尔莎非常疼爱自己的孩子们，但只要他们做出令我们不满的行为，她就会毫不留情地教训小家伙们，即便他们的行为是出于本能，源自天性。

夜间，我们通常把山羊锁进我的卡车里。有一段时间，我们不得不把山羊圈在牢固的刺篱围墙里，因为卡车拖去修理了。这一段时间，杰斯珀会持续地攻击"羊圈"，我们很为山羊的安危担心。我壮实,他们应该和妈妈一起捕猎,过属于他们的生活了;而且,如今他们的嫉妒与日俱增,我们认为没必要因为我们和爱尔莎之间的亲密关系,而激起小狮子的不满,甚而做出有害的行为,这对他们是不公平的。

我们决定延长离开营地的时间。第一阶段,我们打算离开至少六天。事实上,由于大雨滂沱,等我们返回营地时,已经是九天之后了。

我们发射信号弹之后,爱尔莎没有立刻露面。在营地附近,我们也未曾发现他们的足迹。不过,也许足迹被大雨冲刷干净了。过了一会儿,我朝大巨石走去,路上与爱尔莎碰面了,小狮子在她身后蹦蹦跳跳;他们气喘吁吁的,也许为了回应我发出的信号,跑了很远的路。见到我时,他们欢喜异常,杰斯珀竭力钻进我和爱尔莎之间,分享我们重逢的欢乐。戈珀和小爱尔莎依然和我们保持一段距离。他们个个身强体壮,和我们离开时一样胖。

我带来一头山羊。爱尔莎坐下来进食,而小狮子并不急于吃肉,而是在一旁玩闹了一会儿,才回到母亲身边,与母亲一起大嚼特嚼。爱尔莎吃完了自己的一份后,跑到我们身旁,显得分外亲热。此时小狮子们忙着进食,没有注意到此情此景,所以也没有表现出强烈的妒意,他们的妈妈有意如此,可见她的聪明之处。

第二天,我们更清楚地看见,爱尔莎是如何尽心尽力,将争吵和不满消灭在萌芽之中。我给了小狮子们一只珍珠鸡,观察他们的"夺鸡大战"。戈珀冲着杰斯珀、小爱尔莎和我大喊大叫,叫声极其可怕。听到戈珀的吼声,爱尔莎立刻冲过来,看看究竟发生了何事,当她明白戈珀的叫嚷完全是小题大做时,便放心地离开了,继续安卧在路虎车顶。

取回来。

首先,我们得把一家人引到我们这一边,否则他们会反对移动他们的食物。乔治走到上游他们看不见的地方,然后涉水而过。我故意将一只珍珠鸡扔到半空中。这一招非常管用,爱尔莎一家果然跑到我身旁。不幸的是,当乔治靠近肉食的时候,爱尔莎看见了他,于是飞快地游过河,保护自己的食物。乔治费了不少力气,才哄得爱尔莎松开肉食,允许他把肉食带过河。即便如此,她也一直没有放松警惕,紧跟着乔治过河,满脸狐疑。乔治和爱尔莎斗智斗勇的时候,小狮子们沿着河岸冲上冲下,显得尤其心慌意乱,然而无意跑过去帮助爱尔莎。我对此很惊奇,因为他们并不畏惧河流,再加上此时风平浪静,也没有鳄鱼出没,很适宜过河。当天晚上,他们的壮举给自己挽回了一点面子:天黑之后不久,我们听见一种声响,那是一头犀牛在盐渍地舔盐。爱尔莎冲了出去,小狮子们也跟着妈妈冲出去,通过犀牛发出的哼哼声,我们判断它必定是落荒而逃了。

小狮子如此英勇无畏,连犀牛这样的庞然大物都敢招惹。

杰斯珀疯玩的时候,举止行为很像小丑。有一天,他格外活泼好动,见谁就招惹谁,请求和他一起玩儿。我取出一只木质茶碟,将其放在河流上方的一根树枝上,看他打算怎么办。他爬上树,打算用牙齿咬住茶碟一英寸厚的边缘,当茶碟开始摇晃的时候,他伸出一只爪子扶稳。等他牢牢咬住了茶碟,把茶碟横在嘴巴里,便小心翼翼地爬下来,中间还停下好几次,确信我们都在欣赏他的"表演"。终于,他到达地面,然后带着战利品,神气活现地走了一圈,直到小爱尔莎和戈珀追上来,结束了他的演出。

乔治的离去之日将近,也到了我们该走的时候了。偷猎者似乎离开此地了;爱尔莎如今已能保护自己的领地,小狮子们也长得很注自己。当我靠近他们,给他们拍照的时候,戈珀冲着我嚎叫,而杰斯珀狠狠地给了他一巴掌,打得戈珀目瞪口呆,半天回不过神儿。这是小狮子们的游戏,不过也能看出哥俩性格的差异。和往常一样,在他们安顿下来,围着羊肉大嚼特嚼的时候,一切嫉妒都烟消云散了。

乔治射杀了一只珍珠鸡,我将它小心地藏在背后。因为我想把它留给小爱尔莎。我等了一会儿,在她抬头望我的时候,我把珍珠鸡拿出来,在她眼前晃了晃。她立刻心领神会。于是,她一边和兄弟们吃肉,一边认真地观察我的一举一动。我稍稍走到一旁,等杰斯珀和戈珀心无旁骛,一心吃肉的时候,我把手里的珍珠鸡丢进一蓬灌木的后面。这一幕只有小爱尔莎看见了。当她一眼不眨地瞅我的时候,我不停地对她做手势,指指她,再指指珍珠鸡,直到她像一道闪电冲进灌木丛,抓住珍珠鸡,拖进矮树林里独自享用。

第二天,我们看见爱尔莎一家子坐在河岸的石头台子上,下方是一汪深潭。这儿一度是一只大鳄鱼的老巢。小狮子似乎很紧张,只有爱尔莎游了过来。我们带来了羊肉,她抓住羊肉,带着羊肉过河,然而这一次她避开了深潭,游向高处的上游地带,那儿的河岸更为陡峭,从未有鳄鱼出没。

一家人似乎并不饥饿,他们没有进食,而是玩起了爬树的游戏;小狮子在旁逸斜出的枝条上保持平衡,在树枝上跳来跳去,努力把对手推下去,一头栽进枝条下面的水流。终于,爱尔莎也加入了孩子们的游戏;在我们看来,她似乎在向孩子们示范,如何在树枝上腾挪转身,如何从一根树枝跃上另一根。

天色越来越暗,肉食依然无人问津。我们不希望白白地扔掉肉食,也不想挑起爱尔莎和掠食者的抢肉大战,所以乔治打算把肉食

第十二章 爱尔莎教育孩子们

压在了杰斯珀的头上。后来也没发生什么骚乱,因为戈珀睡得很香,紧挨着乔治的脑袋,纹丝不动。

后来有一天,我们返回营地,发现除了杰斯珀之外,一家子都在吞食羊肉。不久后,我们发现小家伙的消失另有缘故。他正躲在帐篷后面,独自享用一只烤熟的珍珠鸡。小家伙顺手牵羊,从餐桌上偷来了珍珠鸡。罪行被我们撞破之后,"小偷"一脸调皮的模样,让我们笑不可抑。我们只是很惊奇,杰斯珀更青睐熟肉,而不是生肉。第二天,我们在丛林偶遇爱尔莎一家,发现小家伙们还在喝奶,这真是不可思议。他们都已经十个半月大了,再说他们也喝不到多少奶水了,因为爱尔莎的乳头瘪瘪的。

虽然他们依然需要母乳喂养,但我注意到杰斯珀和戈珀已出现青春期的一些迹象;他们的脸颊和脖子处,已经长出细密的绒毛,外表看起来非常可爱。爱尔莎热情地欢迎我们,杰斯珀趁机跑到我们中间,也要求我们拍拍他。爱尔莎看着我们,随后赞许地舔舔儿子。

我们一起返回营地。但是爱尔莎连闻都不闻一下夜里剩下的肉,要求食用新鲜的羊肉。不久后,一头猎豹在河对岸咕哝。爱尔莎闻声迅即跑开,丢下小狮子不管不顾——大约十五分钟之后,小狮子才尾随妈妈而去。见此情形,我们心花怒放。爱尔莎现在变得主动了,并且随时准备保护她的领地。

当天夜晚,有一头狮子在狂吼。后来,我们跟随它留下的足迹,来到大巨石;显然,有什么东西吓坏了小狮子,因为在 11 月 24 日,当爱尔莎游过河的时候,小狮子不肯跟在妈妈后面,爱尔莎不得不往返两次,鼓励小狮子游过河。上岸之后,小狮子玩得兴高采烈。爱尔莎推着杰斯珀滚了一圈又一圈,好像他是个皮球一样。杰斯珀最喜欢这个游戏,而可怜的戈珀则笨拙地跳到他们中间,恳请妈妈关尔莎仅仅是容忍我们的存在，只因他们的母亲执意认为我们是朋友。

我们很好奇，她是如何表达自己的意愿，让他们不伤害我们的，毕竟他们已长出了尖利的爪子和牙齿。也许他们只是以妈妈为榜样，模仿妈妈的言行举止吧。杰斯珀是一个例外，在他和我们玩耍时，或者在他嫉妒心发作的时候，如果他不控制住自己的情绪，他本可能惹出大麻烦，然而他每次都控制住了自己，即便是怒火冲天的时候，他也只是给我们一个大大的警告而已。

戈珀不那么友善，然而若是我们不招惹他，他也不会主动挑衅。

小爱尔莎依然对我们戒备心很重，不过已经好多了。比起最初的日子，她已经不那么紧张了。我们很惊奇，从来没有一只小狮子有意跟随妈妈，跳到路虎车的车顶，虽然每次她安卧在帆布车顶，逃开了他们的嬉闹时，他们都可怜巴巴地凝望着妈妈。根据他们爬树的本领，我判断他们能够轻易地跳上引擎盖，而后一跃而上，跳到车顶。事实上，爱尔莎小时候就是这么做的，但是不知为何，他们将路虎车视为一种界限，仿佛不可越此雷池半步。

乔治不在营地的时候，杰斯珀和戈珀把他的帐篷当作自己的"小窝"。结果，他回来之后，发现夜里的帐篷真是拥挤不堪。我有一点儿担心：乔治是否愿意睡在一张低矮的亨氏床上，而爱尔莎、杰斯珀和戈珀围在四周。我很纳闷，是否会有某一天晚上，他们不可开交地闹起来，然而他们一直相处甚欢。每当杰斯珀想要玩弄乔治脚丫子的时候，乔治只要严厉地说一声"不要"，小家伙立刻就会收爪。

他们到底有多么舒适自在，无拘无束呢？举个例子来说吧。有一天晚上，爱尔莎打了个滚儿，掀翻了乔治的床铺，乔治滚落下来，耗尽了所有的气力,只为绽放鲜妍明媚的花朵,在短短的三四天之内,大地铺满了五颜六色的花瓣。

随着环境从一片焦干的不毛之地变成生机勃勃的绿林,动物们也立刻适应了这种变化。

一个星期之后,大雨停了。我观察到许多初生的小动物:一些颜色鲜亮的小丛林巨蜥,沿着河流晒太阳,我靠近的时候,它们就跳进泛着泡沫的水里。还有两只小乌龟,个头不比一先令①硬币大多少,正游向工作室。它们简直是成年乌龟完美的微型复制品,成年乌龟的个头约有一只大汤盘那么大,我经常能在对面的岩石上见到它们。然而最奇特的是,育儿所在哪儿呢?有一天,我沿着河流而下,在靠近爱尔莎最爱的一处深水区的过河点,看到了一大群巨大的蝌蚪;它们脑袋朝上,身体直直的,有力地划着水。我近距离观察它们,发现它们压根儿不是什么蝌蚪,而是小鳄鱼,它们只有七英寸长,出生不超过两三天。

路况允许汽车通行之后,乔治返回了营地,还带来三位巡查员。他们要在该地区长期巡逻,以消灭屡禁不止的非法偷猎。他们的住处,既要离爱尔莎有一段距离,也要远离我们的营地。于是,乔治开始为他们寻找一处驻扎点,还要开出一条车道。

两个星期之后,我们希望他们的工作能够进展顺利,于是我们逐次增加离开爱尔莎的时间,迫使小狮子和妈妈一起捕猎,让他们尽早过上真正的野外生活。因为种种缘故,我们延长了在丛林逗留的时间,这并非我们的本意,但也导致小狮子对丛林生活所知甚少,而过分习惯于营地生活。当然了,尽管我们没有约束他们,杰斯珀与我们的关系也非常亲密;另外,他们的野性完好无损,戈珀和小爱

---

① 先令是英国的旧辅币单位。——译者注

狂风大作,吹得树木"咔嚓嚓"地响,帐篷似乎要被掀翻;继而,雨点"噼里啪啦"地掉下来,仿佛天塌了一个口子,一条巨大的水柱冲决而下。瓢泼大雨下了一夜。我们没有料到洪水泛滥,也没有用钉子加固帐篷;帐篷的柱子倒塌了,我试图把柱子重新立起来,撑到我头顶的高度,因为水已经淹没我的脚丫子了。

我好不容易钻出来,发现乔治的帐篷也倒了,里面传来爱尔莎低沉的咕哝声。不一会儿,她带着杰斯珀和戈珀出来了,他们浑身干爽,没有淋到雨。然而,即便是如此的瓢泼大雨,也未曾让小爱尔莎钻进遮风避雨的帐篷。我看见她时,她正站在刺篱外面,浑身上下淋得湿透。

我在水中搜寻被雨水浸透的物品,一一搬到汽车里,免得被狮子叼走。这时,杰斯珀也来"帮忙"了。我若是要搬动哪一只箱子,他就快活地保护那一只箱子。等我忙完了,爱尔莎、杰斯珀、戈珀和我一起挤进我的帐篷里,小爱尔莎满意地缩在帐篷的一角,不肯再靠近了;至少,待在那儿已经很安全了。

大雨一连下了四天。

爱尔莎的家位于半干旱地区,然而有几条小河流经干涸的土地。这些小河流发源于附近的高山地带。此时,离营地最近的一条河流不断上涨。以前我从未见过如此高的水位。一条红色的水流喷泻而下,"轰隆隆"地拍打着河岸。水流上涨到工作室的桌子的高度了,河水里裹挟着数不清的枯枝落叶,还包括一棵被连根拔起的埃及姜榈树。我不由得暗自庆幸,爱尔莎、小狮子和我们在一起,而且给他们的食物储藏也很丰富。

三天之内,营地附近枯黄焦干的景象完全不见了,取而代之的是一片新绿。枯干易碎的灌木丛变得枝繁叶茂,郁郁葱葱。仿佛它

第十二章 爱尔莎教育孩子们

傍晚时分,爱尔莎一家子出现了。爱尔莎的脾气很古怪;她对我、戈珀和小爱尔莎毫无兴趣,心思全在杰斯珀的身上。戈珀使出浑身解数,想要吸引妈妈的注意。无论何时,只要妈妈走过他身边,他就在地上打滚儿,邀请似的伸出四只小爪子,谁知妈妈却视而不见,直接跨过他肉乎乎的小身体,来到杰斯珀身旁。说心里话,我很同情戈珀。

晚上 8:00 左右,两只狮子开始嘶吼;所有的家庭成员都凝神倾听,但只有爱尔莎和杰斯珀飞快地奔向工作室;戈珀和小爱尔莎先跑出一小段,又掉头回来,埋头猛吃一气儿。直到吓人的吼叫近在咫尺,他们才丢下食物奋力奔跑,追赶他们的母亲,而爱尔莎此时已经游过河了。

我把他们吃剩下的羊肉拖进安全的地方,因为狮子能够一夜都在进食。第二天下午,光线暗下来的时候,麦克蒂和我看见一头母狮爬上大巨石,一屁股坐在石头顶上——毋庸置疑,这就是那只猛狮。我取出望远镜,第一次仔仔细细地观察它。相比于爱尔莎,它的毛发颜色更深,也更浓密。我觉得它的模样相当丑陋。在我打量它的时候,它也对我们怒目而视。在高高的岩石上,它不住地吼叫。今夜注定无人入睡,爱尔莎当然也避而远之。

早晨,我们尾随猛狮和其伴侣留下的足迹而行。它们返回上游,估计那儿是它们经常活动的地带。爱尔莎无疑知晓这一点,因为当晚她就领着家人回到了营地,享用美味的晚餐。如今,她对我视若无睹,直到小狮子安顿下来,埋头猛吃的时候,她才和往日一样,对我亲亲热热。毫无疑问,为了不引起小狮子的妒忌之情,她想出了这一招。

空气闷热难受,闪电不时地划过天空;我上床入睡后不久,只听斯珀对他的兴趣丝毫未减，总是一屁股坐在比利的脚丫子前面，仰起小脑瓜子看比利，一点儿也不为自己的行为害臊。结果呢，比利无法向前迈步。惹不起小家伙，难道还躲不起吗？比利徒劳地绕行很多次，但下一秒钟，杰斯珀又坐到他的脚丫子上了。爱尔莎教训了儿子一两次，把儿子滚翻到一旁，此举反而令杰斯珀更顽皮淘气了。乔治在前面带路，突然感觉后面有两只爪子拽住自己，差点摔个狗啃泥。杰斯珀这个傍晚过得太开心了！我们回到营地后，他才安分一点儿，忙着大吃大喝了，营地也恢复了清静。

10月12日，这是比利在营地度过的最后一天。我们决意努力找到爱尔莎一家，结果一无所获。回来之后，我们却发现爱尔莎和杰斯珀已经在营地了。比利拍拍躺在路虎车顶的爱尔莎，摸摸她的脑袋。其实一般而言，她只允许我这么做。

10月的第二个星期，乔治返回营地。一连数日，我们的生活都平静如水。直到一天晚上，从大巨石的方向传来猛狮和伴侣的惊心动魄的咆哮。它们在宣告自己的到来。爱尔莎对此心领神会，迅速带着一家人渡过河流。

第二天一大早，乔治看见猛狮站在大巨石上，阳光清晰地勾勒出它的雄姿。它允许乔治靠近它，站在离它大约四百码远的地方，而后它消失了。

薄暮冥冥时，爱尔莎来到营地，快快吃完便离开了。再见到她，已经是四十八小时之后了。这期间，我们调整了守卫工作。我很担心爱尔莎的安危，于是出去找她，但是她踪迹全无。第二天早晨，我们看见爱尔莎和小狮子的足迹遍布营地四周。我觉得很不可思议，因为他们来到营地时，没有发出任何声响。跟随他们的足迹而行，我们发现这些足迹和犀牛与大象的脚印混在一起，无从分辨。

面,打算伏击比利,但是被我们及时制止了。最后他觉得很没趣,就回到小狮子的队伍里。傍晚时分,爱尔莎一直待在路虎车顶。

第二天早晨,她从扯破的蚊帐外面舔我的脸,将我从睡梦中惊醒。她是如何钻进我的帐篷的?我担心她可能会故伎重演,去比利的帐篷一游,于是大声喊叫比利。他告诉我,爱尔莎刚刚从他那里离开。此时,图图端着我的早茶进来了。见到图图之后,爱尔莎慢慢离开我的床铺,走向刺篱的柳条门。她在那儿等着,直到图图为她推开柳条门,她镇定自若地出去了。她召唤小狮子们,而后朝大巨石的方向飞奔而去。

我迅速换上衣服,带着一丝同情与理解,来到比利的帐篷,看看他有什么"奇遇"。比利告诉我,爱尔莎打算从围墙的柳条门下面钻进来,这围墙是我们用一圈刺篱扎成的。之后,她跳到路虎车上。当她明白她没法钻进比利的帐篷之后,便去拜访了我。

爱尔莎对戴维或者杰夫视而不见,虽然他们也睡在同样的地方。她只坚持与我和乔治分享床铺。

下午时分,我们前去拜访爱尔莎一家,在呼呼岩发现了他们。爱尔莎和杰斯珀看见我们之后,跳下岩石,热情洋溢地欢迎我们。麦克蒂与我们在一起,爱尔莎也欢迎他的到来,只是快速挡在他和杰斯珀之间,以防杰斯珀用脑袋蹭麦克蒂的腿。戈珀和小爱尔莎待在石头上,等我们走到几百码之外的丛林里,爱尔莎柔声呼唤他们,于是他们从岩石上跳下来,一家子很快就踪影全无了。我们到达河流时,他们才再次出现,之后他们表现得非常沉静,一点儿也不闹腾,安坐在凉爽的水中,专心地观察我们。回去的路上,杰斯珀和爱尔莎同行。小家伙显得分外亲热,只是他实在滑稽可笑,老是挡住我们的路,结果我们没法按时返回营地。比利脱掉了白袜子,但杰立,时间仿佛在此刻停滞了。不知过了多久,它消失在茫茫夜色中。爱尔莎和小狮子一声不响,我也屏息凝神,保持着"守卫"的姿势,直到"咔嚓"声越行越远。我猜想它离去了。

不久,我的手电筒与一对绿莹莹的眼珠相遇,那对眼珠正慢慢地靠近我们。我以为这是一只夜间觅食的掠食者,慌不迭地从车里跳出来,用刺篱围住羊肉,然而我还没来得及把一根粗枝摆好位置,爱尔莎就扑到我身上。我爬回床铺,她和小狮子似乎把羊肉吃完了才离开。我再次出去查看一番,因为不想给豺狼提供免费的食物。爱尔莎再次扑过来,保护她的食物。后半夜我简直没法睡觉了,和她大眼瞪小眼。她赢了游戏,然而也付出了代价,可能吃撑了肚子。

到了10月份,比利·考林斯和我觉得有必要再次会面,讨论续写《生而自由》的计划。

我去内罗毕迎接他。晚饭时分,我们抵达营地,发现爱尔莎一家已经在帐篷前面享受盛宴了。我颇有一点儿不安,而爱尔莎用最彬彬有礼的方式欢迎我们,之后继续吃她的大餐。我们就在离她几码远的地方谈笑风生,而她对我们毫不在意。

第二天,天气非常炎热,丛林里更是无比干燥,简直点把火就能"噼里啪啦"地烧起来。平日里工作室凉爽宜人,此时也闷热难受。我们一大早就去那儿工作,虽然我们的注意力常常会分散,狒狒、羚羊和各种鸟儿的表演实在很精彩,焉能不去瞅一眼?我们在这里收获良多,直到下午茶时分,才去寻找爱尔莎。出去的路上没有遇见她,然而当我们沿着兽道,返回营地的时候,还没有走多远,爱尔莎和杰斯珀就突然窜了出来,用脑袋亲热地蹭蹭我的腿。

爱尔莎像对待我们一样热情地对待比利,而杰斯珀被比利的白袜子和网球鞋深深地迷住了。他低低地弓着背,躲在每一蓬草丛后嚎叫。我除掉舌蝇的时候,爱尔莎温柔地舔舐小家伙们,无疑是在安抚他们,平息他们的嫉妒。通常,她允许我为她做这些事,并且心怀感激地接受。第二天早晨,我真的万分惊诧:在我观察小狮子和妈妈玩游戏的时候,小家伙趁机拍了我两下,还跳到了我身上。

夜间,我们入睡之后,她只是来营地作短暂的拜访,而后便销声匿迹了。直到第二天傍晚,她才带着小狮子一起到达营地,但和我们保持距离,只是取走羊肉,并将肉拖到我们看不见的地方,随后就离开了。

次日早晨散步回来,发现路上有许多新鲜的大象脚印。我看见杰斯珀正忙着撕咬我的遮阳帽,咬得只剩渣渣了。我很不高兴,因为太阳大的时候,我需要戴着帽子出门。仿佛是为了弥补儿子的过失,爱尔莎分外亲热地问候我。我们久久地坐在河边,欣赏一只掠过水面的翠鸟。此次时刻,我们心中没有恐惧,心与心离得很近。

也许就是在这时,我开始注意到戈珀的嫉妒心有多强,不仅嫉妒我,也嫉妒他的兄弟。当杰斯珀和妈妈一起玩耍时,戈珀会故意从他们中间走过;当爱尔莎离我很近时,他会不停地嚎叫,妈妈要是不到他身旁,他就叫个没完没了。

乔治走了。夜间,我就睡在路虎车里,羊肉拴在一旁;如此一来,我希望能守住羊肉,不会被掠食者偷走。

一天晚上,我被树枝折断的咔嚓声和大象喇叭似的叫声惊醒。大象沿河而下,走在工作室和帐篷之间的路上,慢慢地靠近我们。我不由得忧心忡忡,因为如果它们走进营地,我真不知如何是好。爱尔莎和小狮子就在我的"卧铺"旁边,喧闹声也逃不过他们的耳朵。也许他们和我一样,有同样的担忧。我们都专心地聆听。突然,我看见一团巨大的阴影朝河岸上方移动;它停下脚步,静静地站

第十二章　爱尔莎教育孩子们

9月21日下午,我和乔治,还有图图,在矮树丛里与爱尔莎一家碰面。爱尔莎像平常一样问候我们,杰斯珀舔了舔我们俩,但当他准备舔图图的时候,爱尔莎不满地朝前走了一步,挡在杰斯珀和图图之间。此举证实,爱尔莎的态度发生了变化。之前,她已经像喜欢奴鲁和麦克蒂一样,也变得喜欢图图了。但自从小狮子出生后,她一与非洲人碰面就拒之千里。现在,很明显,这个禁令她也用到图图身上了。

第二天下午,我们看见爱尔莎一家在河里玩耍嬉戏。小狮子们溅起朵朵水花,为了水中的一根浮木大战不休。爱尔莎站在图图身旁,从那个位置可以观察到我们所有人的举动。

在我们回家的路上,杰斯珀对图图的步枪产生了浓厚的兴趣,执意跟踪图图,还多次伏击他。爱尔莎迅速跑来营救,最后干脆一屁股坐在儿子身上,压了很长时间。图图没有了后顾之忧,终于可以放心前行了。

傍晚是舌蝇尤其猖獗的时候,简直是满山遍野。爱尔莎四仰八叉地摊在我的帐篷里,"呜呜"地叫着,恳求我帮忙除掉飞虫。我走进帐篷,正打算动手,杰斯珀和戈珀也早就跟着妈妈钻进了帐篷,在地上打着滚儿,为了碾死小飞虫。我靠近爱尔莎时,他们一起朝我段猛狮的吼叫声。杰斯珀竖起耳朵,脑袋歪向一旁,入神地聆听这令人生畏的吼声,而后丢下美味的羊肉,飞奔到妈妈身旁,警告妈妈危险的到来。

第二天下午,我们再次拍摄岩石上的爱尔莎。她对戴维和杰夫的友好处处可见;这一次,她带着小狮子与我们一同玩耍。我怀着极大的兴趣观察杰斯珀,他的举止行为和小时候的爱尔莎一模一样;他能瞬间得知对方是喜欢他,还是有一点儿紧张,或是怕得要命,而后根据不同的反应对待别人。我很遗憾,倒霉的戴维成了杰斯珀跟踪和伏击的对象,所以大部分时间,戴维都在躲避杰斯珀。因为天色已晚,我们没法拍下他俩斗智斗勇的场面,真的挺可惜。

客人们要走了。出发前的最后一个傍晚,他们和爱尔莎道别。此时爱尔莎蹲伏在路虎车顶;他们摇摇爱尔莎的爪子,我觉得爱尔莎对他们意味着很多,不仅仅是一部纪录片的主人公。我深深地感激戴维和杰夫,在拍摄影片的过程中,他们体现出极高的智慧和友善。

小爱尔莎

爱尔莎和杰斯珀

站在我身上,亲热地舔舔我的脸蛋,把我压在她沉重的身体下方,压得我动弹不得;与此同时,戴维迅速跳过乔治的床铺,和杰夫为伴了。他们迅速取出照相器材,对准我们拍摄。此时,爱尔莎腾空一跃,跳到乔治身上,热情洋溢地问候他,接着以最威风凛凛的方式,走到帐篷的方向,钻入其中的一顶。她完全无视客人们的存在。之后的傍晚时分,在我们喝茶聊天时,她也是如此行事。她和杰斯珀待在帐篷里面,有一次路经杰夫身旁,离他的脚趾头只有六英寸,然而她对杰夫视若无睹;到目前为止,她的眼中仿佛压根儿没有这个人。

第二天早晨,我们跟随她的足迹,发现她爬上呼呼岩的半山腰,在那儿睡着了。我们不希望惊扰她的好梦,于是打道回府,喝完茶之后再来。这一次,我们带了几台摄像机,可以从各个角度拍摄。

我们真是非常幸运,爱尔莎和小狮子表现得非常配合,在山脊上摆出各种优美的姿势。后来,爱尔莎跳下来,迎接我们每个人,也包括戴维和杰夫,用脑袋温柔地蹭蹭我们的膝盖。她一直陪伴我们左右,直到天色已晚,我们返回营地。小狮子对陌生人的出现很是不安,始终待在岩石上。

爱尔莎看似并不反感摄像头对准她,只是我依然拿不准,她是否会来营地用晚餐。最近一段时间,如果在营地瞅见一位非洲人的身影,哪怕是她喜欢的非洲人,她也会退避三舍,离营地远之又远。但是,我真没必要庸人自扰;就在我对客人们解释,她可能不会来营地用餐的时候,我差点儿被她粗暴的问候撞得人仰马翻。

我在她喜欢的羊肉里混进鱼肝油,向她走去,路上却中了杰斯珀的埋伏,小家伙趁机舔了几口。

小家伙伏击我的时候,杰夫正在检查录音设备,正巧播放了一地跟在妈妈后面。突然,我发现自己面前站着一头犀牛,只好慌不迭地转个弯。俗话说得好,"灵巧地跳到一边,给猛兽让开一条道",在这种不期而遇的情形下,一个人最好照办。于是我转过身,沿着来时的路拼命逃跑,身后庞然大物的鼻息声一直"咻咻"地响。直到眼前的河岸出现了一道裂缝,我不假思索地爬上去,冲进灌木丛中。此时,犀牛一定是看见了爱尔莎,它掉头冲向另一边。爱尔莎稳稳地站着,观察我和犀牛的举动。真是谢天谢地!她不像往常那样,见到一只犀牛就追逐不休,她此时的沉稳令我欣喜若狂。

几秒钟之后,我看见奴鲁向我跑来,心中的石头顿时落了地。我正准备谢谢他来救我,还没来得及张口,他就抢先告诉我,他也遇见了一头犀牛,还被犀牛追着屁股跑,就是这头犀牛把他引到我这边来的。想到刚才吓得魂不附体的样儿,我们俩笑得前仰后合。会合之后,我们一同返回营地。

我发现营地里空空荡荡的,因为麦克蒂回来之后,通知大伙我找到了爱尔莎,于是乔治、戴维和杰夫都出发了,准备助我一臂之力。我安排一名巡查员去追赶他们,告诉他们我们已经安全返回营地。此时,爱尔莎和小狮子在河水里戏耍,享受炎热旅途之后的清凉与舒适。接着,他们把羊肉拖进灌木丛里,并一直待在那儿,直到午夜时分,才穿过河流,到达对面的河岸。

第二天一开始,他们也没有机会拍摄狮子,所以我们整个早晨都在给岩石上的非洲蹄兔拍照。回来时,只觉又热又累,吃了一顿推迟的午餐之后,我们来到工作室,那儿铺好了几张行军床,可供我们午间小憩。床铺摆成一排;我的床铺在最外侧,戴维的床铺在最中间,乔治的床铺在他的旁边。杰夫站在远处,正在取下照相机。我一眯眼就睡着了。突然,我从梦中惊醒了,发现湿漉漉的爱尔莎的怒吼。第二天白天,爱尔莎一直没有露面。我们很快得知其中的缘故,因为乔治看见猛狮就坐在大巨石上。当夜,我们再次听见猛狮的咆哮。大伙都为爱尔莎忧心忡忡。天刚蒙蒙亮,乔治就去河流的上游找她。我与麦克蒂、图图,还有一名巡查员,去河流的下游。我们随身携带饮用水,万一找到她的时候,可以给她补充水分。在边界岩后面大约半英里的地方,我们无意中发现了爱尔莎的足迹,我们以前从未知晓,她能到达如此遥远之处。她查看四周,确保一切都安全无虞,之后小狮子才露面。他们个个都口干舌燥。我几乎无法快速倒水,因为小狮子的爪子挥来舞去,给我制造了不少麻烦。我得留神不被小狮子的爪子挠伤;还得提防手中端着的塑料水盆不被他们的爪子抢走。

我们动身回家时,与待在后面的男孩子会合了。爱尔莎和杰斯珀疑心重重,反复嗅闻巡查员。他听从我的建议,纹丝不动地站着,像个木头桩子似的,然而他的神色一点儿也不轻松。后来我见机行事,让他和麦克蒂一起提前返回营地。

爱尔莎的伤口好多了,只是还需要敷药。我们费尽心思,让一家子跟在我们后面,慢慢朝营地的方向走去。奴鲁作为持枪者和我在一起。我觉得快到家了,应该没什么危险了,就让他先回去,告知戴维我们的行踪,好让他提前做好准备,拍摄一段狮子过河的场景。他走后没多久,我就发现自己判断失误,其实我们离营地还有挺远的一段距离。更糟糕的是,我们在密林里迷路了。此时已将近正午,天色燥热无比,狮子们在每一蓬灌木丛歇脚,在阴凉之处喘气。我心知肚明,眼下最好找到一处最近的小河。跟着小河而行,一定会找到一条河流,那样情况就会好转。没过多久,我发现了一条小河,并沿着陡峭的河岸前行。爱尔莎跟在我后面,小狮子蹦蹦跳跳我们午饭时间到达营地,看见乔治已经回来了。他没有找到小狮子。等客人们安顿下来,我出去寻找爱尔莎,发现她躺在工作室附近的灌木丛里,呼吸频率很快。我挥手赶走伤口附近的蝇虫,而她神色木然。我返回营地,取来饮用水和混有消炎药的羊肉。戴维见我手忙脚乱,便过来帮我一把,端着水盆和我一起来到工作室。离爱尔莎稍远的地方,我让他放下水盆,而后由我端着前行。

可怜的爱尔莎,我从未见过她受伤如此之重。她无力抬头,我只能帮她扶住脑袋,她才能喝水;她用舌头卷着水喝,喝了很长时间。之后,她开始吃肉,不过她的意图非常明显,她希望单独待着,于是我们离开了。

现在,我们为爱尔莎做不了别的,乔治和我离开营地,去河流另一边寻找小狮子。我们沿途大喊大叫,把我们对爱尔莎的称呼通通喊一遍,也大声呼唤杰斯珀。终于,在一蓬灌木丛的后面,我们看见了一只小狮子,然而当我们靠近时,它惊惶而逃。为了不吓坏它,我们决定先回去,指望小狮子自己回来找妈妈。杰斯珀是第一个回来的,大约傍晚六点钟的时候,他穿过河流,跑回爱尔莎身旁。之后我们远处的河岸,传来一只小狮子的"呜呜"声。爱尔莎也听见了,撑着遍体鳞伤的身体,挪步走到河岸,开始呼唤小狮子。那是戈珀,见到妈妈之后,他也游过河。我给小狮子拿来一些肉,他们立刻狼吞虎咽,但是爱尔莎一口也没动。杰斯珀和戈珀进食的时候,我们陪同客人们沿着河边散步。散步回来之后,我们惊奇地发现,爱尔莎跳到了停在帐篷前方的路虎车的车顶。我们用晚餐时,离她就几码远,而她对我们毫不在意。我很担心小爱尔莎的安危,大概在我们上床后不久,乔治看见她回到营地了。

午夜之后,一家人离开了。他们离开后不久,我们就听见猛狮近的一处临时跑道迎接他们。有一段时间，我们一直与戴维·阿滕伯勒通信，讨论为英国广播公司（BBC）拍摄一部关于爱尔莎和小狮子的纪录片。

之前，许多人建议我们为爱尔莎拍摄一部纪录片，但我们拒绝了，因为担心庞大的摄像装置可能会令她不安。这次只来两个人，麻烦会少很多，即便如此，他们也需要持续不断的保护。我们希望能够确保他们夜间的安全，于是我在防狮路虎车上安置了一张床铺，夜间车辆驶入厚实的刺篱围墙；其他客人睡在卡车上支起的一顶帐篷里，卡车同样也用刺篱围住。还有一顶帐篷可做多种用途：试衣间、浴室、洗手间以及设备间。

我们上床后不久，耳旁传来一头狮子在河流上游的吼叫声，爱尔莎随即离开营地。9月13日早晨，乔治早早地叫我去他的帐篷。我看见了遍体鳞伤的爱尔莎，头部、胸部、肩膀和爪子无一幸免，血流如注。她虚弱无力，当我跪在她身旁，检查她的伤口时，她只能眼睁睁地看着我，做不了别的。我们惊诧万分，因为夜间并未听到一声咆哮，对打斗的现场更是一无所知。我们开始给伤口敷药，爱尔莎挣扎着站起来，挪着步子走向河流，显然忍受着巨大的痛苦。我立刻跑到一旁，把磺胺药片混在她的食物里，希望用这种方式避免败血症，因为外部的治疗明显会引起她的疼痛，也会激怒她。等我把食物准备好之后，花了二十分钟去找她，然而她踪迹全无。之后，我必须动身，去迎接远道而来的朋友们，留下乔治去寻找丢失的小狮子。对于访客，这是最糟糕的时刻——更别提电影制片人了——我只恐他们会无功而返。我将不幸的消息告知朋友们，然而我们很快得知，戴维和杰夫是真正的动物热爱者，这真是不幸中的大幸。

当天夜里,爱尔莎没有返回营地。两小时之后,乔治从伊西奥洛回来了。次日下午,爱尔莎和小狮子一同出现,他们都安然无恙,只是神色惊惶不安。她反复查看营地附近的灌木丛,黎明之前她就离开了。

9月初,我们听说朱利安·赫胥黎爵士将接受联合国教科文组织的委托,前来考察东非野生动物保护区。他给我们写了一封信,询问我们是否能与他一同考察北部边疆各省,我们非常愉快地答应了。如此一来,我们可以有机会让他了解保护区存在的各种问题,以及在处理这些问题时,我们遇到的困境。

我们相信,朱利安爵士此次来访,将会鼓励所有致力于保护动物的有识之士。我们也明白,爵士希望此行能见到爱尔莎。我们拒绝了很多无关的访客,只允许理由充分,并且对野生动物保护事业真正有利的人士接近爱尔莎。既然朱利安爵士符合我们的条件,我们很乐意他抽空来营地。

9月7日到9日,我们陪同朱利安爵士考察了北部边疆各省,之后的一天下午,我们到达爱尔莎的领地。

我们发射了几枚信号弹。二十分钟之后,我们高兴地听见狒狒的惊叫声,叫声预示着爱尔莎和小狮子们来了。她兴奋地迎接我,差点把我撞倒在地,而后跳到路虎车顶。与此同时,小狮子们忙着拖拽我们放在安全之处的羊肉。我们观察了他们大约半个小时,之后就离开了。看见汽车扬起的灰尘,爱尔莎一脸困惑的神色,因为我们来去匆匆。

我下一次拜访爱尔莎时,乔治开着一辆拖车来了。被汽车发动机的噪音所吸引,爱尔莎和孩子们很快露面了。乔治告诉我,第二天早晨,戴维·阿滕伯勒和杰夫·马力根将从伦敦启程,我们在最凝望我们俩。戈珀咀嚼起帐篷的帆布,我尽量严厉地对他说:"不要! 不要!"令我惊奇的是,他倒是不咬帐篷了,但又开始冲着我嚎叫。过了一会儿,他又开始咬帐篷,我又大喊"不要",回答我的是又一声嚎叫,才停住不咬。

到目前为止,当我们说"不要"的时候,所有小狮子都会做出回应,虽然我们从未强迫他们服从,通过使用棍子,或者别的什么吓唬他们。

在营地附近度过宁静的一天一夜之后,爱尔莎和小狮子们在一天清晨离开了,横渡河流。他们走后没多久,麦克蒂向我报告说,他发现了一头母狮的足迹,昨夜她从厨房卢卡的上游而来,之后原路返回。难道是那头猛狮吗?爱尔莎并未流露出惊恐的神色,在野外逗留了一天半,返回营地时天已黑透了。她把小狮子藏在某处,拖着羊肉迅即离开,之后和小狮子都踪影全无。第二天早晨,他们到了河对岸。几天之后,一家子依然在营地,破晓时分,我们听见两头狮子从上游的方向靠近营地。爱尔莎立刻带着孩子们离开。朦朦胧胧中,我看见他们飞快地朝工作室跑去。不久之后,爱尔莎独自返回,毅然决然地奔向两头狮子的来处。虽然我和男孩子们专注地聆听,不放过一丝异响,却没有听见任何动静。大约半个小时之后,爱尔莎回来了,呼唤着孩子们。孩子们没有回应,她拼命地呼唤,喊了一声又一声。当我把围在帐篷外的刺篱移开,和她一同寻找时,她却冲我怒吼咆哮,沿着地面嗅闻,消失在去往大巨石的方向。很快,我听见那个方向传来连绵不断的"嗷呜"声。因为担忧两只狮子依然在附近,我们没有尾随爱尔莎而去。直到下午时分,一切才归于平静。一路上,我们不但发现了爱尔莎的足迹,也看见了另一头母狮的脚印,都通向大巨石。

第十一章 小狮子和摄像机

八个月大的时候,他褪去了身上的胎毛,长出好似兔毛一样柔软的毛发。他开始模仿妈妈的一举一动,希望像妈妈一样,得到我们的宠爱。有时,他躺在我的手掌下方,显然指望我拍拍他。因为这违背我的准则,我很少满足他的愿望。他总是渴望和我一起玩耍,尽管他是好意,而我却心存忧虑,没准儿他会像和家人打闹一样,咬我一口或者挠我一下。他和爱尔莎不同,爱尔莎在这种情形下会控制自己的力量,而他更接近一头野生狮子。

爱尔莎的小宝贝们对我们的态度迥然不同,观察他们与我们之间的关系变化,赋予我们莫大的乐趣。杰斯珀好奇心很重,早已结束了幼时对我们的敌对与排斥,与我们友好相处,只是还没有到亲密无间的地步。

小爱尔莎野性十足,如果我们走近,她就会尖声嚎叫,而后逃之夭夭。她不像两位兄弟那么撒野闹腾,然而她能用安静和有效的方式,得到她想要的一切。有一次,我发现杰斯珀试图把一块新鲜的、刚宰杀的山羊肉拖进灌木丛里。他努力地拖呀、拽呀,还在上面翻跟头,然而羊肉纹丝不动。戈珀跑过来帮忙,两只小狮子使出浑身气力,最终还是放弃了努力。小哥俩累得筋疲力尽,气喘吁吁地坐在一旁。小爱尔莎不动声色地观察着他们,而后跑过来,使劲拉扯,把重物拖在两只前腿中间,走进安全的地带,气喘吁吁的小哥俩迅速赶来与她会合。

戈珀常常利用帐篷,尤其是当舌蝇铺天盖地的时候。在这些情形下,我注意到他是多么善妒。举例说吧,如果我坐在爱尔莎身旁,戈珀就会满脸怒意,久久地盯着我的眼睛。他的意思直截了当:爱尔莎是他的妈妈,我最好离开他的妈妈。一天傍晚,我坐在帐篷的入口处,他在远处的一顶小帐篷里,而爱尔莎躺在我们中间的地方,分,我听见爱尔莎领着小狮子,朝大巨石的方向走去。下午,我们在她返回营地的路上,与她迎面相遇。她的脑袋上离她受伤的耳朵很近的地方,遍布鲜血淋漓的咬伤。

她返回营地后,我把昨夜他们剩下的羊肉取出来。不过,所剩不多了。爱尔莎没有碰一口,而小狮子大吃特吃。在男孩子们拖来一头新宰杀的山羊时,她才开始下口。我很纳闷,为何她明明饿得饥肠辘辘,却抑制住自己的食欲,不去碰我提供的第一份食物呢?难道是因为她觉得食物不太多,如果她多吃了几口,小狮子就会不够吃?

夕阳西沉,易卜拉欣回来了,开着一辆我最近订购的新型防狮路虎车。他也带回了邮件。我找个地方坐下来,阅读《伦敦新闻画报》刊载的一篇和爱尔莎有关的文章。在作者栩栩如生的笔下,她已然名扬四海。这令人欣喜万分,然而可怜的爱尔莎,此时正耷拉着脑袋,饱受痛苦的折磨。

第二天,她来到工作室,和我们相伴时,依然痛苦不堪。她没心思管教杰斯珀,而小家伙被打字机的"咔嗒"声吸引之后,就跑过来烦我,妈妈也无心抬起巴掌教训他。

可怜的杰斯珀,他要学的东西还很多,不仅对属于他的野外生活知之甚少,对属于我们的奇特世界也不甚了解。他对我们的世界表现出强烈的探索欲望。比如有一天晚上,我听见他在乔治的帐篷里,好像非常忙碌。第二天早晨我终于知道他到底有多忙了。我发现我的望远镜不见了。后来,我在帐篷下方的丛林里找到了几片皮外壳,上面还有杰斯珀乳牙的咬痕。双筒镜丢在一旁,上帝保佑,幸亏镜片完好无损。杰斯珀无疑是个淘气包,但是他如此惹人喜爱,我们没过多久就转怒为喜了。

第十一章 小狮子和摄像机

说句实话,营地的四周,就像一个真正的伊甸园。动物和我们分享天空、大地、河流和树木,它们来来往往,早已习惯我们的存在,经常离我们很近,而没有一点惊惶之色。甚至鱼儿都很友好,看见我们的时候,就游到我们身边。

此时此刻,就在我打下这些字的时候,一群五十只左右的狒狒,在正对着我的河岸漫步。它们中间混杂着三只南非林羚,一只公的,一只母的,还有一只幼小的羚羊。它们加入狒狒群中,似乎是为了安全。当一只狒狒从它们身旁冲过去的时候,它们毫不在意。

此情此景是如此的宁静和谐,令我们淡忘了狒狒将小动物撕成碎片的血腥画面。我想,假如没有偷猎者的威胁,这里的野外生活应该是很理想的。和偷猎者相比,一头猛狮对爱尔莎的危险,简直就是小巫见大巫。无论怎么说,她都是丛林生活的一部分;她与其他狮子之间的争斗,同样也是真实的丛林生活。

当我们得知爱尔莎主动出击,直面自己的敌人时,很受鼓舞。我们第一次留意到,在8月的第三个星期,傍晚时分,爱尔莎和小狮子正在帐篷前面食用晚餐,突然,爱尔莎大吼一声,飞一般地冲向前方,眨眼就不见了踪影。一个小时之后,她才回来。夜间,我听到两头狮子走进营地,不久之后,一场惊心动魄的争斗爆发了。破晓时

孩子们已经九个月大了,爱尔莎仍然给他们喂奶。

后来,她仰面朝天地躺在地上,温柔地低吟。小狮子立刻读懂了妈妈的心思,迅速跑过来喝奶。爱尔莎看上去非常幸福,然而我忍不住为她担忧,因为小狮子的牙齿长得很尖利了,喝奶的时候,如何能做到不把她咬伤呢?此情此景好似田园诗般宁静怡人,令我们如痴如醉。忽然,一只迷人的非洲绶带鸟在眼前一晃而过,白色的尾翅好似长长的裙摆,美得如诗如画。今天,小狮子八个月大了,爱尔莎有足够的理由为他们骄傲。

小狮子打盹儿的时候,他们圆滚滚的肚皮几乎快撑破了,爱尔莎站起身,弓起背,打了一个长长的哈欠,而后向我走来,舔舔我,坐在我身旁,爪子久久地搭在我的肩膀,随后把脑袋搁在我的膝盖上,静静入睡了。当她和两只小狮子入睡时,小爱尔莎为全家人站岗放哨,中间还跑出去两回,跟踪非洲水羚,但都无功而返。

我们上床入睡时,听到绵绵不绝的"嘎吱嘎吱"声,声音持续到第二天早晨;显然,这一家子在营地过夜了,正在嚼食羊肉。第二天,他们都在离帐篷很近的地方活动。傍晚时分,我们听到小狮子父亲的吼声。我们猜想,因为它在附近,所以爱尔莎宁可待在营地,而不去更远的地方。接下来的三天里,她依然没有离开我们。

里拔出步枪,扯走装满弹药的背包,在其他小狮子面前骄傲地检阅纸箱,再把箱子撕成碎片。早晨,我们发现他们一家子还在营地,此举相当反常。男孩子们一声不响,静静地待在厨房的栅栏里,等待这一家子离去,但他们无心离开。乔治朝爱尔莎走去,而爱尔莎毫不客气地将他撞翻。之后,乔治移开围住我帐篷外面的刺篱,让我试试运气。我走近爱尔莎,柔声呼唤她的名字,她眯缝着眼睛瞅我,慢慢地向我走来。我保持警惕,事实证明我的预感是对的。距离我十码远的时候,她全速向我扑过来,把我撞翻在地,重重地坐在我身上,之后开始舔我。

她热情得过分,这些行为在她看来,不过是晨间的游戏罢了。可是她明明知道:我们压根儿不喜欢被撞翻,而且这是小狮子出生之后,她头一次和我们尽情地玩这个游戏。

后来,她领着小狮子去工作室下面的地方。下午时分,我们与他们会合。杰斯珀对乔治的步枪兴趣盎然,为了把枪偷偷拿走,他想尽了花招。他很快明白,只要枪的主人保持警惕,他是无论如何也不能得逞的;知道这一点之后,他便改弦易辙,想法儿分散步枪主人的注意力,比如假装追逐兄弟姐妹。他的小伎俩逗得我们哈哈大笑。乔治疑虑渐消,放下步枪,取出照相机。说时迟那时快,杰斯珀猛扑过去,拖着步枪就跑。于是,一场真正的拉锯大战上演了,爱尔莎也饶有兴致地观战。最后,她一屁股压在儿子身上,强迫他松开紧握步枪的爪子,直到物归原主。这还不算完,她继续坐在杰斯珀身上,很长时间都没有动弹,我几乎怀疑杰斯珀会被压死。她最终松开了儿子,而杰斯珀依然对步枪"贼心不死",忍不住偷偷靠近步枪,然而他尽量控制住自己,没有触碰枪支。有那么一阵子,爱尔莎依然怀疑杰斯珀不老实,不时地坐在杰斯珀和步枪之前,稳若磐石。

乔治和杰斯珀玩的拖拽生肉游戏,后者就是乔治把一根棍子扔进水里。这时,她会立即跳到小狮子和水流之间——防止他们跳进水里,而且一旦小狮子受惊了,此举也能够安慰他们,意思是他们看到的东西只是一根浮在水面的木头,而不是鳄鱼的鼻子。

8月12日,我去内罗毕,在那儿待了六天。回来时,已经是8月18日。我们很迟才吃晚餐。这时,我们听见两只狮子的吼声。从声音的来处判断,它们正在从河流上游迅速靠近营地。爱尔莎迎着它们的方向飞奔而去,小狮子跟在后面;四十五分钟之后她才回来,却发现小狮子不见了,她在营地四周到处寻找,看上去忐忑不安。

突然,我们听见一声最为震耳欲聋的咆哮。声音似乎是从厨房的后面传来的,乔治朝那边瞅一眼,手电筒正好照着一头狮子圆瞪的双眼。

爱尔莎站在帐篷附近,挑衅似的冲对方吼叫,直到小狮子现身。真是太幸运了!她带着小狮子迅速离去,很快我们就听见他们快速过河的声音。

之后,一切归于宁静,我们也上床睡觉了。大约在凌晨1:30,乔治被帐篷旁边的一种异响惊醒了。他拧开手电筒,发现一头陌生的母狮,就坐在三十码远的地方。它不慌不忙地站起身,于是乔治冲它开了一枪,本想迫使它赶快离去,谁知毫无用处,反倒引起另一头狮子的吼叫。

它们一声接一声地吼叫、咆哮、咕哝,持续了半个小时之久才姗姗离去。

第二天傍晚,爱尔莎很晚才到达营地,在靠近帐篷的地方安下身来。杰斯珀处于兴奋的状态,精力非常充沛,把自己能够到的东西全打翻在地;把桌子上的瓶瓶罐罐、刀具和餐盘全部扫落,从架子只此一次,舌蝇帮了我们的忙。爱尔莎身上落满了舌蝇,她紧跟在我身旁,指望我随时拂去她背部的飞虫。杰斯珀也遭受舌蝇的攻击,他第一次把柔软的身体靠在我的腿部,请求我帮忙解决他的麻烦。虽然此举违背了我不触碰他的原则,但我难以抗拒他的请求,忍不住拂去他身上的飞虫。

爱尔莎经常停下来,冲着一丛灌木撒尿。难道她又发情了?

返回营地时,我们个个都累得筋疲力尽。爱尔莎拒绝进食,只是坐在路虎车顶,观望小狮子们撕扯羊肉,偶尔聚精会神地凝望夜空。快9:00时,爱尔莎和小狮子离开营地。午夜时分,我们听见从大巨石方向传来的狮吼。

接下来的日子里,爱尔莎每天下午都来营地,于是我每天都给她敷药。

她的伤势渐好之后,她和小狮子与我们沿着河边散步。我们目睹了她是如何教会小狮子待在原地,并且让小狮子绝对服从指令。

她闻到了羚羊的气味儿,于是跟踪其后,然而没有成功;与此同时,小狮子一声不响地待在原地,压根儿没有打扰妈妈的捕猎,虽然事后他们个个活蹦乱跳,在水里拨拉水花,还爬到树上玩耍。他们用爪子勾住树皮,成功地把自己拉上去;有时他们爬得很高,离开地面约十英尺。

在这种情形下,爱尔莎还流露出一种本能的反应。小狮子在附近玩耍时,大约在一百码之内,有一只在深水出没的鳄鱼,爱尔莎显然认为这只鳄鱼无害。也许她知道这只鳄鱼吃饱了,但有一点她不能十拿九稳:到底离鳄鱼多远才有危险?通常,哪怕水面荡起最轻微的一道涟漪,她都会变得疑虑重重。她能区别什么游戏是无伤大雅的,什么游戏有可能引发危险,甚至导致可怕的后果。前者比如色非常不安,最后她带着小狮子消失在丛林里。

　　大约午夜时分,我被几只狮子的嘶吼惊醒。随后,是一场惊心动魄的战斗。稍停片刻,又是一场厮杀,接着是第三场。终于,耳旁传来一头狮子的悲号声,一听就是在打斗中受伤了。我只盼落败者不是爱尔莎。继而,我听到有动物穿过河流的声响,而后一切归于寂静。

　　天一亮我们就起床了,跑出去查看昨夜狮子们殊死打斗的战场和地面留下的足迹。我们认出来了,有些足迹是那头猛狮和它的伴侣留下的。一定是在它们靠近营地时,爱尔莎主动出击的。我们尾随爱尔莎的足迹,走了大约六个小时,穿过河流到达边界岩。我们找了一整天,然而一无所获。日落时分,我们开了一枪。过了一会儿,爱尔莎的吼声从远远的方向传来。终于她露面了,杰斯珀尾随其后。

　　她走起来一瘸一拐的,不过还在尽可能地快跑,仿佛是为了尽快和我们会合。路上,她停下来一两次,回望身后,看看另外两头小狮子是否跟上来了。她和杰斯珀来到我们身旁时,显得欣喜若狂,不住地用脑袋蹭我们的腿。我发现,爱尔莎的一只前爪有一道深深的伤口,此时鲜血淋漓。她一定忍受着巨大的疼痛。我别无他法,只能把她带回营地,给她敷药包扎。

　　营地离此地很远,天色越来越黑,路上我们看见不少非洲水牛和犀牛留下的足印,所以觉得必须尽快赶回,不能拖延时间。一切都告诉我们:要加快步伐。乔治焦躁地催促我们快一点,但我们经常停下脚步,等待小狮子们跟上来,因为他们走得慢。杰斯珀就像一只牧羊犬,在乔治和队伍之间来回跑动,试图让大伙都在一起,不能有一个掉队。

还说,自从烧毁营地之后,他们中有三个人爬上过爱尔莎的大巨石猎杀蹄兔,因为有一个人被蛇咬伤了,他们才不得不放弃。

我们意识到,由于干旱程度严重,偷猎者的活动也愈发猖獗了,所以无论反偷猎组织采取何种有效行动,他们都不可能保护爱尔莎。假如爱尔莎无法从我们这儿获得食物,被迫去更远的地方捕猎,就会冒着与部落居民相遇的危险。

显然,如果我们继续逗留,小狮子的野外生存教育也会被迫中断,他们很可能会被宠坏,但是这种结果好过他们冒着生命的危险去捕猎。

一天傍晚,舌蝇特别活跃,铺天盖地。爱尔莎和两个儿子钻进我的帐篷里,在地上打滚儿,打算碾死这些小飞虫。他们滚来滚去的时候,把两张立起来当墙壁的行军床撞翻了。爱尔莎躺在一张床铺上,杰斯珀躺在另一张床铺上,而戈珀和一张床单玩起了游戏。两只狮子懒洋洋地躺在床上,这一幕远非我们期待的爱尔莎一家回归荒野的理想画面,然而是那么滑稽可笑。只有小爱尔莎待在帐篷外面:她和从前一样野性十足,没有什么能引诱她钻进帐篷,有她的存在,我多少有点安心,毕竟这一只还是野性十足。

一天下午,我们与爱尔莎和小狮子们在河岸旁徘徊。这是天赐良机,我正好检查她的伤口。我给伤口倒过不少磺胺粉,但是伤口尚未完全愈合。我趁此机会检查她的牙齿,发现有两颗犬牙断裂了。

她幼时的钩虫感染留下了后遗症,即牙齿边缘有一圈凹槽,在这些凹槽附近的牙齿出现了断裂。我想,尽管爪子是她主要的利器,但这些断裂的牙齿对她的捕猎多少有妨碍。

夜幕降临时,我们返回帐篷;整个傍晚,爱尔莎一直很警觉,神小树苗似的见风长。我觉得我们该放手了,应该让他和戈珀、小爱尔莎过一种自由自在的生活了。在我想着这个事儿的时候,他和另外两只小狮子追逐打闹,把水盆都踢翻了,一盆水都洒在爱尔莎的身上,淋得她浑身湿透。他的调皮捣蛋换来了一顿胖揍,还被妈妈重重地压在身下,尽管妈妈的身上还在滴滴答答地淌水。这一幕实在太滑稽了,我们笑得前仰后合。不过,我们的举止很不得体,也冒犯了爱尔莎。她怫然不悦地瞪了我们一眼,走到一旁,两只乖巧可爱的小狮子跟在后面。之后,她跳到我的路虎车顶,我走过去表达我的友好,并向她道歉。

今夜的月亮圆圆的,夜空中群星闪烁。由于爱尔莎瞳孔完全放大,大大的眼睛几乎黑透了。她神色严厉地俯视我,仿佛在说:"你们毁掉了我对孩子的教育!"我在她身旁逗留很久,抚摸她毛发如绸缎一般光滑柔软的脑袋。

不久之后,我们听到从盐渍地的方向传来的嘶嘶声和咕哝声,那是两头正在亲热的犀牛。爱尔莎警觉地瞅一眼小狮子,发现他们还在一心一意地吃肉,于是便毫不在意这一对亲热的家伙了。而后,我们听见犀牛过河的声音。乔治回来了,还带回一支反偷猎的队伍;他们的工作范围遍及北疆各地区。首先,他希望反偷猎组织找到几个人,他们与在河流对岸出没的人群属于同一支部落,只要给这些人合理的报酬,他们就能提供有关偷猎者的信息。在反偷猎队伍工作时,我们利用每一个机会,有意离开爱尔莎和她的小狮子,让他们自己照顾自己。她的伤口基本痊愈了,我们希望他们过真正的<u>丛林生活</u>。不过,巡查员回来之后,我们发现必须改变计划了。他们带回几个罪犯,其中一个人向乔治告发了自己的同伙,说偷猎者决定用毒箭杀死爱尔莎,只要我们一离开营地,他们就动手。他但最重要的是我们都平安归来。

当晚,我辗转反侧,夜不成眠,伤口周围的所有腺体都肿胀了,无论用什么姿势,都睡不安稳,每一次呼吸都很费劲,因为肋骨钻心的疼。

第二天下午,爱尔莎格外小心翼翼,沿着上游将猎物拖曳了一段距离后,将猎物放在两只前腿之间,拖着过河,到达对面的河岸。那儿地势陡峭险峻,几乎所有的猛兽都望而生畏,更甭说跟过去了。我很纳闷,爱尔莎的行为之所以如此反常,难道是因为和我一样,被非洲水牛的冲撞吓破了胆?

8月初,爱尔莎越来越合作了,然而她的儿子杰斯珀恰好相反:每天他都很闹腾,而且越发不守规矩。比如,爱尔莎从不骚扰我们的羊群,但杰斯珀对山羊的兴趣却与日俱增。

一天傍晚,奴鲁赶着山羊进了我的卡车。杰斯珀抄了近道,从厨房冲过去,与虔诚祷告的易卜拉欣几乎擦身而过。当时易卜拉欣正跪在垫子上,全神贯注地进行晚祷告。杰斯珀在水罐和敞开的炉火前穿梭而过,在羊群正要进入卡车的瞬间赶到。

他的意图一目了然,于是我跑过去,手拿一根棍子,在他眼前大力挥舞,用最严厉的声音大喊:"不要!不要!"

杰斯珀看上去很困惑,凑过来嗅嗅棍子,好奇地拍了棍子几下。奴鲁趁此机会,迅速把羊群赶进卡车里。之后,杰斯珀和我一起回到爱尔莎身旁,爱尔莎一直冷眼旁观我们的游戏。以前,她会帮助我教训他,要么是当我反复说"不"的时候,给他一巴掌,要么是像一堵墙似的,站在我和他之间。仿佛这一切过去很久了,我都忘记从何时起,尽管有她的支持,我的命令和棍子也对杰斯珀失效了。杰斯珀精力充沛,好奇心很强,喜欢玩闹;他是一只出色的小狮子,像

非洲水牛

什么伤,只是脑袋撞出一个大包,因为跌倒的时候,他的脑袋撞在倒地的棕榈树上了。我感觉到胳膊和大腿血流加速,而且有点疼痛,但我想先回家,再查看受伤的情况。这次意外至少戳穿了一种流行的偏见:狮子闻到鲜血的气味,或者尝到鲜血的滋味时,无论它们之前多么驯服,此时都会变得狂野凶残。

爱尔莎保护我们免遭非洲水牛的撞击,几乎救了我们的命,此时似乎明白我们都受伤了,所以变得格外温柔体贴,情意绵绵。

我毫不怀疑,刚才的不速之客是一头非洲水牛,因为最近几个星期,我们看见过一头非洲公水牛留下的足迹,从工作室出发,穿过河流附近的丛林到达沙丘,那儿有一块呈三角形的印迹,也是它饮水的地方。喝完水之后,它经常逆流而上。

它一般是午夜之后,才会来饮水点喝水。这种生活习惯雷打不动。

今天傍晚,它一定是口干舌燥,才会提前到达。爱尔莎可能听见它的动静,所以 9:00 的时候,就把小狮子带来营地。非洲水牛看见我们举灯沿河而下时,彻底吓傻了,于是冲向最近的一条安全通道,谁料与我们撞个正着。

我受了一点踢伤,大腿处有几处伤口。对此我心怀感激,因为我脆弱的内脏部位没被压伤。

爱尔莎和我们返回营地时,我们发现小狮子乖乖地在那儿等着妈妈。她是如何让小狮子留在原地的? 真是令我大惑不解。

我很担心麦克蒂,于是立刻赶到厨房,了解他的情况。他没受一点伤,心情好得很,正在向男孩子们吹嘘他的神勇之举,喋喋不休地讲述他是如何徒手与非洲水牛搏斗,大伙儿对他真是刮目相看。恐怕我的出现,尤其是我鲜血淋漓的腿,多少有损他的光辉形象。

第十章 丛林的危险

傍晚9:00,爱尔莎和小狮子离开河流,来到我的帐篷前,要求我们端上美味的晚餐。因为剩下的羊肉还放在栀子花丛里,我呼唤麦克蒂和图图,让他们过来帮我一起把羊肉拽出来。我端出压力灯,走到一处狭窄的通道。这条通道还是我们从密林中开辟出来的,从营地通往河流的方向。

麦克蒂走在前面,拿着防身用的棍子和一盏防风灯,图图紧随其后,我端着明亮的压力灯断后。我们悄声而行,沿着通道走了大约几码远。突然,耳旁传来"咔嚓"一声响,吓得我魂飞魄散,麦克蒂手中的防风灯熄灭了,一秒钟之后,我的压力灯也掉在地上,碎成齑粉,因为一大团黑影撞在我身上,把我撞翻在地。

我还没回过神来,就发现是爱尔莎在舔我。平定之后,我坐起身,呼唤男孩子们。从图图的位置传来微弱的呻吟,他就躺在我身旁,他抬起头,摇摇晃晃地站起身,结结巴巴地说:"非洲水牛,非洲水牛!"这时,从厨房的方向传来麦克蒂的声音;他大声告诉我们他很安全。我们聚在一起之后,图图告诉我,当时他看见麦克蒂突然跳到小道旁边,用手里的棍子狠狠地抽打一头非洲水牛。接着,图图就被撞到一边,我就被他压倒在地了。当爱尔莎和非洲水牛迎面相对时,到底发生了什么事情?我们对此一无所知。幸亏图图没受我嘱咐麦克蒂沿着爱尔莎往来营地的足迹,找到爱尔莎这一段时间的藏身之地,毕竟他们失踪这么长时间了,我很好奇他们藏在哪儿。

与此同时,我给爱尔莎的伤口敷药,而她睡意绵绵,对我的治疗毫不拒绝。天黑之后,我走进帐篷,聆听麦克蒂的汇报。

麦克蒂说,他跟踪爱尔莎的足迹,来到她活动的地盘,在一处岩石裸露的地带,他不仅发现了她和小狮子的足迹,还看见至少一头雄狮的足迹,或者两头。

他的发现可以解释很多事情:她和小狮子如何得到食物;还有当她被巡查员和我们惊动时,她举止怪异的原因。她发情了。结论就是这么简单。

结论看似匪夷所思,其实不然,只是我们没有想到而已。由于爱尔莎还处于哺乳期,我们不希望她另寻新欢。我们接受了一种普遍的观点:野生母狮每三年生产一次,在漫长的三年里,母狮要教会小狮子捕猎,之后让它们独立生活。爱尔莎回到生育繁殖期远比我们预料的要快,难道是因为我们提供食物的缘故?当然,七个半月大的小狮子已经可以断奶,依靠肉食生活了。的确,她并不知道我们之所以继续逗留,是为了给她治疗伤口,帮助她恢复健康,让她能够教会孩子们捕猎。

午休

子,我让麦克蒂再去宰杀一头山羊,并在宰杀的时候,设法让爱尔莎保持冷静。她的自控力着实令人惊奇,一直到众人把山羊拖到离她十码远的地方,她才站起身,将肉食拖曳到靠近河流的丛林里。

小爱尔莎和戈珀尾随妈妈而去,但是杰斯珀忙着"咯吱咯吱"地嚼食骨头,没有留意周围发生的一切。他独自留在原地好一阵儿,才决定去和家人在一起。他把剩下的羊肉放在两只前爪之间,用嘴拖曳着来到河边。

我坐在花丛中,等待合适的机会,把消炎药粉掺进爱尔莎吞食的肉里,加快她发炎的耳朵的愈合。令我困惑不解的是,我没有在她或者小狮子身上,发现新的伤痕。按理来说,他们离开营地这么久,肯定要去捕猎了,怎会连一点划伤都没有呢?

为了争夺最软嫩可口的羊肉,小狮子们尖叫、咆哮、彼此推搡。生活在丛林之中,他们变得更加野性十足,对任何可疑的响声都保持警惕,听到狒狒大呼小叫时,他们则显得惊慌失措。

两只小狮子比以前更加胆怯了,如果我稍微一动弹,他们就惊恐不安。然而令我惊奇的是,杰斯珀走到我身边,脑袋歪向一旁,流露出好奇的神色,舔舐我的胳膊,显然希望和我成为朋友。

日头很高,天气越来越热,小狮子们敞开肚皮吃个够后,在浅水处愉快地嬉戏玩闹。他们钻入水下,扭作一团,相互泼水,搅动水花,疯玩一通。等他们玩累了,就瘫倒在岩石的阴凉之处,爱尔莎也和他们相依相偎。

小狮子们惬意地打起盹儿,爪子耷拉在岩石边缘,晃悠来,晃悠去。当我凝神观望他们,蓦然想起麦克蒂对我缺乏信仰的责怪——看到如此快乐幸福的家庭,夫复何求?

楚。麦克蒂直视我的双眸，生气地责备我："你的脑子里除了死亡，没有别的东西了。你想着死亡，说着死亡，你仿佛不相信有芒格（上帝）在照顾一切。难道你不相信他在照顾爱尔莎？"

他的话令我备受鼓舞。我站起身来，继续寻找爱尔莎。两天过去了，我们的搜寻毫无结果。

自从爱尔莎和小狮子离开之后，十五个日日夜夜飞逝而过。第十六天傍晚，在营地点亮灯光之后，我给自己倒了一杯饮料，独自坐在无边无际的黑暗中，竖起耳朵聆听四周的声响，盼望爱尔莎的归来。突然，我听到了疾走如飞的脚步声，接着我几乎连人带椅子被热情问候的爱尔莎撞翻。她看起来清瘦了不少，然而很健康，耳朵的外部伤口也愈合了，但里面还发炎红肿。我安排男孩子们把山羊肉拖到我们这边，她绝对是饿坏了，不顾一切地朝男孩子们猛扑过去。我大喊："不要，爱尔莎，不要！"她闻声停住脚步，顺从地走到我身旁，竭力控制自己，直到生肉被用铁链捆缚在帐篷前面，她才猛扑过去，贪婪地嚼食。她吃得又快又猛，片刻就吞掉半只山羊，此后退到灯光照不见的暗处，狡黠地越行越远，最终消失在工作室的方向。

得知她安然无恙，我顿感如释重负，只是还有一个问题：小狮子去哪儿啦？她的拜访只持续了短短半小时。我在夜色中长久地等候，期待她能带回小狮子，把剩下的半只山羊吃光。然而这只是我的痴心妄想，最后我把剩下的羊肉拖进汽车里，免得被掠食者吃掉，而后上床睡觉了。

8月1日凌晨，我被小狮子的"呜呜"声惊醒，看见他们正匍匐而行，靠近我的刺篱。我呼唤男孩子们取来肉食，而爱尔莎观看着孩子们争夺肉食，我也加入了她的行列。

显而易见，爱尔莎昨夜吃剩的晚餐满足不了四只饥肠辘辘的狮脾气的母狮攻击的危险,很可能是爱慕这头嗓音嘶哑的雄狮,决心与它共度良辰,而我们前几日看见的脚印可能就是这头雄狮留下的。当然了,这是一种乐观的推断。还有一种悲观的可能,就是爱尔莎死于耳朵发炎导致的败血症,小狮子被一对野生狮子收养了。

我们回去的路上,看见厨房卢卡的上空,一群群秃鹫在盘旋,男孩子们跑过去查看是何情形。

我畏缩不前,心中暗暗恐惧。不一会儿,男孩子们大声叫嚷着,他们看见了一只捻角羚的尸体,可能是夜间为野狗所捕杀。这个发现令我松了一口气。

接下来的两天,我们一直在爱尔莎的地盘边界搜寻,有时步行,有时驾车。

7月的最后一个星期,乔治离开营地。而我继续寻找爱尔莎,和麦克蒂一起,沿着车道走向大巨石,跟踪一只雄狮留下的足迹,因为这头雄狮显然来过营地。我看见有尖头鞋压在上面的印迹,麦克蒂一眼就认出了这种尖头鞋。最近几天,在偷猎者藏身处的四周,他见过和这些一模一样的印迹。狮子的足迹和尖头鞋的印迹,都压在乔治汽车的轮胎印之上。

很明显,偷猎者留心我们的一举一动,他们无疑听见乔治的汽车离开了,于是次日早晨赶来侦查一番。当他们得知我依然留在营地时,肯定失望透顶。

自从猛狮攻击爱尔莎之后,已经过去两周了,除了那一次巡查员发现爱尔莎在矮树林休息,之后她一直杳无音讯,小狮子也不见行踪。

我心如刀绞,询问麦克蒂是否还爱着爱尔莎。他大吃一惊,亲切地回答我:"我到哪儿去爱她呢?"听到他的回答,我的内心更加酸狮吗？回去的路上，我们发现一行新鲜的雄狮足迹，通往我们来时的方向。

第二天早晨，我们返回原处，在大约五百码之内的地方，看见几行非常清晰的足迹，它们是一头雄狮、一头母狮和几只小狮子的。尾随这些非常新鲜的脚印，我们来到一处干涸的河道，之后又经过几块岩石，就在我们快要靠近它们的时候，狮群突然掉头，飞快地奔向河流，涉水而过。

留在河岸的足迹依然湿漉漉的。很明显，狮群听见了我们的脚步声，便迅速逃之夭夭了。我们能肯定的就是，它们分散逃跑的速度很快。

搜寻了近两个小时之后，我们发现，狮群早已重逢于一处遍布沙石的河道。我们不发出任何声响，在原地一动不动。接着，我们听见狒狒愤怒的吠叫声，与此同时，一头雄狮在嘶吼。从吼声判断，它距离我们非常近。

我们太熟悉它的吼声了，因为夜间我们经常听到。吼声嘶哑刺耳，男孩子们总说，这头狮子一定是得了疟疾了。

乔治继续跟踪它。我们距离它那么近，几乎被它的又一声嘶吼震聋。突然，我看见它的后臀了，离我只有三十码，而男孩子们已经看见它的脑袋和鬃毛了。

在上午11:00咆哮，对一头狮子而言，此举极为反常。这头雄狮显然是在呼唤母狮，眼下我们只能听见来自狒狒的大呼小叫。但愿它等待的是爱尔莎，我们绕开雄狮，找到一处较佳的观察点，然而什么都没有发现。

我们又累又渴，便坐下来喝茶。到底爱尔莎因为何故而消失呢？我们得出两种可能的解释。她之所以不愿待在营地，冒着被暴无视它对该地区的"领土主权",或者它只是狂躁易怒?无论如何,我们确信,就是它把爱尔莎和小狮子赶到河对岸,驱赶到偷猎者的身边的。然后,它和它的雄狮占领了大巨石,待在那儿好几天。

沿着远远的河岸搜寻,我们终于找到小狮子留下的足迹,它们通往一处很大的岩石堆,我们称之为边界岩。此处位于爱尔莎地盘的边界。当时天色已晚,黑咕隆咚的,我们一筹莫展,只能打道回府。第二天早晨我们再次来到此地,发现在小狮子的足迹之上,多了一头雄狮和一头母狮刚刚留下的足印。我们原本满怀期待,后来发现这些足印通往很远的地方,显然不可能是爱尔莎留下的。回家的路上,我们留意到一只偷猎用的尖矛夹。在河流近旁,野兽出没的兽道之上,这只尖矛夹从树顶垂落,悬挂在半空。

尖矛夹是一种致命的偷猎工具,主体是一根直径一英尺、长两英尺的圆木;圆木的横断面,也就是正对地面的方向,绑缚一排浸透毒汁的鱼叉。偷猎者操控圆木,令其从半空跌落,砸中走过树下的动物,而圆木的重量足以保证鱼叉能穿透最厚实的兽皮。

第二天,我们沿着河岸,往上游的方向搜寻,一路上发现许多狮子的足迹,包括一头母狮和三只小狮子的足迹。它们从营地出发,绵延大约五英里之后,没入一片灌木丛里。据我们所知,爱尔莎以前从未到过此地。我们靠近一棵面包树时,受惊吓的动物慌忙逃窜。图图一眼瞅见了一头母狮和三只小狮子的背影,这头母狮可能就是爱尔莎。它们的动作急如闪电,眨眼就踪影全无。任凭我们如何扯着嗓子呼唤,都听不到任何回应。

我和乔治跟着足迹走了一段路,内心无比困惑:如果那是爱尔莎一家子,为何他们要逃避我们?换句话说,如果那不是爱尔莎一家子,这里还有一头和爱尔莎的体型一般大、领着三只小狮子的母了,而她正为自己的孩子担着心。整个下午,她显得心神不宁,并且忍受着巨大的疼痛。无论何时,只要小狮子无意中碰到她的耳朵,她就大声吼叫,怒气冲冲地给小狮子一巴掌。杰斯珀似乎明了妈妈的困境,一直在舔舐妈妈。

　　夜深人静的时候,我上床入睡了——爱尔莎和小狮子很快离开了——我听见猎豹的咳嗽,狮子的咆哮。我赶紧起床,呼唤男孩子们打开我的刺篱围墙,让我从帐篷里出去,而后把剩下的肉食放进汽车里。我才不想鼓励这些在附近逡巡徘徊的掠食者。这些家伙为了分享爱尔莎的食物,把她赶得远远的。

　　等她的耳朵愈合了,能够捕猎了,我就下决心离开她。目前,我独自留在营地三周了,而乔治迟迟未归。我只盼他快快回来,当他的帐篷里有人时,那些掠食者就不敢靠近系在帐篷附近的食物。他不在营地,那些野生狮子整夜地围着营地转悠。万一有紧急情况发生,麦克蒂和易卜拉欣也会使用步枪解决问题,但我对男孩子们很不放心,担忧他们的安全。

　　乔治终于回来了。一只奇怪的狮子用嘶吼欢迎他的归来。听见吼声之后,爱尔莎一连数天都没有露面。乔治决定出去寻找爱尔莎,也决意吓退这只奇怪的狮子,以及陪伴它左右的凶猛母狮。这只母狮凶残成性,屡次伤害爱尔莎。我们早就谙熟这对伴侣了,至少熟悉它们的嗓音,对他们的足迹也不陌生。它们在河流附近大约十英里的范围内活动。当然,它们和其他狮子共享这一地带,而爱尔莎除外。但是,爱尔莎是唯一始终在营地附近活动的母狮。相比于爱尔莎,这只猛狮在该地区居住的时间要长久得多。我们很纳闷,爱尔莎怎么招惹它了?我们深信不疑,爱尔莎并没有与它争夺雄狮,只是一心一意地抚养小狮子。也许,爱尔莎干扰了它的捕猎,查员告诉我,他们在对岸的丛林下面,大约一英里的内陆地带,看见了爱尔莎和小狮子。

她躺在阴凉处休息,三只小狮子正酣然入睡。她目视巡查员一步步走近自己,但是纹丝不动。乍一听很不可思议,除非她病得很严重,否则,她才不会这么不在乎有人靠近自己,甚至是陌生人。

麦克蒂提议,我们应该给爱尔莎送些生肉,分量不需太多,要不够让她吃饱肚子的,这样才能吸引她回到营地。当我们接近她休息的地方时,我示意男孩子们站在后面,然后柔声呼唤爱尔莎。

她来了,步伐缓慢无力,脑袋耷拉在一侧。我极为吃惊,甚至惊恐不安,因为她竟然栖身于如此暴露的地点,偷猎者不费吹灰之力就能看见她。我注意到,她的耳朵已经感染化脓了,她显然忍受着极大的疼痛,当她频繁地摇晃脑袋时,听起来仿佛耳朵里全都是液体。除此之外,她和小爱尔莎的身上飞满了绿头苍蝇。我能够赶走爱尔莎身上的苍蝇,可是小狮子野性十足,压根儿拒绝我的帮助。她和兄弟们为肉食而战,把我们带来的肉食吃个精光,除了几根亮光光的骨头,一点肉渣都没有给爱尔莎剩下。爱尔莎无可奈何地瞅了一眼,没有流露出丝毫不快的神色。长久以来,有一种说法根深蒂固:母狮子只顾自己吃饱喝足,让小狮子饿着肚皮。然而,爱尔莎的做法恰恰相反,也证明了这种传说的虚妄。杰斯珀伸出粗糙的舌头,舔舐我的手掌,感激我给他带来的食物。我对爱尔莎念叨起几个词:麦加、查库拉、尼亚玛,试图引诱爱尔莎返回营地,然而她一动不动,我们只好独自回去了。

我拍了很多照片,返回营地之后,换了一个新胶卷;之后,我听见小狮子到了河对岸,于是抄近道跑过去。突然,爱尔莎从矮树林里蹿出来,把我撞倒在地。显然,她怀疑我是从另一个方向又回来夜间,爱尔莎安稳下来,然而一头雄狮开始嘶吼。爱尔莎受惊不小,带着孩子们迅即离开了。

他们第二天下午返回营地,这令我心花怒放;杰斯珀偶尔用小鼻子戳我的后背,显然他是友好的,然而爱尔莎明显不赞成他的举动,于是走到我们俩中间,把我们隔开。

傍晚时分,奴鲁赶着羊群进了卡车。小狮子头一回流露出对羊群有兴趣。当然,我们一直很小心,避免让小狮子看到活蹦乱跳的山羊,在此之前,他们从未对羊儿的咩咩叫有什么反应。

夜深人静的时候,我听见两头狮子的咕哝声,那是它们在嚼食放在乔治帐篷前方的羊骨头。它们嚼食了很长时间,破晓时分才离去,因为男孩子们已经在厨房聊天了。它们穿过河流,伴随着狒狒的惊叫声,它们也回敬以更响亮的"嗷呜"声。从地面留下的足迹我们得知,昨夜的不速之客是一头雄狮和一头母狮。

爱尔莎离开我们好几天了。她的销声匿迹足以说明,正是这一对狮子在附近出没,并在随后的夜晚,绕着存放山羊的卡车咕哝不休。

我和男孩子们找了爱尔莎好几回,但是无功而返;倒是在路上遇到了一头犀牛,还有几只非洲水牛。

爱尔莎已经四天没露面了,我不由得心烦意乱,因为她的伤势严重,很不利于她的猎杀,我也担忧偷猎者会对她下毒手。7月29日傍晚,看见秃鹫在空中盘旋,我的心顿时一沉。我们跑过去查看一番,然而只看见偷猎者更多的罪证。沿着河流两岸,他们在每个饮水点都设了埋伏。我们也发现了篝火的灰烬,以及烧焦的动物骨头,都是最近几天留下的。

三个小时之后,我返回营地。狩猎官派来追捕偷猎者的两位巡虽然杰斯珀亲热地舔舐妈妈,然而所有的小家伙看起来都情绪低落,抑郁寡欢。

男孩子们待在小狮子看不见的地方。我走近爱尔莎身旁,试图把药粉敷在伤口,只是爱尔莎一点也不合作,每一次我挨近她的脑袋,她都走到一边,虽然动作相当吃力。突然,我听到异样的响声,顿时大惊失色。我猜想,很可能是偷猎者来了。我必须迅速做出决定。最好留在原地吗?可能不用,因为爱尔莎看似不需要我们的陪伴,她可能会带着小狮子离开,不会落入偷猎者之手。我返回营地,只盼爱尔莎饥饿难忍,尾随我们而来。

我们没有原路返回,而是绕了一圈,寻找、观察昨夜的激斗现场。我们发现,战场就在一个河流中央的沙丘上,离营地大约半英里远。沙地上遍布狮子杂乱无章的足迹,还混杂着狒狒的足印,尽管如此,我们还是认出了一头雄狮的足迹,只是暂且无法确定,它是孑然一身呢,还是与同伴一起。

我等得心急如焚,直到天快擦黑的时候,爱尔莎和小狮子才到达营地。我设法把几颗磺胺药片放进肉里,托在手中给爱尔莎喂食。我认为,如果我每天能给她喂食十五颗药片,她的伤口就不会感染化脓。她的耳朵耷拉着,可见耳朵根部的肌肉受损严重,她不停地摇头,甩掉从伤口流出的液体。

杰斯珀,他是母亲遭难的"罪魁祸首",此刻显得非常友好。他舔舔我,好几次都昂起脑袋瓜,久久地凝视我。

人们深信,猫科动物从不长久地注视一个人的面孔;爱尔莎和她的姐妹,包括她的孩子们,却并非如此行事。事实上,我发现通过眼神的各种变化,他们也能够传情达意,甚至比我们的语言更为准确。

需要看守了。

大约有三天,她都是天黑了很久才到达营地。第四天,也就是7月15日,她只带来两只小狮子——杰斯珀不见了。我非常担忧,等了一会儿之后,我开始一遍又一遍地重复他的名字,直到爱尔莎打算带着两只小狮子,去上游寻找杰斯珀。

一个小时之后,我听见爱尔莎的叫声,声音慢慢消逝在远方。

突然,耳旁传来猛狮的咆哮,伴随着令人头皮发麻的狒狒叫。因为天色很黑,我没法出去查看到底发生了什么事情,只能提心吊胆地等待结果,我确信,爱尔莎被雄狮攻击了。

过一会儿,爱尔莎回来了。她的脑袋和肩膀多了几处鲜血淋漓的抓伤,左耳朵的根部也被咬裂了。惨相触目惊心,裂口大得可以插进两根手指。这是她出生以来,受过的最重的伤。小爱尔莎与戈珀和她一同回来了,坐在不远处,看上去惊恐不安。我试图给伤口敷上磺胺粉,然而爱尔莎怒气冲天,不允许我靠近她半步,对我拿给她的肉也兴趣全无。我把食物摆放在我和小狮子中间,他们扑过来,把食物拖拽到黑暗的地方。很快,就听到他们撕咬食物的声音。

我久久地坐在一旁陪伴爱尔莎。她的脑袋歪向一侧,鲜血从伤口里汩汩而出。她终于站起身,喊着小狮子趟水过河。

我简直等不下去了,只要天色一亮,我就要去找杰斯珀。第二天早晨,麦克蒂、图图和我,尾随爱尔莎的足迹来到山洞岩,眼前的场景令我们欣喜若狂。杰斯珀回来了,一家人团聚了。看到杰斯珀活蹦乱跳,我真是满心欢喜,而且我能够全心全意地照顾他的妈妈了。她耳朵上的伤口依然血流如注,她不时地摇晃脑袋,把鲜血甩掉。由于伤口位置的特殊,她没法舔舐,只能不停地抓挠,驱赶飞来飞去的蝇虫。但这些举动,都无助于保持伤口的清洁。

第九章　爱尔莎的战斗

一天早晨，麦克蒂发现一群秃鹫在空中盘旋，他跟着秃鹫来到下游一英里的地方，发现那儿有一头犀牛的尸体。犀牛是在头天喝水时，中了毒箭而亡。

河边遍布偷猎者的脚印，杂乱无章。显然，他们在靠近饮水点的树上搭了一个狩猎台。

7月8日夜间，爱尔莎的夫君"呜呜"叫着，一只猎豹在咳嗽，成群的鬣狗尖声嚎叫，大自然真像开了一场音乐会。第二天傍晚，爱尔莎坐在我的帐篷里，脑袋搭在我的膝盖上，而我轻轻拂去爱尔莎身上的舌蝇，就在这时，耳旁传来她夫君的吼叫声，吓得我大吃一惊。爱尔莎犹如一道闪电，朝厨房卢卡的方向飞奔而去。小狮子跟在她后面跑，却很快掉头回来，像木桩子似的坐着，一脸困惑地看着帐篷外面。之后，爱尔莎回来了，她待在帐篷里，直到雄狮停止呼唤。就在她跑出去的时候，我听见骨头的咔嚓声，意识到那是鬣狗在进食。

第二天傍晚，她带着小狮子来了。我上床后，她三次打算穿过河流。但我不明白，为何我应该给那些掠夺者提供免费食物，它们只是碰巧在附近而已。每一次我都唤她回来，并坚持她应该自己看守食物。她服从了，只是在破晓之前才最终离开，那时猎物已经不甚至用后腿站立，伸出爪子拥抱我。当着孩子的面，爱尔莎非常小心谨慎，尽量不对我流露出强烈的感情。然而当我们单独相处时，她和从前一样，与我情意绵绵。她永远都那么完完全全地信任我，甚至当我觉得必要时，允许我拿走她爪子上的肉，移到更合适的位置。她也同意我处理小狮子吃的肉。比如，有一天傍晚，我打算从河岸移开一块咬了大半截的肉，免得鳄鱼把剩下的肉吃完。她从不干扰我的行动，即便我不得不拖着肉从她身旁经过，她依然镇定自若，而这时候小狮子们纷纷跑过来，咬住肉块不放，竭力保护他们的食物。

薄暮时分，小狮子总是精力旺盛，和妈妈嬉笑玩闹，弄得妈妈一点尊严都没有。比如说杰斯珀吧，他发现当自己用后腿站立，紧紧抓住妈妈的尾巴时，妈妈就没法活动自如。这时候，母子俩就会绕圈儿走，而杰斯珀像个小丑似的，可笑极了。最后，爱尔莎忍无可忍，干脆一屁股坐在杰斯珀身上，结束这个游戏。杰斯珀似乎很喜欢妈妈把自己压趴下，他又是舔妈妈，又是拥抱，直到妈妈逃进我们的帐篷才罢休。

然而，跑得了和尚跑不了庙，爱尔莎躲进帐篷也没法摆脱儿子的追逐。杰斯珀尾随妈妈钻进帐篷，迅速地环视四周，而后把他能够到的东西，一个不落地扫到地上。夜间，我经常听见他的动静，他忙得热火朝天，"整理"我们的食盒与啤酒箱；他喜欢瓶子碰撞的声音，简直是乐此不疲。一天早晨，男孩子们发现河里飘着我珍贵的橡皮垫，确切地说，是橡皮垫的碎片。我不能因此责怪杰斯珀，毕竟是我自己太愚蠢，忘记在前一夜把垫子收好。他在帐篷里逍遥自在，然而他的兄弟和妹妹却胆小得多，一直待在外面。

了,打算和孩子们一起涉水而过。不知为何,他们突然怔住了,直愣愣地瞅着水面。接着,爱尔莎把小狮子举得高高的,让他们离开水面,而后出现在厨房卢卡的对面。在旱季,这里的水深较浅。尽管如此,一个小时之后,他们也没有过河,小狮子也不像平常那样嬉戏打闹,玩打水和潜水的游戏。这种做法体现了他们行为方式的谨慎小心,也令我安心。第二天,我在同样的时间、同样的地点呼唤爱尔莎,他们立刻游过河流,没有一点儿迟疑不决。这种做法与前一天迥然不同,难道行为反复无常是他们的特征?终于我注意到,在爱尔莎舌头的中间部位,多了一处约一英寸大小的伤口,伤口很深,还在流血。令我诧异的是,即便舌头受了伤,她依然爱抚地舔舐小狮子。

天色越来越黑,我们一同坐在河边。突然,爱尔莎和小狮子直视水面,身体僵硬,做出一脸怪相。原来,离我们三到四码远的水面,浮出一只鳄鱼。鳄鱼露出水面的脑袋约有一英尺长,由此可见一定是个大家伙。

我取出步枪,射杀了鳄鱼。当时小狮子离我只有三英尺远,枪声却没有吓着他们。爱尔莎随后走到我身旁,用脑袋蹭蹭我,仿佛是在表达谢意。

几乎每天下午,她都带着小狮子去沙丘玩耍。这里犹如磁石般吸引他们。这里有新鲜的非洲水牛粪便,偶尔还有大象的;他们在粪便里打滚儿,玩得心满意足。小狮子也在倒塌的棕榈树干旁玩耍。他们经常从树上跳下来,脚爪先落地,这一点和猫的行为差不多;相反,当他们跳到草丛里的时候,姿势却相当笨拙,就像一个包袱落下来,连他们似乎都很惊奇,为何落地如此突然?

这一阶段,杰斯珀变得友善多了。偶尔他会舔舔我,有一次,他是早上乔治提到过的、激起她浓厚兴趣的地方，但我呼唤她过来的时候，她却一动不动。地面上的野兽足迹杂乱无章，都是刚刚留下的狮子足迹，我恍然大悟，难怪她如此惶惶不安。乔治回来之后，她和小狮子加入我们的行列，来到岩石下方。

此时此刻，她急速地跑到我们前方，朝她感兴趣的灌木丛的方向飞奔。就在她穿过灌木丛时，我突然发现爱尔莎的身后，不止两只小狮子在蹦蹦跳跳，而是三只，他们用最轻松自如的方式奔跑着。失踪一天之后，杰斯珀的归来被家人认为是世界上最自然不过的事情，仿佛他从来没有走丢过。我们当然如释重负，跟着他们回到河边。他们在那儿久久地喝水，我们继续往前走，回营地为他们准备食物。我们终于安坐在营地，品尝美餐时，开始了一场热烈的讨论。爱尔莎的行为非常奇怪，令人百思不得其解。她为何不坚持寻找杰斯珀？难道她心知肚明，杰斯珀一直就藏在灌木丛里？但是这可能吗？为何他独自待在灌木丛里长达二十四小时，可是那片灌木丛距离营地、河流以及家人所在的地方只有一小段距离？为何他不回应妈妈的呼唤和我们的呼唤？

岩石附近依然有奇怪的狮子出没，这足以解释爱尔莎和杰斯珀的恐惧，只是问题在于，为何另外两只小狮子不逃到灌木丛里？

晚餐过后，乔治必须返回伊西奥洛，为长达三周的狩猎监督之旅做准备了。这么晚了，我很不乐意看到他离去，况且深夜是野兽成群出没的时刻。

他离开后不久，狮子的咆哮声就从大巨石的方向传来，吼声持续近一夜。爱尔莎立刻听到了吼声，她和小狮子尽可能挨近我的帐篷，并在那儿过夜，直到破晓时分才离去。

一天下午，我呼唤爱尔莎，当时她在远远的对岸。她立刻出现

爱尔莎一家守候在被烧毁的营地。

有那么一会儿，她对一处密不透风的灌木丛产生了兴趣，一直待在旁边。乔治看不到灌木丛有小狮子出没的迹象，他继续搜寻，但一无所获。后来，他看见爱尔莎在呼呼岩的底部，绝望地呼唤小狮子。他们一起沿着山脊攀爬，找遍所有可能的藏身之所。他们还看见了一头大狮子和母狮的足迹。爱尔莎显得格外难过。整个早晨，她坚持走在前面，而如今，她情愿走在后面，尾随乔治而行。

他们走到岩石地带的尽头，即靠近小狮子的出生之地时，爱尔莎固执地嗅遍每一道缝隙。突然，乔治瞅见一只小狮子，就在他脑袋上方的一块石头顶部偷看着他，随后另一只小狮子也出现了，他们是小爱尔莎和戈珀。杰斯珀未见踪影。

看到妈妈之后，小家伙们从上面冲下来，用鼻子蹭蹭她，最后和她一起离开，走向厨房卢卡。这一切结束不久，我就来到了营地。乔治打算吃完午餐，就去寻找杰斯珀。我当然和他同行。

大约一个小时之后，爱尔莎出现在大巨石的脚下，用最令人鼓舞的方式欢迎我。我拂走她身上的舌蝇，给她的伤口敷药。两只小狮子先是躲在离我六十码远的地方，偷偷地瞅我，之后跑开了。我发现爱尔莎不止是后腿和臀部的伤口很重，她的胸口和下巴也受了重伤。

当我忙着给爱尔莎处理伤口时，小狮子一直待在灌木丛里，而爱尔莎毫不理会他们。为了鼓励他们来到妈妈身旁，我们退到石头后面，过了一会儿，他们就跑过来了。

当他们安全地留在山脊之上时，乔治便出发寻找杰斯珀。他前往佐姆石附近，而我仔细查看这一带的足迹。我回头看了一下爱尔莎，发现她朝树丛的方向拉长脸，一副怪相，还嗅了嗅。那片丛林正莎还是那么深情,夜间好几次躺在乔治的床铺。他注意到,爱尔莎身上有几处伤口。破晓时分,她离开了;不久之后,乔治发现了她的足迹,最后看见她蹲坐在呼呼岩上。

后来,他打算找到前一夜爱尔莎的栖身之处。她的足迹沿着河流而下,和偷猎者的脚印混在一起。乔治尚不清楚,这些偷猎者是否在追捕爱尔莎和小狮子。

午饭过后,他派遣三位巡查员去寻找纵火者的营地。他们带回了六名纵火犯。乔治命令他们重建营地。这不是一件轻松的活儿。单是把我们的帐篷围住,他们就必须砍伐大量的荆棘,做出一道道刺篱围墙。

那晚在营地过夜之后,爱尔莎和小狮子拂晓时分就离开了。半个小时之后,乔治听见从大巨石方向传来咆哮声,那正是爱尔莎离去的方向,所以他猜想一定是爱尔莎在吼叫;不一会儿,爱尔莎的声音从河流对岸传来,这令乔治更为惊奇。接着,湿漉漉的她出现了,没有小狮子相伴左右,显得怒气冲冲:在她后腿及臀部,有几处伤口在流血。

几分钟之后,她匆匆离去,冲向大巨石,吼声惊天动地。乔治确信,最近她一定是遇到敌人了,因为她身上的伤口不是被猎物抓挠的;她紧张的神色也证明,她明白威胁她的对手——无论那是什么野兽——依然在附近。乔治猜测,他最初听到的几声吼叫,可能不是爱尔莎发出的咆哮,很可能是某一头正在攻击爱尔莎的凶猛的狮子发出的。两头狮子正在交战时,小狮子四处逃散,战斗结束之后,爱尔莎逃到河流对岸。此时,乔治跟随爱尔莎的足迹,寻找她的小狮子。他们一起爬到大巨石上,当他们爬到最高处的时候,爱尔莎用一种担忧的嗓音呼唤小狮子。

第八章 营地失火了

在营地逗留五天之后,我们返回伊西奥洛。此时,我们得知,不久之后,乔治必须去北部地区,进行一次长达三周的狩猎监督之旅。我们不希望离开爱尔莎这么久,但是如果乔治和他的路虎车离开了,没有了交通工具,我也没法往来于伊西奥洛和营地之间。思来想去,我决定在丛林度过三周,哪怕会扰乱小狮子的野外生活。

出发之前,我需要独自在伊西奥洛逗留两周。在此之前,我计划在七月的第一个星期,与乔治在营地碰面。而后他将结束巡逻任务,到伊西奥洛休整一番,做好去北部地区狩猎监督之旅的准备。

靠近营地的时候,我的心几乎提到了嗓子眼,因为我没有看见乔治,沿途驾驶的时候,一种不祥的预感笼罩在心头,而且这种感觉越来越强烈,当我离营地更近一些的时候,只见空气中浓烟滚滚,烟雾呛得我肺都快炸了。

我终于到达了营地,可是眼前的一幕幕,令我不由得怀疑自己的眼睛。荆棘丛被烧成了灰烬,被烈火熏烤的树干还在发红发热。两棵金合欢树烧焦了,从前这些大树为我们遮阳庇荫,还是许多鸟儿的乐园。与焦黑的惨象形成鲜明对比的是,我们绿色的帆布帐篷,依然矗立在平地之上。看到乔治在其中的一顶帐篷里用餐时,我心中的石头落了地。

乔治告诉了我许多事情。两天前,他到达营地的时候,发现营地失火了,并有十二个偷猎者的足迹。他们不仅放火焚烧树木和四周的荆棘丛,而且毁掉了他们发现的一切,甚至连易卜拉欣开辟的一小片菜园都不放过,里面的蔬菜被连根拔起。

乔治放心不下爱尔莎。下午 7:00 和 10:00 之间,他发射了数枚雷声弹,然而爱尔莎没有回应。11:00,她和小狮子突然出现了,全都饿得饥火中烧。两个小时之内,他们吃掉了一整只山羊。爱尔珀虽然年纪小,然而在狮群的地位很高。当然,他的领导地位也被家人接受了。

当一家子回来时,爱尔莎把脑袋搁在我的膝盖,惬意地打盹儿。在杰斯珀眼中,此举简直太过分了,是可忍孰不可忍。他潜行而来,用尖利的爪子挠我的小腿骨。我没法移动双腿,因为爱尔莎的脑袋很沉,压得我无法动弹。为了制止他,我慢慢地向他伸出手。他闪电般地咬了我一口,我的食指尖被咬伤了。幸亏我随身带着磺胺药粉,可以立刻给伤口杀菌。这一切几乎是在爱尔莎眼皮子底下发生的,爱尔莎似乎觉得睁一只眼闭一只眼得了,犯不着小题大做,于是继续闭眼打瞌睡。

我们都回到营地的时候,杰斯珀看似相当友善。我很纳闷,难道他把咬我一口只是当作游戏而已?当然,他和母亲之间经常咬来咬去,这是他们表达感情的方式。

如今,我们开始担忧他与我们之间的关系。我们尽量尊重小狮子的天性,不做任何有碍他们成为野生狮子的事情,结果导致了对小狮子的纵容。小爱尔莎与她羞怯的兄弟和以前一样,对我们的戒备心很重,不过他们不会有意挑起事端,以免遭受妈妈的惩罚。而杰斯珀的个性迥异于他们,他天性好斗,我没法制止他的攻击,说"不要"不能推开他尖利的爪子。而当爱尔莎还是一只小狮子的时候,我常常用"不,不要"来制止她,并教会她在和我们一起玩耍时,把爪子缩回肉垫。另一方面,我也不想使用棍子。如果我这么做,爱尔莎可能会心怀怨恨,并且减少对我们的信任。我们唯一的指望就是,和杰斯珀建立一种友好的关系。此时此刻,杰斯珀行为的变化有助于缓和我们之间的对立,至于彼此之间的信任友好,还需要假以时日。

第八章 营地失火了

我们回来时,她和小狮子已经在营地等我们了;她紧张不安,只是对我分外亲热,允许我把她当枕头倚靠,还用爪子搂住我。杰斯珀在一旁观察我们,对于妈妈和我之间的举动显然不满,他蹲伏着,打算随时攻击我。他一而再,再而三地进攻,然而在发起攻击的最后一刻,又佯装对一团大象的粪便兴趣十足,而后拉长耳朵,发出愤怒的吼叫,毫不掩饰对我的妒忌。小家伙选择的时机很好,往往在妈妈没有注意的时候,向我扑过来。为了抚慰他受伤的小心灵,我给他几块好肉,还为他制作了一个玩具,把一根十英寸的绳子系在一个内胎上,然后猛地抽动绳子。于是,一场拖拽大战开始了。突然,耳旁传来大象的轰隆声,仿佛它们也在工作室玩起了游戏。

6月20日,小狮子已经六个月大了;为了庆祝他们的半岁生日,乔治射杀了一只珍珠鸡。当然了,小爱尔莎将之据为己有,并消失在丛林里。她的兄弟们气愤地追过去,然而两爪空空地回来了。他们跌跌撞撞地沿着砂石河岸奔跑,来到母亲身旁。爱尔莎仰面朝天地躺着,惬意无比。她逮住小狮子,把他们的脑袋瓜子含在嘴里。小狮子好不容易才挣脱,捏起了妈妈的尾巴。母子之间相亲相爱,玩闹了一会儿后,爱尔莎站起身,庄重威严地走到我身旁,温柔地拥抱我,仿佛他们的游戏不该遗漏我,也要让我感受到暖暖的爱。杰斯珀一脸迷惑的神情。他如何理解妈妈的举动?他的母亲对我如此重视,那么我肯定不是坏东西了,可是我和他们太不一样了,简直是天壤之别。无论何时,只要我背对着他,他就跟踪我,每当我转身面对他,他就停下脚步,摇头晃脑,仿佛不知道下一步该怎么做。随后,他似乎找到了解决办法。他应该走开。他径直走向河流,显然打算涉水而过,到河流的那一头。爱尔莎追过去。我大喊:"不要,不要!"我的叫嚷于事无补,剩下的两只小狮子也迅速追过去。杰斯放了一枚雷声弹,半小时之后,爱尔莎就来了。小狮子和她一同前来。她热烈地欢迎我们,而我发现她的脑袋和下巴多了几处伤口,左脚踝有一道深深的伤口,都已经肿胀了。她一定疼痛不堪,因为她尽量不多动弹,也不乐意让我给伤口敷药。他们一家子都饿极了,一口气吃了两头山羊。

第二天早晨,我尾随他们的足迹,寻找在我们到达的前夜他们休息的地方。我们知道,他们的藏身之所就在河流的另一侧,她更喜欢待在那儿,虽然在我们看来,河流两侧看起来大同小异。她的癖好挺让我们担忧的,因为我们知道,偷猎者经常在远远的河岸出没,虽然他们对爱尔莎没什么威胁,但对小狮子而言就很难说了。

我们之所以选择在该地区将她放生,就是因为在河流两岸大约数英里宽的区域,舌蝇非常活跃。舌蝇对大多数野生动物无害,然而对人类豢养的牲畜而言,舌蝇的叮咬是致命的。我们怀着良好的期待,希望在爱尔莎活动的地盘,诱人的山羊最好不要出现。她的生活方式很保守谨慎,虽然每隔两到三星期就会改变藏身之处,但她只在一个非常有限的区域内活动,这一点令我们较为安心。

之后,我们发现了更多部落居民非法侵入的迹象。我们觉得,如果能确定她目前经常使用的藏身之处,就能在紧急情况发生时,尽快赶过来帮助她,这并非一件坏事。我们尾随她的足迹来到河边,沿着干涸的水道一路向前,走到岩石林立的地带。这儿离营地大约有一英里远,我们把这儿叫作山洞岩。这里有一处遮风挡雨的天然山洞,上面还有几处"平台",是一个绝佳的休息之处,可以从上面俯瞰四周,观察丛林的动静。除了这些好处,岩石旁边还长着几棵蓊蓊郁郁的大树,可供小狮子攀爬。看起来,这里就是爱尔莎目前的藏身之处。

第八章 营地失火了

　　第二天早晨,我醒来之后,听见爱尔莎对小狮子的低语声,他们就在附近的丛林里。自从小狮子出生之后,每当他们在营地逗留时,我们基本不使用无线电,以免惊吓他们。然而今天,乔治拧开了无线电,收听早间新闻。爱尔莎立刻露面了,一眼不眨地瞅着机器,竭尽全力地吼叫,吼得没完没了,直到我们关上无线电,她才罢休,回到小狮子身旁。当乔治再次拧开时,爱尔莎又冲了出来,继续放声吼叫,乔治只得再次关上机器。

　　我轻轻地拍拍她,压低嗓门,柔声安慰她,然而她毫不满意,把帐篷的每个角落都彻底搜查一遍,才回到家人身边。许多人经常问我:爱尔莎对不同的声音作何反应?我自以为能够回答这些问题,然而她对无线电的反应却出乎我的意料。在她放生之前,也就是和我们一起生活的时候,我们每天都收听无线电,虽然我们第一次打开时,她大吃一惊,就像我弹奏钢琴时,她也受惊不小。一旦她明白声音是何处传来,便坦然处之了。她能区别汽车和飞机的震动声,无论飞机的噪音多么震耳欲聋,她都满不在乎;然而哪怕是汽车发动机最轻微的震动声,在我们还毫未察觉时,她就已经意识到了。为了弄清楚她对声音的反应,我试着引吭高歌,但无论我唱什么旋律,都得不到任何回应。另一方面,当我偶尔模仿小狮子的叫声,吸引她去寻找小狮子的时候,她也会立刻做出反应,因为我要求她这么做,假如我的模仿纯属逗乐,她则不予理会。

　　作为野生动物,她当然能分辨各种动物的声音,也懂得步步紧逼的野兽的心情。她能从我们的语音语调中,感知我们的情绪。我敢肯定地说:她更喜欢人类低沉的嗓音,而不是尖声叫嚷,哪怕这种尖叫不是因为激动。

　　6月7日,我们返回伊西奥洛,并待了九天。我们回到营地时,于是我慢慢把手伸向他,做出友好的手势。他目不转睛地看着,又瞅了我一眼,而后跑开了。

整个傍晚,爱尔莎都待在她的"宝座"——路虎车顶,小狮子没有再嬉笑玩闹,在地面打滚儿,闹个不休。真是奇怪,往常这个时候,他们精力最为旺盛,怎么今天都像霜打的茄子,没精打采?夜间,我听见爱尔莎对小狮子低语,也听见吮吸的声音。他们一定饿极了,二十四小时之内,吃了两头山羊都不够,还需要喝奶补充体力。

早晨,他们离开了。我们尾随他们的足迹而行,发现他们通往那头死去的水羚羊。事实证明,水羚羊是爱尔莎两天之前捕杀的。经过了长时间的潜行跟踪之后,爱尔莎与这头凶猛可怕的野兽发生了格斗。她的运气很不好,大象的闯入提前结束了她和小狮子的一顿美餐。

现在我们明白了,为何他们来到营地时,饿得饥肠辘辘,累得筋疲力尽。

我们取走水羚羊的一对美丽的长角,把它们挂在工作室。这是一份令人自豪的战利品,见证了小狮子们和母亲第一次捕杀猎物的壮举。如今,小狮子已经五个半月大了。

一天傍晚,爱尔莎和小狮子与我们一同往回走,她和杰斯珀在前面领路,戈珀和小爱尔莎殿后。如此一来,杰斯珀心急如焚:为了统帅他的狮群,他来来回回地奔跑,直到他的妈妈停下脚步,默默地站在我们和他之间,让我们走到前面去,这一家人才算团聚了。之后,她亲热地蹭蹭我们的膝盖,仿佛感谢我们读懂了她的心思,配合了她的行动。夜间,厨房里一只煮熟的珍珠鸡不翼而飞,窃贼不是别人,就是小狮子的父亲。我们在厨房的帐篷里,发现了他的足迹。

来越暗,他决定和麦克蒂下车步行,走在象群里两只落后的大象中间。与此同时,我和易卜拉欣站在车顶,密切注视这群巨无霸的动静,以便及时告知乔治大象的举动。他发现一头刚被捕杀的水羚羊,周围都是狮子的足迹。水羚羊只被吃了几口,显然是大象的到来惊动了狮子。

乔治返回时,光线已经模模糊糊了,而大象依然堵住我们的去路。我们没法绕道而行,只好决定冲过去,最后两辆车都成功地开过去了。

我们很好奇,这头水羚羊是否为爱尔莎所猎杀?但此地距离爱尔莎经常捕猎的地点较远。这头水羚羊有一对可怕的羊角,个头也比爱尔莎要大(估计有四百磅重),爱尔莎如何能一边保护孩子,一边进行殊死搏杀呢?这种捕杀险象环生,堪称铤而走险。我们确信,除非她饿得饥肠辘辘,否则不会冒险捕杀这头羚羊。

我们返回营地的第二天,看见爱尔莎和小狮子在大巨石上。看到我们之后,她迅速冲了下来,整个身体重重地压倒乔治,差点没把他压成肉饼。她热情洋溢,压倒乔治后,又用身体撞我,而一脸困惑的小狮子则伸长脖子,从草丛里探出脑袋,窥探着发生的一切。

返回营地之后,我们给爱尔莎一家准备了一顿美餐。为了争抢食物,他们推搡,喊叫,打闹,看得我们眼花缭乱。我们心想,他们肯定是饿坏了。小爱尔莎抢到最可口的一块肉,拖着她的战利品离开了,剩下的两位兄弟还饿着肚子,我们只得再为他们准备更多的食物。

随后,我们休息时,杰斯珀不知哪来的胆子,竟然嚼食我的凉鞋,拨弄我的脚趾头。因为他的爪子和牙齿已经长得很尖利了,我只得快速收回脚丫子,缩到身体下方。他似乎失望极了,一脸苦相,

第八章　营地失火了

6月初,我们离开营地十天后驱车返回。日落之前,我们停在一个地方,距离营地大约只有短短的六英里。当时,我们看到四周的每一棵树和每一蓬灌木丛上,都落满猛禽,于是慢慢驶近它们。突然,我们发现自己被一群大象包围了,它们从四面八方逼近我们。我们至少看见三四十只脑袋。在过去的几周里,它们一直在我们附近活动。象群里的小象数目极多,它们离汽车很近,让母象忧心忡忡。此时他们扬起长长的鼻子,扇动大耳朵,冲着我们愤怒地摇头晃脑。我们面临的形势很棘手,易卜拉欣驾驶我的卡车跟上来,和我们的车距离非常近,但也未能改善僵持的局面。乔治立刻跳到路虎车顶,站在上面,手里端着步枪。我们等了很久,时间仿佛都静止了。终于,有几只大象开始穿过车道,离我们大约有二十码远。

这真是令人叹为观止的场面。这些庞然大物排成一队,冲我们的方向不悦地晃动巨大的脑袋;保护走在象群中间的小象。小象被夹在中间,前后都是"巨无霸",竟然不会被挤扁,的确令人称奇。

表达了它们的愤怒和抗议之后,大多数的大象都离开了,只剩下一小群在丛林里徘徊不定。我们等待它们尾随大部队而行,最后所有的大象都走了,除了两只站在原地,似乎不打算动了。

乔治很想弄明白,是什么猎物引来如此多的猛禽。因为光线越利,还是我自己？我们想来想去,觉得爱尔莎对比利的这种独特的反应,是把比利视同家人,因为除了对我们,还有对小狮子,她从未用这种方式表达感情。然而,我们不敢冒险让她对朋友们如此行事了,决定结束比利的拜访,让他早饭后就立刻离开营地。

行驶几英里之后,我们看见两头大象,离大路约三十码之远。它们扬起长鼻子,闻出了我们的气味,迟疑数秒之后,摇晃两下身体,掉头离开了。易卜拉欣沿着车道行走,查看一切是否安全,因为我们的拖车装满了重物,一旦遇到紧急状况,根本没法快速转向,只会瘫痪在路上。他的侦察大有裨益,避免我们与一只公象迎面相撞。当时,这头公象堵在路中央,稳若磐石。我们等待它主动离去,好给我们让出道儿来。期间,我们给它拍了不少相片。这头庞然大物过了很久才挪动身体,慢腾腾地消失在丛林里。之后,我们再没遇上更有意思的事情,车的轮胎爆了两次,车陷进了沟里。两个小时之后,我们的车还没到伊西奥洛,就猛地抖动一下,停在了路中央。拖车也掉了一只轮子,车轴卡在路面上。我们束手无策,只能离开。护送的巡查员留下来处理汽车故障,并找来卡车把行李拖回去。等我们最终到达伊西奥洛时,已经是午夜过后了。

爱尔莎与出版商相见。

我们趁机开车回家,为这一家子准备食物。我们刚刚把猎物放好,爱尔莎就带着孩子们到了。他们扑在肉上狼吞虎咽,我们则在几英尺之外,享受暮后小酌。整个傍晚,我们观察到,狮子似乎已经接受了比利,将他视为朋友。

拂晓之前,我再次被来自比利帐篷的响声惊醒,爱尔莎又钻进去和比利热情地道早安了。乔治火速赶来营救,费尽心机地哄骗爱尔莎出来并离去。他加固了柳条门外面的篱笆墙,估计面对这么厚实的刺篱,爱尔莎无论如何也钻不过去了。乔治这才放心地去睡回笼觉,但他万万没有料到,爱尔莎岂是几根小刺篱能打败的?一眨眼工夫,比利发现爱尔莎又回来了,热情洋溢的拥抱后,接着便是重压。等他挣扎着扯开凌乱不堪的蚊帐时,乔治才赶来营救。因为这一次,乔治花了很长时间,才把门前的刺篱移开;而且他钻进帐篷的时候,爱尔莎正想法用爪子搂住比利,用牙齿咬住比利的颧骨。我们以前经常看到她和小狮子如此玩闹;这是表达感情的方式,但是对于比利,这种做法适得其反。

爱尔莎的做法很反常,这一点令我大为震惊。她从未如此对待客人,我只能将此举视为她喜爱比利的象征;如果她不是用游戏的做法,恐怕会用截然不同的方式了。尽管我留在比利身旁,她却第三次强行穿过柳条门,哪怕乔治在帐篷外面,我在帐篷里面,都无法阻止她的行动。比利这次站起身来,显得高高壮壮的,和爱尔莎相拥;爱尔莎用后腿站立,前爪搭在比利的肩膀,啃咬比利的耳朵。当爱尔莎松开比利之后,我揍了她一巴掌,她悻悻地离开帐篷,把受压抑的感情全部发泄到杰斯珀的身上。他们在草丛里打滚儿,撕咬,紧紧抓挠,和对待比利的做法如出一辙。最后,一家子离开营地,朝岩石的方向飞奔而去。我不知道到底是谁受了惊吓——可怜的比

水边的大象

离开营地,去法庭出席作证了。

　　下午茶时分,他回来了。他告诉我们,就在营地附近,他刚刚遇到一群大象,我们三口两口地喝完茶水,沿着车道行驶,去拍摄象群的活动。当我们来到大巨石时,发现爱尔莎在高处远眺,在天空的映照下,她的身姿显得格外威风凛凛。我们浑然忘记了大象,走到岩石底部,指望给爱尔莎和小狮子拍摄几张照片。她专注地听着一种声响,那声音来自旁边一块大圆石的后面,似乎小狮子就在附近。爱尔莎观察我们的每一步动静,然而无论我们如何花言巧语,她就是纹丝不动。我们等了很久,也没有等来任何结果,我们决定试试运气,继续追赶大象。

　　我们刚刚上车,爱尔莎就站起身来,呼唤小狮子;仿佛是戏弄我们似的,小家伙们一窝蜂地出来了,模样憨态可掬,姿势可爱无比。我们等了一个小时,就是为了这一刻的到来。然而,爱尔莎的意思直截了当,她没心情拍照。我们无奈地离开了,驾车来到乔治遇见大象的地点,但除了地上凌乱的足迹,我们什么都没看到,最后只得回来找爱尔莎。

　　当我们回到大巨石那儿,光线已经很弱了,拍照的效果也不佳。我们只好从望远镜里观看他们的活动。小狮子你追我赶,躲在圆石后面互相伏击,而爱尔莎始终目不转睛地看着我们。最后,我们呼唤她,她从石头上跳下来,飞快地穿过丛林,满怀深情地欢迎我们,而后腾空一跃,重重地落在路虎车顶。她的爪子在挡风玻璃旁边晃荡,我们爱抚地拍拍她的爪子,而她凝望着在岩石旁边玩得正欢的孩子们,后者似乎对她的离开毫不在意。爱尔莎似乎很享受我们的关注,她的眼睛却一刻都没有从孩子身上移开,直到他们最后从石头上爬下来。她跳下车,去丛林与小狮子相见,继而渐行渐远。

飞到这儿,经过长途旅行,估计累得浑身乏力;再说夜里有大象出没,我们很可能会撞上它们,到时就不大好了。然而与易卜拉欣及巡查员讨论一番后,我们还是决定开车赶回去。

我们路经存放爱尔莎食用山羊的地点,这里的负责人让我给乔治捎个信,请他第二天立即赶到最近的管理处,为一桩狩猎事件作证。我们的汽车穿行于密密的丛林之中,大约两个小时之后,到达了营地。喝了一点提神的饮料后,乔治还没来得及倾诉,我们就听见了熟悉的"嗯昂—嗯昂"声。几秒钟后,爱尔莎冲进来了,小狮子尾随其后。她用惯常的礼仪迎接我们,小心翼翼地闻了比利几下,用脑袋蹭蹭比利,而小狮子们站在不远处观望。接着,爱尔莎叼着肉,从灯光下拖到我帐篷附近的暗处,她和孩子们在那儿大吃特吃。他们吃得正欢时,我们也开始用晚餐。比利的帐篷搭在乔治帐篷的旁边,我们给他的帐篷制作了一道荆棘围墙。等他进"屋"后,我们在外面用荆棘堵住柳条门,好让他睡一个安稳觉。

我的帐篷外也有一圈刺篱,爱尔莎一直待在外面。直到入睡前,我都听见她柔声对小狮子说话。破晓时分,我被来自比利帐篷的喧闹声惊醒了,并立刻分辨出他的声音和乔治的声音:显然,他们试图劝说爱尔莎离开比利的床铺。天快亮时,爱尔莎从密实的柳条编织门的下方钻进帐篷,跳上比利的床铺,从撕破的蚊帐里亲热地舔他,而后用沉重的身体把他压在身下。比利表现出了令人敬佩的镇静,这是他头一次被一头完全成年的狮子惊醒,并被压在身下。即便爱尔莎轻轻啃咬他的胳膊,用自己的方式表达亲热之情时,他也没有大惊小怪,只是平静地和她说话。

不久之后,她玩腻了这个把戏,跟着乔治钻出围墙,和小狮子绕着帐篷嬉闹玩耍。之后,一家人消失在大巨石的方向。后来,乔治佛我的出现再平常不过,仿佛我们没有分离八天之久。

过一会儿,她走过来舔舔我,杰斯珀站在一英尺之外;之后她跳到桌子上,惬意地躺在上面,四肢完全摊开。杰斯珀后腿站立,用鼻子蹭蹭她。他们只吃了一点儿我带过来的肉,看上去并不饥饿。然而,当乔治试图把剩下的肉带走时,爱尔莎温和地表示反对,把生肉拖回来,藏进丛林里。暮色降临时,我们听见爱尔莎伴侣的呼唤声,大约夜半时分,乔治从睡梦中惊醒,发现爱尔莎不知何时钻进了帐篷,坐在他的床上,亲热地舔他,而小狮子坐在帐篷外面,观察她的一举一动。第二天早晨,我和易卜拉欣去迎接比利·考林斯。

午饭时分,我们到达索马里的一处小村庄,我们预期飞机在那儿降落。我告诉非洲人,赶走在临时跑道附近吃草的牲畜群,因为飞机随时都可能着陆。

这个飞机场最初是为了防止蝗虫而建;只需拔掉几丛灌木,就能把跑道清理出来。它的使用频率很低,加上当地人总是从跑道上穿行而过,所以它和周围的环境区别不大,从空中很难发现。

大约是在喝下午茶的时间,我们听见机器的轰鸣声。过了许久,盘旋的飞机才从空中降落。之后,整个村子的人蜂拥而至,把临时跑道堵了个严严实实。他们兴奋极了,叽叽喳喳说个没完。村民们缠着色彩绚丽的头巾,穿着松松垮垮的长袍,饶有兴致地观看比利·考林斯和飞行员从小机舱里艰难地钻出来。三个小时之前,比利就到达内罗毕了,后又蜷缩在彗星号运输机里,飞行了一夜。我猜这一次旅行真够折腾他的。他们坐在四人座的小飞机里,绕行肯尼亚,在臭名昭著的气阱里颠簸,在北疆广漠无垠的砂土平原里,竭力寻找一个小小的临时跑道。

我认为比利最好休息一下,在这儿搭帐篷过夜。一来他从伦敦物。爱尔莎显然不同意,于是把动物肉拖进密林中。密林位于我们的帐篷和河流之间,我们估计雄狮没有足够的胆量靠近那儿。

接下来的二十四小时里,她和小狮子一直待在"堡垒"里,唯独听到乔治开着路虎车巡逻归来时,才离开片刻。他给爱尔莎一家带来了更多的珍珠鸡,夜幕降临之前,盛宴和欢乐的一幕再次上演。

黄昏时分,我出去散步。我惊奇地发现,雄狮的足迹叠加在乔治的汽车刚刚压出的轮胎印上。这几天,雄狮一定就在附近出没。我回到营地时,发现爱尔莎凝神倾听,而后带着小狮子和食物钻进"堡垒"里。几分钟之后,我们听见附近传来雄狮的"呜呜"声;它整夜都没有离去。

第二天早晨,我们返回伊西奥洛,在那儿待了八天。爱尔莎肯定听见了熟悉的拆卸营地的声音,然而她一直没有从"堡垒"里现身。

我们返回伊西奥洛之后,高兴地得知,最近几天里有一个来自伦敦的电话,打给我们三次,而且第二天早晨还会打来。

接到一个来自四千英里之外的电话,和一位伦敦人交谈,令处在异国他乡的人激动不已。如今,我们听到比利·考林斯告诉我们,他接受我们的邀请,将来拜访爱尔莎。

我们为比利·考林斯预定了一架飞机,从内罗毕起飞,在离我们最近的可起降的地方着陆。我们提前两天出发,打算找到爱尔莎,让她和小狮子在营地附近与出版商相见。

我们很早就到达营地。乔治开了一枪,告诉爱尔莎我们来了。不一会儿,我们就听到"嗯昂—嗯昂"的声音,然而只闻其声不见其形。她的声音来自工作室的方向,我朝那边走过去,发现她和小狮子正在河边喝水。她扫了我一眼,扭头继续舔水,毫无惊奇之色,仿

第七章 爱尔莎和出版商相见

到车道的方向；可能她听见乔治的汽车巡逻归来了。

不一会儿，汽车来了，停在我身旁，我上车和乔治交谈。暮色苍茫中，我看见几只他射杀的珍珠鸡。这真是美妙的食物，终于能够结束我们吃罐头的日子了。

说时迟那时快，爱尔莎突然跳到我们中间，不偏不倚地落在那群珍珠鸡身上。鸟毛瞬间漫天飞舞，因为她疯狂地拉扯鸟的羽毛。看上去鸟毛都被扒光了，于是乔治捡起一只珍珠鸡，丢到外面给小狮子吃。爱尔莎立刻冲出去抢这只珍珠鸡，我们趁机发动汽车，准备离开。见此情形，爱尔莎腾空一跃，跳到路虎车顶，执意和我们一起回营地。我们暗暗指望，汽车行驶几百码之后，她的母性本能会令她牵挂小狮子的安危，返回小狮子身旁，谁知她浑然忘却了她是一位母亲，我们只好猛力从里面敲击帆布顶，令她坐卧不安，直到她从上面跳下来，返回不知所措的家人身旁。

没过多久，他们一家人全来了营地，并且对珍珠鸡产生了浓厚的兴趣。我们发现，小爱尔莎变得非常机灵，这一点令我们大喜过望。她让哥哥们拉扯羽毛的大羽茎，这样能把鸟毛拔得干干净净，之后她抢先抓住珍珠鸡。

她用各种方法护食：尖叫、咆哮、抓挠、拉长耳朵，凡此种种可怕的表演终于吓退了哥哥们。他们觉得还是离开比较明智，选择给另一只珍珠鸡拔毛。偶尔，夺食之战也会在两只小狮子间爆发，过程相当粗野激烈。不过，他们并不记仇，也没有流露任何愤愤之色。我们很疑惑，他们更愿吃珍珠鸡的肉而不是山羊肉。当爱尔莎还是小狮子的时候，她只会把死掉的珍珠鸡当成玩具，基本不吃。

爱尔莎一家人在营地附近过的夜。次日早上我们终于明白，为何营地周围，都是他们父亲留下的足迹，估计它打算分享他们的食等他走远,身影不见了,我也让爱尔莎恢复了平静,我不停地抚摸她,一遍遍柔声对她说,那只是图图,图图,图图,直到她心领神会。我把照相器材打包,准备返回营地。回去的路很不好走。爱尔莎始终疑虑重重;她在我的前面带路,确保一切安全。事实上,我发现自己夹在她和小狮子的中间,导致小狮子满心不快。杰斯珀老是攻击我。最后,我设法走在了最前面,我有意如此,因为不想让爱尔莎最先到达营地。我真是自找麻烦,不得不背负沉重的器材掉头往后行,柔声细语地和爱尔莎说话,还要表现得很自然,我只盼望到家之前,她能心态平和。

我能看见站在不远处的男孩们了,我大声呼喊,让他们取来食物。我挡住爱尔莎,直到一切准备就绪后,才让她过来。事实上,我们的返程还算顺利。

乔治回来后,我们又开始另一次照相远征。我们靠近早上见到爱尔莎的一块岩石,然而呼唤良久,她却迟迟未曾现身。当光线昏暗,没法拍照摄像之后,她才突然出现,静静地站在离我们十码远的灌木丛旁边。

她看起来镇静自若;恐怕她整个下午都在观察我们的一举一动。她用脑袋蹭蹭我们的膝盖,然而一声不响。我们心知肚明,她之所以不吱声,是因为不想让小狮子跟过来。就像她悄无声息地露面一样,她也悄然无声地消失在丛林里。之后,我们看见她伴侣的足迹,说明他们一定形影不离。

第二天下午,我从望远镜里看见爱尔莎,就在昨日下午她消失的地方。她站在山脊之上,专心地观察几块石头之间的一道小缝隙。她也看见我了,然而她不动声色。我一直待在那儿,直到天色将黑。她始终稳如磐石,仿佛在守卫什么。突然,她的注意力转移

第七章 爱尔莎和出版商相见

醒了之后,精力旺盛的小家伙们找到了新的目标。激流之上,有几根低矮的枝条,几乎横跨河流。他们似乎毫不畏惧身处高空,也不害怕下方湍急的河水,在细细的树枝上腾挪跳跃,行动极其轻松自如。

天快黑了,我把剩下的肉拖回营地。我忙着拖拽的时候,杰斯珀扑过来两次,爱尔莎怫然不悦,严厉地瞅他一眼,小家伙慌忙逃之夭夭。

一天下午,乔治出去巡逻了。我还是不死心,打算找机会再拍一些照片。我让图图帮我拿着照相设备。我们找到了爱尔莎一家,他们当时躺在河滩上酣睡,就在一个我们称为"厨房卢卡"的地方附近。看见他们之后,我就安排图图返回营地了。当时天气炎热,但天空阴沉沉的,乌云密布。我把照相机摆好,这时爱尔莎走了过来,在三脚架旁打滚儿,幸而没有撞翻。小狮子们来了,他们对这个闪光的玩意儿十分好奇,尤其是想查看我挂在一旁的相机袋,但他们怎么也够不着。不一会儿,绵绵细雨从天而降,这种小雨下不了多长时间,我把塑料袋套在相机上面,暂不打算移动器材。

突然,我发觉爱尔莎一动不动地,眯缝着眼睛,凝视着我来时的方向。

接着,她拉长耳朵,犹如一道闪电,冲向灌木丛。我听到了图图的一声惨叫和爱尔莎的咆哮。我慌不迭地跑过去:"不要,爱尔莎,不要!"感谢上帝,我来得很及时,制止了爱尔莎的行为。我大声告诉图图,让他不要吭声,慢慢地掉头,往营地的方向走,不要让爱尔莎有追逐他的冲动。我意识到,图图之所以违背了我的指令,是因为看到下雨了,他决定回来帮我搬运沉重的相机。他的好心差点没得到好报。

吃剩的部分埋进土里。他们非常小心地拨弄沙土,把剩下的一小堆食物埋好,直到什么都看不见为止。也许在我们离开的这几天里,他们完全独立生活之后,妈妈教会了他们野外生存的这一招。把一切收拾整齐,清理干净之后,小狮子围在爱尔莎身旁,喝了很长时间的奶水。

由于我们这一次没有打算长期逗留,给爱尔莎拍照成了烦心事。她大部分时间都不在营地,我们没法拍。我们打算在下一次离开之前,让他们都吃饱肚子,所以一天清晨,我们在大巨石下面呼唤她的名字。她来了,杰斯珀尾随其后。其他两个小家伙和我们保持一段距离。有一段时间,他们跟着我们走上车道。小狮子蹦蹦跳跳,打闹不休,爱尔莎经常停下来等他们。这是一个宁静美好的早晨,空气清新无比。往常,肯尼亚的天空会飘过美丽的云朵,而今天万里无云,天地之间明亮灿烂。小狮子快活地你追我赶,把对方撞倒,在地上滚作一团。爱尔莎钻进灌木丛,可能是抄近道去了营地。小爱尔莎和戈珀紧追不舍,而杰斯珀在车道上磨磨蹭蹭。小家伙可能觉得自己要对狮群负责,而我们并不是狮群的成员;他要确保我们不会跟上来。他对母亲的呼唤置若罔闻,用最坚定的方式朝我们跑过来,偶尔蹲伏着,之后猛地向前冲。离我们很近了,他就停下来,一眼不眨地盯着我们,小脑袋转来转去。他显得紧张不安,不知道下一步应该怎么做。就在这时,爱尔莎赶过来了,打算带走不老实的儿子,而杰斯珀灵活地闪到一旁,躲过妈妈有力的一巴掌,飞快地追赶哥哥和妹妹去了。

我们在工作室度过一段愉快的时光,爱尔莎和孩子们埋头大吃。等他们再也吃不下的时候,小家伙们仰面躺在地上,四脚朝天,打着盹儿。我斜倚着爱尔莎的臀部,杰斯珀趴在她的小腿下方。睡

第七章　爱尔莎和出版商相见

我们离开了五天,于 4 月 28 日返回营地;十分钟之后,爱尔莎孤零零地来了。她看起来身强体壮,见到我们也很高兴,只是还没等我们把带给她的肉拴起来,留给她夜间食用,她就迫不及待地拖走了。

二十四小时之后,她方才露面。她还是独自前来,食量惊人,到早晨才离去。

没有见到小狮子,我们心急如焚,何况爱尔莎的乳头胀鼓鼓的,更令我们放心不下。次日下午,我们心里的石头终于落了地。我们发现他们一家人在干涸的河床边戏耍。不久之后,暴风雨来了;爱尔莎迅速躲进我们的帐篷里,小狮子们坐在帐篷外面,时不时地摇头晃脑一番,甩掉身上的雨水。淋了雨,受了寒,没有谁会显得体面漂亮,然而小狮子们看起来格外可爱,确切地说,是惹人怜爱;由于身体湿漉漉的,毛发都贴在身上,他们的耳朵和爪子看起来很大,有平时的两倍大。可怕的倾盆大雨停歇之后,爱尔莎钻出去,和小狮子一道,玩起了活力十足的游戏,也许是为了驱赶寒意,让身体变暖吧。之后,他们安顿下来用晚餐,大力撕扯生肉。他们的身体已经干爽了,毛发蓬松自如,随着他们大力撕扯的动作,我们可以看见发育良好的肌肉。等他们吃饱喝足之后,我们第一次见到小家伙们把常会尾随妈妈到"危险的地界"。在我们和小狮子之间,爱尔莎经常处于防御的状态。

眼看着小狮子们一天天茁壮成长,我们觉得可以冒险离开他们几日,让他们和爱尔莎一起狩猎。近来他们的父亲一直没有露面,他们也只是来营地短暂地进食,我们猜测,大部分的时间,他们是和雄狮一起度过的。

当男孩子们拆卸营地的时候,我前往工作室,坐在地上,背靠大树,开始翻阅一大捆读者来信。这些信件和我们的用品,随着路虎车被运送到营地。我很愿意一一回复,只是担忧没有足够的时间。就在这时,我被爱尔莎扑在身下。我竭力挣扎,好不容易从她重达三百磅的身下爬出来,却发现我的信件散落各处。我赶忙站起身,到处捡拾我的信件。只是每当我弯下腰时,爱尔莎就扑过来把我压倒,而后我们就在地上滚来滚去。小狮子觉得这一幕实在有趣,于是冲了过来,追逐漫天飞舞的纸张。我想,爱尔莎的崇拜者肯定乐于看到这一幕,看到他们的信件得到何等的赏识。最后,我很高兴地告诉大家,我把每一页信纸都找回来了;我打发爱尔莎去吃东西,分散了她和小狮子的注意力。

这时,男孩子们已经把行李打好包,装上了车,在远处等待我。

大瀑布的声音响彻云霄,然而爱尔莎立刻听到了机器的震动声。她凝神倾听,而后瞥我一眼,瞳孔膨胀得很大,以至于她的眼珠看似全黑了。我有一种强烈的感觉,就像以前的某些时候,她明白我们要弃她而去了,她的表情似乎在说:你是什么意思嘛!离开我和我的小宝贝,让我们没吃没喝?她丢下吃了一半的食物,和孩子们一起沿着沙丘慢慢前行,而后消失不见了。

吓式地拍他们几巴掌。

　　一天傍晚,爱尔莎和小家伙们都躺在帐篷的前面。我开始点亮蒂利压力灯。刹那间,压力灯里蹿出几股火苗。事情发生得太突然了,趁着火势不大,我只来得及把压力灯扔在帐篷外的地上,而后跑去找易卜拉欣,让他帮我一起灭火。我们找了几块旧毯子打算用来抽打火苗,然而当我们赶到现场时,火已经熄灭了。着火时,小家伙们就在附近躺着,静静地观察"月亮"的怪相。爱尔莎往前走了几步,饶有兴致地研究火苗,我只得大喝一声:"不要,爱尔莎!"我的语气极其严厉,以免火苗烧焦她的胡须。整夜,她和小狮子们都在我的帐篷外面。

　　晚上入睡前,我仿佛听到一对犀牛的声响,听起来像是在亲热。真是不可思议,这些庞然大物交配之时,能发出最温柔的低吟声。这也有可能是非洲水牛发出的声音。犀牛也好,非洲水牛也好,总之我床边放了一把步枪,能够随时应付不测。庆幸的是,今夜再没有意外发生,我酣然入睡。清晨时分,我被一声脆响惊醒,听起来像是器皿落地。随后,图图端着茶盘冲进我的帐篷。他上气不接下气地告诉我,刚才他端着我的早茶走向帐篷,差点和一头非洲水牛迎面相撞。他只来得及在非洲水牛追上他之前,跑到我的围墙门前,当着非洲水牛的面,迅速合上柳条门。听完他的一番话,我笑得合不拢嘴。可怜的家伙,他以为仅凭一扇轻飘飘的柳条门,就能挡住气势汹汹的非洲水牛,就能让他安然无恙。

　　小家伙已经十八个星期大了。爱尔莎似乎不得不接受一个事实:她的孩子们和我们之间的关系,永远不可能像她和我们一样。

　　事实上,他们对我们的戒备程度与日俱增,更愿在远离被灯光照亮的地方进食,而杰斯珀例外,因为妈妈去哪儿,他就去哪儿,经没有一只小狮子的身上有"隆起背",而这是狮子典型的外貌特征。隆起背是一块沿着脊柱中心生长的斑点,大约一英尺长,两到三英寸宽,鬃毛长在斑点的对面,覆盖着其他的皮肤。爱尔莎和她的姐姐,幼时长了隆起背,然而她的小妹妹,却没有长出隆起背。

小狮子们非常容易区分。杰斯珀皮毛颜色最淡,体格相当匀称,鼻子非常尖,在那张敏感的小脸上,长着一双斜得厉害的眼睛,这也是蒙古种的细微特点。他是小狮子中胆子最大,最好奇,最镇定自若,也是最富有感情的。当他没有缩在妈妈身旁,用爪子搂住她的时候,他就去找兄弟和妹妹,和他们亲热一番。

爱尔莎进餐时,我发现杰斯珀也佯装吃东西,其实只是借机亲近她,蹭蹭她。他每天跟在爱尔莎的身旁,就像她的影子。胆小羞怯的兄弟戈珀最引人注目;他的前额有一块黝黑的斑纹,他的眼睛不像杰斯珀的那么明亮和坦率,而是雾蒙蒙的,有一点斜视。他比杰斯珀的个头大,长得更壮实,肚子也更圆溜溜,有一阵子我甚至害怕他得了疝气。他智商不低,不过每次行动前,都要思考良久,这一点和杰斯珀不同,总之他不爱冒险;事实上,他总是待在大伙儿后面,直到确保一切安全,他才会放心。

小爱尔莎呢,就像她名字的由来,简直就是爱尔莎的复制品,或者说是小时候的爱尔莎。她有与妈妈同样的表情、同样的斑纹、同样苗条的体格。她的行为,也和爱尔莎别无二致,我们只希望她也拥有同样讨人喜欢的个性。

她当然知道,和两个哥哥相比,她暂且处于劣势。然而她用智慧弥补了个头和体能的不足,各方面与哥哥们不分上下。在所有至关重要的场合,三个小狮子在爱尔莎面前都很乖巧和顺从,但玩耍的时候,他们谁也不怕她,只有当他们玩得过火时,爱尔莎才偶尔恐

小狮子们在进行"磨爪练习"。

我们应该离开她？此时此刻，并不是离开她的最好时机，因为最近一段时间，我们发现了两个非洲人的脚印，离营地很近。毫无疑问，他们在侦察我们的住处，了解我们的行踪，因为旱季又来了，他们很可能打算把牲畜群赶到保护区放牧，然而这是非法行为。在这种情况下，我觉得必须要给爱尔莎一家提供食物；如果我们不这么做，爱尔莎肯定会杀死牧民的山羊。我试图安慰自己，雨季很快就到了，部落居民会离开此地，等到下一个旱季，爱尔莎的小狮子就长大了，能够和妈妈一起狩猎了。

与此同时，小狮子的成长深深地吸引了我。他们每天都在长大，早就能拉伸肌腱；可以用后腿站立，把爪子抠进某种树的粗糙的树皮上——一般是金合欢树——磨爪子的时候，他们会露出爪子里粉红的肉垫。他们磨完爪子之后，树皮上出现了深深的划痕。

我发现了一个不寻常的事实，爱尔莎的粪便和以前不一样了。在爱尔莎没有产崽之前，我经常检查她的粪便，经常发现一团团的寄生虫，包括绦虫和蛔虫。虽然别人告诉我，这些肠内的寄生虫对狮子大有裨益（事实上，乔治应部落居民的要求射杀狮子之后，在解剖尸体时，我们发现每一只狮子体内都有大量的寄生虫）。尽管如此，我依然时不时地给爱尔莎服用杀虫剂，清除她体内的寄生虫。然而，自从爱尔莎有了小狮子之后，我从未在她和小狮子的粪便中发现寄生虫。当他们九个半月大之后，我才在他们的排泄物中，再次看见了绦虫。

还有一个变化是和清洁有关的。过去，她经常在帐篷里的防雨布上撒尿，甚至偶尔还在路虎的帆布车顶上撒尿。然而，她做了妈妈之后，她绝不允许这种恶劣的行为发生，当小狮子需要排尿时，也离开大道，去一旁的灌木丛解决。

又是拉扯,玩得兴高采烈,最后地上空余一堆碎片。

夜间下了雨。早晨,我无比惊奇地发现,地面不仅有爱尔莎的足迹,还有一只小狮子的足迹,它们通往乔治的空帐篷。这是小狮子第一次越过自己设定的界限,走入禁区。

第二天夜晚,男孩子们粗心大意,忘记用荆棘条挡住围墙的入口了。爱尔莎看见之后,把柳条门推到一旁,大模大样地走进我的帐篷里,迅速躺到我的床上,全身裹在扯坏的蚊帐里。她看上去心满意足,而我束手无策,只能坐在空地上过夜。

杰斯珀跟着妈妈走进来,用后腿站立着,观察我的床铺,幸亏他决定不跳上去试一试。其他两只小狮子守在帐篷外面。

我们绞尽脑汁,大半个晚上都在引诱爱尔莎从我的帐篷里出来——这是一项艰巨的任务,因为我们不敢把门打开,以防所有的小狮子都冲进去,和妈妈共享我的床铺。我们只能让爱尔莎从柳条门里钻出来。有一段时间,我们几乎快要放弃了,希望真是很渺茫。后来,我灵机一动,一边绕着帐篷转圈,一边发出"提昂,提昂"的声音,假装小狮子走丢了,我正在到处寻找他们。这一招很灵,爱尔莎和杰斯珀立刻冲了出来。爱尔莎是从大门出来的;杰斯珀是怎么出来的,我没有注意到。我终于得到我的帐篷了,只是暂时还无法入睡,因为爱尔莎和卡车较上劲了,撞击声不绝于耳。我记得很久以前,有一次她也是如此行事。然而当我冲着她大喊"不要!爱尔莎,不要!"时,她停了下来,我觉得很奇怪。我想不通为何她要去放山羊的卡车那儿,假如她肚子饿了,河边还有一些肉。

小狮子大约十六个星期大了。如今,这个家庭应该学会看守猎物了。爱尔莎懒懒的,难道她不仅指望我们给她提供食物,还期待我们帮她保管食物,免得她受累?难道我们毁灭了她的野性,或者子安顿在柳条门的旁边,让他们在那儿过夜。

第二天,天黑之后她才露面,身边跟着两只小狮子。杰斯珀不见了。爱尔莎、戈珀和小爱尔莎一起进餐。我很担忧杰斯珀,只是天色黑漆漆的,我无法出去找他。我试图让孩子的妈妈出去寻找,便模仿杰斯珀尖尖的叫声,"提昂—提昂",与此同时,用手指向丛林。过了一会儿,爱尔莎离开了。两只小狮子坦然自若,并没有因为她的离开而惊慌失措,继续埋头猛吃,大约五分钟之后,他们才决定跟随她。很快,他们三个都回来了,依然不见杰斯珀的踪影。我重复刚才的叫声和手势,爱尔莎又去灌木丛寻找,然而仍旧是独自回来;我第三次催促她出去寻找,这回爱尔莎压根儿不理我。

随后我发现,爱尔莎的尾巴受伤了,一大根荆刺深深地扎进肉里。她一定疼痛难忍,当我试图拔出荆刺的时候,她显得狂躁不安。幸好,我设法拔出来了。她舔舐伤口,又舔舐我的手掌,表达她的感激之情。这时,距离杰斯珀走失已经将近一个小时了。

突然,毫无任何征兆地,爱尔莎和两只小狮子径直走向灌木丛,不一会儿,我就听见杰斯珀熟悉的"提昂"声。

很快,他和大伙儿一块儿露面了,嘴巴里嚼着一块肉,站在离我大约五英尺的地方。谢天谢地,他终于平安归来了,须知他独自离开的一个小时里,什么可怕的事情都会发生。丛林里潜伏着无数的掠夺者,再说他还么小,连鬣狗都对付不了,更何况雄狮了。我猜测他去啃咬那头有病的山羊肉了,就是爱尔莎拒绝食用的那一只。我本该让人把山羊肉扔到远处,离营地越远越好。

小家伙的精力非常旺盛,为了找个无伤大雅的事情给他做,消耗他多余的精力,我找来一只旧轮胎的内胎,丢在他身旁。小家伙立刻扑上去,他的兄弟和妹妹也加入了这个游戏。他们又是打闹,第二天傍晚,我们在帐篷旁边捆好猎物。爱尔莎很快就来用餐了,她竭力吸引孩子们过来。她跳过来蹦过去,想方设法地逗引小狮子,用尽各种花招,只为消除他们的恐惧,然而连杰斯珀都不敢走到灯光下。暮色苍茫时,我们听见他们的父亲在呼唤,第二天早晨,他们都不见了。

4月8日,乔治前往伊西奥洛,我留在营地。一天晚上,爱尔莎对我拿过来的肉不屑一顾。后来男孩们告诉我,那头山羊生病了。她的直觉提醒她,那些肉不对头。小狮子也不愿意触碰这些肉。其实,他们的胃口好得惊人,每一顿都狼吞虎咽,吃肉的时候还执意要爱尔莎给他们喂奶。

傍晚时分,爱尔莎把脑袋搁在我的肩膀上,"嗯昂—嗯哼—"地呼唤小狮子,她没有张开嘴巴,然而声音柔和动听;她想让小狮子来到我身边,然而却毫无用处。

爱尔莎和我一同玩耍,也和孩子们一起嬉闹,然而对待我们的方式却和对待孩子们有天壤之别,这一点尤其令我感动。她和孩子们在一起时,总是非常粗鲁,拉扯他们的毛皮,亲热地啃咬他们,或者摁下他们的脑袋,这样小家伙们就不会干扰她用餐了。假如她用同样的方式对待我,我可能早就皮开肉绽、无比痛苦了。幸而,当我们一起玩耍时,她对我总是柔情无限。也许部分原因是当我抚摸她时,总是温柔和善,和她交谈时,也用柔和低沉的声音,而她也温和地回应我。我确信,假如我粗暴地对待她,只会激起她更强大的力量,令她更为狂野。

夜里,我上床睡觉之后,耳旁传来爱尔莎夫君的呼唤声。爱尔莎非但没有循声而去,反而打算悄悄地钻过刺篱,进入我的地盘。我大声喊道:"不要!爱尔莎!不要!"她立刻停下动作,而后把小狮

第六章　秉性各异的小狮子

一天早晨,我被路虎车的到来惊醒。乔治派人捎信给我,说将有两位英国记者到访,他们是戈弗雷·温和唐纳德·怀斯。

爱尔莎和小狮子们在一起时,有点喜怒无常,这件事令我忧虑不已——最近一段时间,她甚至不乐意见到奴鲁。我安排司机回去,捎信给离营地十英里远的乔治,让他暂停安排聚会,并且建议说我去他那儿跟朋友见面。

做了这么些防范措施之后,当客人们终于与狮子们相见时,我还是颇为惊疑,而且在听到爱尔莎发出的"嗯昂,嗯昂"声时,还一直在劝说客人离开。爱尔莎可能听见了汽车的声响,被吸引来了。她就在这儿,小狮子和她在一起。在这种情况下,我能做的就是随机应变了。

我带着客人们去工作室喝茶;乔治在倒塌的埃及姜棕榈树旁忙碌,把猎物捆扎在树干上。这样我们就能观察爱尔莎和小狮子们进食了。我对温先生坦诚相告:我无意独占爱尔莎和她的孩子,我只想让他们在野外自由自在地生活,而自由是需要有秘密的,不能事事都公之于众。

我们静观夕阳西下。我们同在帐篷旁用餐。一会儿,爱尔莎跳到路虎车顶,站在离我们不远的地方。

肯离开，对杰斯珀完全置之不理。杰斯珀守在外面，神情大惑不解。他躺在旧头盔的旁边，脑袋靠在上面，偶尔懒懒地舔一口。

爱尔莎的行为感人肺腑。我也明白，杰斯珀肯定因母亲的不快而感到困惑，其实他只是本能的反应。而且，我万万不想引起杰斯珀的妒忌。他不过一点点大，根本伤不了人。但是，我们都意识到：在小狮子还未壮实到能伤人之前，趁着小狮子还依赖我们提供食物，我们很有必要和他们建立起紧密无间的关系。我们真有点左右为难，因为我们既不想让他们与我们为敌，又不想让他们变得驯服。爱尔莎近来仿佛明白了我们的困境，也尽力帮助我们解决。如果杰斯珀出于保护妈妈的目的而攻击我，爱尔莎就会毫不留情地给他一巴掌；如果她认为我和她的孩子们过于亲昵，也会对我不客气。例如，好几次他们玩耍嬉戏时，我离他们很近，于是爱尔莎眯缝着眼睛瞧我，步履缓慢而坚定地向我走来，一爪子抓住我的膝盖，态度友好又坚定，她的意思很明显，如果我不知趣地后退几步，她就会加大力量。

子们喜欢去一个离营地大约两百码的地方玩耍。这里是他们的游乐场,附近有一棵倒在河边的埃及姜棕榈树。这里有很多便利条件:视野非常广阔,能够眼观六路;附近有密不透风的灌木丛,周围稍有异样,他们就能迅速躲避;这儿靠近盐渍地和河流,解渴也不成问题。另外,我总是在附近丢下食物。

我和乔治经常躲在灌木丛里,用相机记录小家伙们的各种行为:有时他们沿着一截截断木爬上爬下,有时他们招惹在一旁守卫的妈妈。

他们知道我们在附近,但是该干啥还是干啥,行动丝毫不受干扰;然而,如果有非洲人露面,哪怕离他们很远,游戏也会立刻中断,小家伙们一溜烟似的钻进灌木丛里,而爱尔莎拉平耳朵,流露出威胁的神情,独自面对入侵者。

4月2日,乔治返回伊西奥洛,我在营地逗留。

日子一天天过去,我观察到小狮子愈发羞怯了,甚至对我也如此。如今,他们宁可绕一个大圈,轻手轻脚地穿过草坪,来到食物的旁边,而不是像他们的妈妈,径直走向食物,只是因为避免和我靠得太近。

夜里,为了防止掠夺者来偷肉,我将肉食从埃及姜棕榈树旁拖走,拖到自己的帐篷附近,用铁链拴住。

这是一项艰难的工作。爱尔莎总是在一旁观看,很感激我为她做的一切。为了保护她的食物,我的确费心费力。

看到我处理猎物时,杰斯珀则相当不快。有几次,他半真半假地攻击我。有时,他以正确的方式扑向我,先是蹲伏着,而后全速向前冲。爱尔莎见了,迅速营救我:她不仅站在我和儿子的中间,而且冲他吼了一声,有意给他一巴掌。之后,她和我坐在帐篷里,长久不只觉她太闹腾。

下午，我希望让奴鲁看到小狮子，于是朝他们的藏身之处走去。突然，我们听见爱尔莎和小狮子的声音，就在我们正前方的灌木丛里。

不一会儿，她从灌木丛里跳出来，兴高采烈地问候我们，对奴鲁分外热情。事实上，与老朋友重逢，令她欢喜至极，尤其是过了这么久。奴鲁也被深深地感动了。他轻拍爱尔莎，把那些关于邪恶眼神的迷信与恐惧抛到九霄云外。久别重逢之后，他对爱尔莎更加爱护，比患病前更加尽心尽力。不过，此时她并未把孩子领出来，给奴鲁瞅一眼，而是在黄昏之后，把小狮子带到营地。

和他们的妈妈不同，小狮子没有一样人造玩具，不过他们自己很会找乐子。比如在明亮的灯光下打闹，随便找一根木棍"作战"，玩得不亦乐乎。偶尔，他们会玩藏猫猫和伏击游戏。有时，小家伙们扭成一团，在地上滚来滚去。失败者四脚朝天，胜利者得意洋洋。爱尔莎经常加入他们的游戏；尽管体重不轻，但她弹跳自如，仿佛她自己也是一只小狮子。

我们给爱尔莎一家准备了两只水盆：一只是铝制的，很结实耐用；还有一只是嵌在一块木头上的旧钢盔，它很有些年头了，还是爱尔莎小时候用过的。小家伙们尤其喜爱两只水盆。他们经常一脚踢翻水盆，水盆落地时发出"哐啷"一声响，吓得他们四处逃窜。而后，他们从惊恐中平静下来，个个探出小脑袋，一眼不眨地瞅着这些亮闪闪、晃悠悠的东西，最后还用爪子小心翼翼地拨弄几下。我们打开闪光灯，用相机记录了这些游戏。

他们在白天嬉戏时，我们很难给他们拍照，因为他们显得懒洋洋的，不太活泼。我们拍照最好的时机，是在夕阳西下时，那时小狮相反,它还总是偷窃他们的肉吃。除此之外,它给我们惹了数不清的麻烦。一天傍晚,它执意要把放在卡车上的一只山羊弄出来,颇有点百折不挠的劲头。还有一次,爱尔莎和小狮子们正在我们帐篷外进食的时候,突然嗅出了它的气味,神情骤然变得紧张不安,反复朝丛林的方向耸鼻子,而后中断进餐,带着小狮子迅速离开了。

乔治拿着手电筒,走过去查看是何缘故。他刚刚走出三码远,耳旁就响起一声愤怒的咆哮,随后看见雄狮藏在林间,正目光灼灼地看着他。受惊的他迅速后退,幸运的是雄狮也后退了。

第二天,又一位面目可憎的家伙露面了。麦克蒂向我们报告:在爱尔莎经常过河的地方,有一只个头巨大的鳄鱼,"呼噜噜"睡得正香呢。乔治带上枪,匆忙赶到那儿。鳄鱼还在原处,个头大得惊人。乔治射杀之后测量了一下——这只鳄鱼足足有十二英尺二英寸长,在这条河里算是首屈一指了。

如果这家伙攻击爱尔莎,估计爱尔莎获胜的可能性为零。

返回营地时,我带回了奴鲁,他刚刚回到我们身边。过去的六个月里,他生了一场大病,一直在家里休养,现在他又恢复了健康。只是,他竟然把自己的病原归咎于爱尔莎。我很诧异,因为往日里他对爱尔莎始终如一地爱护。根据他的说法,就在我们安排他照顾爱尔莎和她的两位姐姐时,他开始觉得身体不适。他似乎不认为这是一种巧合,他深信爱尔莎用邪恶的眼神瞅过他。

为了消除他的迷信,我带着奴鲁前往营地。天空飘起绵绵细雨,在等待水落的时候,我告诉他小狮子的故事,他似乎听得兴趣盎然。

深夜,河流水位下降了许多。黎明时分,我们到达营地。爱尔莎被汽车的震动声吸引,前来欢迎我们。当时我们累得浑身乏力,

第五章 小狮子在营地

太紧张了,根本不敢靠近水盆。见此情景,爱尔莎步履从容地走过来,反复地轻轻拍打他。如此一来,他才鼓足勇气,和大伙儿一起喝水。

杰斯珀的性格完全不同——小家伙的胆子很大。某天下午,他们一起进食,吃到肚子都快爆了的时候,爱尔莎动身往岩石走去。当时天快黑了,有两个小家伙顺从地跟在后面,杰斯珀依然狼吞虎咽。爱尔莎喊了他两遍,他倒是听见了,不过左耳朵进右耳朵出,继续大快朵颐。后来,她的母亲掉转身子,分明是奔着儿子来的。杰斯珀知道自己惹麻烦了,慌不迭地咬下一大口肉,拔腿就向爱尔莎跑去,嘴里的肉没来得及咽下肚子,肉片还在两侧脸颊边摇晃。

这一期间,我要去伊西奥洛待几天,由乔治负责照管营地。

如今,爱尔莎声名远扬,赢得了数以万计的人们的喜爱。我们为之欣喜,然而也心存担忧,名声太大也会付出代价——那就是缺乏隐私。

世界各地的人们给我们写信,说他们想来非洲看望爱尔莎。这么多年来,我们之所以大费周章,就是想让爱尔莎和她的孩子们回归荒野,如今怎能同意爱尔莎和她的小家伙们成为观光客指指点点的对象?当然,我们恳请爱尔莎的爱慕者、冒险家,还有我们的朋友,不要侵犯爱尔莎的隐私,然而我们没有权利禁止人们来访,为此我们忧心忡忡:万一我们不在的时候,有些游客激怒了爱尔莎,导致意外伤害怎么办?

小家伙们茁壮成长,成了真正的野生狮子,远远超出了我们的期望,只是他们的父亲实在不称职,太令人失望了。

当然,我们也难辞其咎。我们经常打扰它和这个家庭之间的联系——不过,它作为提供食物的一家之主,的确是一点用处也没有;

能,这种本能提醒它们对未知危险保持安全的距离。何况,小狮子出生之后的五到六个星期,爱尔莎将小家伙们藏匿起来,不肯让我们瞧一眼,这种本能的做法也保护了小狮子的天性。

她想方设法地让我们成为狮群的成员。事实证明,她的努力徒劳无功,她倍感沮丧。之所以如此,一部分原因是小狮子害怕人类,还有一部分原因是她和我们之间极其缺乏真正的协同合作。她非常困惑,然而无意放弃她的计划。一天傍晚,她钻进我的帐篷,有意躺在我身后,柔声呼唤小狮子进来喝奶。她如此行事,不仅要让小狮子走进帐篷,而且强迫他们经过我身旁,离我非常近。毫无疑问,如果我退到爱尔莎的身后,小狮子会乐不可支;如果我亲近他们,爱尔莎会喜出望外。然而,我待在原地,像木头似的一动不动。如果我动弹,就会辜负爱尔莎的好意;而爱抚小家伙们,也会违背我们不想驯化他们的意愿。我渴望帮助小家伙们,当我看到爱尔莎久久地凝视我,流露出失望的神色,而后离开帐篷和小狮子们在外面戏耍时,我不由得黯然神伤,满怀歉疚之情。当然,爱尔莎不明白我之所以反应迟钝,是因为我们要保护小狮子的野性。她只觉得我毫无感情,然而为了她的小家伙们,我压制了自己全部的热情。

因为相反的原因,小狮子很担忧我们之间的关系,每天傍晚,当爱尔莎不胜舌蝇之扰,在我面前打滚儿,请我帮忙除掉这些虫子的时候,小家伙们都显得忐忑不安。

当我捏死飞虫,爱抚地拍拍爱尔莎的时候,小狮子们更加心烦意乱。尤其是杰斯珀,他会走近几步,弓着身体,只要妈妈需要保护,他打算随时扑过来。毫无疑问,看到爱尔莎对我的拍打表示感激时,他们一定疑虑重重。

有一次,爱尔莎、杰斯珀和小爱尔莎在帐篷前面喝水,戈珀实在

第五章　小狮子在营地

　　两天之后,我返回营地,替换乔治的工作。我发现自己相当谨慎,当爱尔莎身边有小狮子的时候,尽力避免让任何人靠近她。甚至麦克蒂来了,她也会拉长耳朵,眯缝着眼睛注视他,神情冷酷又可怕。她完全信任我,一个事实足以证明这一点。当她去河边饮水时,偶尔会离开小狮子,把他们交给我看管。

　　连续好几个夜晚都是雷暴天气,一道道闪电划破天空,一个个炸雷紧随而至,感觉就在身边,吓得我头皮发麻。电闪雷鸣之后,大雨铺天盖地倾泻而下。

　　乔治的帐篷空空荡荡,爱尔莎和小狮子们可以去里面好好地躲雨,然而小家伙们生来就怕人,而且怕得要命,宁可站在外面,被暴雨淋得浑身湿透。这种特征最能证明他们与生俱来的野性,也是我们有意追求的目标,哪怕他们为此要付出淋湿的代价,哪怕违背了爱尔莎要让他们与我们交友的意愿。她似乎经常与小狮子玩一种"能捉尽管来捉"的游戏,围着帐篷绕圈,离我坐的地方越来越近,仿佛她想让孩子们在不知不觉中接近我们,来到我们身旁。

　　她两次冲进帐篷里,从我的身后呼唤小狮子。无论她如何努力,他们始终不越过自己划定的界限。

　　虽然我们驯养了他们的母亲,然而这丝毫无损他们的野性本觉得有责任出来，和孩子们在一起淋雨。

第二天，我和朋友们返回伊西奥洛，乔治留在营地。我们明白，雨季正式到来了，交通会变得异常困难，我们必须因时制宜，调整我们的计划。

到路虎车顶。如果小狮子们不想挨饿,他们就得自己找肉吃。他们从妈妈的嘴里撕扯猎物的大肠,就像吃意大利面条似的,一根根地从牙缝里吸进去,把不需要的东西挤出来,就像妈妈那么做。

傍晚时分,一只小狮子执意要喝奶,坚持不懈地钻进爱尔莎的肚皮下面,此举惹得爱尔莎大怒,愤愤地给了小狮子一巴掌,而后跳到车顶上。

小家伙们难过极了,他们用后腿站立,两只前爪扑在车上,冲着妈妈"呜呜"地叫。然而她若无其事地坐在那里,舔舐自己的爪子,仿佛压根儿不知道下面有几只泣不成声的小狮子。

小狮子们哀嚎了一会儿,很快就忘记了他们的失落,转而跳到一旁,兴致勃勃地玩耍,渐渐远离了妈妈的视线。爱尔莎非常警觉,如果他们不见了,她就呼唤小家伙们;如果他们不迅速现身,她就跳下车,把孩子们带回安全的地方。

接下来的两个傍晚,爱尔莎都带着小家伙们来营地。她真的是兴奋过度,一尾巴扫掉桌子上的东西,把我们的暮后小酌都毁了。第三天傍晚,她带来了小家伙们,又故伎重演。我们真是相当诧异,因为当桌子上的东西落到地上,发出"丁零当啷"的脆响时,小狮子们毫无受惊的迹象。

他们好像习惯了我们在场,行动无拘无束,因此接下来的两个傍晚,爱尔莎把他们丢在一百码之外空旷的盐碱地时,我们真是大吃一惊,当然也很困惑她是如何训练小狮子留在原地,而她可以尽情享受大餐,又能将小狮子看得清清楚楚?

夜里下起倾盆大雨,没有一刻停歇。这种时候,爱尔莎总是躲进乔治的帐篷里避雨,如今,她钻进帐篷之后,也会呼唤小狮子们进来。然而小狮子们执意站在外面,尽情享受滂沱大雨。可怜的妈妈地为他们高兴。

爱尔莎似乎很纳闷,为何孩子们依然害怕我呢?最后,她放弃了让我们相亲相爱的努力,带着小家伙们穿过河流,消失在丛林之中。

10:00,她独自回来了。她不安地嗅嗅河边的丛林,而后循着气味,沿着晨间她来时的大道飞奔而去。

我们目送她离去,随后听见远处传来她的怒吼声。她又沿着大道返回,依然不安地嗅来嗅去,后又朝着岩石竭尽全力地吼叫,接着她冲向河流,消失在远处的丛林里。我们很不明白,是什么导致她行为失常?我们猜想也许她丢失了一个孩子。

吃午饭的时候,易卜拉欣把三位部落男子带进营地。按照他们的话说,他们是在寻找放牧时丢失的一只山羊,然而他们随身携带着弓和毒箭。我们的心顿时一沉,恐怕我们的猜测是对的:毫无疑问,他们的到来惊动了小家伙们,所以小狮子走失了。

连续好几天,爱尔莎都没有带小狮子再来营地。一天早晨,我们带朋友们去观赏塔纳河景象壮观的瀑布,很少有欧洲人踏足此地,因为路途遥远又难行。

我们归来时,发现爱尔莎和小狮子正在营地里。在我们暮后小酌时,他们也享用他们的美餐。我们一声不吭,因为大伙知道小狮子对声音很敏感,尤其是说话声。他们不介意男孩子们的吵闹声,男孩子们在厨房,离得远远的;然而如果我们靠近小狮子,哪怕压低嗓门说一个字,他们就会逃之夭夭。甚至摁动快门的"咔嚓"声,都会吓得他们直哆嗦。

他们已经十个星期大了,爱尔莎已经开始给他们断奶了。无论何时,只要她觉得孩子们喝够了,她要么就乳头朝下蹲坐,要么就跳最令我们心醉神迷的是色彩绚丽的鸟儿，它们的羽毛斑斓夺目，飞飞停停，在林间麇集。这儿有黄鹂，美丽的翠鸟，闪烁彩虹光芒的太阳鸟，鱼鹰，个头很大、身披黑白相间羽毛的棕榈鹫，还有鸣叫声很有节奏的犀鸟，它们发出的"嘎嘎"声越来越响，响到顶点便陡然降落，然后再次升高。

我们的朋友入睡后，我和乔治回去看望爱尔莎。她站在河边，面对一只脑袋高出水面约四英尺的鳄鱼。

我们不想开枪惊动小狮子，于是我用爱尔莎最喜欢的肉，吸引她离开危险之地，来到我们这边。这块肉里有脑髓、骨髓、钙和鱼肝油。她怀孕的时候，我就给她提供这种美味，她着实爱不释口。

她跟着端在我手中的食盆过来了，和小狮子一道坐在我们帐篷的前面，正对着明亮的灯光。

在强光的照耀下，小狮子毫不拘谨，行动自如；也许他们觉得，这也是一种月光。

我上床睡觉后，乔治熄灭了"月亮"，静坐在茫茫夜色中。小狮子离他很近，近得触手可及。喝了水之后，小狮子朝大巨石的方向跑去，没过多久，乔治就听见爱尔莎伴侣的呼唤声。

之后，乔治收拾剩下的"残羹冷炙"，却发现剩下的肉早就被一只鳄鱼拖进水里了。他朝可恶的小偷开了一枪，从鳄鱼那里夺回了羊肉。

一天破晓时分，爱尔莎来到营地。那时候，大伙儿还没睡醒。我听见了她的声音，便尾随她来到河边。当我呼唤她时，她立刻跑回我身旁，和我坐在沙丘上，并柔声呼唤小狮子们，鼓励小家伙们靠近我们。他们离我们只有三码之遥，只是明显不愿意被人类抚摸。其实，我顶不乐意见到他们被驯服，所以我由衷会吓坏的。

次日下午茶时分,我们看见爱尔莎和小狮子站在对岸,她看见我们之后,带着小狮子们往下游走了一小段,然后横过河流。我们立刻拿来一些肉,让爱尔莎取走。她将肉食带进灌木丛,小狮子就藏在那里。

后来,他们口渴了,来到水边喝水。我大喜过望,因为客人们能够近距离地观察他们,清晰地看见他们喝水的场景。他们半趴在河边,脑袋往前伸,两只前爪的肘弯处凸起。起初,他们伸出舌头,"啪嗒""啪嗒"地舔水喝;不一会儿,他们把头浸没在浅水里,开始玩闹起来。他们一点儿也不怕水,和家猫很不同。

这些小家伙生活在如此可爱有趣的地方,真是太幸运了。他们出生在岩石地带,从我们这一边的河流开始,渡过河流,绵延到对岸大约几百英里。这里有很多山洞和石缝,是非洲蹄兔和其他小型动物的栖身之所;岩石地带的四周,则是绵延不断的丛林,有各种野生动物出没,动物的足迹随处可见,气味随处可闻。这儿有一条小河,石头和沙滩上有很多乌龟,看起来像一块块鹅卵石,沐浴着晨间的阳光。

河流的其他地方绿荫如盖,河岸遍布无花果树、合欢树等。林木之间藤蔓交错,悬垂的藤须与灌木丛缠绕,给无数的动物提供了隐蔽的栖息地。

这里生活着优雅迷人的黑长尾猴,小丑般可笑的狒狒,青绿色的鬣蜥,还有形形色色的蜥蜴。有的蜥蜴长着橘黄色的脑袋,有的蜥蜴长着一条鲜艳的蓝色尾巴,当然了,还有我们的朋友丛林巨蜥。南非林羚、捻角羚、非洲水羚都来这儿喝水。地面留下的踩踏痕迹显示,犀牛和非洲水牛也时常到此一游。在所有丛林里的居民中,刻消失在水面之下。

早晨,通过观察地面的印迹,我们得知鳄鱼最终成功地偷走了猎物。爱尔莎似乎一直都明白,她和这些爬行动物能够周旋多长时间。她从不畏惧它们,尽管我们知道,这条河里有很多鳄鱼长十二英尺,有的甚至更长。她有自己喜爱的横渡点,避免经过河流最深的地方,除此之外,她无疑能预感到鳄鱼就在附近,所以做好了防范措施。至于她是如何做到的,我们猜不出其中的缘由。我们有自己的方法,可以得知附近是否有鳄鱼出没。鳄鱼对一种声音反应强烈,这种声音听起来酷似"因姆,因姆,因姆",我们总是利用这一点,屡试不爽。

如果怀疑附近有鳄鱼出没,我们就藏在河流旁边,模拟"因姆,因姆,因姆"的叫声。如果四百码之内有鳄鱼,它们就会来到水边,仿佛受到磁石的吸引一样。我们经常就这么连续不断地喊下去,直到鳄鱼丑陋的鼻孔纷纷浮出水面。假如我们变换位置,我们的声音来自哪里,这些家伙就会尾随我们到哪里。

乔治从一位非洲渔民那儿学会的这一招。这位非洲渔民长年在巴林戈湖①打鱼。那里的鳄鱼不计其数,当地的渔民也不胜其扰。

第二天,威廉女士给爱尔莎画速写。爱尔莎平日里很讨厌当模特,然而今天她显得很配合。我始终坐在她身旁,免得她坐得不耐烦了,随时扬长而去。她看起来对当模特一事毫不在乎,所以坐了一阵子,我就打算离开了。谁知我刚一扭头,她就好似一道闪电,迅速扑向画家,玩笑般地拥抱对方。我不由得敬佩威廉女士的镇静从容,需知爱尔莎重达三百磅,面对这种表达感情的方式,一般人肯定

---

① 非洲东部的一个大淡水湖,位于肯尼亚首都内罗毕北方二百八十千米,湖中盛产罗非鱼。——译者注

浓浓，只是自从产崽之后，她改变了很多生活习惯。如今，她很少伏击我们，不再那么贪玩了，举止更为庄重。

我很好奇：她屡次外出，且待那么久，如何安置孩子们呢？难道她交代孩子们，当自己出门的时候，待在窝里一动不动？难道她把孩子们藏在一个非常安全的地方？

2月19日，轮到乔治"值班"了，而我返回伊西奥洛，接见威廉·帕西爵士和他的妻子，并带他们来营地看望爱尔莎一家。

总体而言，我们把观光客拒之门外，但对老朋友例外，因为当爱尔莎还是一只小狮子的时候，他们就认识了爱尔莎，并且始终关注爱尔莎的成长。

我们到达营地的时候，乔治带着好消息欢迎我们。他看见小狮子了。凌晨时分，天色还很黑，他听见了短促而快速的"啪嗒"声，很像长时间舔舐东西的声音，是从爱尔莎水盆的方向传来的。他从睡梦中惊醒，于是走出去看个究竟。他看见水盆旁边小家伙们一团模糊的影子；几分钟之后，他们离开了。

他说就在这个时候，他听见我们汽车的震动声，爱尔莎当时打算带着孩子们过河，到我们这边来，当她意识到汽车来了的时候，她改变了主意，钻进了灌木丛里。

她很快露面了，只是看起来心神不安，无意涉水而过。为了吸引她来到我们身旁，我高声呼唤她，并把猎物放在河边。

她没有动，我转身回到朋友们身旁，而后她快速游过河，抓住山羊，带着山羊回到小狮子那儿。她把山羊放在一块草地上，三只小狮子扑过去，开始大吃；我们用望远镜观察他们的一举一动。

天色越来越黑，我们听见摄人魂魄的咆哮声，借着手电筒的光亮，只见爱尔莎正在和一只鳄鱼抢夺猎物，而鳄鱼看见我们之后，立近，另外两只落在后面。

她慢慢地朝我走来，舔舔我，依偎在我身旁。继而，她反复呼唤小狮子。杰斯珀颇为大胆地走近我，而其他两只小家伙和我保持着一段距离。我取来一些肉，爱尔莎迅速将生肉拖进附近的灌木丛；接下来的两小时，她和小狮子们在灌木丛里大快朵颐，而我坐在沙丘上观察他们。

他们大嚼特嚼的时候，爱尔莎发出低沉的喉音，不停歇地对小狮子说话。小狮子经常吮吸乳汁，也嚼食生肉。爱尔莎没有把肉吐出来，反刍他们。因为爱尔莎之后独自来营地的时候，食量大得惊人，所以我们猜测，她可能稍晚的时候会吐给小狮子一些半消化的肉食，这样更有利于小狮子成长。不过猜测终归是猜测，我们始终没有见过她反刍。

小狮子如今有九个星期大了。我首次能够确证麦克蒂的说法，杰斯珀果真是一头雄狮。

过了一会儿，我出去用早餐。不久之后，爱尔莎领着呈弧形散开的小狮子朝车道走去。我慢慢跟在后面，指望给他们拍几张照片。爱尔莎立刻停下脚步，侧身挡住车道，拉长了耳朵。我明白她的责怪之意，于是转身离开，最后我扭头回看时，发现小狮子跟在妈妈后面蹦蹦跳跳，朝大巨石的方向走去。此时此刻，他们真是可爱的步行者，一边相互追逐打闹，一边努力追上爱尔莎的步伐。尽管小家伙们精力旺盛，恨不得分分秒秒都玩耍，但只要妈妈一声令下，他们就变得乖乖的，绝对服从妈妈的命令。他们早就受过很好的训练，非常讲究个人卫生，当他们要排便的时候，总是离开大道，去一边的灌木丛里解决。

接下来的几天里，爱尔莎一直单独拜访我们。她还是那么情意如今我们了然于胸:她把小狮子带给我们瞧瞧是一码事,而我们主动探访小狮子则是另外一码事了。

两个星期一晃而过,她还没有把小狮子带到营地,介绍给乔治认识。这也不全是她的错儿,因为这一期间,我们因故返回伊西奥洛,并在那儿逗留数天。我们不在营地的日子里,有一天早晨爱尔莎带着小狮子来找我们,只见到了男孩子们。

麦克蒂告诉我们:当时他去迎接爱尔莎,爱尔莎用脑袋蹭蹭他的腿,有一只胆大的小狮子跟过来了,与他近在咫尺。

他蹲下身体,本想爱抚地拍拍小家伙,谁知他大吼一声,一溜烟似的跑了,和另外两只躲得远远的小狮子聚在一起。爱尔莎一家在营地待了很长时间,午餐的时候走了。下午时分,爱尔莎独自前来用餐,然而山羊肉变质得厉害,天黑之后,爱尔莎厌恶地离开了。

她走后一小时,我返回营地。麦克蒂很喜欢那只胆大包天的小狮子;他敢肯定他是一只雄狮,他还给小狮子取了一个名字,叫杰斯珀。据他说,这个名字在曼鲁部落里很时髦。后来我们知晓,三只小狮子有两只是公的,一只是母的。我们给杰斯珀的哥哥取名为戈珀,他胆子很小,在斯瓦希里语①中,戈珀就是胆子很小的意思。他的小妹妹,我们管她叫小爱尔莎。

第二天下午,爱尔莎来到营地,见到我时,欣喜若狂。看得出来,她饿得饥火中烧。过了一会儿,我出去散步了,希望当我出门的时候,她会回到小狮子身旁,等我散步回来时,她早已离开了。

第二天早晨,绵绵细雨如烟如雾。河岸那边传来一只小狮子的低吟声,听起来很像爱尔莎的小狮子。我从睡梦中惊醒,跳下床铺,跑到外面看个究竟。爱尔莎果然正领着小狮子过河,杰斯珀离她很

---

① 斯瓦希里语是东非的主要交际语。——译者注

后退。我顺着岩壁往下走,走到半路的时候,扭头回望一眼,发现爱尔莎在和一只小狮子玩耍,还有一只小狮子从那道裂缝里探头探脑。

为何她的行为突然发生转变?我百思不得其解。然而我尊重她的意愿,离开她和她的家人。图图就在下面的灌木丛里等我,我们用望远镜观察爱尔莎一家。看到我们待在远处,她的神色释然了,而小家伙们也纷纷露面,和妈妈一起玩耍。

有一只小狮子显然比另外两只更加依恋妈妈,总是蹲在爱尔莎的前爪之间,小脑瓜蹭蹭她的下巴,而其他两只忙着观察周围的环境。

2月4日,乔治回来了。听到小狮子的好消息,他乐得合不拢嘴。下午,我们前往呼呼岩,希望乔治也能看见他们。

半路上,我们听见狒狒的叫嚷声。我们觉得狒狒之所以闹个不休,很可能是因为爱尔莎露面了。走近河流时,我们大声地呼唤爱尔莎。果然,她立刻现身了。她非常友善,只是神色不安,在我们和沿着河流生长的灌木丛之间来回奔跑,显然是在尽最大的努力,不让我们过河。

我们猜测小狮子就在这儿,只是不太明白,为何她阻止乔治看望小狮子。最后,她领着我们绕行了一个大圈返回营地。

两天之后,我们在呼呼岩附近见到了她。走近呼呼岩的时候,我们大声地说话,告诉她我们来了。她从石缝口子边密实的丛林里钻出来,一声不吭地站在那儿,专注地看着我们。过了片刻,她正对我们坐下来——当时我们还在两百码之外呢——她的意思很清楚,我们知趣地不再往前走了。有好几次,她扭过脑袋,朝着裂缝的方向凝神倾听,只是身形不动,依然坐在"守护"的位置上。

第四章　小狮子与朋友相见

第二天早晨我醒来时,爱尔莎和小狮子已杳无踪迹。昨夜下了一场雨,所有的足迹都被雨水冲刷一净。

喝下午茶的时候,她独自露面了,饿得饥肠辘辘。我用手托着肉,方便她撕咬,也为了转移她的注意力,与此同时,我让图图跟着她新鲜的足迹,找到小狮子目前的藏身之所。

等他回来的时候,爱尔莎已经跳到我的车顶。站在高处,她看见我们俩沿着她的足迹,走进了丛林之中。

我故意这么做,为的是引诱她回到小狮子身旁。爱尔莎明白我们的意图之后,立刻跳下车,跟随我们前行。之后,她跑到我们前面去,沿着自己留下的足迹一路飞奔;好几次她停下脚步,在前面呼哧哧地喘气,等我们追上来。我有点糊涂了,难道她是有意在前面带路?我们到达了呼呼岩。这块岩石的得名颇有来历,有一次我们在这儿惊动了她和她的夫君,当时他们"呼呼""呼呼"地喘气,把我们吓得胆战心惊。这时,她停下来凝神倾听,接着迅速爬到斜坡的山腰,显得心神不宁。等我追上来之后,她冲向前方的岩石,站在岩石的山脊之上,这块岩石的另一侧有一道很大的缝隙。等我赶到她身旁时,累得几乎断气了。她拉长耳朵,我本想拍拍她,谁知她猛地怒吼一声,令我大为震惊。她显然不希望我跟过来,于是我明智地往我们一起坐在草地上,爱尔莎倚靠着我,给小狮子哺乳。

突然,为了争抢一只乳头,两只小家伙闹起来了。爱尔莎换了一个姿势,让他们更好地吮吸。与此同时,她又依偎在我身旁,用一只爪子搂住我,仿佛我也是她的家庭成员之一。

暮色苍茫,天地之间宁静祥和。一轮明月冉冉升起,月光倾泻如水,埃及浆果棕的树影参差斑驳;万籁此俱寂,只听见小狮子"吧嗒吧嗒"的吮吸声。

很多人警告过我,说爱尔莎产仔后,为了保护幼崽,她很可能会变得凶猛可怕,然而此时此刻,她像从前一样信赖我,待我情真意切,希望和我分享她的幸福。我焉能不谦卑?

孩子们爬到爱尔莎的背上,玩起了妈妈的尾巴。

第三章 我们看见了小狮子

事实证明,他们已经六个星期零两天大了。他们长得非常好,虽然眼睛里还有一层淡蓝色的薄膜,看东西还不太清楚。与年幼时的爱尔莎和她的姐妹相比,小狮子身上的斑点要少得多,毛发也要稀疏得多,不过看起来更有光泽,更亮。我暂且看不出他们的性别,不过我很快注意到,有一只毛皮颜色最淡的小家伙比其他两只小狮子更活泼,好奇心更强,尤其依恋妈妈。它总是蜷缩在爱尔莎身旁,如果可能的话,就缩在爱尔莎下巴颏,还用小小的爪子拥抱爱尔莎。爱尔莎对孩子们温柔有加,很有耐心,允许他们在自己身上打滚儿,吮吸自己的耳朵和尾巴。

她渐渐地靠近我,仿佛邀请我加入他们的游戏。然而,当我在划拉沙地的时候,小狮子们抬起可爱的圆脸蛋,和我保持距离。

天黑了,爱尔莎凝神倾听,而后领着小狮子钻进几码外的丛林里。片刻之后,我听到了吮吸的声音。

我返回营地。当我到达营地时,发现爱尔莎和小家伙们就在离我帐篷十码远的地方等我,我真是喜出望外。

我拍拍她,她舔舔我的手。而后我叫来图图,我们合力将剩下的肉从河边拖回来。爱尔莎目不转睛地看着我们。她似乎很满意我们的举动,因为有了我们的帮助,她不必费力拖曳重物了。当我们离她大约二十码远的时候,她拉长耳朵,突然冲向我们。我让图图松手,站在原地不动,由我独自拖曳猎物,靠近小狮子。爱尔莎见了之后,神情放松了很多。等我放下食物,她开始大嚼特嚼。望了她一小会儿,我便走进帐篷。真奇怪,她竟然跟着我进来了。她倒在地上,呼唤小狮子进来,和我一同玩耍。他们站在帐篷外面,呜呜地叫;爱尔莎回到他们身旁,我也走出帐篷。

爱尔莎带着孩子们涉水而过。

巴地呜呜叫,恳求妈妈的帮助。

爱尔莎观察了一小会儿,而后走到河边一处最狭窄的水面。两只勇敢的小狮子紧贴着妈妈,她呼唤那只胆怯的小家伙过来。然而,小狮子不安地走来走去,就是没勇气跳下来。

爱尔莎心软了,游过去接他;两只勇敢的小家伙陪伴妈妈左右,看上去很享受游泳。

很快,他们又回到对面,在那儿玩得不亦乐乎。他们攀爬沙地里陡峭的河岸;而后从河岸滚下来,砸在对方的背上;踩在倒塌的埃及姜果棕的树干上,保持身体的平衡。

爱尔莎慈爱地舔舐他们,用低沉又柔和的声音和他们说话,从不让他们离开自己的视线。无论何时,只要有一个小家伙由着性子跑远了,她就追上小冒险家,把他带回自己的身边。

我观察他们良久,大约一个小时之后,我开始呼唤爱尔莎。她用熟悉的嗓音回应我,与刚才和小狮子说话的嗓音截然不同。

她来到河边,等待孩子们聚拢到脚下,而后涉水而过。这一次,三只小家伙都跟上来了。

等他们上岸之后,她轮流舔舐小狮子。过去她上岸之后,总是飞奔到我身边,和我亲热一番,然而今天,她慢慢悠悠地走过来,脑袋温柔地蹭蹭我,在地上打个滚儿,舔舔我的脸蛋,最后给了我一个拥抱。我被她的做法深深地感动了。她的意图很明显,就是告诉小狮子我们是朋友。他们从远处跑来,神色兴奋而又困惑,不愿离我们太近。

接着,爱尔莎和小狮子走向食物。爱尔莎开始吞咬,而小家伙们舔舔羊皮,撕扯了一番,后来干脆翻起了跟斗,玩得兴奋极了。这可能是小狮子们第一次看见猎物。

过了一会儿,爱尔莎站起身,走到水边,打算再次跳进河里;一只小家伙离她很近,显然要跟着她走。

真不巧,就在这时,图图来了。我原本安排他回营地,把爱尔莎的食物取来。他不早也不晚,偏偏这个时候来了。爱尔莎耳朵立即拉长,绷紧浑身的肌肉,一动也不动,直到图图把食物丢在地上,转身离去。她和小家伙迅即游过河流,小家伙紧跟着妈妈,似乎一点不怕水。当爱尔莎来到食物旁边时,勇敢的小跟班掉个头,独自游回去,也许是会合,也许是帮助另外两个小家伙。

眼看着小家伙要被河水淹没了,爱尔莎跳进河里,抓住小家伙,把他的小脑袋叼进嘴里。她咬得那么深,我忍不住替他提心吊胆。

爱尔莎好好地教训了小家伙。他的确胆大包天,不教训是不行的。而后,她松开小家伙,小家伙在妈妈嘴边晃荡着,爱尔莎把他带上了岸。

这时,第二只小狮子鼓足勇气,一头扎进河里。水波荡漾的河流中,只能看见他的小脑袋。第三只站在远远的对岸,看上去胆怯不安。

爱尔莎走到我身旁,在地上滚了一圈,表示她的友好;她似乎要用此举向小狮子证明,我也是狮群的一分子,是值得信赖的。

两个小家伙放心了,谨慎地往前走,离我越来越近。他们的眼睛大大的,极富表情,紧盯爱尔莎和我的一举一动,最后站在离我三英尺远的地方。我多想俯下身来,摸摸他们的小脑袋,然而我不得不抑制这种冲动。因为动物园的专家提醒过我,永远不要去抚摸小狮子,除非他们主动靠近你,这三英尺的距离就是一道有形的边界,他们不会轻易过来,我也不能轻易过去。

当这一切发生的时候,第三只小家伙还在远处的河岸,可怜巴

爱尔莎带着她的孩子们横渡河流,来到我们面前。两只小狮子跟在妈妈身边,第三只还在河那岸可怜巴巴地叫唤。

第二天下午——那天是2月2日——我正在工作室里写作,图图跑过来告诉我,爱尔莎就在河流的另一头,用一种非常奇怪的声音呼唤。我循声而去,走向河流的上游,穿过一丛矮树林,到达营地附近的一处地点。旱季的时候,我们这一边是一片相当宽阔的沙丘,而另一边是干涸的河道,下方就是河流。

我猛然停住脚步,简直不敢相信自己的眼睛。

爱尔莎站在沙丘上,离我只有几码远,身旁跟着一只小狮子;第二只小狮子从水里冒出来,摇头晃脑的,使劲甩干身上的水;第三只小狮子还在远远的河岸,可怜巴巴地叫唤,来来回回地走。爱尔莎目不转睛地看着我,神情很复杂,既有骄傲,也有尴尬。

我感觉自己像个木头人,呆呆地看着眼前的一幕幕。爱尔莎温柔地召唤小狮子,发出类似"唔—嗯哼,唔—嗯哼"的声音;她来到第二头小狮子身旁,慈爱地舔舔小家伙,而后掉转方向,走向落在河对岸的最年幼的小狮子。老大和老二慌忙追赶妈妈,在深水里勇敢地扑腾。不一会儿,一家人就团聚了。

他们上岸的地方,旁边有一棵无花果树,灰色的根须犹如一张绵密的大网,牢牢抓住下方的石头;爱尔莎趴在树阴下休息,金色的毛发闪闪发亮,和深绿色的树叶、银灰色的石头相映生辉。起初,小狮子们藏了起来,他们还很害羞,不过,好奇心很快就占了上风,他们先是从灌木丛的缝隙里小心翼翼地瞅我,而后纷纷跳到空地里,好奇地打量我。

爱尔莎"唔—嗯哼,唔—嗯哼"的声音给他们壮了胆,小家伙们无拘无束地玩耍,爬上妈妈的脊背,还试图抓住妈妈摇来晃去的尾巴。接着,他们快活地在妈妈身上翻跟斗,去石头缝里探险,肥肥的小肚皮挤在无花果的树根下,全然忘了我的存在。

胆地从路虎车顶跳下来,和小狮子相聚。

乔治去伊西奥洛了。早晨他离开之后,我听到爱尔莎的伴侣在河对岸吼叫,但没有听见爱尔莎的回应。下午,她在离营地很近的地方咆哮,吼声惊天动地,等我来到她身旁,她才罢休。见到我之后,她欣喜若狂,和我回到了营地,只是没有吃多少肉,天黑的时候就离开了。

接下来的两天里,她一直没有露面,而她的伴侣夜间反复地呼唤她。第三天,我正在用早餐,听见河流的方向传来可怖至极的咆哮声。我飞快地冲出去,只见爱尔莎站在河里,拼命吼叫。

她看起来很疲惫,很快便掉转方向,消失在对岸的丛林里。她的行为很古怪,我有点糊涂了。喝下午茶的时候,她来到营地,三口两口吃完,转眼就不见了。第二天她没有来。当天晚上,我被大型动物冲撞卡车的声音惊醒了。它就站在我的荆棘篱笆外面。夜间,我们用刺篱圈住山羊,挡住偷猎者。显然,有一头狮子想要抓住山羊。我觉得它不可能是爱尔莎,因为她的喉音低沉,很有特点,所以我怀疑篱笆外面是她的夫君。

我凝神倾听,一头野生狮子近在咫尺,所以我尽量一动不动。外面的动静越来越大,"砰砰"声震耳欲聋,我几乎怀疑汽车会被毁掉。我拧开手电筒,结果是更加猛烈的冲撞声。

突然,我听见爱尔莎夫君的吼声从河流的方向传来,这说明一定是爱尔莎在攻击卡车。她显然是发怒了,只是天色黑漆漆的,我不想叫醒男孩子们,便一个人从刺篱里走出去。我尤其担心她的狂躁会引来她的伴侣,到时候局面会更加可怖。我能做的就是大声呼唤:"爱尔莎!不要——不要!"我原本不指望她听从我的命令,谁知她立刻停止了攻击,很快就离开营地。

之后,爱尔莎领着我们离开佐姆石,穿行于密密匝匝的灌木丛和石头堆,离她的藏身之处越来越远。

有时,她在那些地方煞有介事地闻一闻,时间还挺长,我们还以为她改主意了,打算把我们带到小狮子身旁,谁知她一直都在愚弄我们。不久之后,我们路经她过去常常伏击我的地方。我累得筋疲力尽,不打算陪她玩了,于是绕道而行。她意识到这一点之后,便从藏匿处跳出来,看似威风凛凛,不过也很失落,因为她的把戏被揭穿了。

乔治只是匆匆一瞥,没来得及看清喝奶的两个小家伙的模样,也不知他们健康与否。当然了,说不准还有小狮子藏在别处,只是乔治没有看见而已。1月14日下午,当爱尔莎在营地进餐时,我在一旁陪伴她,而乔治偷偷地来到佐姆石。

连续两天,她都在该地区出没。我们猜测,她可能把育儿所转移到此处了。

乔治爬上处于中间位置的一块岩石的顶部,在一道石缝里,他看见了三只小狮子;两只在睡觉,第三只在啜吸一根虎尾兰;它抬头望一眼乔治,眼睛还蒙着一层淡蓝色的薄膜,朦朦胧胧的,乔治觉得它不可能真的看见自己。

他拍了四张照片,由于石缝里光线暗淡,小狮子躺在黑乎乎的角落里,拍摄效果不太好。拍照的时候,两只熟睡的小狮子醒了,在洞里爬来爬去,看起来非常健康。

他回到营地,告诉我这个激动人心的好消息时,爱尔莎还没有离开,满脸狐疑的表情。

黄昏时分,我们驾车把爱尔莎送到佐姆石附近。为了迷惑爱尔莎,我们故意扬长而去,听到我们的声音消逝在远方,爱尔莎放心大作。如今她处于哺乳期，食量大得惊人。

我很快就发现，她和从前一样，待我情意绵绵。当她撕咬生肉时，甚至还允许我托着骨头。乔治在营地时，她也同样亲热有加。她对非洲人的态度变得尤为含蓄，甚至对老朋友奴鲁、麦克蒂也不例外。在她的家庭成员到来之前，她不允许奴鲁、麦克蒂和她亲近，虽然当她还是一个小狮子的时候，他们就已陪伴她左右。

一天，爱尔莎在午饭后不久来到营地，饱餐一顿之后，没有流露出返回家人身边的意图，这令我忧心忡忡。天色越来越黑，我在图图的陪伴下，朝着小狮子藏身之处的方向走去，试图吸引爱尔莎回到他们身边。

起初，她尾随我们而行，转入灌木丛之后没多久，她朝前跑了大约一百码，背对我们坐下，堵住了我们的去路。

她稳如磐石，谁都无法让她移动。我们明白她的意思，只希望我们离开她的视线之后，她就回到小狮子身旁。

第二天，她再次向我们表明，她决意隐瞒小狮子的藏身之处。我和图图午后散步时，路过大巨石，当时我们走得很慢。突然，爱尔莎出现了，用脑袋蹭蹭我的膝盖，一声不响地领着我们远离大巨石，也就是小狮子所在的地方，朝着一堆小石块走去，我们管那儿叫作"佐姆石"。

她蹑足而行，在石缝里钻进钻出，穿过狭窄的罅隙。这一段路，要多难走，就有多难走。我们举步维艰，而她似乎很乐意见到我们的狼狈样。如果我们落在后面，她就在前面等候，还时不时地扭过头来，仿佛敦促我们快一点儿，别那么磨磨蹭蹭。后来，我干脆一屁股坐在地上，一半是因为疲惫不堪；一半是告诉她，我知道她在耍弄我们。

第三章　我们看见了小狮子

一天下午,我在伊西奥洛的家中,离营地有一百英里之遥;乔治轻手轻脚地爬上大巨石,从岩石顶部窥探下方的动静。

他看见两只小狮子在喝奶,因为爱尔莎的脑袋被头顶的一块岩石挡住了,所以乔治确信爱尔莎没有看见自己。看到了幸福的一家人,乔治就返回营地,准备给爱尔莎运来食物。

我们带了几只山羊放在营地里,这些都是给爱尔莎准备的口粮。如此一来,她就不必因为捕猎而离开小狮子,导致小狮子被其他猎食者杀害。

在附近放好食物后,乔治在一旁守候。爱尔莎没有来取食物。乔治觉得心神不定。我们总把食物放在附近,她向来都会吃个肚儿圆。今天她拒绝走近猎物,难道是因为她发现了乔治的偷窥,借此向我们表达不满?接下来的一天,她也没有来营地。乔治恐怕猜测变成了现实。然而夜幕降临时,爱尔莎来了。她饿极了,平时压根儿看不上眼的小羚羊,也吃得津津有味。这是乔治能为爱尔莎找到的全部了。几天之后,我才从伊西奥洛回来。那几天,我忙着新一轮的山羊储备工作。

一到达营地,我就听到了好消息。可想而知,我是何等欣喜!

乔治第二天返回伊西奥洛,由我接管为爱尔莎提供食物的工信我们跟在她身后。她把我们引到远处的山脊,而后我们爬下来,走进丛林之中。我们站在平地上时,她冲向前方,频频扭过头,确保我们没有掉队。

就这样,她把我们引到大路上。只是她绕了一个大弯,可能是避免我们靠近小狮子。我猜想,她之所以一路上都一声不响,可能是不希望惊动小狮子,或者避免他们出现并尾随我们。

我们一起散步的时候,我总是经常拍拍她,她也喜欢我这么做,只是今天,她绝不允许我碰她,这令我十分难堪。当她回到营地,并在车顶进食的时候,无论何时我走近她,她都扭过头不看我。

天色黑透之后,她才回去。

乔治从伊西奥洛回来了,我们交换了保卫工作。爱尔莎让我觉得,我不能再侦查她的行动了;乔治没有这种体验,所以他毫无拘束。我的好奇心太强,我觉得假如乔治也"犯错误",那么我们俩就是半斤和八两了,我也会从他的"罪行"里获益。

在一旁守护,小狮子会不会被杀害呢?我仔细权衡两种选择的利弊,决定还是继续把食物送到爱尔莎育儿所的附近。第二天傍晚,我送来食物时,听见几只雄狮在身旁咆哮吼叫,而后爱尔莎出现了,显得非常紧张,也非常焦渴。

自此之后,我决意不顾爱尔莎的反感,最好弄清小狮子的数目,以及他们是否安然无恙。这样,我就能在危急时刻帮助他们。1月11日那天,我做了一件无法原谅的事情。我安排一名巡查员(麦克蒂生病了)携带步枪,守在下面的大路上,爱尔莎熟悉的图图也和他在一起。我爬上岩壁,反复呼唤爱尔莎,提醒她我们的到来。她没有回应。为了不发出一丝声响,我让图图脱下凉鞋,光脚走路。

我们爬到岩石顶上,站在峭壁的边缘,从望远镜里将下方的丛林尽收眼底。我很快看到了爱尔莎第一次出现的那个地点,也就是她正在守卫时,我们惊动她的地点。

此时她不在那儿。不过,那个地方看起来是一个常用的育儿所,也是个理想的育儿之处。

我全神贯注地侦查下方的丛林,然而我忽然有一种奇怪的感觉。我丢下望远镜,回头张望,发现爱尔莎已经神不知鬼不觉地来到了图图身后。我在爱尔莎把他撞倒之前,只来得及大喊一声,提醒图图当心。她悄无声息地来到我们身后,爬到了岩石上面,而图图生死悬于一线,几乎从峭壁上跌落,幸亏他光着脚丫子,能够死死地抠住岩石。

接下来,爱尔莎走到我身旁,友好地把我撞翻,不过很显然,她是用这种方式表达她的愤怒。我们离她的小宝宝这么近,着实把她气得够呛。

作了这番表示之后,她慢慢地沿山脊而下,不时地扭头回望,确不过没过多久,乔治打算运回一头山羊的时候,在她出没的岩石附近遇到了她。她口渴难耐。那只喝水的铝盆不翼而飞,我们怀疑是别的狮子偷走了。回去的路上,乔治给她喂了不少肉,从她的胃口来看,那两头"顺手牵羊"的雄狮很可能压根儿没给她送去食物。

稍晚的时候,乔治动身去伊西奥洛,爱尔莎和我待在营地里。傍晚时分,我看见她朝着下游丛林的方向蹑足前行,便尾随其后。显然,她不希望被人跟踪,当她闻到我的气味时,就装模作样地在树上磨爪子。我转过身,她却猛扑过来,把我撞倒在地,仿佛在说:"谁叫你侦查我!"喏,现在轮到我装模作样了,我假装只是来给她送食物的。她接受了我的歉意,掉头跟着我回来,开始埋头猛吃。之后,无论我们怎么引诱,她都不回到小狮子那儿。直到夜色降临,我在帐篷里读书的时候,她确信我不可能尾随她了,才从容离去。

接下来的几天,我继续把食物送到育儿所附近,我们深信小狮子就在那儿。无论我什么时候遇到爱尔莎,她都会煞费苦心地隐藏自己的栖身之处,经常是原路返回,显然是为了迷惑我。

一天下午,我路经大巨石的时候,看见一头奇怪的动物站在石头上面。暮霭沉沉中,我觉得它的模样介于鬣狗和小狮子之间。看见我之后,它溜之大吉,动作很像一只猫。它很可能看见小狮子了,这令我十分担忧。之后,当我送来食物的时候,我一开口呼唤,爱尔莎就闻声而来;她看起来极其警觉,对图图也相当粗暴。我依然让她在我的车顶上进食。我们之所以把肉放在车顶,是为了防备夜间出没的猎食者,这些家伙很少会斗胆跳到未知物体的上面,即便它们能跳上去。我不知道如何是好。如果我们继续把食物留在爱尔莎育儿所的附近,此举会不会引来猎食者呢?或者,如果我把食物留在营地,爱尔莎就不得不离开小狮子,来营地取食物,而没有妈妈的——因为石头缝里能挡雨,而新的地点不能躲雨;尽管如此,新地点依然是理想的育儿所。

我们决定尊重爱尔莎的意愿,不再去打探小狮子的消息,直到她主动把小狮子带到我们身旁。我们相信,总有一天,她会把小狮子带来的。我决心留在营地,不间断地给爱尔莎提供食物。如此一来,她就无需因为捕食而长时间地离开小狮子。但如果她到营地进食,也不得不离开小狮子,所以我们决定,把食物送到她身边,缩短她与小狮子分开的时间。

我们说干就干,将计划付诸行动。当天下午,我们驾驶汽车,靠近她的藏身之处。我们知道爱尔莎能将汽车的震动声与我们和食物联系在一起。

当我们驶近最后一次见到她的地点时,我们用斯瓦希里语大声呼唤——麦加,查库拉,尼亚玛——意思是水,食物,肉,这些是爱尔莎熟悉的语言。

她很快就来了,像往日一样对我们很亲热,放开肚皮大吃了一顿。我们把食盆嵌入泥土里,稳稳地固定住。当她把脑袋伸进食盆,埋头喝水的时候,我们悄然而去。她抬头四望,听到了发动机的轰鸣声,不过她无意追随我们而去。

第二天早晨,我们带来她白天的食物,只是她没有露面。下午我们再去的时候,她也全无踪影。夜间,一头奇怪的雄狮来到离我帐篷只有十五码的地方,叼走了剩下的肉。

早餐之后,我们尾随它的足迹,一直来到大巨石附近。地上的足迹显示,除了它之外,还有一头雄狮与它同行。我们希望爱尔莎喜欢它们的陪伴,也许它们在帮助爱尔莎抚养孩子。

我们沿河而下,查看她是否在那儿留下了足印。她没有来过,似乎极为震惊。她一眼不眨地看着我们，默不作声，一动也不动，仿佛希望我们不要靠近。

也许我们离她的育儿所太近了，所以她觉得最好还是出来一下，防止我们找到她的小窝。片刻之后，她走到我们身边，对乔治、我、麦克蒂和图图都格外亲热，只是没有发出一丝声响。看到她的乳房涨得有平时两倍那么大，周围的毛发因为吮吸还湿漉漉的，我心中的石头顿时落了地。

而后，她慢悠悠地走向灌木丛，站在那儿有五分钟之久，一直背对着我们，专注地聆听丛林里的细微动静。继而，她一屁股坐下来，依然背对我们，仿佛她想对我们说："这是我的私人领地，请勿靠近半步。"

这种做法很有威严，没有任何语言能更好地表达她的心愿了。

我们尽量轻手轻脚地离开。我们绕了一圈，爬上大巨石的顶部。站在那儿俯瞰灌木丛，只见她依然坐在那儿，就像我们离开时那样。

显然，她闻到了我们的气味，也知道我们的所作所为，只是她决意不让我们知晓她的藏身之处。

我恍然明白，尽管我们与爱尔莎的关系亲密无间，但我们对野生动物的生理反应却茫然无知。想想过去的种种，我忍不住直乐：我们还以为小狮子会在帐篷里出生，并且做了很多准备；我们还自鸣得意，以为爱尔莎把帐篷当成最安全的地方。虽然我们最近发现的足迹都通往较低处的石头，但我们认为小狮子可能出生在石头缝里，之后爱尔莎把他们挪到三十码之外，也就是他们现在所在的地点。

如果我们的推断无误，那么她很可能是在雨停之后行动能冲向象群。我们指望彼此之间相安无事,谁知象群里的一头大公象不乐意了,跟在汽车后面狂追了好远。我可不喜欢这样,因为我只害怕一种野生动物,那就是大象。

快到营地时,我们扯着嗓子多次喊叫,只为告知爱尔莎我们来了。我们发现了爱尔莎,她站在一块大石头上面等我们。那块大石头就在车道经过的地方,巨石地带的尽头。

她腾空一跃,跳到路虎车的后面,与男孩子们挤在一起。接着,她来到拖车里,那儿有一头死羊。我很少看到她如此饥肠辘辘。

我立刻发现,她的乳头依然小而干巴;我挤了挤,里面没有奶水。我们认为这是一个不好的迹象,当天她在营地里待了七个小时,又是吃,又是在路虎车顶蹦上蹦下的,我们不由得心急如焚:难道她不再照顾小狮子了吗?到了凌晨两点,她才离开我们。

我们一大早就出发了,跟随她的足迹,来到大巨石的方向。对我们而言,大巨石附近是完美的家园,很适合一头母狮和她的家庭居住。几块圆石垒在一起,就能遮风挡雨;四周生长着密密匝匝的荆棘丛,真是理想的藏身之处。我们直接爬上最高的石头,站在上面俯瞰四方,打算找到爱尔莎的"小窝"。我们看不见任何野兽的踪迹,不过有一些动物将岩石当成了休息的地方,留下了痕迹。

我们在附近观察到几行不太新鲜的血迹,那儿距离我们看见爱尔莎开始分娩的地方非常近,所以我们猜测,也许她就是在这儿产下小狮子。另外,在最近的一次搜寻中,我们一度离这儿很近,顶多三英尺。如果爱尔莎就把小宝宝藏在这儿,还躲过了我们的视线,那真是太不可思议了。

仿佛是为了证明我们想错了似的,在我们大声呼唤半小时之后,爱尔莎突然出现在二十码之外的一蓬灌木丛里。见到我们,她对她的孩子不利。后来她走到工作室，搬运挂在阴凉地方的生肉，根本不允许易卜拉欣靠近半步。之后她去路虎车顶休息。就在那时，易卜拉欣注意到她的乳头和乳房缩到了正常的尺寸。据他说，"她把它们缩回去了"。他还告诉我们，骆驼和家畜也会缩回乳头，不再下奶。如果这样的话，为了得到奶水，主人只得把动物绑在树上，使用几只压脉器；压脉器可以升高肌肉的压力，到了一定的程度，肌肉就会放松，动物就可以产奶了。我们对此说半信半疑。这是否解释了爱尔莎乳头出现的特殊情况？难道母狮也和家畜一样，捕猎时缩回乳头，这可能吗？当然了，如果她不这么做，沉重的乳房就会令她行动不便，除此之外，乳头也容易被荆棘刺伤。

我们在思考这些问题的时候，爱尔莎猛吃了一顿，而后卧着休息，无意离开我们回到小狮子的身旁。

我开始提心吊胆。因为天色越来越黑，深夜里危机四伏，没有妈妈在一旁保护，小狮子随时都会送命。

我们沿着爱尔莎来时的路前行，打算吸引爱尔莎回到小狮子身旁。她不情不愿地跟在我们身后，机警地聆听着来自岩石方向的动静，然而很快又跑回营地。我们猜想，她可能害怕我们跟着她找到小狮子。这时，她跑到食物旁边，设法把上面的肉吃得一点不剩，然后消失在黑夜里。我们终于松了一口气。原来她之所以磨磨蹭蹭的，就是要等到天色黑透的时候才离开，这样我们就没法跟随她了。

我们如今确信，她在照顾小家伙们。但来自动物园专家的警告令我们很难转忧为喜，除非我们亲眼看到小狮子是正常的。

我们返回伊西奥洛之前，又做了一次不成功的搜寻。12月的最后三天，我们是在伊西奥洛度过的。我们返回营地时，几乎与两头犀牛迎面相撞，之后偶遇了一小群大象。当时我们别无选择，只回府。不过，至少我们得知爱尔莎的状况了，这是对我们的安慰，也让我们对未来充满信心。

夜间，我们听见雄狮在河流的另一头吼叫，然而爱尔莎置之不理。

第二天，我们开始担心小狮子的安危。如果他们还活着，他们能从母亲干巴巴的乳头里吮吸到奶水吗？我们试图自我安慰：告诉自己爱尔莎乳头外侧的那一圈红色的圆环，可能是因为吮吸而导致的血管破裂。只是，动物园的专家警告过我们：人工饲养的母狮经常生下畸形的小狮子，它们大多活不长，爱尔莎的一位姐姐就遭遇过这种不幸。一想到这儿，我们更加忧心忡忡。我们觉得，我们要找到小狮子，如果有必要的话，要给小狮子提供援助。所以第二天早晨，我们连续搜寻了五个小时，然而一无所获，连粪便或者压碎的树叶都没发现，更别提找到通往爱尔莎育儿所地点的足迹了。

下午，我们的搜寻依然不顺，艰难穿行于灌木丛的时候，乔治一不留神，差点踩上一条巨型鼓腹毒蛇。幸亏在毒蛇还未发起攻击之前，乔治一枪将其毙命。

半个小时之后，我们听见易卜拉欣开了一枪，这是爱尔莎返回营地的信号。

显然，爱尔莎听到了乔治击毙鼓腹毒蛇的枪声，并做出了回应。

我们回来之后，爱尔莎对我们格外亲热，只是看到她的乳头依然那么小和干瘪时，我们很是心神不安。易卜拉欣安慰我们说，当爱尔莎刚到营地时，乳房胀鼓鼓的，走路时摇摇晃晃，乳头都快垂到地面了。

他还跟我们说，爱尔莎的行为相当反常。他从厨房取来枪支时，爱尔莎正好朝厨房走来，还愤怒地扑向自己。她可能以为，他要简直无法相信，也深感不安。

正午时分，我们返回营地，心情异常沉重。用圣诞午餐的时候，谁都没有说话。

就在这时，在我还没明白发生了什么事情的时候，爱尔莎已经如同风驰电掣般，瞬间来到我们身旁。她扫掉桌子上的所有物品，把我们撞翻在地，坐在我们身上，快活地把我们压趴下。

当爱尔莎亲热地与我们玩耍时，男孩子们出现了，爱尔莎也一样热情洋溢地问候他们。

她的模样和往常一样，看起来格外壮实，只是乳头非常小，显得干巴巴的；乳头外侧有一道黑红色的圈，大约有两英寸宽。我小心翼翼地捏捏乳头，一点奶水也没有挤出来。我们给了爱尔莎一些肉，她立刻大嚼特嚼。在她吃得正欢时，我们讨论了许多问题。为何她在一天之中最炎热的时候拜访我们？通常她压根儿不会在这个时候行动。难道是她有意选择这个时候出门，因为很少有捕猎者在这么热的时候捕猎，所以这时候离开小狮子很安全？或者，她听到了乔治射杀眼镜蛇的枪声，把枪声视为给她发出的信号？为何她的乳头这么小，这么干巴巴？难道是她刚给小狮子喂过奶？但是，这没法解释为何她怀孕时乳腺非常饱满，而哺乳时却缩到正常尺寸。难道小狮子死光了吗？到底发生了什么事？为何她在五天之后，为了食物来到我们身旁？

等吃饱喝足之后，她亲热地用脑袋蹭蹭我们，沿河走了大约三十码，而后倒地就睡。我们留她在原地，让她得到彻底的放松。下午茶时分我去找她，发现她已经离开了。

我们尾随她的足迹，走了一小段路；足迹通向岩石地带，不过很快就没有了，我们对小狮子的下落依旧一无所知，只得无奈地打道氏和斐氏酱汁,哪怕是做李子布丁也用。

我们不是唯一一对圣诞晚餐大失所望的人。我们在掠食者够不到的地方,挂了一只山羊,如果爱尔莎来了,我们就把山羊放下来。我们上床后,听见她夫君在树下发出的咕噜声和咆哮声,它一定折腾了很长时间,用尽了各种方法,累得筋疲力尽才罢休。

圣诞节一大早,我们出门寻找爱尔莎。我们跟着雄狮的足迹,穿过河流,再一次来到它拖回水羚的地方,隐蔽在四周的灌木丛里。经过数小时无望的跟踪,我们返回营地用早餐。晨间,乔治射杀了一条眼镜蛇。我们在营地附近发现这条蛇,它颇有攻击性。

之后,我们再次来到岩石地带。冥冥之中,我们觉得爱尔莎依然活着,而且就在这附近活动。我们在密密麻麻的丛林中艰难跋涉。每当我钻过一道缝隙时,都满怀希望,我反复告诉自己:不要去想爱尔莎死了,她好好地活着呢,而且为了躲避秃鹰,她就藏身于这些密不透风的荆棘丛里。

我们都累坏了,便坐在一块石头下面休息。这儿很阴凉。我们讨论爱尔莎可能的命运,觉得每一种都会击垮她。沮丧的情绪笼罩着我们,连奴鲁和麦克蒂都压低了嗓门说话。

为了让大伙儿开心一点儿,我们举了其他一些实例。比如,母狗在小狗出生后的五到六天,会一直和小狗在一起,因为母狗必须为它们保暖,给它们喂食,并且按摩它们的小肚子,好让它们的消化器官工作。事实上,我们当然希望爱尔莎也有类似的反应,甚至比母狗做得更好,只是这些举动却难以解释,为何我们找不到她的一丝踪迹。而且,即便是产崽的第一周,母狗也会时不时地来到主人身旁。何况直到分娩开始的时候,爱尔莎对我们都很依赖,甚至超过了对她的狮子伴侣。是否产崽让爱尔莎彻底回归了荒野?我们一直对付着过圣诞节。有时我采来一小捧大戟树枝状的叶片,在对称的枝条上挂上闪亮的金属条,在肉质纤维上插几根蜡烛;有时我采来一捧开花的芦荟,芦荟花是一簇簇的,向四处散开;有时我采来一棵多刺的小树苗,它有很强的装饰性,漂亮的尖刺很适合悬挂装饰品。如果我什么都找不到,就干脆给一只餐碟装满沙土,在土里插上几根蜡烛,在周围半干旱的荒野随便摘来一把茅草当作装饰。

然而今夜,我有一棵真正的小树,树枝上挂满了闪亮的金属片、耀眼的装饰物和蜡烛。我把小树放在帐篷外的桌子上,桌旁是一丛丛鲜花和绿植。我在圣诞树下摆满礼物,那是我早早就买好的。乔治、奴鲁、易卜拉欣、图图和厨师,每人都有一份。我还为男孩子们准备了信封:外面画了一棵圣诞树枝,里面塞满了钱。圣诞树下也有一袋袋香烟、枣子和罐装牛奶。

我迅速换上女装。天黑了,可以点蜡烛了。我呼唤大伙儿过来,为了这个特殊而隆重的日子,他们穿得漂漂亮亮的。人人都笑容满面,尽管有点羞涩,因为他们以前从未见过这样的一棵圣诞树。

我得承认:当我看到在苍茫的荒野之中,在无边的黑暗之中,一棵银色的小树闪烁点点光芒,不由得潸然泪下。

圣诞节前夜,我总是觉得自己像一个孩子。为了排解自己的紧张,我告诉大伙儿关于欧洲人用一棵树来庆祝圣诞节的习俗。分发完礼物之后,我们欢呼三声:"爱尔莎——爱尔莎——爱尔莎!"声音悠长,在夜空中飘荡。我只觉嗓子眼似乎被堵住了——她还活着吗?我告诉厨师,把我们从伊西奥洛买回的李子布丁端上来,倒上白兰地,而后点燃。然而没有蓝色的火焰升起,因为我们的圣诞布丁又软又湿,还有一股浓烈的伍斯特酱汁味儿。当然,厨师以前从未主持过类似的仪式,他不在意我的吩咐,只迷信乔治喜爱的是李以忐忑不安,肯定是因为它一直潜伏在我们身旁,密切注视我们的一举一动。当图图弯下腰,查看灌木丛里有什么东西时,它终于忍无可忍了,飞奔而去。图图和雄狮一定是直视彼此的眼睛,而后图图看见它巨大的身体消失在深沟之中。我们觉得非常幸运,便打道回府了。夜色降临之前,我们在三处地方丢下大量的生肉。

天一亮,我们就出去查看一番;所有的肉都被鬣狗"顺手牵羊"了。

在河边,我们发现爱尔莎伴侣的足迹,然而没有爱尔莎的脚印。所有的小水洼都早已干涸,河流是她唯一能解渴饮水的地方。看不到她的足迹,我们的心头如十五个吊桶打水,七上八下。后来我们发现,在三天之前我们最后一次见到她的地方,有一行足迹可能是她留下的,虽然我们不太能确定。我们满怀期待,在大巨石一带做了彻底的搜寻,然而一无所获。

秃鹫飞走了,我们留在那儿,没有找到任何她栖身之处的线索。

我们在大巨石附近和营地附近,再次放下一些生肉。早晨,我们看见爱尔莎的夫君拖了一些到工作室附近,并在那儿吃掉了,剩下的都成了鬣狗的美餐。

我们有四天没看见爱尔莎了,六天没看见她进食了,除非她和伴侣分享了那一头水羚。

我们相信,她在 12 月 20 日的夜间产下了小狮子。因为我们觉得事情不会那么巧,她的夫君一直没有现身,然而却在那天晚上再次露面,自此以后,它一直在大巨石附近出没;这些举动都很反常。

圣诞节前夜,乔治出去买山羊,而我继续无望地搜寻和呼唤,爱尔莎没有回应。

准备小小的圣诞树时,我的心情十分沉重。过去的日子里,我们找到爱尔莎。

夜间，我们听见它在远处咆哮。第二天早晨，它的足迹离营地很近，令我们诧异不已。它没有取走我们放在营地附近的肉，而是拖走我们丢在大巨石旁边的食物，至少拖曳了半英里，期间经过崎岖不平的山路，沟壑纵横的峡谷，岩石林立的地带，还有茂密的灌木丛。我们不想打扰它进餐，而是忙着寻找爱尔莎。她踪影全无，到底在哪儿呢？我们返回营地用完早餐又出发了。突然，我从望远镜里看见一大群秃鹫，它们飞落在几棵大树之上，大树就生长在雄狮进餐的地点旁边。

我们猜想雄狮已经吃饱了。等我们赶到那儿，发现每一丛灌木，每一棵大树，都落满了猛禽。每一只猛禽都贪婪地注视着干涸的河床，以及河床上被烈日炙烤的尸体。肉就在空地上，秃鹫却没有离开栖息之处，这只能说明雄狮就在附近看守。我们看出，目前为止，雄狮并没有触碰食物，这说明爱尔莎可能也在附近。她忠实的伴侣拖着重达四百磅的猎物，走了这么远的山路，就是为了让她吃上一顿饱饭。我们觉得继续搜寻显然不明智，不如返回营地吃中餐，之后再来。

秃鹫依然盘踞在树上，我们从下风向绕行了一圈，从高处小心翼翼地靠近那儿。

乔治、我和麦克蒂穿过一片矮树林，茂密的荆棘条挡住地面的一处深沟。就在这时，我突然有一种奇怪的感觉，浑身都不自在。我停下脚步，回头看一眼图图，他一直紧跟我身后，此时一眼不眨地注视着那一丛灌木。接着，我们听到一声令人毛骨悚然的咆哮，还有枝条"咔嚓嚓"断裂的声响。片刻之后，一切又归于平静——雄狮离开了。它就在我们身边，离我们只有六英尺。我猜想，当时之所她孤身独处。

我们走开一小段距离,半个小时后,我们用望远镜观察她的动静。她在地上翻来滚去,舔舐自己的身下,长久地呻吟。突然,她站起身来,小心翼翼地沿着峭壁而下,消失在茂密的丛林里。

我们什么也做不了,只能返回营地。天黑之后,我们听见雄狮的吼叫,然而没有回应。

当晚我彻夜未眠,脑海里全是爱尔莎。凌晨时分,大雨哗哗而下。我的心愈发惴惴不安,我实在等不及天亮了,我要找到爱尔莎,看看她现在怎么样了。

我和乔治很早就出发了;起初,我们尾随爱尔莎夫君留下的足迹。它一度离营地非常近,把爱尔莎三天未碰的、散发着腐臭味儿的山羊拖走,在灌木丛里吃个精光。接着,它走到大巨石附近,也就是我们看着爱尔莎消失的地点。

我们很困惑,接下去该怎么办?我们不想因为我们的好奇,给小狮子带来任何危险。我们非常清楚:一头刚产下幼崽的母狮如果被惊扰的话,就会杀死幼崽。再说,我们认为她的夫君就在附近。于是决定停止搜寻;乔治回去射杀了一头非洲水羚,作为爱尔莎和她的夫君的食物。

与此同时,我爬上大巨石,在那儿守候一个小时,聆听四周的动静,也许能听到从爱尔莎藏身之处传来的声音。我凝神倾听,但周围静谧无声;我无法忍受焦虑的折磨,大声呼唤爱尔莎。没有她的回音。难道她死了吗?

但愿雄狮的足印能将我们引向爱尔莎的藏身之处。我们来到昨日离开它的地点,尾随它的足印一路向前,到达大巨石附近的一个干涸的河床。我们在这儿丢下食物,希望它来取的时候,能帮我个信号,也就是她觉得分娩时刻将近了。

第二天,我和乔治出去散步,爱尔莎跟在我们身后。只是她时不时地坐下来,呼哧哧地喘气,身体显然非常不适。见此情形,我们便打道回府,慢悠悠地前行。突然她转过身,一头扎进去往大巨石方向的丛林里,此举令我们震惊不已。

她一整夜都没有回来。清晨,我们听见她极其微弱的嗓音。我们以为她生小宝宝了,便出去找寻她。我们尾随她的足迹,来到了大巨石的附近。但这里荒草丛生,掩盖了爱尔莎的脚印。巨石地带绵延大约一英里,我们搜寻了很长时间,哪儿都找不到她。

下午时分,我们继续寻觅,最后从望远镜里发现了她的身影。当时她站在大巨石上,从她的身形判断,应该还没有分娩。

我们爬到高处,发现她躺在一块大石头的旁边,这块大石头立于一块巨石的裂缝顶部;岩石旁边杂草丛生,还有一棵能遮阴的小树。这个地方一直是爱尔莎最中意的"瞭望台"之一,我们觉得这也是理想的托儿所,因为石头缝里既能遮风挡雨,也是绝佳的藏身之处。

我们没有打扰她。过了不久,她慢慢地走到我们身旁。她走得很慢,也很痛苦。她分外亲热地问候我们,然而我发现她的身下在流血,这说明她开始分娩了。

尽管如此,她仍然转向我们身后的麦克蒂和图图,挨个用脑袋蹭蹭他们,而后她才坐下来。

我走到她身旁,她却站起身,挪到大石头的边缘,脑袋转过去,背对着我们。在我看来,她选择这个险峻地点的目的,就是为了确保无人跟着她。她不时地回到我身旁,用脑袋轻轻地蹭蹭我的脑袋,接着坚决地走向大石头。她的意思很明显,她希望我们走开,让大瀑布气势磅礴,令人叹为观止。一道道水流从峭壁飞泻而下,跌落在巨石上,激起无数的飞沫,在山麓形成一个个旋涡,雷鸣般的轰隆声响彻山谷。

回去的路上,远离了瀑布的隆隆声之时,我便听见爱尔莎熟悉的"昂昂"声,继而看见她朝我们飞奔而来。舌蝇劈头盖脸地飞来,她没有先在地上打个滚儿,把恼人的飞虫一股脑儿压扁,而是分外亲热地迎接我们。

看到她如此努力地与我们相伴,我总是感动不已。哪怕是昨夜,她的伴侣一直都在吼叫,拼命地呼唤她,甚至到了今天早晨9:00,它依然不休不止。即便如此,她却无意回到夫君身边。

我们非常心满意足,只是这也提醒我们,恐怕她的夫君会厌倦与我们分享爱尔莎。我们费时费力,不就是为了给她找个情投意合的伴侣吗?如果我们的出现打扰了他们,导致雄狮弃爱尔莎而去,那就不可原谅了。我们希望爱尔莎的孩子在野外长大,成为真正的野生狮子,他们需要父亲。

我们决定离开三天。这当然很冒险,因为小狮子很可能就在这几天降生,爱尔莎也需要我们。只是,两害相权取其轻,我们认为雄狮抛弃她的危险可能更大——为此,我们选择了离开。

12月16日,我们返回营地,发现饥肠辘辘的爱尔莎在等待我们。随后的两天,她一直待在营地;可能隔三差五的雷阵雨也让她不乐意离开这儿。出乎我们的意料,她去散步了,总是去大巨石那儿,走了不多远就回来。她的食量惊人,我们觉得她在储藏食粮,把后面好几天的食物都吃进肚子里。

12月18日的夜间,趁着夜色掩护,她悄悄穿过围住我帐篷的一圈篱笆墙,来到床边,整夜与我为伴。此举非常罕见,我把它当成一

第二章　小狮子出生

现在快接近12月中旬了,我们相信,小狮子随时会出生。

爱尔莎的身体很沉重,每个动作看起来都相当吃力;假如她是一头野生狮子,肯定会经常走动的,所以我尽可能地让她和我一同散步,然而,她始终不离帐篷左右。我们很好奇,她会选择何处作为自己的"产房"呢?因为她一贯将我们的帐篷视为自己最安全的"小窝",我们猜想,也许小狮子会在这里诞生。

我们准备了一只奶瓶,一些罐装牛奶和葡萄糖。我把能找到的关于动物生产以及产后并发症的书籍和小册子全都通读一遍。

我没有助产的经验,心里万分忐忑,还去咨询了一位兽医,听了他的建议。为了判断爱尔莎具体的孕期,我轻轻地按压她的腹部,也就是肋骨下方的位置。我感觉不到一丁点胎动的迹象。我甚至怀疑,我们是否弄错了她的交配日期。

此时正是汛期,河水汹涌澎湃。我和乔治决定沿河走上三英里,去下游观赏景象壮观的大瀑布,因为那儿的水位很高。爱尔莎站在路虎车顶,目送我们离去。她无意加入我们的行列,因为她神情疲倦,昏昏欲睡。我们经过的灌木丛极其厚实茂密,我真希望她能陪伴我们左右,提醒我们当心大象和水牛,因为一团团的粪便证明它们就在附近。

而我却没有给他们准备食物。然而,他们就这么吼叫,一直叫得声嘶力竭。渐渐地,他们的呼呼声消失了,丛林里除了昆虫的嗡嗡声再无别的声响。幸运的是,第二天傍晚乔治就回来了,还给爱尔莎带来了一头山羊。

伴；我们觉得，它非常期待不时出现的、作为补偿的美食。

就目前来看，它的态度还算友好，我们暂且打消内心的疑虑，继续在营地逗留。

一天下午，我们和爱尔莎去散步。经过丛林的时候，我们偶遇一块大石头，中间有一道裂缝。她小心翼翼地嗅几下，做出一脸苦相，似乎并不急于靠近这块石头。继而，耳旁传来"嘶嘶"的声音。我们以为遇到蛇了，乔治立刻举起猎枪；一只丛林巨蜥的宽脑袋先从裂缝里伸出来，而后它扭动身体，从石头缝里钻出来。这是一只体型巨大的蜥蜴，大约有五英尺长，一英尺宽。它把自己的身体膨胀到最大的程度，伸长脖子，快速移动叉状的长舌头，还用尾巴猛烈敲打地面。爱尔莎见状不妙，后退了几步。

我站在安全的地方，远观他们的争斗。我很佩服巨蜥的勇气。其实它没有什么抵御敌人的本领，除了一副吓人的模样和一条甩动的尾巴。它把尾巴甩来甩去的，弄得自己像只鳄鱼似的。说它勇气可嘉，是因为它宁可选择钻出来直面危险，也不困守在石头缝里。

有好几天，我们很少看见爱尔莎，倒是经常听见她夫君的咆哮声，也时不时地看见它留下的踪迹，不过我们不太担心。

不幸的是，乔治得走了，而我留在了营地，尽管夫君经常呼唤她，她还是与我在营地共度三天的时光。

一天傍晚，她朝河流的方向望去，神色坚定，而后冲进灌木丛里。片刻之后，林间响彻狒狒惊天动地的怪叫声。爱尔莎大声咆哮，狒狒的喧闹声才平息下来。很快，她的夫君开始吼叫——它离我们不远，一定是五十码左右。它的声音似有地动山摇之威力，并且力量不断增加。爱尔莎在另一头吼叫，回应夫君的呼唤。我坐在他们之间，心里略有一点紧张，生怕这一对爱侣会冲进我的帐篷里，我注意到她排便非常吃力。我观察了粪便的残渣,意外地发现里面有卷成团的斑马皮,对折起来有一块汤盆那么大。毛发已经消化了,但是兽皮有半英寸厚。动物的能力真令人吃惊,它们可以排出这么厚的兽皮,而消化系统竟然不受任何损伤。

接下来的几天,爱尔莎有时与我们相伴,有时和自己的伴侣同行。

乔治结束了巡逻之后,给爱尔莎带回了一只山羊。她通常会把猎物拖进乔治的帐篷里,这样就省去了自己看护的麻烦,不过这一次,她把猎物丢在汽车的旁边,从帐篷的方向看不到它。夜间,她的夫君来了,美美地吃了一顿;我们很好奇,是否爱尔莎有意如此?

第二天傍晚,我们在远离营地的一个地方,摆放几块生肉,因为我们不想鼓励它离营地太近。

天黑之后不久,我们听见它拽着生肉离开了。早晨,爱尔莎循声而去。

我们面临一个棘手的难题。我们想要帮助爱尔莎,由于她有孕在身,捕猎日渐变得困难,我们要定期给她提供食物,只是我们并不希望因为我们总是在营地出现,而破坏她和雄狮之间的关系。它有足够的权利牢骚满腹,只是它厌恶我们吗?总的来说,我们认为它没有厌烦我们,我们的判断并非主观臆想,因为在接下来的六个月里,虽然我们没有见到它的尊容,但经常听到它独特的喉音,也就是十几次"呼呼"声,而且也认出了它留下的踪迹,这些都证明它一直陪伴在爱尔莎左右。

尽管它远离我们的视线,变得越来越胆大包天,但我们之间似乎建立了一种非同寻常的联系,关系也得到了缓和。它了解我们的生活习惯,就像我们谙熟它的行动规律。它与我们分享爱尔莎的陪如今,倾盆大雨天天浸润着枯干荒芜的土地。如果没有亲身经历,谁也无法想象,雨季的到来往往会改变一切。

几天之前,我们四周的灌木丛还是灰蒙蒙、干枯欲裂的,白色的荆棘条是唯一的色彩。如今,每个角落都枝繁叶茂,五颜六色的鲜花争奇斗妍,空气中弥漫着沁人肺腑的芬芳。

乔治返回营地的时候,给爱尔莎带回一匹斑马。这是一次特别的经历。一听到汽车的震动声,爱尔莎就露面了。她看到了猎物,打算把猎物拖出路虎。只是斑马非常沉重,她无论如何也拽不动。于是,她走到男孩子们站立的地方,朝斑马的方向使劲甩脑袋,直截了当地表明她需要帮助。大伙笑哈哈地将斑马拖出一小段距离,而后等待爱尔莎开吃。令我们惊奇的是,虽然斑马肉是爱尔莎的最爱,但她没有下口,而是站在河边,用最大的嗓门吼叫。

我们猜想,她是在邀请伴侣前来,和她一同享受盛宴。这可能是狮子的礼仪,因为根据狮群生活习性的记录,当母狮完成大部分的捕猎之后,会守在一旁,请雄狮先进餐,等雄狮吃饱之后,才开始进食。

第二天早晨,11 月 22 日,她游过洪水泛滥的河流,来到斑马的旁边,而后冲着岩石地带,也就是在我们这一侧河流的方向反复咆哮。

我看见她的一只前爪有一道深深的伤口,但是她拒绝让我敷药,等她吃饱肚皮之后,朝岩石的方向跑去。

夜里,大雨一连下了八个小时,水流十分湍急,洪水东冲西决。即便爱尔莎擅长游泳,此时涉水而过也非常危险。因此,看到她早晨从大巨石返回营地,我心里十分高兴。

她的膝盖肿胀得厉害,她也允许我处理她爪子上的伤口。

当我们回来之后,发现营地里有几个伯曼部落的偷猎者,他们被巡查员逮到了。作为一名高级狩猎监督官,乔治最重要的职责之一就是禁止偷猎,保护野生动物的生命安全。

当晚和第二天,爱尔莎都没有回来。我们忧心忡忡。四处都是伯曼部落的居民和他们的牲畜,我们宁可让爱尔莎在我们眼皮子底下活动。午后,我们出去寻找爱尔莎。当走近大巨石的时候,我高声喊叫,告知她我们来了。然而,她没有回应。我们爬到山脊上,在暮色中坐下的时候,突然听见一声警觉的咆哮,接着,身后传来轰隆隆的声响,还有树木在我们下面的大裂缝中折断的声响。我们撒腿就跑,拼命跑到最近的一块岩石顶上,而后听见爱尔莎的叫声,离我们非常之近,也看见她的夫君飞也似的穿过丛林。

爱尔莎抬头望望我们,静静地停留片刻,转身追随她的夫君而去。他们跑向伯曼部落和牲畜群出没的地方,一眨眼就不见了。

我们静静等待,到天色完全黑时,便开始呼唤爱尔莎。令我们吃惊的是,爱尔莎从灌木丛里飞奔而来,和我们一起回到营地,整夜都在营地度过,第二天清晨才离去。

乔治带着犯人回到伊西奥洛,我和几位巡查员留在营地。

丛林里处处是离群的山羊和绵羊,还有几只刚出生的小羊哀哀地鸣叫。在巡查员的帮助下,我找到了小羊,把它们送回母亲身旁。

傍晚时分,闪电划破天空,一场大雨即将到来。我从未如此渴求过倾盆大雨,大雨令我如释重负。暴雨会淋湿羊群,也意味着伯曼部落会返回自己的牧场;诱惑和危险也随之远离爱尔莎的生活。

幸亏爱尔莎不喜欢留在营地的几位巡查员,最后几天危险的日子里,她一直在远远的河岸度过,那儿既无伯曼部落的人,也没有牲畜群。

那头雄狮回应了我们,它吼了一声又一声。警报响,狮子吼,这种奇特的交流就这么继续,直到被爱尔莎的到来打断。她用湿漉漉的身体把我们一个个撞翻,我们意识到她肯定是涉水而来,也就是从那头雄狮吼叫之处的相反方向而来。

她看上去身强体壮,一点儿不饿。黎明时分,她匆匆离去;下午茶时分,她返回营地。那时我们打算出去散步了。我们爬上大巨石,静观夕阳西沉。太阳犹如一个圆圆的火球,隐没在巍峨青山之中。

晚霞如火,给爱尔莎和岩石镀上暖暖的红色,她和石头仿佛融为一体。一轮皎皎圆月慢慢升空,天色渐渐昏暗,衬托出爱尔莎的轮廓。我们仿佛置身于一艘巨轮之上,停泊在丛林紫灰色的海洋,那些露出石头尖的岩石堆好似一个个岛屿。这是多么宏阔壮观的景象,世间万物祥瑞和平,直至永恒。我觉得此身犹如在一艘魔船之上,远离人间世事的纷扰,驶向另一个世界,一个人类文明轰然倒塌的世界。我本能地伸出手,搭在依偎身旁的爱尔莎身上;她属于这个世界,由于她的缘故,我们才能匆匆一瞥我们失去的伊甸园的美景。我的脑海浮现出一幅画面:不久的将来,爱尔莎将和自己的孩子们一起,在大巨石上快乐地玩耍,而小狮子的父亲是一头野生狮子,其实此时此刻,它可能正在附近等候。爱尔莎仰面朝天,紧紧地将我拥抱。我小心翼翼地将手掌放在她的肋骨下方,感受她身体内部的小生命是否在动弹,而她推开我的双手,让我感觉我有点鲁莽了。当然,她的乳头已经非常大了。

很快,我们返回营地,回到刺篱围住的安全之所。营地和步枪能让我们在夜晚保住生命,而爱尔莎真正的生活则始于黑夜。

这是我们分道扬镳的时刻,各自返回各自的世界。

如今,她的身形笨重,行动起来已经非常不便了。

当她和我一起去工作室的时候,经常躺在桌子上。我真是想不通,就算桌子上面较为凉爽,可是桌子硬邦邦的呀,哪里比得上我的床铺,还有下面的沙地?接下来的几天,爱尔莎有时与我们相伴,有时与她的夫君同行。我们留在营地的最后一夜,爱尔莎美美地吃了一顿山羊肉,肚子鼓得像个皮球,一摇一晃地走出营地。她的夫君等候在外面,已经呼唤她好几个小时了。她的离去乃是天赐良机,我们正好趁机离开营地,前往伊西奥洛。

11月的第二个星期,我们返回营地。我们靠近爱尔莎休息的地点时,发现不少山羊和绵羊的足迹,营地附近还有很多蹄印。我猜想,爱尔莎十有八九杀死了一头山羊,因为山羊吃草的地方,被爱尔莎视为自己的领地。山羊入侵狮子的领地,必然会引起她的愤怒。一想到这儿,我就不寒而栗。之后,我们愈发惴惴不安,因为在靠近河边的地方,我们发现了一头被尖矛刺死的鳄鱼;死亡时间并不长,可能就在最近一两天。乔治吩咐几位狩猎官去附近巡逻侦查,对付那些偷猎者;与此同时,我和乔治四处寻找爱尔莎。

接下来的几个小时,我们穿过茂密的灌木丛,呼唤她的名字,隔一会儿就朝空中开枪,然而没有爱尔莎的回应。天黑的时候,一头雄狮的吼声从大巨石①的方向传来。我们凝神倾听,爱尔莎不在那儿。

天色乌黑如墨,我们的雷声弹用完了,真有点黔驴技穷了。如何通知爱尔莎我们来了?我们只能打开尖利刺耳的空袭警报,这是对矛矛党②人的纪念。我们曾经用过这招,将爱尔莎引到营地。

---

① 这里指的是一个地方,那里有巨大的石头。——译者注
② 肯尼亚1951年出现的反对英国殖民统治的武装组织。——译者注

的、血淋淋的伤口和咬痕,背部还有雄狮的爪痕。

当她嚼食我们带来的生肉时,我给她敷了药。她的回报是舔舔我,用脑袋蹭蹭我。

晚上,我们听见她拖着剩下的食物过河,河水哗啦啦地响。之后,她又回来了。很快,狒狒发出了警报声。接着,我们听见雄狮过河的声音。爱尔莎在我们身旁温柔地低吟。第二天破晓时分,她打算穿过围住我帐篷的一圈刺篱的小门。她才穿了一半,脑袋就被卡住了。为了重获自由,她横冲直撞,结果把小门撞掉了。她最后进来的时候,脖子上挂着门框,就像套上了一圈围脖。我立刻将其取下来,她看起来心神不安,很需要安慰,因为她疯狂地吮吸我的手指。虽然她饿得饥肠辘辘,却无意像从前那样,取回或者守护自己的猎物。她所做的就是心无旁骛地聆听,聆听从猎物的方向传来的任何动静。这种行为很反常,我们百思不得其解。乔治走出去查看猎物的情况。他发现,爱尔莎将猎物拖过了河流,不过从远处河岸发现的足迹推断,另有一只母狮出现了,并将猎物拖了四百码之远,吃了一部分肉,之后将剩下的部分拖向附近的岩石堆。乔治猜想,也许这只母狮在岩石堆的后面藏了几只小狮子,于是就放弃了搜寻。他观察到,地面除了有这只奇怪的母狮的脚印,旁边还有雄狮留下的足迹——很显然,这头雄狮不是爱尔莎的夫君。事实证明,这头雄狮没有触碰生肉,只是尾随母狮一小段,并将猎物留给它。

这是否意味着,当母狮因怀孕或抚养幼崽无法正常捕猎时,虽然雄狮帮不上什么忙,但它们能为伴侣做出牺牲?虽然爱尔莎饥饿难忍,未愈合的伤口也疼痛不堪,尽管有孕在身的自个儿也需要一位阿姨照料,可是她却舍己为人,帮助另一头有小狮子的母狮?然而,这些只是我们的猜想而已。

爱尔莎仿佛听懂了我们的交谈,等我铺好了行军床,她就跳到上面,似乎觉得只有这里才适合像她这种有孕在身的家伙。

之后,她就霸占了这张床。第二天早晨,我觉得不太舒服,于是把这张床搬到工作室,她跑过来,还想与我共享一张床。我被挤得忍无可忍,不一会儿,我就掀翻床铺,而她也从床上滚了下来。这种做法实在有失尊严,她满脸愠色,钻进河边的芦苇丛里,直到傍晚时分才出来,和我们一同散步。

当我呼唤她的时候,她目不转睛地看着我,径直走向我的床铺,站在上面,而后蹲下,尾巴高高地翘起,她以前还从未如此行事,尤其是在床铺这样的地方。

显然,她已经给我一点颜色看了。于是,我们和好如初。

我观察到,她的行动非常缓慢,哪怕大象的动静近在咫尺,她都不会支棱起耳朵。晚上,她在乔治的帐篷里休息,毫不理会在外面呼唤的雄狮,虽然它离营地非常近。

第二天一大早,雄狮依然在呼唤。我们带着爱尔莎循声而去。出乎我们意料的是,我们在那儿发现两头雄狮的足迹。

她对这些足印颇感兴趣,于是我们将她留在那儿,返回营地了。当晚她没有回来,我们惊奇地听见一头雄狮在营地外面的咕哝声,声音仿佛就在耳边回响(事实上,早晨它留在营地附近的足迹证明,它离我们的帐篷不过十码之遥)。第二天,爱尔莎再次夜不归宿。我们希望雄狮善待她,于是乔治射杀了一头羚羊,作为临别赠礼;而后,我们返回伊西奥洛。两周之后,我打算回去看看爱尔莎,不知她现在如何?

我们到达营地的时候,天已经黑了。然而,爱尔莎很快就赶来了。她瘦得只剩一把骨头,饿得饥肠辘辘,脖子上又多了几处深深我希望她和自己的伴侣成双入对；我们离开了大约三星期。

10月10日，我们返回营地。我们抵达目的地一个小时之后，看见爱尔莎穿过河流，朝我们游过来。她的问候不像往常那般热情洋溢，只是慢悠悠地向我走来。她看上去并不饥饿，只是格外的温柔和沉静。

我爱抚地拍拍她，发现她的皮毛格外柔软，金色毛发异常灿烂。我也看见了，她的乳头非常大。

她怀孕了。这一点毋庸怀疑。她一定是一个月前就怀上小宝宝了。

众所周知，当一头怀孕的母狮由于身体原因而无法捕猎时，通常会得到狮群里一两头母狮的精心照顾，它们的角色相当于"阿姨"，它们应该一直照料到"新生儿"的诞生。在母狮的孕期，由于雄狮用处不大，当然了，数周之内，"阿姨"也不允许它靠近年轻的雄狮。

可怜的爱尔莎没有阿姨，而我们责无旁贷。我和乔治商议了一番，打算喂养爱尔莎。我们不能冒险，要竭力避免她在妊娠期受到伤害。

我要尽可能地留在营地。最近的一处保护站离营地大约二十五英里，我们在那儿预定一群山羊，每隔一段时间，我就开车取回几只。

奴鲁留下来和我一起帮助爱尔莎，麦克蒂用步枪保护我们的安全，易卜拉欣会开车，我还留下一个图图①，他可以充当我的私人仆役。

乔治在工作许可的范围内，尽量多地来营地看望我们。

---

① 在斯瓦希里语中，图图是孩子的意思。——作者注

猎物的时候,对方都慌不迭地四处逃窜,然后她一屁股坐下来,舔舐自己的爪子。我走在前面,猛然停下脚步,因为我看见前方有一只非常罕见的蜜獾,众所周知,这种动物爱吃蜂蜜。当时蜜獾背对着我,专心致志地在一棵倒塌的枯木里找虫子,全然不知爱尔莎的存在。爱尔莎看见它,小心翼翼地潜行,一点点靠近对方,几乎到了蜜獾的脑袋上方。

就在双方的脑袋几乎碰撞的瞬间,蜜獾如梦方醒,看清了不利形势。它发出"嘶嘶"的叫声,英勇无畏地发起攻击,这种不要命似的做法反倒吓退了爱尔莎。

爱尔莎且战且退,看起来迷惑不解:事情是明摆着的,她的肚子饱饱的,与其说她是捕猎,倒不如说她是运动,如果碰上一个凶神恶煞似的玩伴,那就索然无味了。

这件小插曲也确证了我们的怀疑。在放生爱尔莎的早期,我们经常在她身体的靠下部位发现很深的咬伤和抓伤,我们当时就怀疑是蜜獾所为。果不其然,野生世界还真没有像蜜獾这样的动物,如此胆大包天,英勇无畏。

我们回去的路上,爱尔莎精神抖擞又感情热烈,把我撞倒在沙地上好几次,而当时我正在聆听大象号角般的叫声,听起来近在咫尺,令人心惊。

当夜,她睡在我帐篷前。黎明的第一道曙光升起时,她的夫君就开始吼叫,她闻声而去。

他们的叫声很容易区分:爱尔莎的喉音非常低沉,咆哮一声之后,喉咙里发出两到三次"呼呼"的咕哝声;雄狮的喉音更加浑厚,咆哮一声之后,喉咙里至少要发出十到十二次的咕哝声。

爱尔莎不在的时候,我们拆卸了营地,离开这儿回伊西奥洛。

第一章 爱尔莎"出嫁"了

1959年8月29日到9月4日之间,乔治见证了爱尔莎和雄狮之间的爱恋。他很快进行了计算——狮子的妊娠期是一百零八天——也就是说,大约在12月15日到21日之间,将会有小狮子来到这个世界。

返回伊西奥洛的途中,他将看到的一切告诉我,我按捺不住内心的惊喜,恨不得立刻动身去营地。我恐怕爱尔莎会跟随自己的伴侣,前往一个远离我们的世界。

然而,当我们到达营地的时候,发现爱尔莎没有离去,她就在离车道很近的大石头旁边等待我们。

她还是那么深情款款,那么饥肠辘辘。

我们搭帐篷的时候,她的夫君开始吼叫,整整一夜,都在营地四周游荡。此时,爱尔莎和乔治一起,开心地大嚼特嚼,完全无视夫君的呼唤。破晓时分,我们依稀听见远方传来雄狮的吼声。

她在营地待了两天,一气儿狂饮暴食,吃得自己昏昏欲睡,动弹不得。下午的时候,她才出去和乔治一起钓鱼。

第三天晚上,她还是狼吞虎咽,令我们甚为忧虑;到了早晨的时候,尽管肚皮胀鼓鼓的,她依然和我们出去散步,冲进灌木丛里,起初跟踪两只豺狼,之后又追逐一群珍珠鸡。当然了,每一次她逼近

目　录

第一章　爱尔莎"出嫁"了 …………………………………（1）

第二章　小狮子出生 …………………………………………（13）

第三章　我们看见了小狮子 …………………………………（30）

第四章　小狮子与朋友相见 …………………………………（42）

第五章　小狮子在营地 ………………………………………（53）

第六章　秉性各异的小狮子 …………………………………（60）

第七章　爱尔莎和出版商相见 ………………………………（69）

第八章　营地失火了 …………………………………………（82）

第九章　爱尔莎的战斗 ………………………………………（96）

第十章　丛林的危险 …………………………………………（109）

第十一章　小狮子和摄像机 …………………………………（121）

第十二章　爱尔莎教育孩子们 ………………………………（134）

第十三章　新的一年 …………………………………………（149）

自由生活

〔奥地利〕乔伊·亚当森（Joy Adamson）/著
谭旭东 谢毓洁 /译

北京大学出版社
PEKING UNIVERSITY PRESS

狮子爱尔莎